SOPHIE KINSELLA

Née à Londres en 1969, Sophie Kinsella est une véritable star. Elle est reconnue dans le monde entier pour sa série culte des aventures de Becky : *Confessions d'une accro du shopping* (2002), *Becky à Manhattan* (2003), *L'accro du shopping dit oui* (2004), *L'accro du shopping a une sœur* (2006), *L'accro du shopping attend un bébé* (2008), *Mini-accro du shopping* (2011), *L'accro du shopping à Hollywood* (2015) et *L'accro du shopping à la rescousse* (2016) ; série dont les deux premiers volets ont été adaptés au cinéma. Elle est également l'auteur de : *Les Petits Secrets d'Emma* (2005), *Samantha, bonne à rien faire* (2007), *Lexi Smart a la mémoire qui flanche* (2009), *Très chère Sadie* (2010), *Cocktail Club* (2012), *Poppy Wyatt est un sacré numéro* (2013) et *Nuit de noces à Ikonos* (2014). Tous ses romans sont publiés chez Belfond et repris chez Pocket.
En 2016 paraît *Audrey retrouvée* (PKJ), le premier livre que Sophie Kinsella a écrit pour la jeunesse.

Retrouvez toute l'actualité de l'auteur sur :
www.sophiekinsella.fr

L'ACCRO DU SHOPPING A UNE SŒUR

DU MÊME AUTEUR
CHEZ POCKET

CONFESSIONS D'UNE ACCRO DU SHOPPING
L'ACCRO DU SHOPPING À MANHATTAN
L'ACCRO DU SHOPPING DIT OUI
L'ACCRO DU SHOPPING A UNE SŒUR
L'ACCRO DU SHOPPING ATTEND UN BÉBÉ
MINI-ACCRO DU SHOPPING
L'ACCRO DU SHOPPING À HOLLYWOOD

LES PETITS SECRETS D'EMMA
SAMANTHA BONNE À RIEN FAIRE
LEXI SMART A LA MÉMOIRE QUI FLANCHE
TRÈS CHÈRE SADIE
POPPY WYATT EST UN SACRÉ NUMÉRO
NUIT DE NOCES À IKONOS

CONFESSIONS D'UNE ACCRO DU SHOPPING /
L'ACCRO DU SHOPPING À MANHATTAN
(en un seul volume)

LOVE AND THE CITY
(en collaboration avec Lauren WEISBERGER)

MADELEINE WICKHAM *ALIAS* SOPHIE KINSELLA

UN WEEK-END ENTRE AMIS
UNE MAISON DE RÊVE
LA MADONE DES ENTERREMENTS
DRÔLE DE MARIAGE
COCKTAIL CLUB
UN DIMANCHE AU BORD DE LA PISCINE

SOPHIE KINSELLA

L'ACCRO DU SHOPPING A UNE SŒUR

Traduit de l'anglais
par Daphné Bernard

BELFOND

Titre original :
SHOPAHOLIC AND SISTER
publié par Bantam Press,
a division of Transworld Publishers, Londres.

Tous les personnages de ce roman sont fictifs et toute ressemblance avec des personnes réelles, vivantes ou mortes, serait pure coïncidence.

Pocket, une marque d'Univers Poche,
est un éditeur qui s'engage pour la
préservation de son environnement et
qui utilise du papier fabriqué à partir
de bois provenant de forêts gérées de
manière responsable.

ISBN : 978-2-266-27441-8

Pour Gemma et Abigail,
en les remerciant d'être mes sœurs

LEXIQUE DES LANGUES TRIBALES

Addenda
(Les termes suivants ne figurent pas dans le lexique principal.)

TRIBU NAMI-NAMI DE NOUVELLE-GUINÉE (page 67).
Fraa [frar] : ancien, patriarche.
Mopi [mop-i] : petite louche pour servir le riz ou un repas.
Shup [shop] : échange de marchandise contre de l'argent ou des perles. Un concept inconnu de la tribu jusqu'à la venue en 2002 d'une touriste britannique du nom de Rebecca Brandon (née Bloomwood).

INSTITUT ROYAL D'ARCHÉOLOGIE DU CAIRE
31 El Cherifeen Street
Le Caire

Madame Rebecca Brandon
c/o Hotel Nile Hilton
Tahrir Square
Le Caire

Le 15 janvier 2003

Chère Madame Brandon,

Je suis ravi de savoir que vous appréciez votre voyage de noces en Égypte et que vous vous sentez en phase avec le peuple égyptien. Il est en effet possible que coule dans vos veines du sang égyptien.
Je suis heureux que l'exposition de bijoux anciens vous ait plu. Il me faut cependant vous dire que la « jolie petite bague » qui vous intéresse n'est pas à vendre. Elle appartenait à la reine Sobeknefrou, de la douzième dynastie, et je peux vous assurer qu'elle est irremplaçable.
Je vous souhaite une agréable fin de séjour.

Bien à vous,

Khaled Samir
Directeur

DÉMÉNAGEMENTS BREITLING
Tower House
Canary Wharf
Londres E14 5HG

FAX adressé à : Mme Rebecca Brandon
c/o Hotel Four Seasons
Sydney
Australie

De : Denise O'Connor
Chargée des relations clientèle

Le 6 février 2003

Chère Madame Brandon,

Nous avons le regret de vous informer que votre « sirène sculptée dans du sable » de la plage de Bondi s'est désintégrée pendant le transport.

Nous vous rappelons que nous vous avions mise en garde contre cette expédition entreprise à vos risques et périls.

Bien à vous,

Denise O'Connor
Chargée des relations clientèle

RANDONNÉES SAUVAGES EN ALASKA
BP 80034
Chugiak
Alaska

FAX adressé à : Mme Rebecca Brandon
c/o L'Ours Blanc
Chugiak

De : Dave Crockerdale
Dave Crockerdale
Randonnées sauvages en Alaska

Le 16 février 2003

Chère Madame Brandon,

Nous avons bien reçu votre demande de renseignements.

Nous vous déconseillons formellement l'envoi de six chiens de traîneau et d'un traîneau en Angleterre.

Je partage votre admiration pour ces chiens et je pense comme vous qu'ils pourraient être la solution à la pollution des villes. Cependant, je doute que les autorités les laissent parcourir les rues de Londres, même « en ajoutant au traîneau des roues et une plaque d'immatriculation ».

Je vous souhaite un heureux voyage de noces.

Avec mes sentiments les meilleurs,

Dave Crockerdale
Responsable des randonnées

1

D'accord. Je peux le faire. Facile.

Il faut juste que je laisse mon pur esprit prendre le dessus pour s'ouvrir à l'illumination. Je serai alors un être rayonnant de lumière.

Facile de chez facile.

Mine de rien, en me tortillant sur mon tapis de yoga, je me mets face au soleil et je laisse glisser une bretelle de mon top. Il n'y a pas de mal à vouloir atteindre les couches supérieures de la conscience tout en bronzant sans marques, si ?

Depuis la colline où je suis assise, en plein Sri Lanka, dans un spa dédié au bien-être du corps et de l'esprit, le Blue Hills Resort, la vue est magnifique. Les plantations de thé s'étendent à perte de vue avant de se fondre dans le ciel bleu foncé. Les cueilleurs de thé sont vêtus de couleurs vives. En tournant légèrement la tête je vois même des éléphants musarder parmi des buissons.

Si je pivote un peu plus, c'est Luke, mon mari, que je vois. Installé sur son tapis de yoga bleu, vêtu d'un short coupé dans un pantalon en lin et d'une chemise élimée, il est en position du lotus. Ses yeux sont clos.

Je sais… C'est incroyable. Après dix mois de lune de miel, Luke n'a plus rien de l'homme que j'ai épousé.

Le cadre sup a disparu avec ses costumes croisés. Il est mince et bronzé, a les cheveux longs, décolorés par le soleil, et même quelques nattes, en souvenir de la plage de Bondi. Il a au poignet un bracelet de perles de verre acheté en Inde et à l'oreille une boucle en argent.

Luke Brandon avec une boucle d'oreille ! Luke en position du lotus !

Comme s'il devinait que je le regarde, il ouvre les yeux et me sourit. Je lui rends son sourire. Folle de bonheur. Mariée depuis dix mois ; pas une scène de ménage.

Enfin… pas de grosse scène.

— *Siddhasana !* annonce Chandra, notre prof de yoga.

Sagement, je place mon pied droit contre ma cuisse gauche.

— Débarrassez-vous de tout ce qui encombre votre esprit.

D'accord. Je fais le vide. Je me concentre.

Ce n'est pas pour crâner, mais je n'ai aucun mal à me vider la tête. D'ailleurs, je ne vois pas où est la difficulté. Après tout, il est plus facile de ne pas penser que de penser, non ? Ça tombe sous le sens.

À vrai dire, je suis faite pour le yoga. Il n'y a que cinq jours que nous sommes dans ce spa et j'arrive déjà à faire le lotus et tout ! Je pourrais peut-être devenir prof de yoga, à mon retour ?

Et même m'associer avec Trudie Styler. Ce serait cool ! On pourrait lancer une collection de vêtements, dans les gris et les blancs, avec un petit sigle…

— Songez à bien respirer, nous rappelle Chandra.

Ah, oui ! La respiration.

Inspirer… Expirer. Inspirer… Expirer. Inspirer…

Vraiment, mes ongles sont super. Je les ai fait faire à l'hôtel. Ce sont de petits papillons roses sur fond blanc avec des antennes en brillants. Ils sont adorables ! Sauf que l'un d'eux n'a pas tenu. Je dois le faire recoller…

— Becky !

La voix de Chandra me fait sursauter. Le prof est debout devant moi avec son drôle de regard. À la fois sympa et lucide, on dirait qu'il lit dans mes pensées.

— Tu es très douée, Becky, et tu as une belle âme.

Je ressens comme une étincelle de bonheur. Moi, Rebecca Brandon, née Bloomwood, j'ai une belle âme ! Je le savais !

— Ton âme est détachée de ce monde, ajoute-t-il tandis que je le dévisage, hypnotisée.

— Les biens matériels ne m'intéressent pas. Seul le yoga me passionne.

— Tu as trouvé ta voie.

Un curieux ricanement se fait entendre derrière moi. C'est Luke qui nous regarde en se marrant.

Je le savais, Luke ne prend pas le yoga au sérieux.

— S'il te plaît, je suis en pleine discussion avec mon gourou !

En fait, sa réaction ne me surprend pas. On nous a avertis dès la première séance : dans un couple, quand l'un trouve la voie de l'illumination, cela rend souvent l'autre sceptique, et même jaloux.

— Bientôt, tu marcheras sur des charbons ardents !

Tout souriant, Chandra me désigne une fosse remplie de braises. Le groupe rit nerveusement. Ce soir, Chandra et ses meilleurs disciples vont marcher dessus pour nous faire une démonstration. C'est vers ce but que nous devons tendre. Lorsqu'on atteint un tel état de béatitude, on ne sent pas les brûlures. C'est totalement indolore !

Je garde cette réflexion pour moi, mais j'espère secrètement que ça marchera aussi avec des talons aiguilles de vingt centimètres de haut.

Chandra modifie la position de mes bras, puis s'éloigne. Je ferme les yeux, tends mon visage vers le soleil. Ici, retirée du monde, je me sens pure et calme. Luke n'est pas le seul à avoir changé au cours de ces dix derniers mois. Moi aussi. J'ai mûri. Je n'ai plus les mêmes besoins. Je suis différente. Regardez-moi ! Je fais du yoga dans une retraite ! Mes copines ne me reconnaîtraient pas !

Nous voilà maintenant en position du *Vajrasana.* Tiens, un vieux bonhomme portant deux sacs en tapis s'approche de Chandra. Ils discutent. Chandra n'arrête pas de secouer la tête, et finalement le vieil homme s'en va à travers les broussailles. Quand il est hors de portée de voix, Chandra se tourne vers nous, les yeux au ciel :

— C'est un marchand ambulant. Il voulait savoir si quelqu'un était intéressé par des pierres, des colliers, des bracelets bon marché. Je lui ai répondu que vos aspirations étaient plus élevées.

Certains membres du groupe semblent sidérés. Une rouquine râle à voix haute :

— Franchement, il aurait pu se rendre compte que nous étions en pleine méditation !

— Ce vieil homme est incapable de comprendre nos recherches spirituelles, intervient Chandra. Il n'est pas le seul. Partout dans le monde vous trouverez des gens qui ne comprennent pas que la méditation nourrit l'âme. Vous n'avez aucun besoin de… bracelets de saphirs.

Nombre de mes compagnons approuvent de la tête.

— Comment peut-on comparer une chaîne en platine et son pendentif en aigue-marine au bonheur de l'illumination de l'esprit ? demande-t-il.

Une aigue-marine ?

Waouh ! Combien ça peut coûter…

Non ! Ça ne m'intéresse pas. Absolument pas. Quand j'ai regardé des aigues-marines dans une vitrine, l'autre jour, c'était par simple curiosité. Uniquement.

Je suis du regard le marchand qui s'éloigne.

— Il me vantait des pierres de trois ou cinq carats à moitié prix, reprend Chandra. Mais je lui ai bien dit que ça ne tentait personne.

À moitié prix ? Des aigues-marines de cinq carats à moitié prix ?

Arrête. Arrête d'y penser. Chandra a raison. Qui aurait envie de ces stupides pierres ? Je ne recherche que l'illumination de l'esprit.

De toute façon, le vieux bonhomme a presque disparu. Ce n'est plus qu'une maigre silhouette au sommet de la colline. Dans une minute, il sera parti pour de bon.

— Et maintenant, le *Halasana*. Becky, sois gentille de nous le montrer.

— Avec plaisir.

Je souris à Chandra et m'apprête à me mettre en position. Mais quelque chose cloche. Je ne suis pas recueillie. Ni à l'aise. Une vieille envie resurgit en moi, de plus en plus forte, éliminant toutes mes pensées…

Et tout à coup, je ne peux plus me retenir. Sans me rendre compte de ce qui m'arrive, je me mets à courir pieds nus vers la colline. J'ai les poumons et les pieds en feu, le soleil me tape sur la tête et pourtant je ne m'arrête pas avant d'avoir atteint le sommet. À bout de souffle, je regarde autour de moi.

Je n'en crois pas mes yeux : il a disparu. Mais où se cache-t-il ?

Immobile, je respire à fond et regarde dans toutes les directions. En vain.

Enfin, le cœur gros, je fais demi-tour et redescends vers le groupe. En m'approchant, je m'aperçois que les gens me font de grands signes. Oh, malheur ! Vais-je avoir des ennuis ?

— Tu as réussi ! me crie la rouquine, tu as réussi !

— Qu'est-ce que j'ai réussi ?

— Tu as couru sur les braises ! Bravo, Becky !

— Quoi ?

Je regarde mes pieds… et je n'arrive pas à le croire : ils sont couverts de cendre. Ahurie, je jette un coup d'œil à la fosse aux charbons ardents et y découvre des traces de pas.

Incroyable ! J'ai traversé les braises ! J'ai couru sur les charbons ardents ! Je l'ai fait !

— Mais je n'ai rien remarqué ! Et je ne me suis même pas brûlé les pieds !

— Comment t'as fait ? demande la fille. T'as pensé à quoi ?

— Je peux répondre à sa place, intervient Chandra. Becky a atteint le plus haut degré du bonheur karmique. Elle n'avait qu'un but à l'esprit, qu'une pure vision. Cela a suffi pour que son corps atteigne un niveau surnaturel.

Tout le monde me fixe comme si j'étais le dalaï-lama.

— Ce n'était rien, dis-je modestement. Enfin, vous savez… l'illumination de l'esprit.

— Tu peux décrire ta vision ? fait la rouquine tout excitée. À quoi tu pensais ?

— C'était blanc ? demande un autre membre.

— Non… pas très blanc.

— Une sorte de bleu-vert brillant, peut-être ? fait la voix de Luke.

Je relève vivement la tête. Il me regarde, impassible.

— Je ne m'en souviens pas, dis-je d'un ton pincé. La couleur n'était pas l'essentiel.

— Mais j'ai eu l'impression…, continue Luke comme s'il réfléchissait intensément, que tu étais tirée par les maillons d'une longue chaîne.

— Voilà une excellente description, annonce Chandra, l'air satisfait.

— Mais non ! Pas du tout ! En fait, il suffit d'avoir atteint un niveau supérieur de pensée pour comprendre.

Luke hoche la tête gravement.

— Je vois…

— Luke, tu peux être fier d'elle, dit Chandra. C'est sûrement la chose la plus extraordinaire que ta femme ait faite.

Silence tout autour. Luke porte son regard sur les braises, sur le groupe, puis revient sur le visage radieux de Chandra :

— Crois-moi, ça, ce n'est rien.

À la fin du cours, le groupe se dirige vers la terrasse où sont disposées des boissons fraîches. Moi, je reste assise sur mon tapis, pour montrer que je ne prends pas le yoga à la légère. Je me concentre sur la lumière blanche de mon être, mais je pense aussi à la tête que feraient Trudie et Sting si je courais sur les braises devant eux. Soudain, une ombre s'arrête sur mon visage. Luke est planté devant moi et me tend un verre de jus de fruits.

— Salut à toi, ô esprit supérieur !

— Tu es jaloux parce que tu n'as pas une belle âme.

Je ramène nonchalamment mes cheveux en arrière pour mettre en évidence le point rouge que j'ai sur le front.

— Jaloux à la folie. Tiens, bois.

Il s'assied dans l'herbe à côté de moi. J'avale une gorgée d'un délicieux jus de fruit de la Passion glacé et nous regardons tous les deux la vue un peu brumeuse qui s'étend au-delà des collines. Dans un soupir, je lui glisse :

— Tu sais, je serais ravie de vivre dans ce pays. Tout est parfait… le climat… les paysages… et ces gens charmants…

— Tu m'as dit la même chose en Inde et en Australie. Et à Amsterdam, ajoute-t-il.

Tiens donc ! Amsterdam ! J'avais oublié. C'était après Paris. Ou avant ?

Amsterdam ! Bien sûr ! C'est là que j'ai mangé ces drôles de gâteaux et que j'ai failli tomber dans un canal.

Nous avons visité tellement de pays ces dix derniers mois qu'il m'est difficile de me souvenir de tous. C'est comme un film un peu flou, avec de temps en temps des images plus nettes. Plongée sous-marine au milieu des poissons bleus de la Grande Barrière… les pyramides d'Égypte… safari à dos d'éléphant en Tanzanie… achat de soie à Hong Kong… les souks du Maroc… découverte d'un stock de Ralph Lauren dans l'Utah…

Mon Dieu, on en a eu du bon temps ! Je soupire d'aise et avale encore une gorgée.

— J'ai oublié de te dire, fait Luke, on a reçu du courrier de Londres.

Excitée comme une puce, je me redresse pour fouiner dans les enveloppes.

— *Vogue !* je m'exclame en découvrant à travers son plastique mon magazine que je reçois en tant qu'abonnée privilégiée. Regarde, Luke ! Il y a un sac Angel en couverture !

J'attends la réaction de Luke, mais à ma grande déception il reste de marbre. Comment peut-il ne pas réagir ? Le mois dernier, je lui ai lu à haute voix tout un article consacré aux sacs Angel, je lui ai montré des photos et tout !

C'est vrai, nous sommes en voyage de noces. Mais par moments j'aimerais que Luke soit une fille. J'insiste :

— Tu sais, les sacs Angel ! Les sacs les plus fantastiques, les plus chics depuis… depuis…

Oh, inutile de lui réexpliquer. Je me contente d'admirer la photo. Le sac est en veau beige et sur le dessus il y a un ange ailé peint à la main et le nom GABRIEL inscrit en strass. Il en existe six modèles, que les stars s'arrachent. Impossible d'en trouver chez Harrods. « Phénomène de société », proclame le bandeau de couverture.

Trop absorbée, je ne fais pas attention à ce que me dit Luke.

— Pardon ?

— Je t'annonce que tu as reçu une autre lettre. De la part de Suze.

— Suze ?

Je laisse tomber *Vogue* et lui arrache le pli des mains. Suze est ma meilleure amie. C'est dingue ce qu'elle me manque.

L'enveloppe est épaisse, blanc cassé. Au dos figurent un blason et une devise en latin. J'ai tendance à oublier à quel point Suze fait partie du gratin. Une fois, elle nous a envoyé une carte de Noël représentant le château de Tarquin, en Écosse, et sur laquelle étaient gravés ces mots : « Propriété Cleath-Stuart ». (Seul problème : c'était presque illisible, car Ernie, son fils de un an, avait tout maculé de peinture rouge et bleue.)

Je déchire l'enveloppe et un faire-part en tombe :

— Une invitation ! Pour le baptême des jumeaux !

J'ai un pincement au cœur en contemplant l'élégant graphisme de l'invitation. Wilfrid et Clementine Cleath-Stuart. Suze a mis au monde deux nouveaux bébés que je n'ai pas encore vus. Ils doivent avoir au moins quatre mois. À quoi ressemblent-ils ? Et comment va Suze ? Il lui est arrivé tellement de choses en mon absence…

Je retourne la carte, Suze m'a écrit un mot :

Je sais que tu ne pourras pas venir, mais je voulais te mettre au courant… J'espère que tu t'amuses bien !
Mille baisers.
Suze xxx.
P-S : Ernie adore son costume chinois, encore merci.

— C'est dans deux semaines. Dommage, on n'y sera pas.

— Exact, on n'y sera pas.

Court silence, puis Luke croise mon regard.

— C'est vrai, tu n'es pas prête à rentrer, n'est-ce pas ?

— Non ! Bien sûr que non !

Cela fait dix mois que nous voyageons, mais nous avons prévu de consacrer une année entière à notre lune de miel. Le virus de la bougeotte nous a frappés. Nous sommes à présent des sans domicile fixe. Il nous sera peut-être impossible de reprendre une vie sédentaire, un peu comme les marins qui ont du mal à vivre sur la terre ferme.

Je remets l'invitation dans son enveloppe et reprends un peu de jus de fruits. Comment vont papa et maman ? Je n'ai guère eu de leurs nouvelles récemment. Je me demande comment papa s'est débrouillé à sa compétition de golf.

Et le petit Ernie ? Est-ce qu'il gambade ? Je suis sa marraine et je ne l'ai jamais vu marcher.

Tant pis. On ne peut pas tout faire. Mes voyages m'ont apporté des tas d'expériences.

Luke se redresse.

— Quand on aura fini nos cours de yoga, il faudra qu'on décide de notre prochaine étape. On avait parlé de la Malaisie, non ?

— Oui, en effet.

C'est sans doute la chaleur, ou quelque chose comme ça, mais la Malaisie ne m'attire pas terriblement.

— Ou de retourner en Indonésie. Voir le nord.

— Ouais, dis-je sans enthousiasme. Tiens, un singe !

C'est fou ce que je suis blasée : voir un singe ne me fait plus ni chaud ni froid. La première fois que j'ai vu trois babouins au Kenya, j'étais dans un tel état que j'en ai fait six pellicules de photos. Et maintenant, je me contente de dire : « Tiens, un singe ! »

— Il y a le Népal… Ou pourquoi ne pas revenir en Thaïlande ?

— On pourrait aussi rentrer, fais-je soudain.

Nouveau silence.

Comme c'est étrange. C'est sorti tout seul. En fait, il n'est pas question de rentrer. Ça ne fait pas encore un an !

Luke me fixe :

— Tu veux rentrer ?

— Non. C'était une plaisanterie !

Pourtant…

Nous nous taisons.

— Écoute, on n'est peut-être pas obligés de voyager une année entière. Personne ne nous force…

Luke se passe une main dans les cheveux, et les petites perles de ses nattes s'entrechoquent.

— Tu crois qu'on est prêts pour le retour ?

— Je ne sais pas, qu'est-ce que tu en penses ?

Je n'arrive pas à croire qu'on parle de notre retour. Quand je pense à mon nouveau look ! À mes cheveux secs et décolorés, à mes pieds pleins de henné… Sans compter que je n'ai pas porté de vraies chaussures depuis des mois !

J'ai une sorte de vision : moi me promenant dans les rues de Londres avec un manteau et des bottes. Des bottes cirées à talons hauts signées LK Bennett. Et un sac assorti.

Je suis soudain prise d'une telle envie de rentrer que j'en pleurerais presque.

— Je crois que j'en ai assez de voir le monde. La vraie vie me manque.

— Moi aussi.

Luke me serre très fort la main.

— Je suis prêt depuis un certain temps.

— Tu ne m'en as jamais parlé !

— Je ne voulais pas jouer les trouble-fête. Mais je suis fin prêt.

— Tu veux dire que tu aurais continué à voyager… juste pour me faire plaisir ?

— Oh, il y a pire. Et avoue que tout ce luxe n'était pas désagréable.

Je rougis. Au départ, je l'avais prévenu : pas question de faire les touristes. Je voulais jouer les aventurières, un peu comme dans le film *La Plage*, et ne dormir que dans des cabanes.

Mais c'était avant d'avoir passé une nuit dans une cabane.

— Quand tu parles de retour, demande Luke, tu veux dire vivre à Londres ?

Il me regarde d'un air inquisiteur.

Oh, malheur ! C'est le moment de prendre une décision !

Voilà dix mois que nous discutons de l'endroit où nous allons nous installer après notre voyage de noces. Avant notre mariage, nous habitions New York, et j'adorais ça. Mais Londres m'a toujours manqué. Et maintenant que les affaires de Luke prennent de l'essor en Europe, il aimerait retourner à Londres, en tout cas temporairement.

Ce qui me paraît idéal, sauf que je n'ai pas de boulot en Angleterre. À New York, je travaillais comme conseillère personnelle de mode chez Barneys. Et c'était vraiment top.

Mais bon, ce n'est pas trop grave. Je me débrouillerai toujours pour trouver un job. Encore plus intéressant.

— Oui, on va vivre à Londres. Et… on sera de retour à temps pour le baptême, non ?

— Si tu veux.

Luke me sourit et je suis grisée. On va au baptême ! Je vais revoir Suze ! Et papa et maman ! Après presque un an ! Ils seront emballés de nous revoir. On a tellement de choses à leur raconter !

J'imagine déjà les superbes dîners que je donnerai, où mes meilleurs amis écouteront, bouche bée, les récits de nos aventures exotiques dans des pays lointains. Je serai une sorte de Marco Polo ! Je déballerai mes malles pour leur montrer mes précieuses et rares acquisitions… tout le monde en sera baba…

— On devrait les prévenir, dit Luke en se levant.

Je lui saisis la jambe.

— Non, attends une seconde ! J'ai une idée. Faisons-leur la surprise. Ne disons rien à personne !

— Tu crois que c'est une bonne idée ?

— Ça va être génial, je te jure. Tout le monde aime les surprises.

— Mais…

— Fais-moi confiance…

Nous regagnons l'hôtel en traversant les jardins et j'ai un petit pincement au cœur à l'idée de quitter cet endroit magnifique. Les bungalows sont en teck, des oiseaux extraordinaires volent partout, et en suivant les torrents à travers la nature on arrive à de vraies cascades ! Nous passons devant des échoppes de sculpteurs sur bois où l'on peut voir les artisans à l'œuvre et je m'arrête un instant pour humer la délicieuse odeur de leur matériau.

— Madame Brandon !

Vijay, le maître sculpteur, fait son apparition sur le seuil de son atelier.

Aïe ! Je ne savais pas qu'il serait là.

— Désolée, Vijay. Je n'ai pas le temps maintenant. Je reviendrai plus tard. Allez, Luke, viens.

— Pas de souci ! continue Vijay en se frottant les mains sur son tablier, je voulais juste vous dire que la table était prête.

Oh, merde !

Luke se tourne lentement vers moi :

— Quelle table ?

— Votre table de salle à manger, répond joyeusement Vijay. Et les dix chaises. Je vais vous montrer. Il claque des doigts et je vois avec horreur sept hommes sortir de l'atelier, portant sur leur dos une immense table sculptée.

Waouh ! Elle est légèrement plus grande que ce que j'avais imaginé…

Luke a l'air totalement ahuri.

— Apportez les chaises ! ordonne Vijay. Disposez-les correctement !

— C'est ravissant, non ? dis-je d'une voix supergaie.

— Tu as commandé une table et dix chaises… sans m'avertir ?

Luke lève les yeux au ciel en voyant les chaises arriver.

D'accord. Je n'ai pas le choix :

— C'est… le cadeau de mariage que je t'offre ! C'est une surprise ! Joyeux mariage, mon chéri !

Je lui plante un baiser sur la joue et lui fais un beau sourire… plein d'espoir.

— Becky, tu m'as déjà offert un cadeau de mariage, rétorque Luke en croisant les bras. Et puis on s'est mariés il y a un moment.

— Je l'avais mis de côté.

Je baisse la voix pour que Vijay n'entende pas et j'ajoute :

— Et puis surtout, ce n'est pas très cher…

— Becky, ce n'est pas une question d'argent mais de place ! C'est une horreur !

— Allons, ce n'est pas si grand que ça ! Et de toute façon, dis-je rapidement pour que Luke n'ait pas le temps de m'interrompre, on avait besoin d'une bonne table. Tous les couples ont une bonne table. Après tout, le mariage, c'est fait pour s'asseoir autour d'une table à la fin de la journée et discuter des problèmes… et… partager un bon ragoût.

— Un bon ragoût ? Qui va le préparer ?

— On peut l'acheter chez le traiteur.

Je contourne la table et prends un air innocent :

— Réfléchis. Ce n'est pas demain qu'on reviendra au Sri Lanka. L'occasion est unique. Et je l'ai fait personnaliser !

Je pointe mon doigt vers le bord de la table. Là, en lettres gravées parmi des fleurs, court l'inscription « Luke et Rebecca, Sri Lanka, 2003 ».

Luke caresse la surface de la table. Il soupèse une chaise. J'ai l'impression qu'il se calme un peu. Puis soudain il lève la tête et fronce les sourcils.

— Dis-moi, tu as fait d'autres achats sans m'en parler ?

J'ai un nœud à l'estomac, que je dissimule en contemplant avec attention une des fleurs gravées :

— Bien sûr que non ! Oh ! peut-être une ou deux bricoles par-ci par-là, comme souvenir.

— Quoi, par exemple ?

— Mais je ne m'en souviens pas ! Il y a dix mois qu'on voyage ! Luke, je t'en prie, je suis certaine que tu vas adorer cette table. Pense à tous les formidables dîners qu'elle verra… et puis elle fera partie de notre héritage. On la léguera à nos enfants…

J'arrête de parler, un peu gênée. Pendant une minute, je n'arrive pas à regarder Luke.

Voilà quelques mois, nous avons eu une longue discussion et décidé d'essayer d'avoir un enfant. Mais jusqu'à maintenant il ne s'est rien passé.

Bien sûr, je n'en fais pas toute une histoire. Ça arrivera bien un jour. Évidemment.

— D'accord, fait Luke, un peu radouci. Tu m'as convaincu.

Il tapote la table, puis consulte sa montre.

— Je vais envoyer un mail au bureau. Pour les avertir de notre nouveau planning. Tu ne croyais tout de même pas que j'allais débarquer dans la salle du conseil en criant coucou c'est moi ?

— Bien sûr que non !

C'est pourtant ce que j'avais imaginé. Et je l'aurais même accompagné avec une bouteille de champagne et quelques serpentins.

— Ne me prends pas pour une idiote, quand même !

— Parfait. Commande-nous quelque chose à boire et je te rejoins dans un instant.

Assise à une table sur la terrasse ombragée, je suis quelque peu préoccupée. J'essaie de me rappeler tout ce que j'ai acheté et fait expédier à la maison sans en avertir Luke.

Bah ! pas la peine de se faire trop de souci. Ces achats ne doivent pas être faramineux.

Allons-y ! Concentration.

Il y a eu ces girafes en bois au Malawi. Celles que Luke trouvait trop grandes. C'est ridicule ! Elles étaient formidables. Tout le monde va les admirer.

Et puis ces magnifiques batiks à Bali. Je voulais en parler à Luke... mais je n'ai jamais eu le temps.

Ensuite ces vingt robes de chambre en soie chinoise.

Bon, d'accord, vingt ça semble trop. Mais elles étaient en soldes ! Luke n'a pas eu l'air de comprendre mon raisonnement : si j'en achetais vingt tout de suite, elles me dureraient toute la vie et ce serait un bon investissement. Pour quelqu'un qui travaille dans la communication financière, il est parfois un peu lent.

C'est pour ça que je suis retournée en cachette dans le magasin et que je les ai achetées et fait expédier.

Faire livrer directement à la maison facilite tellement les choses... Inutile de se trimbaler quoi que ce soit, on désigne à la vendeuse ce qu'on veut et hop, tout est envoyé. Il suffit de dire faites-moi livrer ceci et ceci et ceci. On donne sa carte bancaire et le tour est joué ! Et Luke n'y voit que du feu.

J'aurais dû faire une liste de mes achats.

Bof, je suis sûre que tout se passera bien.

Et puis on aime toutes avoir quelques souvenirs, non ? Quel intérêt de faire le tour du monde si c'est pour rentrer les mains vides ? J'ai pas raison ?

Chandra traverse la terrasse et je lui fais un petit bonjour. Il s'approche et me dit :

— Tu as très bien travaillé aujourd'hui. D'ailleurs, j'ai quelque chose à te demander. Dans quinze jours je vais diriger une retraite méditative d'un niveau supérieur. Y assisteront surtout des moines et des pratiquants chevronnés… mais je pense que tu t'investis suffisamment dans le yoga pour en faire partie. Est-ce que tu as envie de te joindre à nous ?

— J'adorerais. Mais c'est impossible. Luke et moi rentrons à la maison.

Il a l'air bouleversé :

— Mais… tu faisais tellement de progrès. Tu ne vas pas abandonner le yoga, quand même ?

— Mais non, ne t'inquiète pas. J'achèterai une cassette vidéo.

Chandra s'éloigne, dépité. Sa réaction ne m'étonne pas. Il ne sait sans doute pas qu'on peut se procurer des cassettes de yoga. On dirait qu'il n'a jamais entendu parler de Geri Halliwell…

Je commande un cocktail à la mangue et à la papaye, baptisé sur la carte « boisson du bonheur ». Ce qui me convient parfaitement. Me voici au soleil, en voyage de noces, sur le point d'époustoufler les gens que j'aime. C'est le paradis !

Luke vient vers moi : il a son Palm à la main. Est-ce mon imagination ? J'ai l'impression qu'il marche déjà plus vite, d'un pas plus déterminé.

— Voilà, j'ai parlé au bureau.

— Tout va bien ?

— Absolument. Tout va comme sur des roulettes. Je vais même organiser une série de réunions pour la fin de la semaine.

— Tu n'as pas perdu de temps !

Zut alors ! Moi qui croyais qu'on prendrait huit jours pour tout organiser…

— Mais comme je sais à quel point tes cours de yoga te tiennent à cœur, voici ce que je propose : je pars le premier, tu me rejoindras plus tard. Et nous rentrerons ensemble en Angleterre.

— Pourquoi ? Tes réunions ont lieu où ?

— En Italie.

Quand le serveur m'apporte ma « boisson du bonheur », Luke commande une bière.

— Mais je ne veux pas te quitter ! Nous sommes en voyage de noces !

— On vient de passer dix mois ensemble.

— Je sais, mais quand même…

Tristounette, j'avale une gorgée de mon cocktail.

— Tu vas où en Italie ?

— Oh, dans une ville du Nord pas folichonne, rien d'excitant. Reste plutôt ici. À bronzer.

Indécise, je regarde autour de moi. C'est vrai que c'est sympa, ici.

— Comment elle s'appelle, ta ville ?

— Milan, fait Luke à contrecœur.

— Milan ?

J'en tombe presque à la renverse.

— Tu vas à Milan ? Je n'y suis jamais allée ! J'adorerais aller à Milan !

— Ah bon ?

— Oui, absolument ! Je veux venir avec toi !

Comment Luke a-t-il pu imaginer aller à Milan sans moi ? J'ai toujours rêvé d'y aller !

— D'accord. C'est de la folie, mais viens.

Aux anges, je me cale dans mon fauteuil et termine ma « boisson du bonheur ». Ma lune de miel est de plus en plus réussie.

2

Non, mais c'est vrai : comment Luke a-t-il pu croire qu'il irait à Milan sans moi ? Je suis *faite* pour Milan.

Non, pas Milan. *Milano*.

Je n'ai pas encore vu grand-chose de la ville à part un taxi et notre chambre d'hôtel, mais pour quelqu'un qui a fait le tour du monde c'est sans importance. Je sens les vibrations d'un lieu en un instant, comme les broussards d'Australie. Dès que j'ai vu dans le bar de l'hôtel ces femmes si chic en Prada et D&G s'embrasser avant d'avaler leur espresso et d'allumer leur cigarette en faisant voltiger leurs cheveux brillants, j'ai instinctivement compris : Milan est *ma* ville.

Je déguste un cappuccino que j'ai fait monter dans ma chambre et je me regarde dans la glace. En vérité, j'ai l'air d'une Italienne. Tout ce qu'il me faut, c'est un corsaire et un trait d'eye-liner sombre. Et peut-être une Vespa.

— *Ciao. Si. Ciao.*

Je pourrais passer pour une Italienne. Sauf que je dois apprendre quelques mots de plus.

— *Si. Si. Milano.*

Et si je m'exerçais en lisant le journal ? J'ouvre l'exemplaire gratuit du *Corriere della sera* qu'on m'a apporté avec le petit déjeuner, et je commence à le parcourir. Je ne m'en tire pas mal ! Le premier article concerne le président qui lave son piano. Du moins… C'est bien ce que veulent dire les mots *presidente* et *lavoro pieno*, non ?

— Tu sais, Luke, je me verrais bien vivre en Italie, dis-je quand il sort de la salle de bains. C'est un pays formidable. Il y a tout, ici. Des cappuccinos… de la nourriture délicieuse… tout le monde est chic… les Gucci coûtent moins cher qu'en Angleterre…

— Sans parler de l'art.

— Oui, évidemment, il y a l'art. Ça va sans dire.

Je parcours les titres, et tout d'un coup ça fait tilt.

Je baisse le journal et fixe à nouveau Luke.

Que lui est-il arrivé ?

J'ai devant moi le Luke Brandon de l'époque où j'étais journaliste financière. Rasé de frais, il porte un costume impeccable, une chemise vert clair et une cravate vert foncé. Et de jolies chaussures avec de jolies chaussettes. Disparus, la boucle d'oreille et le bracelet. Seule trace de ses voyages : il a gardé ses petites nattes.

Je sens la colère monter en moi. Je l'aimais comme il était, tout décontracté et tout ébouriffé.

— Tu t'es fait beau, dis-moi ! Où est ton bracelet ?

— Dans ma valise.

Je suis en état de choc.

— Mais la femme à Masai-Mara t'a bien dit de ne jamais l'enlever ! Elle a récité spécialement une prière masai.

— Becky, soupire Luke, je ne peux quand même pas assister à une réunion avec un vieux bout de ficelle autour du poignet !

Un vieux bout de ficelle ? C'est un bracelet sacré et il le sait !

— Mais tu as encore tes nattes, non ? Alors tu aurais pu garder ton bracelet.

Luke a un rire incrédule.

— Mais je ne vais pas garder mes nattes. Je me fais couper les cheveux… dans dix minutes.

Une coupe de cheveux ?

Tout va trop vite. L'idée que ses cheveux décolorés par le soleil vont joncher le sol m'est insupportable. Les cheveux de notre lune de miel ! Par terre !

— Luke, ne fais pas ça.

— Qu'est-ce qui ne va pas ? Tu ne te sens pas bien ?

Non, je ne vais pas bien. Et j'ignore pourquoi.

— Tu ne peux pas te faire couper les cheveux. Ce serait la fin de tout.

— Chérie, c'est déjà fini.

Luke vient s'asseoir à mon côté. Il me prend la main et me regarde dans les yeux.

— C'est fini, tu le sais bien. On rentre à la maison. On reprend une vie normale.

— Je sais. Mais je t'aime tellement quand tu as les cheveux longs.

— Becky, sois raisonnable, tu sais bien que je ne peux pas aller à des réunions d'affaires comme ça.

— Mais tu n'es pas obligé de les couper ! Des tas d'Italiens ont les cheveux longs. Il suffit de te débarrasser de tes nattes.

— Becky…

— Je m'en occupe ! Je vais te les défaire. Assieds-toi.

Attirant Luke sur le lit, je commence à enlever une à une ses perles, puis à dénouer ses tresses.

En me penchant, je respire la lotion après-rasage Armani que Luke porte toujours quand il travaille. Il ne l'avait pas utilisée depuis notre mariage.

Je me déplace sur le lit pour attaquer l'autre côté de sa tête. Nous nous taisons. On n'entend que le bruit des perles. À la dernière natte, ma gorge se serre. C'est ridicule.

C'est vrai que notre voyage de noces ne pouvait durer éternellement. Et j'ai tellement envie de revoir papa et maman, et Suze, et de retrouver une vie normale…

Pourtant… Je viens de passer dix mois avec Luke. Pendant tout ce temps, nous n'avons été séparés que quelques heures. Et c'est la fin.

Bon, je vais m'en sortir. J'aurai un nouveau travail… et tous mes amis.

Je verse un peu de ma lotion traitante sur le crâne de Luke et je lui brosse énergiquement les cheveux. Il frise encore, mais ça ira. Il a l'air tellement européen.

— Tu vois ? Tu es splendide !

Méfiant, Luke s'inspecte dans le miroir et pendant une seconde j'ai peur qu'il ne persiste à aller chez le coiffeur. Puis il sourit.

— Bon, je t'accorde un sursis. Mais ce n'est que partie remise.

— Je sais, fais-je plus légère, mais pas aujourd'hui.

Luke range des papiers dans son attaché-case.

— Dis-moi, pourquoi tu es venu à Milan ?

Luke me l'a expliqué dans l'avion de Colombo, mais comme on nous abreuvait de champagne, je ne me souviens pas de grand-chose.

— On démarche un nouveau client. Le groupe Arcodas.

— Ah oui ! Je m'en souviens, maintenant.

La société de Luke s'appelle Brandon Communications. C'est une agence de relations publiques spécialisée dans les institutions financières tels que les banques, les promoteurs immobiliers et les fonds de placement. C'est comme ça que nous avons fait connaissance, du temps où j'étais journaliste financière.

— Nous cherchons à nous diversifier, continue Luke en fermant son attaché-case. Le puissant groupe Arcodas a des intérêts dans des domaines très variés : immobilier, centres de loisirs, centres commerciaux…

— Des centres commerciaux ? On va te faire des prix ?

— Si on dégote le budget, peut-être.

Merci mon Dieu, c'est cool. La société de Luke va peut-être s'occuper aussi de mode ! Elle pourrait promouvoir Dolce & Gabbana et laisser tomber les vieilles banques sans intérêt ! Je suis pleine d'espoir.

— Ils ont déjà des centres commerciaux à Milan ? Parce que je pourrais y jeter un coup d'œil. Juste pour me documenter.

— Ils n'ont rien à Milan. Ils sont venus pour un séminaire sur le commerce de détail.

Luke me regarde longuement.

— Quoi ?

— Écoute… Je sais que nous sommes à Milan, mais je t'en prie, ne fais pas de folies.

— Des folies ? Qu'est-ce que tu insinues ?

— Je sais que tu vas faire des courses…

Comment sait-il ça ? Je suis légèrement vexée. Vraiment, Luke ne manque pas d'air. Pourquoi ne pense-t-il pas que je vais aller admirer des statues célèbres ou ce genre de trucs ?

Je prends mon air hautain.

— Mais il n'est pas question de faire des courses. Je n'ai évoqué les centres commerciaux que pour m'intéresser à ton travail.

— Tu parles !

Son air sceptique m'agace.

— Je ne suis venue ici que pour me cultiver. Pour découvrir Milan, que je ne connais pas.

— C'est ça ! Et pas de petite visite aux boutiques ?

— Luke, je te rappelle que je suis conseillère de mode. Tu crois vraiment que je vais me précipiter dans les boutiques ?

— Très sincèrement, oui.

Une vague d'indignation me submerge. N'a-t-on pas prononcé nos vœux en nous mariant ? Ne m'a-t-il pas promis de me traiter avec respect et de me croire sur parole ?

— Donc tu crois que je suis venue uniquement pour faire des courses ? Eh bien attrape !

Je lui balance mon portefeuille à la figure.

— Becky, ne sois pas ridicule…

— Garde-le. Je vais juste faire un tour en ville !

— Bon, d'accord.

Luke empoche mon portefeuille.

Oh, non ! Je ne pensais pas qu'il le garderait.

Après tout quelle importance ? J'ai une autre carte bancaire cachée dans mon sac. Et Luke l'ignore.

— Très bien, garde mon argent, je m'en fous !

— Oh, tu ne vas pas en mourir ! D'ailleurs, tu peux toujours utiliser la carte qui est planquée dans ton sac…

Quoi ?

Comment sait-il ça ? Il m'a *espionnée ?*

C'est un motif de divorce, j'en suis sûre.

— Garde-la aussi, lui dis-je en la sortant de mon sac et en la lui lançant. Garde tout ! Prends tout ce que j'ai ! Tu crois me connaître, mais tu te trompes sur mon compte. Tout ce que je veux, c'est m'imprégner de la culture italienne et acheter un souvenir ou une bricole locale.

— Une bricole locale ? Genre chaussures Versace ?

— Non.

C'est vrai, en plus, je ne pensais pas à ça.

Enfin presque pas.

Je pensais plutôt à des Miu Miu. Il paraît qu'on peut les avoir pour trois fois rien.

— Allons, Becky, calme-toi. On a tellement de choses qu'on va devoir payer des excédents de bagages, ajoute-t-il en regardant nos valises ouvertes. Sans compter les masques rituels sud-américains et le totem vaudou… Et les sabres de cérémonie…

Combien de temps Luke va-t-il me pomper l'air avec les sabres de cérémonie ? Ce n'est pas ma faute s'ils ont déchiré ses pauvres chemises.

— Je te l'ai déjà dit un million de fois : c'étaient des cadeaux. Je n'ai pas pu les faire envoyer. Il faut qu'ils voyagent avec nous. Et puis sinon on n'aurait pas l'air de vrais touristes !

— D'accord. Mais on n'a pas la place pour les masques sud-américains *et* pour six paires de bottes.

Il croit qu'il m'amuse !

— Luke, j'ai changé, tu sais. J'ai mûri un peu. Tu aurais pu t'en rendre compte.

— Si c'est toi qui le dis !

Il prend ma carte bancaire, la regarde de près et me la rend.

— De toute façon il ne te reste que deux cents livres sur ton compte.

Quoi ?

— Comment tu le sais ? C'est mon compte personnel !

— Dans ce cas, évite de planquer tes relevés de compte sous ton matelas. Au Sri Lanka, la femme de chambre les a trouvés en faisant le lit et me les a donnés.

Il m'embrasse et prend son attaché-case.

— Amuse-toi bien !

La porte se referme. J'ai le moral à zéro. Comme Luke me connaît mal ! Il ignorait que j'avais l'intention de *lui* acheter un cadeau aujourd'hui. Il y a des années, quand je l'ai rencontré, Luke avait une ceinture qu'il adorait, une magnifique ceinture italienne en cuir. Mais un jour qu'il l'avait laissée dans la salle de bains, elle s'est retrouvée couverte de cire.

Oh, ce n'était pas entièrement ma faute. Je lui ai tout expliqué : quand tu souffres le martyre, tu ne réfléchis pas à ce que tu utilises pour enlever la cire brûlante de tes jambes. Tu prends la première chose qui te tombe sous la main.

C'est tout. J'avais l'intention de lui remplacer sa ceinture. Un petit cadeau de fin de voyage de noces. Mais s'il m'espionne et consulte mes relevés de compte, il ne le mérite pas. Non mais ! Il ne manque pas de culot ! Est-ce que je lis ses lettres personnelles, moi ?

Euh, en fait, oui. Certaines sont passionnantes. Mais la question n'est pas là…

Bon sang ! Je me fige sur place. Quelle horreur ! Luke a-t-il vu combien j'ai dépensé à Hong Kong le jour où il était à la Bourse ?

Merde !

Et il ne m'en a pas parlé. Dans ce cas, il mérite son cadeau.

J'avale une gorgée de cappuccino. Après tout, rira bien qui rira le dernier. Et ça sera moi, pas Luke. Il se croit intelligent mais ce qu'il ignore c'est que je dispose d'un plan secret. Un plan génial.

Une demi-heure plus tard, je suis à la réception et je porte un pantalon noir serré (pas un corsaire mais presque), un tee-shirt rayé et un foulard noué autour du cou à l'européenne. Je me dirige droit vers la caisse et fais un grand sourire à la préposée.

— *Ciao ! Il…*

Je me tais.

Merde ! En me lançant avec force moulinets de la main, je pensais que l'italien me viendrait naturellement.

Prudemment, je repasse à ma langue maternelle.

— J'aimerais changer de l'argent en euros.

— À votre disposition. Quelle devise ?

— Plusieurs devises.

Je fouille dans mon sac et en sors une liasse de billets de toutes sortes.

— Des roupies, des dirhams, des ringgits…

Je les pose sur le guichet et en ajoute d'autres.

— Des shillings du Kenya…

Je contemple un billet rose dont j'ignore l'origine.

— Et celui-là…

C'est fou ce que je trimbalais comme argent sans m'en rendre compte : des tas de roupies dans mon sac de plage et plein de birrs éthiopiens et de pièces au fond d'un fourre-tout.

De l'argent qui ne me coûte rien ! De l'argent *que j'avais déjà !*

Tout excitée, je contemple la caissière qui fait des piles.

— Vous avez dix-sept sortes de devises, annonce-t-elle finalement, sidérée.

— Nous avons visité de nombreux pays. Ça fait dans les combien ?

La préposée tapote sur un clavier d'ordinateur tandis que je me livre à de savants calculs. Si les taux de change ont augmenté, je suis peut-être plus riche que je ne le pensais.

Et je me sens un peu coupable. C'est l'argent de Luke. Alors je décide que si je reçois plus de cent euros, je lui en donnerai la moitié. Pure justice, n'est-ce pas ? Et il m'en restera encore cinquante ! Ce n'est pas mal, après tout.

— Net de commission, dit la caissière, ça fait sept quarante-cinq.

— Sept cent quarante-cinq euros ?

J'ignorais totalement que je possédais une telle fortune. C'était donc vrai ! Les gens qui prétendent qu'il n'y a pas de petites économies ont raison. Incroyable !

Je vais acheter un cadeau pour Luke *et* une paire de Miu Miu *et*…

— Pas sept cent quarante-cinq euros, me dit la caissière en me montrant l'écran, sept euros quarante-cinq.

— Comment ? C'est impossible !

— Sept euros quarante-cinq, répète la préposée. Comment les voulez-vous ?

Sept malheureux euros ? En sortant de l'hôtel, je suis vexée. Tout ce bon argent qui ne vaut que sept euros ! C'est insensé. Comme je l'ai dit à la caissière, en Inde on peut acheter des tonnes de choses avec une poignée de roupies. Peut-être même une voiture… ou un palais. Mais elle n'a rien voulu savoir. En plus elle a eu le culot de me dire qu'elle avait été généreuse.

Bof ! Après tout, sept euros c'est mieux que rien. Surtout si Miu Miu solde ses trucs pour un euro symbolique.

Je commence à me promener dans la rue, suivant à la lettre le plan que le concierge m'a donné. Quel homme serviable ! Comprenant que je voulais voir les hauts lieux culturels de Milan, il m'a parlé d'art et de Léonard de Vinci. Et quand je lui ai expliqué que l'art contemporain m'intéressait davantage, il m'a parlé d'un cinéaste qui fait des films sur la mort.

J'ai dû lui spécifier que pour moi la « culture contemporaine italienne » était surtout représentée par des marques aussi célèbres que Prada et Gucci. Ses yeux ont aussitôt brillé. Il m'a montré sur la carte une rue au centre d'une zone appelée « carré d'or » qui devrait m'intéresser.

Le temps est au beau, il souffle une légère brise et le soleil se reflète dans les vitrines et les voitures. Des Vespa se faufilent partout à toute vitesse. Milan, c'est vraiment cool. Tous les gens que je croise portent des lunettes de soleil griffées et des sacs de marque, même les hommes !

Et pourquoi ne pas offrir à Luke un sac griffé plutôt qu'une ceinture ? Je le verrais assez bien arriver à son bureau avec un petit sac bien chic à l'épaule.

Hum, je crois que je vais m'en tenir à une ceinture.

Soudain, je remarque une fille en tailleur-pantalon beige, portant des escarpins à lanières et un casque de scooter rose avec une bordure peinte façon léopard.

Folle de jalousie, je la regarde passer. Oh, je veux le même casque. D'accord, je n'ai pas de Vespa, mais je pourrais tout de même porter ce casque. Ce serait mon image de marque à moi. On m'appellerait la fille au casque de Vespa ! En plus, ça me protégerait des voyous. Un peu comme une assurance contre le vol.

Et si je lui demandais où elle l'a acheté ?

— *Excuse-moi, mademoiselle, j'adore votre chapeau*[1].

La fille fait semblant de ne pas me voir et traverse à toute allure. Pas très aimable, hein ? Moi, j'essaie de m'exprimer dans sa langue…

Ah ! D'accord ! C'est un peu gênant…

Bon. Tant pis. De toute façon je ne suis pas ici pour acheter un casque, mais un cadeau pour Luke. C'est l'essence même du mariage. Faire passer l'autre avant soi. Assouvir les besoins de l'autre avant les siens.

Et puis au pire je pourrai toujours faire un saut à Milan pour la journée. De Londres, ça ne doit pas prendre longtemps en avion. Et Suze pourrait m'accompagner. Je nous vois bien bras dessus, bras dessous, croulant sous les achats et riant comme deux bossues. Un voyage entre filles à Milan ! Il faut qu'on fasse ça.

Au croisement suivant je consulte mon plan. J'approche du but. Le concierge m'a dit que ce n'était pas loin…

À cet instant, je croise une femme. Elle a un sac Versace à la main. Ma joie est à son comble : je chauffe ! Comme au Pérou : on est allés voir un volcan, et notre guide nous montrait les signes annonçant qu'on approchait du cratère. Moi, il suffit que je détecte les sacs Versace…

1. En français dans le texte. *(NdT.)*

J'avance encore un peu et… encore un signe ! Une femme aux lunettes de soleil trop grandes est assise à une terrasse, où elle boit un cappuccino. Et elle est entourée d'un régiment de sacs Armani. Elle gigote en parlant à une amie et sort de l'un d'eux un pot de confiture portant une étiquette Armani.

Incrédule, je ne cesse de la regarder. De la confiture Armani ? Armani fait de la confiture, maintenant ?

Et si à Milan tout était griffé ? Dolce & Gabbana fabrique peut-être du dentifrice ? Et Prada de la sauce tomate ?

Je savais que cette ville me plairait.

Je presse le pas, en transe. Je flaire déjà l'odeur des boutiques. Les sacs de grandes marques se multiplient. L'air est chargé de parfums de luxe. J'entends presque le bruit des cintres sur les portiques, et des fermetures Éclair…

Soudain, j'y suis.

Une longue avenue s'ouvre devant moi, où fourmillent les gens les plus chics du monde. Des filles bronzées style mannequin en ensemble imprimé Pucci et talons hauts se baladent au bras d'hommes athlétiques portant des costumes en lin immaculés. Une fille en jean Versace et rouge à lèvres écarlate pousse un landau Louis Vuitton. Une blonde vêtue d'une minijupe en cuir brun bordée de fourrure de lapin bavarde dans son portable assorti tout en tenant par la main un petit garçon habillé de la tête aux pieds en Gucci.

Et… les boutiques ! L'une après l'autre.

Ferragamo. Valentino. Dior. Versace. Prada.

J'ai le tournis. Quel choc culturel ! Ça fait un bail que je n'ai pas vu autre chose que des magasins de souvenirs vantant l'artisanat local ou des perles de bois ! J'ai tout à coup l'impression de me jeter sur un tiramisu avec double dose de crème après le prix des régimes.

Quel manteau extraordinaire ! Et toutes ces chaussures !

Par où commencer ? Oui, par où…

Je ne bouge plus. Au milieu de l'avenue, je suis paralysée, comme l'âne de Buridan. On me retrouvera dans des années, gelée sur place, serrant fort ma carte bancaire.

Soudain, j'aperçois dans une vitrine un étalage de ceintures et de portefeuilles en cuir.

En cuir. Comme la ceinture de Luke. Voilà ce que je cherche. Concentrons-nous.

Toujours sur mon nuage, je me précipite vers la boutique. Dès l'entrée je suis subjuguée par le parfum du cuir de luxe. L'odeur est si forte qu'elle m'aide à revenir sur terre.

Quelle boutique ! Moquette mauve clair, lumière tamisée et profusion de portefeuilles, de ceintures, de sacs, de vestes… Je tombe en arrêt devant un mannequin revêtu d'un extraordinaire manteau chocolat tout de cuir et de satin. Je le caresse tendrement, soulève l'étiquette… et manque tomber dans les pommes.

Mais, suis-je bête, c'est en lires. J'en souris d'aise. Pas de doute que…

Ah non ! Maintenant c'est des euros.

Vacherie !

J'avale ma salive et m'éloigne.

Ce qui prouve que mon père avait raison : la monnaie unique est une erreur colossale. J'avais treize ans quand je suis allée en vacances à Rome avec mes parents. À l'époque, avec le taux de change de la lire, les prix semblaient énormes, *mais c'était faux*. On pouvait s'acheter un truc à un milliard de lires et ça ne faisait que deux ou trois livres. Le bonheur !

De plus, si sans le vouloir vous dépensiez une fortune pour un flacon de parfum, personne ne pouvait vraiment vous le reprocher… Comme le disait maman, faire autant de divisions de tête sans se tromper, c'était impossible.

Les gouvernements, quelle bande de rabat-joie.

Tandis que je regarde un stock de ceintures, sort d'une cabine d'essayage un homme plutôt trapu, vêtu d'un incroyable manteau doublé de cuir et mâchonnant un cigare. La cinquantaine, très bronzé, les cheveux grisonnants coupés en brosse, l'œil bleu perçant. Une seule chose choque dans son visage : son nez ne va pas avec le reste.

— Ah, Roberto ! fait-il d'une voix rugueuse.

Un Anglais ! Avec un drôle d'accent, mélange d'américain et de faubourg de Londres.

Un vendeur, en noir jusqu'aux lunettes de soleil, jaillit d'une cabine d'essayage, un mètre à la main.

— Oui, *signor* Temple ?

— Quel est le pourcentage de cachemire dans ce vêtement ?

Temple caresse d'une main critique le tissu du manteau tout en envoyant un nuage de fumée vers le visage du vendeur. Celui-ci, au risque d'étouffer, ne recule pas d'un poil.

— *Signor*, c'est cent pour cent cachemire.

— La meilleure qualité ? insiste Temple. Je n'aime pas me faire entuber. Vous connaissez ma devise : rien que le meilleur.

— *Signor*, fait le vendeur en grimaçant un peu, vous pensez bien qu'il n'a jamais été question de vous… entuber.

Temple le fixe quelques secondes, puis hoche la tête :

— Bon, j'en prendrai trois. Un pour Londres, un pour la Suisse, le dernier pour New York. Compris ? Vous avez des valises ?

Le vendeur me jette un coup d'œil à travers ses lunettes noires : je n'ai pas cessé de les écouter.

— Ah, bonjour, dis-je, je voudrais cette ceinture et un paquet-cadeau.

— Silvia va s'occuper de vous.

Il fait un geste en direction de la caisse et me plante là pour s'occuper de son important client.

Je tends la ceinture à Silvia et la regarde l'emballer d'une main experte dans du papier glacé couleur bronze tout en écoutant d'une oreille ce M. Temple qui choisit une valise.

— Je n'aime pas cette matière. Ce n'est plus la même. Quelque chose cloche.

— Nous avons changé de fournisseur récemment, lui répond le vendeur en se tordant les mains. Mais c'est un très beau cuir, *signor*…

Il se tait quand son client sort son cigare de sa bouche et le regarde de travers.

— N'essayez pas de m'entuber, Roberto. Je paie, je veux de la qualité. Vous savez ce que vous allez faire ? Vous allez me confectionner une valise avec un cuir de votre ancien fournisseur. Compris ?

Il s'aperçoit que je le fixe et me fait un clin d'œil.

— C'est le meilleur endroit au monde pour le cuir. Mais ne vous laissez pas faire !

— Merci du conseil. Au fait, j'adore votre manteau !

— C'est très gentil. Vous êtes actrice ? Mannequin ?

— Euh… non. Ni l'un ni l'autre.

— Aucune importance.

— Comment désirez-vous payer ? me demande Silvia.

— Ah… voilà.

En lui tendant ma carte Visa, je me sens particulièrement heureuse. Il est plus satisfaisant d'acheter pour les autres que pour soi ! J'ai atteint le plafond de mon compte, ce qui veut dire que j'en ai fini avec mes courses pour la journée.

Que faire maintenant ? M'imprégner d'un peu de culture. Voir ce tableau célèbre dont m'a parlé le concierge.

J'entends une sorte de brouhaha dans le fond de la boutique et regarde dans cette direction. Un miroir pivote et s'ouvre sur une réserve. Une femme en sort, entourée d'une meute d'assistants zélés. Que tient-elle ? Pourquoi tout le monde…

Soudain je réalise. Mon cœur s'arrête ! J'en ai la chair de poule !

Impossible !

C'est pourtant vrai ! Elle tient à la main un sac Angel.

3

Un sac Angel, là, à portée de main !

Moi qui croyais qu'ils étaient tous vendus, tous inaccessibles.

La femme le pose avec précaution sur un piédestal en daim crème et recule d'un pas pour l'admirer. Dans la boutique, on entendrait une mouche voler. Comme si un membre de la famille royale venait de faire son entrée. Ou une star de Hollywood.

Pétrifiée, je suis incapable de respirer.

C'est bouleversant, tout simplement bouleversant. Le cuir semble aussi tendre que du beurre. L'ange, peint à la main, est dans un camaïeu de bleu-vert. Il domine le nom de Dante brodé en lettres de strass.

Je déglutis avec peine et tente de me remettre de cette émotion. Mais mes jambes vacillent et j'ai les mains toutes moites. C'est encore plus fort que lorsque nous avons vu les tigres blancs au Bengale. D'ailleurs, soyons réaliste : les sacs Angel sont sûrement plus rares que les tigres blancs.

Et dire que j'en ai un juste sous le nez !

Je pourrais l'acheter. *Oui, je pourrais l'acheter !*

— Mademoiselle ! *Signorina !* Vous m'entendez ?

La voix monte jusqu'à mon cerveau : Silvia essaie d'attirer mon attention.

— Ah, oui… (Je suis un peu gênée.)

Je prends le stylo et signe n'importe comment.

— Dites-moi, c'est un vrai sac Angel ?

— Oui, bien sûr, dit-elle sur le ton blasé d'un videur de boîte de nuit n'ayant pas son pareil pour virer les groupies trop encombrantes.

— Et… il coûte combien ?

— Deux mille euros.

— Très bien.

Deux mille euros ! Pour un sac !

Mais si j'avais un sac Angel, je n'aurais plus besoin de m'acheter de fringues ! Plus jamais ! Qu'est-ce qu'une nouvelle jupe quand on a le sac le plus cool du monde ?

Je me fiche du prix. Il me le faut.

— J'en désire un.

Toute la boutique retient son souffle, puis les assistants éclatent de rire.

— Impossible de l'acheter, fait Silvia, il y a une liste d'attente.

Oh, une liste d'attente ! Quelle idiote je suis ! Bien sûr qu'il doit y avoir une liste d'attente…

— Désirez-vous vous y inscrire ? me demande la vendeuse en me tendant une carte.

Bon, soyons raisonnable. Je ne vais pas m'inscrire sur une liste d'attente à Milan. Et d'abord comment récupérer le sac ? Il faudrait qu'on me l'envoie par DHL. Ou que je vienne exprès, ou…

— Oui, bien sûr, m'entends-je dire.

En écrivant mes coordonnées, mon cœur bat la chamade. Je vais être sur la liste, sur la liste des sacs Angel !

— Parfait, dit Silvia en glissant la carte dans un tiroir. Nous vous appellerons dès que nous en aurons un de disponible.

— Et ça risque… de prendre combien de temps ?

J'essaie de ne pas paraître trop angoissée.

— Difficile à dire, répond-elle en haussant les épaules.

— Il y a combien de personnes avant moi ?

— Je ne peux pas vous le dire.

— Bon.

Je me sens un peu frustrée. Vous comprenez, il est là sous mes yeux… et je ne peux pas mettre la main dessus.

Tant pis ! Au moins je figure sur la liste.

Je saisis le paquet contenant la ceinture de Luke et m'éloigne du comptoir. Devant le sac Angel, je fais une courte pause. Mon Dieu, il y a de quoi défaillir ! C'est le sac le plus beau, le plus chic de tout l'univers. En le contemplant, je suis submergée d'amertume. Après tout, ce n'est pas ma faute si je ne me suis pas inscrite plus tôt. Je faisais le tour du monde ! Qu'aurais-je dû faire ? Annuler mon voyage de noces ?

Allons ! Du calme ! Un jour, tu en auras un. Sûr et certain. Dès que…

Soudain, une brillante idée me traverse l'esprit.

— Je me demandais…, dis-je en retournant à la caisse, savez-vous si toutes les personnes inscrites sur la liste veulent vraiment un sac Angel ?

— Mais elles sont inscrites ! répond Silvia comme si elle s'adressait à une demeurée.

— Oui, mais elles auraient pu changer d'avis. Ou en acheter un ailleurs ? Et ce serait mon tour. Vous comprenez ? Je pourrais alors acheter celui du magasin.

Comment peut-elle avoir cet air impassible ? Elle ne comprend pas que c'est vital ?

— Nous préviendrons nos clientes l'une après l'autre. Dès que nous aurons le vôtre, nous vous contacterons.

— Je peux m'en charger à votre place. Si vous me donnez leurs numéros de téléphone.

Silvia me dévisage longuement.

— Non merci. Nous vous appellerons.

Rien à faire. Je vais arrêter d'y penser et profiter de Milan, voilà tout. Je jette un ultime regard au sac et sors dans la rue, où le soleil brille.

Est-elle déjà en train d'appeler les gens de la liste ?

Allez, Becky, arrête. Éloigne-toi de la boutique. Je refuse que ça tourne à l'obsession. Je ne vais même plus y penser. Je vais me concentrer sur la… culture. Oui. Ce grand tableau… ou un truc comme ça.

Soudain, je stoppe net. J'ai donné le numéro de téléphone de chez Luke à Londres. Or ne m'a-t-il pas dit qu'il allait faire changer les lignes ?

Et si je leur avais laissé un mauvais numéro ?

Je reviens sur mes pas et fonce dans la boutique.

— Rebonjour, je vais vous donner d'autres coordonnées, au cas où vous ne pourriez pas me joindre.

Je fouille dans mon sac et en sors une carte de visite de Luke.

— C'est le bureau de mon mari.

— Très bien, dit Silvia d'une voix lasse.

— Ah, au fait, si vous lui parlez, ne mentionnez pas le sac Angel.

Je baisse la voix :

— Dites seulement que l'ange a atterri.

— L'ange a atterri, répète Silvia en le notant comme si elle passait sa vie à envoyer des messages codés.

Après tout, c'est peut-être vrai ?

— Demandez à parler à Luke Brandon. Chez Brandon Communications. C'est mon mari.

Du fond de la boutique, j'ai l'impression que l'homme trapu qui se choisissait des gants me regarde.

— Luke Brandon, répète Silvia. Parfait.

Elle pose la carte et me salue une dernière fois.

— Au fait, avez-vous déjà téléphoné à quelqu'un de la liste ?

— Non. Pas encore.

— Mais vous m'appellerez dès que vous aurez des nouvelles, n'est-ce pas ? Même si c'est tard le soir. Cela m'est égal…

— Madame Brandon, fait-elle excédée, vous êtes sur la liste. Vous devez attendre votre tour. Je ne peux rien faire de mieux !

— Vous en êtes sûre ? fait une voix râpeuse.

Nous nous retournons toutes deux tandis que le type trapu s'avance vers nous.

J'en reste bouche bée. Que veut-il ?

— C'est à quel sujet ? demande Silvia d'une voix hautaine alors que l'inconnu me fait un clin d'œil.

— Ne vous laissez pas avoir, mademoiselle.

Il se tourne vers Silvia :

— Si vous le vouliez, vous pourriez le lui vendre, assène-t-il en montrant le sac de son index boudiné.

— *Signor*…

— J'ai entendu votre conversation. Vous n'avez encore appelé personne. D'ailleurs, qui sait qu'il y en a un dans le magasin ? Personne n'est au courant que ce sac existe.

Il se tait, exprès.

— Et vous avez cette jeune femme qui désire l'acheter.

— Là n'est pas la question, *signor*, dit Silvia avec un maigre sourire. Nous avons un règlement très strict…

— Vous avez une certaine latitude. Ne prétendez pas le contraire. Ah, Roberto ! crie-t-il.

Le vendeur aux lunettes noires se précipite vers son client.

— *Signor* Temple, dit-il d'une voix suave tout en me dévisageant, que puis-je faire pour vous ?

— Si je désirais acheter ce sac pour mon amie, me le vendriez-vous ?

Temple exhale un nuage de fumée et lève les sourcils dans ma direction. J'ai l'impression qu'il s'amuse.

Roberto se tourne vers Silvia, qui me désigne du menton en levant les yeux au ciel. Roberto, à l'évidence, étudie la situation et réfléchit intensément.

— *Signor* Temple, dit-il d'une voix suave, vous êtes un de nos chers clients. C'est bien sûr différent…

— Alors ?

— Dans ce cas…, répond Roberto après un instant d'hésitation.

— Que décidez-vous, enfin ?

Silence complet. Je suis incapable de bouger, de ciller.

— Silvia, dit Roberto, veuillez emballer le sac pour la *signorina*.

Oh, c'est top ! Tip-top !

Silvia me lance un regard furibond.

— À votre disposition.

J'ai le tournis. Je n'arrive pas à le croire.

— Je ne sais comment vous remercier, dis-je en bégayant. Personne n'a jamais fait une chose aussi formidable pour moi.

— Ce n'est rien, dit l'homme en inclinant la tête et en me tendant la main. Je m'appelle Nathan Temple.

Je ne m'attendais pas à ce que sa main puissante et dodue soit aussi douce.

— Becky Bloomwood, enfin, Brandon.

— Vous aviez vraiment envie de ce sac. Je n'ai jamais vu une chose pareille !

— Je le désirais furieusement, admets-je en riant. Je vous suis tellement reconnaissante !

D'un geste de la main, Nathan Temple me fait signe que je n'ai pas à le remercier puis rallume son cigare. Quand il arrive à en extraire des nuages de fumée, il relève la tête.

— Brandon… comme Luke Brandon ?

— Vous connaissez Luke ? Quelle extraordinaire coïncidence !

— Seulement de réputation. Il est célèbre dans son genre, votre mari.

— Voilà, *signor* Temple ! intervient Roberto, chargé d'une demi-douzaine de paquets qu'il tend à M. Temple, le reste de vos achats sera livré selon vos instructions.

— Vous êtes un brave type, dit Nathan en lui tapotant le dos. À l'année prochaine.

— Puis-je vous offrir un verre ? dis-je très vite. Ou vous inviter à déjeuner ? Ou… ce que vous voulez !

— Hélas, je dois partir. Merci de me l'avoir proposé si gentiment.

— Mais je tiens à vous remercier pour ce que vous avez fait. Je vous suis si reconnaissante.

Nathan Temple fait un petit geste modeste :

— Qui sait ? Un jour vous pourrez peut-être me rendre un service.

— Vous n'aurez qu'à me le demander !

J'ai dit ça d'un ton tellement exalté qu'il éclate de rire.

— Profitez bien du sac. Allez, Harvey !

Surgi de nulle part, un grand blond en costume à rayures blanches apparaît. Il débarrasse Nathan de ses sacs et les deux hommes quittent la boutique.

Rayonnante de bonheur, je m'appuie contre le comptoir. J'ai un sac Angel en ma possession ! Un sac Angel !

— Ça fera deux mille euros, lance une voix acide derrière moi.

Merde ! J'avais complètement oublié ce détail.

Par pur réflexe je cherche mon portefeuille… et je reste le bras en suspens. Bien sûr. Je ne l'ai pas. J'ai vidé mon compte en achetant la ceinture de Luke et je n'ai que six euros en espèces.

Me voyant hésiter, Silvia ne me quitte plus des yeux.

— Si vous avez des problèmes pour payer…

— Aucun problème, dis-je sèchement. Il me faut juste… une minute.

Silvia, sceptique, croise ses bras sur sa poitrine pendant que je fouille dans mon sac. J'en extrais un poudrier *Sheer Finish* de Bobbi Brown.

— Vous auriez un marteau ? Ou un truc lourd ?

Silvia me regarde comme si j'étais devenue folle.

— N'importe quoi fera l'affaire…

Je repère une grosse agrafeuse sur le comptoir. Je la prends et en martèle mon poudrier de toutes mes forces.

— *O Dio !* crie Silvia.

— Ne vous en faites pas, je dois seulement… Ah, voilà !

Mon poudrier a volé en éclats. D'un geste triomphant, j'en retire la carte Mastercard qui était collée au fond. Ma carte de sauvetage. Mon nécessaire de secours en cas de noyade. À n'utiliser qu'en cas d'urgence absolue. Luke en ignore *réellement* l'existence. À moins qu'il n'ait des yeux radioscopiques.

L'idée de cacher une carte bancaire là m'est venue en lisant un brillant article sur la gestion d'un budget. Non que j'aie des problèmes d'argent, bien sûr ! Mais par le passé il m'est arrivé de faire de petits… excès.

L'idée m'a plu. Il suffit de mettre une carte bancaire dans un endroit inaccessible comme de la glace, ou de la coudre dans une doublure de manteau de façon à disposer d'un peu de temps pour réfléchir avant de faire un achat. Il semblerait que ce processus évite quatre-vingt-dix pour cent des achats inutiles.

Je dois admettre que ça marche ! Seul inconvénient du système : ça m'oblige à acheter de nouveaux poudriers sans arrêt, ce qui revient cher.

— Voici ma carte, dis-je à Silvia.

Elle la glisse dans la machine et je signe le reçu un instant plus tard. Elle le range dans un tiroir.

Qu'est-ce qu'elle attend pour me donner mon sac ?

— Alors… je peux l'avoir ?

— Tenez, fait-elle d'un ton boudeur en me tendant mon paquet.

Ma main se referme sur la poignée en ficelle et mon cœur bondit de joie.

Il est à moi. J'ai un sac Angel.

En rentrant le soir à l'hôtel, j'ai l'impression de flotter dans l'air. Je viens de passer un des meilleurs moments de mon existence. Tout l'après-midi j'ai arpenté la via Montenapoleone mon sac Angel sur l'épaule… et tout le monde l'a admiré. En fait, les gens ne se contentaient pas de l'admirer, ils le regardaient bouche bée. Comme si j'étais une star.

Au moins vingt personnes m'ont demandé où je l'avais acheté et une femme avec des lunettes noires qui devait vraiment être une star de cinéma m'en a fait offrir trois mille euros par son chauffeur. Mais le plus savoureux, c'est que les passants n'arrêtaient pas de me désigner comme *« la ragazza con la borsa di Angel »*. J'ai compris que ça voulait dire « la fille au sac Angel » ! C'est comme ça qu'on m'appelait !

Telle une bienheureuse, je franchis d'un pas léger la porte à tambour et me dirige vers le hall, où Luke m'attend près de la réception.

— Ah ! te voilà enfin, dit-il soulagé. Je commençais à m'inquiéter ! Notre taxi nous attend.

Il me prend par la main pour m'emmener jusqu'au taxi.

— Aéroport Linate ! lance-t-il au chauffeur, qui se faufile à travers le flot de voitures dans un concert de klaxons.

— Alors, comment s'est passée ta journée ? La réunion s'est bien déroulée ?

— Plutôt bien. Si on peut avoir le budget du groupe Arcodas, on aura décroché le gros lot. La société est en pleine expansion. Il va y avoir du sport.

— Et tu penses l'avoir ?

— Il faut qu'on leur fasse la cour. En rentrant, je vais leur préparer un beau baratin. Mais j'ai bon espoir.

— Bravo ! Et tu n'as pas eu de problème à cause de tes cheveux ?

— Mais non. Au contraire. Tout le monde les a trouvés au poil.

— Tu vois, je te l'avais bien dit.

— Et toi, comment s'est passée ta journée ? demande Luke alors que nous prenons un virage à deux cents à l'heure.

— Oh, c'était super ! Vraiment cool ! J'ai adoré Milan !

— Vraiment ? Même sans ça ?

Et il sort mon portefeuille de sa poche.

La vache ! Je l'avais complètement oublié !

— Oui, même sans lui. Pourtant, j'ai réussi à t'acheter un petit quelque chose…

Je lui tends le paquet dans son papier glacé couleur bronze et ne quitte pas Luke des yeux quand il en sort la ceinture.

— Becky, quelle merveille ! Elle est absolument…

Il ne cesse de la manipuler.

— C'est pour remplacer celle que je t'ai abîmée. Tu te souviens, avec de la cire ?

— Je me rappelle, dit-il, sincèrement ému. Et… c'est tout ce que tu as acheté à Milan ? Ce cadeau pour moi ?

— Euh…

Je hausse vaguement les épaules, cherchant à gagner du temps.

Bon. Que faire maintenant ?

Un mariage repose sur la franchise et la confiance. Si je ne lui parle pas du sac Angel, je trahis sa confiance.

Mais si je lui en parle… je dois lui avouer aussi mon nécessaire de sauvetage. Ce qui ne me paraît pas une brillante idée.

Je ne vais tout de même pas gâcher les derniers instants de notre voyage de noces à discuter bêtement !

Mais nous sommes mariés. Nous sommes mari et femme. Nous ne devons pas avoir de secrets l'un pour l'autre. D'accord, je vais tout lui dire. Sans hésiter.

— Luke…

— Attends ! Becky, je te dois des excuses.

— Quoi ?

— Tu m'avais dit que tu avais changé, que tu avais mûri. Et… c'est vrai. Je te l'avoue, je m'attendais à ce que tu rentres à l'hôtel chargée de paquets après avoir dépensé des sommes folles.

Je suis nulle.

— Euh… Luke…

— J'ai honte de moi, continue-t-il. Tu comprends ? Pour ta première visite au centre mondial de la mode, tu te contentes de m'acheter un cadeau. Becky, je suis vraiment bouleversé. Chandra avait raison : tu as vraiment une belle âme.

Un silence. Est-ce le moment de lui dire la vérité ?

Oui, mais comment ?

Comment lui avouer que je ne possède pas une belle âme, mais une vieille âme ordinaire et plutôt crade ?

— Oh, tu sais, ce n'est qu'une ceinture !

— Pas à mes yeux. C'est symbolique de notre mariage.

Il me caresse la main et me sourit :

— Pardon de t'avoir interrompue. Qu'est-ce que tu voulais me dire ?

J'ai encore l'occasion de tout déballer.

Je me lance :

— Voilà… je voulais seulement te dire… que la boucle est ajustable.

Je lui adresse un pauvre sourire et détourne la tête, comme si je m'intéressais au paysage.

C'est nul. Je n'ai pas osé lui avouer la vérité.

Mais c'est aussi sa faute. S'il m'avait écoutée quand je lui ai lu *Vogue*, il l'aurait reconnu. Je ne le cache pas, après tout. Je tiens à mon bras un des symboles les plus prestigieux de notre époque et il ne le remarque même pas !

D'ailleurs, c'est la dernière fois que je lui mens. Juré craché. À partir de maintenant, fini, les mensonges, les mensonges par omission, les mensonges cousus de fil blanc. Notre mariage sera marqué du sceau de la franchise et de la vérité. Absolument. On nous admirera pour l'harmonie et l'amour qui régneront entre nous, on nous appellera Le Couple qui…

— Linate ! annonce le chauffeur.

Un peu inquiète, je me tourne vers Luke.

— Nous y voilà, fait-il, tu veux toujours rentrer ?

J'essaie d'ignorer mon estomac qui fait des nœuds.

— Et comment !

Je sors du taxi et me détends les jambes. Une foule dense pousse des chariots chargés de bagages, un avion décolle dans un bruit d'enfer juste au-dessus de moi.

Incroyable, mais nous y sommes. Dans quelques heures, nous atterrirons à Londres. Après être partis si longtemps.

— Au fait, dit Luke, j'ai reçu un message de ta mère cet après-midi sur mon portable. Elle voulait savoir si nous étions toujours au Sri Lanka ou si nous étions déjà partis pour la Malaisie.

Il fronce les sourcils pour rire. Quel choc ça va leur faire ! Ils vont vraiment être fous de joie !

Soudain je suis comme une pile électrique. On rentre à la maison !

4

Génial ! On a réussi ! On est de retour ! Nous sommes sur le sol anglais.

Ou du moins sur une piste d'atterrissage anglaise. Après une nuit à l'hôtel, nous voilà sur les routes du Surrey dans une voiture de location, prêts à faire la surprise aux parents. Dans deux minutes nous serons chez eux.

Je suis tellement énervée que je me tortille sur mon siège. En fait, je ne cesse de faire du genou au masque tribal acheté en Amérique du Sud. Ils vont en faire, une tête, les parents, en nous voyant ! Le visage de maman va s'illuminer, mon père commencera par être abasourdi avant de nous sourire… Et nous courrons dans les bras les uns des autres à travers des nuages de fumée…

En fait, il risque de ne pas y avoir de fumée. Mais de toute façon ce sera fantastique. Les plus fantastiques des retrouvailles !

À vrai dire, les parents ont dû trouver le temps long. Je suis leur fille unique et nous n'avons jamais été séparés pendant aussi longtemps. Dix mois sans se voir.

Mon retour va vraiment leur faire plaisir.

Nous voilà à Oxshott, ma ville natale : je regarde par la vitre les maisons et les jardins que je connais depuis mon enfance. Nous longeons l'enfilade de boutiques où rien n'a changé. Au feu rouge, le vendeur de journaux relève la tête et me fait un petit signe de la main comme si c'était un jour ordinaire. Dire qu'il ne semble même pas surpris de me voir !

T'es bouché ou quoi. Il y a un an que je suis partie ! J'ai vu le monde !

On s'engage dans Mayfield Avenue, et pour la première fois j'ai un pincement de cœur.

— Luke, tu crois qu'on aurait dû leur téléphoner ?

— Trop tard, dit-il calmement en mettant son clignotant à gauche.

On est tout près maintenant. J'ai vraiment les boules.

— Et s'ils faisaient une crise cardiaque à cause de nous ? Ou une attaque ?

— Mais non, tout se passera bien, ne t'en fais pas !

On roule maintenant dans Elton Road, la rue des parents. On approche de leur maison. On y est.

Luke se range dans l'allée et coupe le moteur. Nous ne bougeons ni l'un ni l'autre.

— Prête ?

— Sans doute.

Pas décontractée pour un sou, je sors de la voiture et claque la portière. Le soleil brille, la rue est tranquille et je n'entends que le chant des oiseaux et le ronronnement lointain d'une tondeuse à gazon.

Je monte les marches du perron, hésite, regarde Luke. C'est le grand moment. Soudain hyperexcitée, j'appuie fort sur la sonnette.

Rien ne se passe.

Je sonne à nouveau.

Il n'y a personne.

Comment se fait-il qu'ils soient absents ?

Mécontente, je contemple la porte d'entrée. Où diable peuvent-ils être ? Ils ne se rendent pas compte que leur fille chérie est de retour après un périple autour du monde ?

— Allons boire un café et revenons plus tard, suggère Luke.

— Pourquoi pas.

Mes beaux plans s'écroulent. Moi qui étais prête pour des retrouvailles pleines de larmes et de rires, je dois me contenter d'un café infect.

Toute tristounette, j'emprunte l'allée et me plante contre la grille en fer. Je joue avec le verrou qui est cassé depuis vingt ans et que papa promet toujours de réparer, je regarde les roses que les parents ont plantées le jour de notre mariage. C'était il y a un an. Déjà !

Tout à coup, j'entends un bruit de voix. Je relève la tête et inspecte le trottoir. Deux silhouettes viennent d'apparaître au coin de la rue. J'écarquille les yeux et j'ai un choc !

C'est eux ! Maman et papa ! Ils viennent vers nous ! Maman a une robe imprimée et papa une chemise rose à manches courtes. Tous deux ont l'air bronzés et en pleine forme.

— Maman ! Papa ! On est là !

Je leur ouvre les bras.

Ils me repèrent et se figent sur place. Soudain, je remarque une autre personne avec eux. Une femme. Ou plutôt une jeune femme. Je n'arrive pas bien à voir sous cette lumière crue.

— Maman ! Papa !

C'est curieux, mais ils ne semblent pas bouger. Je leur ai fait peur ? Ils croient voir un fantôme ?

— Je suis de retour ! C'est moi, Becky ! Je voulais vous faire la surprise !

Plus personne ne bouge.

Puis, à ma plus grande stupéfaction, je les vois reculer.

— Mais… qu'est-ce qu'ils fabriquent ?

Je n'en crois pas mes yeux !

Tout se passe comme je l'avais imaginé, sauf que c'est l'inverse. Ils auraient dû courir *vers* moi.

Ils disparaissent dans la première rue à droite. J'en perds l'usage de la parole.

— Luke, c'était bien mes parents, non ?

— Je crois, fait Luke, tout aussi perplexe que moi.

— Et ils ont vraiment... tourné les talons ou j'ai rêvé ?

Normal que je sois blessée. Mes propres parents qui s'éloignent de moi comme si j'avais la peste.

— Non, me rassure Luke, bien sûr que non. Ils ne t'ont sans doute pas vue. Regarde ! Ils reviennent !

Pas de doute. Les voici qui émergent soudain, mais sans la fille. Ils avancent de quelques pas et papa saisit la main de maman d'un geste dramatique. Il pointe son doigt dans ma direction.

— Regarde ! C'est Becky !

— Becky ! mais c'est impossible, fait maman d'une voix guindée.

L'année dernière, quand elle a joué dans une pièce d'Agatha Christie, elle a pris le même ton en découvrant le corps de la victime.

— Becky ! Luke ! crie papa.

Ils se mettent à courir à ma rencontre, et l'émotion m'étreint.

— Maman ! Papa ! On est revenus !

Je fonce vers eux, les bras grands ouverts. J'atterris dans les bras de papa, et maman se joint à nous pour de grandes embrassades.

— C'est vraiment toi ! s'exclame papa. Bienvenue à la maison, ma chérie !

— Tout va bien ? demande maman d'une voix angoissée. Tu es sûre que tu vas bien ?

— On est en grande forme. On a juste décidé de rentrer ! On avait envie de vous voir, dis-je en serrant maman contre moi. On savait qu'on vous manquait !

En revenant tous les trois à la maison, papa serre la main de Luke et maman l'embrasse à profusion.

— Incroyable ! dit-elle en nous regardant tous les deux. Je n'arrive pas à le croire. Luke, tes cheveux ! Ils sont si longs !

— Je sais, dit-il en me souriant. Je les ferai couper avant de retourner travailler.

Toujours collée à papa, je suis aux anges. C'est exactement comme ça que j'avais imaginé nos retrouvailles. Tous réunis et tous heureux.

— Entrez boire une tasse de café, propose maman en sortant ses clés.

— Pas de café, s'interpose papa, il nous faut du champagne. Pour célébrer l'événement.

— Ils n'ont peut-être pas envie de champagne, réplique maman. Ils souffrent sûrement du décalage horaire ? N'est-ce pas, ma puce ? Tu ne veux pas t'allonger ?

— Mais non, je me sens très bien, dis-je à maman en l'enlaçant. Je suis tellement heureuse de te revoir.

— Moi aussi, ma puce, je suis aux anges.

Elle se serre contre moi et je respire son parfum *Tweed*, qu'elle porte depuis toujours.

— Je suis soulagée de l'entendre ! dis-je en riant. Parce que j'ai eu l'impression que vous…

Je me tais, mal à l'aise.

— Qu'y a-t-il ?

— Tu comprends, c'est comme si… vous aviez fait demi-tour, dis-je avec un petit rire pour montrer à quel point je suis ridicule.

Il y a un bref silence, et les parents se regardent.

— Ton père avait laissé tomber ses lunettes, répond vivement maman. N'est-ce pas, mon chéri ?

— Absolument, renchérit papa. J'avais perdu mes lunettes.

— Et nous avons dû faire demi-tour pour les chercher, m'explique maman.

Les parents me dévisagent anxieusement.

Que se passe-t-il ? Que cherchent-ils à me cacher ?

— Pas possible, c'est Becky ?

En entendant cette voix suraiguë, je me retourne : Janice, notre voisine, est penchée au-dessus de la haie mitoyenne.

Elle porte une robe fleurie rose et de l'ombre à paupières assortie. Ses cheveux ont une drôle de couleur artificielle dans les roux.

— Becky, c'est bien toi ?

— Bonjour, Janice. On est de retour !

— Tu as l'air en pleine forme ! Et comme tu es noire !

— Ça fait partie des joies du voyage, fais-je, très décontractée.

— Et Luke ! Tu ressembles à Crocodile Dundee !

Il y a tellement d'admiration dans les yeux de Janice que j'en suis tout émue.

— Allons, rentrons, propose maman, ils vont tout nous raconter.

*

C'est le moment dont je rêvais depuis longtemps. Être assise avec ma famille et mes amis et leur parler de nos lointaines aventures… leur montrer des cartes fripées… leur décrire des levers de soleil sur des montagnes… voir leurs visages passionnés… entendre leurs cris d'admiration…

Sauf que ça ne se passe pas comme je l'avais imaginé.

— Alors, où êtes-vous allés ? demande Janice dès que nous avons pris place autour de la table de la cuisine.

— Absolument partout, dis-je fièrement. Tiens, cite-moi un pays, juste pour voir.

— Vous avez fait les Canaries ?

— Euh… non !

— Et les Baléares ?

— Euh… non. On a vu l'Afrique, l'Amérique du Sud, l'Inde… enfin tout.

J'écarte les bras pour représenter le vaste monde.

— Sapristi ! s'étonne Janice. Il ne faisait pas trop chaud en Afrique ?

— Si, un peu.

— Je ne supporte pas la chaleur. Même pas en Floride.

Elle sourit.

— Vous avez fait Disneyland ?

— Euh… non.

— Dommage ! Enfin, ce sera pour la prochaine fois.

La prochaine fois ! C'est ça ! Quand nous repartirons pour dix mois !

— En tout cas, on peut dire que tu as eu de belles vacances ! dit-elle affectueusement.

Ce n'étaient pas des vacances ! C'était un voyage expérimental ! Elle ne comprend rien ! Quand Christophe Colomb a débarqué en Amérique, je suis sûre que personne ne lui a demandé s'il avait vu Disneyland.

Je regarde les parents, mais ils n'écoutent même pas. Ils font des messes basses près de l'évier.

Je n'aime pas ça. Il se passe quelque chose, c'est certain. Je jette un coup d'œil à Luke. Lui aussi observe les parents.

— Je vous ai rapporté des cadeaux. Papa ! Maman ! Regardez !

J'ai du mal à sortir du sac le masque sud-américain. Il représente un chien avec de grandes dents et d'immenses yeux ronds. Je dois dire qu'il est sacrément impressionnant.

— Il ne m'a pas quitté depuis le Paraguay !

J'ai le sentiment d'être une véritable exploratrice ! Après tout, n'ai-je pas rapporté un rare témoignage de l'artisanat primitif sud-américain jusqu'à Oxshott ? Combien de personnes en Angleterre en ont vu de semblables ? Un musée pourrait même vouloir l'emprunter pour une exposition ou un truc de ce genre !

— C'est un masque rituel traditionnel des Indiens Chiriguanos, non ? demande Janice.

Je suis surprise.

— Tu es donc allée au Paraguay ?

— Oh non, ma chérie, me répond-elle en prenant une gorgée de café. Je les ai vus chez John Lewis.

Voilà qui me cloue le bec.

— Euh… chez John Lewis ?

— Oui, à la succursale de Kingston. Au rayon des jouets. De nos jours, on peut tout acheter chez John Lewis.

— À des prix imbattables, surenchérit maman.

Je ne peux pas le croire. J'ai trimbalé ce masque autour du monde pendant au moins dix mille kilomètres. On me l'a vendu comme un trésor rare. Et pendant tout ce temps il était en vente dans ce putain de magasin John Lewis !

Maman voit que je fais la gueule.

— Mais ton masque à toi est sûrement un original. On va l'exposer sur la cheminée, à côté de la coupe de golf de ton père.

— Si tu veux.

J'observe papa : il continue à regarder par la fenêtre et n'a rien entendu. Je lui donnerai son cadeau plus tard.

— Alors, que s'est-il passé, ici, pendant tout ce temps ? Comment va Martin ? Et Tom ?

— Ils vont bien tous les deux, merci, répond Janice. Tom est revenu habiter avec nous.

— Ah bon ?

Tom est le fils de Janice et de Martin. Son mariage a été un vrai désastre. Lucy, sa femme, l'a quitté parce qu'il refusait de se faire tatouer comme elle.

— Ils ont fait une belle affaire en revendant leur maison.

— Et il va bien ?

Maman et Janice se regardent.

— Ses violons d'Ingres l'occupent beaucoup. La menuiserie est son dernier dada. Il n'arrête pas de nous fabriquer des trucs, déclare Janice, légèrement accablée. Trois bancs pour le jardin… deux perchoirs… et maintenant il attaque un kiosque de jardin de un étage.

— Waouh ! dis-je poliment. C'est formidable.

La minuterie du four retentit. Bizarre ! Ma mère se serait-elle mise à la pâtisserie en mon absence ? C'est d'autant plus bizarre que le four semble vide.

— Tu nous mijotes quelque chose ?

— Mais non ! rit maman. C'est pour me rappeler de regarder eBay.

— Regarder eBay ? Qu'est-ce que tu veux dire ?

Comment maman connaît-elle eBay ? L'informatique, c'est du chinois pour elle. Il y a deux ans, à Noël, je lui ai suggéré d'offrir à Luke un nouveau tapis pour sa souris et elle est allée dans une animalerie !

— Mais tu sais bien, trésor ! Le shopping par Internet. J'ai mis une enchère sur une poêle Ken Hom, sur une paire de bougeoirs…

Elle consulte un carnet qu'elle sort de sa poche.

— Ah ! J'oubliais ! Un coupe-haie électrique presque neuf pour ton père !

— Oui, eBay c'est vraiment formidable, approuve Janice. Et tellement amusant. Tu t'en sers, Becky ?

— Euh… non.

— Oh, tu adorerais ça, affirme maman. Sauf qu'hier soir je ne suis pas arrivée à me connecter pour enchérir sur des assiettes Portmeirion. Je ne comprends pas ce qui s'est passé.

— Leur serveur était peut-être saturé, intervient Janice. Moi, j'ai eu des ennuis toute la semaine avec mon modem. Tu veux un biscuit, Becky ?

J'ai du mal à digérer ce que je viens d'apprendre. Maman sur eBay ? Bientôt je vais découvrir qu'elle a atteint le niveau six dans Tomb Raider.

— Mais tu n'as même pas d'ordinateur. Et tu détestes tout ce qui est moderne.

— Tu retardes, ma puce. J'ai suivi des cours avec Janice. Je suis même abonnée au câble.

Maman me jette un coup d'œil sévère.

— D'ailleurs, je vais te donner un conseil : si tu prends le câble, il te faut un bon pare-feu.

Incroyable… C'est le monde à l'envers. Les parents ne devraient pas être meilleurs en informatique que leurs enfants. Je hoche vaguement la tête et prends un peu de café pour cacher le fait que j'ignore complètement ce qu'est un pare-feu.

— Jane, il est midi moins dix, chuchote Janice. Est-ce que tu vas…

— Je ne crois pas. Vas-y seule.

— Qu'est-ce qui se passe ? Il y a un problème ?

Je les regarde toutes les deux.

— Mais non, répond maman. Sauf qu'on avait accepté d'aller prendre un verre chez les Marshall avec Janice et Martin. Mais ne t'inquiète pas, on leur enverra nos excuses.

— Pas question ! Allez-y ! Je ne veux pas gâcher votre journée.

Silence.

— Tu es sûre ? demande maman.

J'ai un petit coup au cœur. Elle n'aurait pas dû me dire ça. Elle aurait dû dire : « Comment ma chère petite puce pourrait-elle me gâcher la journée ? »

— Mais oui ! dis-je en me forçant à paraître gaie. Allez donc à votre cocktail et on parlera plus tard.

— Bon, eh bien d'accord, si tu insistes, conclut maman.

— Je vais aller me faire une beauté, dit Janice. Ravie que tu sois de retour, Becky.

Elle sort par la porte de la cuisine. J'observe papa : il continue à bouder en regardant par la fenêtre.

— Papa, ça ne va pas ? Tu n'as presque rien dit.

— Navré. Je suis un peu préoccupé en ce moment. Je pense… à une compétition de golf que j'ai la semaine prochaine. Très importante.

Il fait le geste de putter.

— Je comprends.

Mais je me sens de plus en plus mal à l'aise. Il ne pense pas à son golf. Pourquoi est-il aussi renfermé ?

Que se passe-t-il, ici ?

Soudain, je me souviens de la femme sur le trottoir. Celle que j'ai vue avant que les parents ne fassent demi-tour.

— Au fait… qui était cette femme avec vous dans la rue ?

C'est comme si j'avais tiré un coup de feu en l'air. Les parents se figent sur place. Ils se dévisagent puis détournent les yeux. On dirait qu'ils ont vu le diable.

— Une femme ? répète maman. Je n'ai rien…

Elle fixe papa.

— Graham, tu as remarqué une femme ?

— Ah, Becky veut sans doute parler de la piétonne…

— Bien sûr ! s'exclame maman de sa voix d'actrice amateur. On a croisé cette femme, mais on ne la connaît pas. C'est d'elle que tu parles, ma puce.

— Oui, tu dois avoir raison.

J'essaie de sourire, mais j'ai mal au cœur. Mes parents me mentent-ils ?

— Bon… Eh bien amusez-vous bien à votre cocktail !

Quand ils claquent la porte en sortant, j'ai envie d'éclater en sanglots. Je m'étais fait toute une fête de ces retrouvailles. Et maintenant je regrette presque d'être revenue. Personne n'a l'air bouleversé par notre retour. Mon trésor rare et exotique n'est ni rare ni exotique. Et surtout, mes parents ont une drôle d'attitude, et je voudrais bien savoir pourquoi.

— Encore un peu de café ? demande Luke.

Je décline son offre en raclant tristement le sol du pied.

— Qu'est-ce qui ne va pas ?

— Rien !

Je me tais un instant.

— Je ne m'attendais pas à un tel retour.

— Approche !

Luke m'ouvre les bras et je me niche dedans.

— Pourquoi ? Tu pensais qu'ils allaient tout laisser tomber pour donner une fête en ton honneur ?

— Bien sûr que non !... Enfin... si, peut-être. Quelque chose comme ça. On a été absents si longtemps... et ils font comme si on était juste allés faire des courses !

— Tu sais, tu as joué avec le feu en voulant leur faire la surprise. Ils ne nous attendaient pas avant deux mois. C'est normal qu'ils soient un peu déroutés.

— D'accord, mais ce n'est pas tout, dis-je en prenant une profonde inspiration. Tu n'as pas l'impression qu'ils nous cachent quelque chose ?

— Si.

— Si ?

J'en reste baba. Je m'attendais à ce qu'il me dise comme toujours : « Becky, arrête de t'imaginer des trucs. »

— Il se passe sûrement quelque chose, poursuit Luke. Et je crois savoir ce que c'est.

— Quoi donc ?

— La femme qui était avec eux. Celle dont ils n'ont pas voulu nous parler. Et si c'était un agent immobilier ? Je crois qu'ils ont envie de déménager.

— De déménager ? Mais pour quelle raison ? Cette maison est charmante ! Parfaite !

— Oui. Mais un peu trop grande pour eux maintenant que tu es partie.

— Ils auraient au moins pu m'en parler ! Je suis leur fille, leur fille unique ! Ils pourraient me faire confiance !

— Ils ont dû avoir peur que tu le prennes mal.

— Je ne me serais pas fâchée !

Pourtant, je me rends compte que je suis furax.

— Bon, tu as raison, je n'aurais pas été contente. Mais je n'arrive pas à croire qu'ils agissent en cachette.

Je m'arrache des bras de Luke et vais me planter devant la fenêtre. L'idée que mes parents vendent la maison m'est insupportable. Je contemple le jardin avec une pointe de nostalgie. Ils ne peuvent pas l'abandonner. Impossible. Surtout quand on sait le mal que papa s'est donné pour faire pousser ses bégonias.

Alors j'aperçois Tom Webster dans le jardin d'à côté. Il porte un jean et un tee-shirt proclamant : « Ma femme m'a quitté et ne m'a laissé que ce foutu tee-shirt. » Il se démène pour transporter une énorme planche.

Bon sang ! Il a un air féroce.

— Je me trompe peut-être, avoue Luke en s'approchant de moi.

— Non, tu as raison, dis-je d'une petite voix. C'est la seule explication possible.

— Oh… n'y pense plus ! Écoute, demain c'est le baptême. Tu vas voir Suze.

Rien que d'y penser, mon moral remonte :

— Oui, c'est vrai.

Luke a vu juste. Aujourd'hui, rien ne s'est passé comme prévu, mais demain sera un rêve. Je vais retrouver Suze, ma meilleure amie. Vivement demain !

5

L'aile orientale du château de Tarquin, en Écosse, est en pleine rénovation. C'est pour ça que Suze et toute sa petite famille habitent en ce moment dans le Hampshire, chez ses parents à elle. C'est aussi là que le baptême des jumeaux a lieu. Bien sûr, ils auraient pu s'installer dans la maison que Tarquin possède dans le Pembrokeshire, mais elle est occupée par de lointains cousins. Quant à sa maison du Sussex, elle sert de décor à un film tiré d'un roman de Jane Austen.

Typique de la famille de Suze, ça : des maisons partout, mais pas une seule douche à colonne hydromassante.

Les pneus de la voiture de Luke crissent sur le gravier de cette allée que je connais si bien, et je m'agite comme une puce.

— Dépêche-toi ! dis-je à Luke qui se gare.

Il n'a pas encore coupé le moteur que je bondis de la voiture et fonce vers la maison. Si près du but, je ne peux plus attendre une seconde pour voir Suze.

Je pousse avec précaution la lourde porte d'entrée. Le majestueux vestibule au dallage en pierre croule sous les bouquets de muguet. Deux serveurs proposent des coupes de champagne sur des plateaux. Près de la cheminée, une vieille selle gît sur un fauteuil ancien. Vraiment, rien n'a changé.

Les serveurs disparaissent dans un couloir et je me retrouve seule. Je me sens un peu nerveuse. Et si Suze, comme mes parents, ne m'accueillait pas à bras ouverts ? Et si elle était devenue bizarre ?

Soudain, je sursaute : elle est dans le salon juste à côté. Elle s'est fait un chignon et porte une ravissante robe portefeuille imprimée. Dans ses bras, un bébé en robe de baptême. Waouh ! Sûrement un des jumeaux.

Tarquin est près d'elle : il porte le second bébé emmailloté dans sa robe de baptême. L'heureux papa, bien que vêtu d'un très vieux costume, est plutôt mignon. Pas aussi coincé que par le passé. Tarquin va sans doute s'améliorer en vieillissant, et à cinquante ans il ressemblera à un dieu grec !

Un tout petit garçon blond s'accroche à sa jambe et je vois Tarquin l'écarter doucement.

— Ernie !

Ernie ? J'ai comme un choc. Ce serait mon filleul, Ernest ? La dernière fois que je l'ai vu, ce n'était qu'un bébé.

— Wilfie a l'air d'une fille, dit Suze à Tarquin en soulevant un sourcil, comme elle le fait toujours. Et Clementine à l'air d'un garçon.

— Chérie, ils ressemblent exactement à des bébés dans leur robe de baptême.

— Et s'ils étaient homosexuels ? Imagine qu'il y ait eu un mélange d'hormones quand ils étaient dans mon ventre ?

— Ils vont très bien !

Scotchée à l'embrasure de la porte, j'ai peur de les interrompre. Ils font tellement famille. Ils en sont une.

— Quelle heure est-il ? demande Suze en essayant de consulter sa montre, mais Ernie s'accroche à son bras.

— Ernie, chéri, il faut que je mette du rouge à lèvres ! Laisse maman tranquille une minute. Tarkie, tu pourrais le prendre un instant ?

— Il faut d'abord que je pose Clemmie quelque part…

Tarquin inspecte la pièce comme si un berceau allait soudain tomber du ciel.

— Je vais m'en occuper, dis-je d'une voix incertaine.

Silence. Suze se retourne.

— Bex ?

Ses yeux s'agrandissent comme des soucoupes.

— Bex ! Madame Brandon !

— Madame Cleath-Stuart !

J'en ai les larmes aux yeux. Je savais que Suze n'avait pas changé. J'en étais sûre !

— Je n'arrive pas à croire que tu sois revenue. Raconte-moi tout de ta lune de miel. Par le menu…

Elle s'interrompt soudain.

— Oh, mon Dieu ! Tu as un vrai sac Angel ?

Ah ! Vous voyez ! Quand les gens s'y connaissent, ils s'y connaissent.

— Évidemment.

Je le balance nonchalamment à bout de bras.

— Juste un petit souvenir de Milan… Au fait, n'en parle pas devant Luke, dis-je en baissant la voix, il n'est pas tout à fait au courant.

— Bex ! s'exclame Suze, mi-figue, mi-raisin, mais c'est ton mari !

— Tout juste.

Nos regards se croisent et nous commençons à avoir le fou rire. Comme au bon vieux temps.

— Alors, la vie conjugale te plaît ?

— C'est parfait. C'est le paradis. Tu sais, comme tous les couples en pleine lune de miel.

— Moi, j'étais enceinte pendant mon voyage de noces, lâche Suze avec un soupçon d'amertume.

Elle caresse mon sac.

— J'ignorais que tu allais à Milan. Tu as vu d'autres endroits ?

— On est allés partout ! Tout autour du monde !

— Tu as visité les anciens temples de Mahakala ? interroge une voix tonitruante depuis la porte.

Caroline, la mère de Suze, fait son entrée. Elle porte une robe tout à fait étrange, faite d'une sorte de toile couleur petit pois.

— Oui, on y est allés !

En fait, Caroline est à l'origine de notre voyage. L'idée de ce périple m'est venue lorsqu'elle m'a raconté que son meilleur ami était un paysan bolivien.

— Et la vieille cité inca d'Ollantaytambo ?

— On y a couché !

Les yeux de Caroline brillent comme si j'avais réussi un examen et je rougis de plaisir. Je suis une grande voyageuse ! Pas la peine de lui préciser que nous avons dormi dans un hôtel cinq étoiles.

— Je viens de voir le pasteur, dit Caroline à Suze. Il m'a raconté des sornettes au sujet d'eau chaude pour le baptême. Je m'y suis formellement opposée ! Un peu d'eau froide fera beaucoup de bien à ces gosses.

— Maman ! gémit Suze, c'est moi qui ai demandé de l'eau chaude. Ils sont si petits !

— Foutaises ! s'écrie Caroline. À leur âge, tu te baignais dans le lac ! À six mois, tu faisais du trekking au sommet des monts Tsodila au Botswana. Là-bas, il n'y avait pas d'eau chaude !

Suze me jette un coup d'œil désespéré, et je lui souris pour la réconforter.

— Il faut que j'y aille. Je te revois plus tard, Becky ? J'espère que tu restes au moins deux jours.

— J'en serais ravie !

— Oh, il faut que tu fasses la connaissance de Lulu, ajoute-t-elle à mi-chemin de la porte.

— Qui est-ce ?

Elle ne m'entend pas.

Tant pis. Je verrai bien. C'est sans doute son nouveau cheval ou quelque chose comme ça.

Je retrouve Luke à l'extérieur, où un passage couvert a été aménagé entre la maison et la chapelle, comme pour le mariage de Suze. Un peu de nostalgie m'étreint. C'est ici que nous avons parlé mariage de façon détournée pour la première fois. Et que Luke m'a demandé ma main.

Et nous voilà mariés depuis un an !

Un bruit de pas derrière moi me fait me retourner : c'est Tarquin qui se dépêche, un bébé dans les bras.

— Salut, Tarkie, quel jumeau tu portes ?

— Ça, c'est Clementine, notre petite Clementine.

Je la regarde de près et essaie de cacher ma surprise : Suze a raison, Clementine ressemble à un garçon.

— Elle est ravissante, dis-je précipitamment. Vraiment superbe !

J'essaie de trouver les mots pour souligner sa féminité lorsque j'entends un gros bourdonnement au-dessus de ma tête. Qui s'amplifie. Je lève les yeux et j'ai le choc de ma vie. Un énorme hélicoptère fonce sur nous. À vrai dire… il atterrit dans un champ derrière la maison.

— Un de tes copains a un hélico ?

— Euh… en fait, c'est le mien. Je l'avais prêté à un ami pour faire un tour.

Tarquin posséderait un hélicoptère ?

Soit, mais s'il a une flopée de maisons et un hélico, il pourrait s'offrir un costume neuf.

Nous sommes arrivés à la chapelle, qui grouille de monde. Luke et moi nous glissons sur un banc, au fond, et j'observe l'entourage de Suze. Voici le père de Tarquin, vêtu d'une veste en velours aubergine, et Fenella, la sœur de Tarquin. Elle est habillée en bleu et crie frénétiquement quelque chose à une blonde que je n'ai jamais vue.

— Agnes, qui est-ce ? demande quelqu'un d'une voix perçante derrière moi.

Je me retourne : une grande femme aux cheveux gris portant une énorme broche de rubis observe elle aussi la blonde, à travers une lorgnette.

— C'est Fenella, lui répond la femme en vert assise à côté d'elle.

— Je ne parle pas de Fenella mais de l'autre fille qui lui parle.

— Tu veux dire Lulu ? C'est Lulu Hetherington.

Surprise ! Lulu n'est pas un cheval, mais une femme !

Je la fixe plus attentivement. En fait, elle ressemble beaucoup à un cheval. Elle est mince et élancée, comme Suze, et vêtue d'un tailleur en tweed rose. Elle est en train de rire et sa bouche découvre entièrement ses dents et ses gencives.

— C'est une des marraines, poursuit la dénommée Agnes. Une fille super. La meilleure amie de Suze.

Quoi ?

Je sursaute, ébahie. C'est ridicule ! C'est moi la meilleure amie de Suze. Le monde entier le sait.

— Lulu est venue s'installer au village il y a six mois, et elles sont devenues inséparables, continue Agnes. Elles montent à cheval ensemble tous les jours. Lulu ressemble tellement à notre chère Susan. Mais regarde-les toutes les deux !

Susan vient d'apparaître au chevet de la chapelle, Wilfrid dans les bras. Et je dois admettre qu'elle ressemble un peu à Lulu. Toutes deux sont grandes et blondes. Elles portent le même genre de chignon. Quand Suze s'adresse à Lulu, elles éclatent de rire.

— Bien sûr, reprend Agnes, elles ont tellement de choses en commun… Les chevaux, les enfants… Elles se soutiennent mutuellement.

— On a toutes besoin d'une amie, conclut la dame à la broche.

Elle se tait quand l'orgue retentit. La congrégation se lève et je m'empare du programme de la cérémonie. Mais je suis incapable d'en lire une ligne. Bien trop bouleversée pour ça.

Ces gens se trompent. C'est moi la meilleure amie de Suze. Pas cette fille.

Après le service, nous nous dirigeons vers la maison, où un quatuor à cordes joue dans le vestibule. Des serveurs proposent des boissons. Luke est tout de suite entrepris par une relation d'affaires de Tarquin, et je me retrouve seule, à ruminer ce que j'ai entendu à l'église.

— Bex !

C'est la voix de Suze ; je pivote sur mes talons.

— Suze, c'était superbe !

À voir le visage souriant de Suze, mes craintes s'envolent. Nous sommes les meilleures copines du monde, évidemment.

Bien sûr, j'ai été absente longtemps. Et c'est donc normal que Suze ait de nouvelles amies dans le coin. Mais maintenant je suis de retour, non ?

— Suze, allons faire des courses demain. On pourrait filer à Londres, je t'aiderai avec les bébés…

— Bex, c'est impossible, j'ai promis à Lulu de monter à cheval avec elle.

Je me tais un instant : pourquoi n'annule-t-elle pas ?

— Bon, je comprends, pas de problème. On ira une autre fois.

Le bébé se met à vagir de faim et Suze fait la grimace.

— Il faut que j'aille les faire manger. Ensuite je te présenterai à Lulu. Vous allez vous adorer.

Je tente de faire preuve d'enthousiasme.

— J'en suis sûre. À plus !

Suze disparaît dans la bibliothèque.

— Un peu de champagne, madame ?

— Oui, avec plaisir.

Je prends une coupe sur le plateau, puis, après un instant de réflexion, je m'apprête à entrer dans la bibliothèque quand Lulu en surgit et ferme la porte derrière elle.

— Oh, bonjour. Suze donne le sein à l'intérieur.

— Je sais, je suis sa meilleure amie, dis-je en souriant. Et je lui apportais du champagne.

Lulu me sourit à son tour mais ne lâche pas la poignée.

— Je crois qu'elle a envie d'être tranquille.

Le choc me cloue le bec. Serait-il possible que Suze n'ait pas envie de ma compagnie ?

J'étais présente quand elle a accouché d'Ernie ! ai-je envie de répliquer à cette Lulu. Je la connais mieux que tu ne la connaîtras jamais.

Mais non. Je ne vais pas commencer un match alors que nous venons de nous rencontrer. Allez Becky, prends sur toi.

— Vous devez être Lulu. Moi, c'est Becky.

— Ah oui ! J'ai entendu parler de toi.

Pourquoi a-t-elle l'air de se moquer de moi ? Qu'est-ce que Suze lui a raconté ?

— Et vous êtes la marraine de Clementine ! C'est merveilleux.

Je tente de toutes mes forces de faire amie-amie, mais il y a quelque chose en elle qui me fige. Ses lèvres sont trop fines. Ses yeux sont un peu trop froids.

— Cosmo ! hurle-t-elle soudain.

Je suis son regard et vois un enfant qui dérange le quatuor.

— Allons, viens ici !

— Cosmo, quel joli nom. Comme le magazine ?

— Le magazine ? répète-t-elle comme si elle avait affaire à une débile mentale. En fait, ce nom vient du grec ancien Kosmos, qui signifie « ordre parfait ».

Je me sens à la fois gênée et amère. Comment pouvais-je deviner ?

De toute façon, c'est elle, la débile : combien de gens ont entendu parler du magazine *Cosmo* ? Un million, au moins. Et combien connaissent son vieux mot grec ? Trois au maximum.

— Tu as des enfants ? s'intéresse-t-elle poliment.

— Euh… non.

— Et des chevaux ?

— Euh… non.

Silence. Lulu ne semble pas avoir d'autres questions à me poser. À mon tour.

— Tu as combien d'enfants ?

— Quatre : Cosmo, Ludo, Ivo et Clarissa. Deux, trois, cinq et huit ans.

— Formidable ! De quoi t'occuper.

— Oh, quand on a des enfants, la vie change. Tout est différent. C'est fou. Tu ne peux pas imaginer.

— Mais si ! J'ai secondé Suze à la naissance d'Ernie. Je sais bien ce qu'on ressent…

— Non, fait-elle d'un air condescendant, tant que ça ne t'est pas arrivé, tu ne peux pas te rendre compte. Vraiment pas.

— D'accord, dis-je, vaincue.

Comment Suze a-t-elle pu faire de Lulu son amie ? C'est incroyable !

La porte de la bibliothèque s'ouvre soudain, et Suze apparaît. D'une main elle tient un bébé, de l'autre son téléphone portable. Elle a une mine consternée.

— Ah, Suze, dis-je très vite, je t'apportais une coupe de champagne.

Je la lui tends mais elle ne réagit pas.

— Lulu, Wilfie a une crise d'urticaire. Un des tiens a déjà eu ça ?

— Montre ! dit Lulu en prenant le bébé des bras de Suze.

Elle l'examine un instant avant de se prononcer :

— C'est sans doute la chaleur.

— Tu crois ?

— Pour moi, c'est dû à des orties, dis-je en essayant de me mêler au débat. A-t-il été en contact avec des orties ?

Ma remarque tombe à l'eau.

— Il faut lui mettre une crème calmante, conseille Lulu. Si tu veux, je ferai un saut à la pharmacie un peu plus tard.

— Merci, Lulu, tu es un ange !

Elle reprend Wilfie au moment où son portable sonne :

— Allô ! Ah, enfin, c'est vous ! Où êtes-vous passé ?

Tandis qu'elle écoute, son visage se décompose.

— Vous vous moquez de moi ?

— Qu'est-ce qui ne va pas ? dis-je en chœur avec Lulu.

— C'est Monsieur Bonheur, gémit Suze en se tournant vers Lulu. Il a un pneu crevé, près de Tiddlington Marsh.

— Qui est Monsieur Bonheur ?

— C'est l'animateur. J'ai un salon plein de gamins qui l'attendent…

Elle désigne une pièce où une ribambelle de gosses en robes à smocks et pantalons à carreaux courent dans tous les sens en se jetant des coussins à la tête.

— Je file le récupérer, dit Lulu en posant sa coupe de champagne. Dis-lui de ne pas bouger et de guetter une Range Rover.

— Lulu, tu es géniale, fait Suze en poussant un soupir de soulagement. Je ne sais pas ce que je deviendrais sans toi.

La jalousie m'étreint. C'est moi qui devrais aider Suze. C'est moi qu'elle devrait trouver géniale. Je propose mes services :

— Je veux bien aller le chercher. Je vais y aller.

— Mais non, intervient Lulu, tu ne sais pas où c'est. Il vaut mieux que j'y aille.

— Que faire des gosses ? s'exclame Suze en regardant nerveusement le salon où les enfants braillent de plus en plus fort.

— Ils n'ont qu'à patienter.

— Mais…

— Je me charge de les distraire, dis-je sans réfléchir.

— Toi ? s'étonnent en chœur Suze et Lulu.

— Oui, moi !

Ha ! On va voir qui est l'amie qui l'aide le plus !

— Bex… tu es sûre de toi ?

— Sans problème !

— Mais…

— Suze…, dis-je en posant ma main sur son bras, crois-moi, je peux distraire quelques enfants pendant dix minutes.

Mon Dieu ! Quel foutu bordel !

Je ne m'entends plus penser. Je n'entends plus que le chahut de vingt gosses qui hurlent, courent, se battent.

— Ohé, du calme.

Les hurlements s'intensifient. On a dû assassiner quelqu'un, mais dans toute cette confusion, impossible de voir le cadavre.

— Assis ! Assis tout le monde !

Je n'ai aucun succès. Je monte sur une chaise, mets mes mains en porte-voix et fais un nouvel essai :

— Tous ceux qui vont s'asseoir auront un bonbon !

Soudain, les cris cessent et c'est comme si la foudre s'abattait lorsque vingt derrières touchent le sol.

— Bonjour tout le monde ! dis-je gaiement, je suis Becky la Dingue. Allez, tout le monde répète : « Bonjour Becky la Dingue ! »

J'agite la tête comme un pantin.

Silence total.

— Et mon bonbon ? réclame une gamine.

— Elle est nulle, comme magicienne ! s'exclame un petit garçon en chemise Ralph Lauren.

— Je ne suis pas nulle, réponds-je, vexée comme un pou. Attention à toi…

Je cache mon visage derrière mes mains puis les retire.

— Hou !

— On n'est pas des bébés, continue le petit garçon, on veut des tours de magie.

— Et si je vous chantais une jolie chanson : Alouette, gentille alouette…

— Fais-nous un tour de magie ! crie une petite fille.

— On veut de la magie ! vocifère le gamin.

— De la magie ! De la magie ! De la magie ! scandent tous les gosses.

La vache ! Les garçons tapent du poing sur le parquet. D'un instant à l'autre, ils vont se lever et recommencer à se battre. Un tour de magie ? Je réfléchis à cent à l'heure. Est-ce que je connais des tours de magie ?

— Bon, je vais vous en faire de la magie ! Regardez-moi bien !

J'étends les bras en faisant de petits moulinets avec les mains, je les glisse derrière mon dos pour prolonger le suspense au maximum.

Puis je dégrafe mon soutien-gorge en essayant de me souvenir de sa couleur.

Ah oui, c'est le rose à balconnet. Parfait.

Dans le salon, on entendrait une mouche voler.

— Qu'est-ce que tu fais ? demande une gamine, les yeux écarquillés.

— Patience !

Gardant un air mystérieux, je fais glisser sur mon bras une des bretelles du soutien-gorge, puis l'autre. Les gosses ne me quittent plus des yeux et me fixent d'un air gourmand.

Ayant retrouvé confiance en moi, je crois que je m'en tire plutôt bien. En fait, je suis naturellement douée.

— Regardez-moi attentivement car je vais faire apparaître quelque chose !

Deux gosses en ont le souffle coupé.

Ah ! Je mériterais un roulement de tambour pour m'accompagner !

— Un… deux… trois…

Rapide comme l'éclair, je sors mon soutien-gorge de ma manche et je le tiens à bout de bras.

— Et voilà !

Des hurlements de joie saluent ma réussite.

— Elle a fait de la magie ! s'écrie un petit rouquin.

— Encore, s'égosille une petite fille, encore une fois !

Radieuse, je leur demande s'ils veulent que je recommence.

— Ouais ! glapissent-ils à l'unisson.

— Très mauvaise idée, s'exclame une voix haut perchée depuis la porte.

Je me retourne. Lulu se tient dans l'embrasure, l'air horrifié.

Oh, non ! Mon soutien-gorge pendouille encore au bout de mon bras.

— Ils m'ont demandé de leur faire un tour de magie.

— Malheureusement, je ne pense pas que ce genre de tour convienne à de si jeunes spectateurs.

Elle pivote vers les enfants et leur adresse un sourire maternel :

— Qui veut voir Monsieur Bonheur ?

— On veut Becky la Dingue ! tempête un gamin. Elle a enlevé son soutien-gorge !

Oh, merde !

— Becky la Dingue doit partir, maintenant, dis-je. À une autre fois, les enfants !

Sans croiser le regard de Lulu, je fais une boule de mon soutien-gorge, l'enfonce dans mon sac et quitte la pièce. Je rejoins Luke, qui se sert du saumon au buffet.

— Ça va ? Tu es toute rouge.

— Tout va bien.

Tout ne va pas bien.

Je voudrais que Lulu fiche le camp afin d'avoir une longue conversation en tête à tête avec Suze, mais elle ne décolle pas. Elle tourne en rond, aide à préparer le goûter des enfants, à débarrasser. Quand je fais mine de participer, elle me devance toujours. En donnant un coup de torchon, en apportant une timbale, en émettant un conseil maternel. Elle ne cesse pas de parler de bébés avec Suze, ce qui m'empêche de placer un mot.

Enfin, vers dix heures, elle s'en va et je me retrouve seule avec Suze dans la cuisine. Celle-ci est assise près du vieux fourneau en fonte et donne le sein à un des jumeaux en bâillant toutes les trois minutes.

— Alors, ta lune de miel, c'était comment ? Formidable ?

— Fantastique. Absolument parfait. On est allés en Australie, à cet endroit extraordinaire pour la plongée…

Je me tais en voyant Suze bâiller à s'en décrocher la mâchoire. Je lui raconterai demain.

— Et toi ? Comment ça va, la vie avec trois enfants ?

— Oh, tu sais, ça va. Mais c'est crevant. Tout est tellement différent.

— Et… tu as passé plein de temps avec Lulu, dis-je d'un air aussi décontracté que possible.

Son visage s'illumine.

— Tu ne la trouves pas formidable ?

— Euh, oui, si tu veux. Mais elle m'a semblé un peu… autoritaire, dis-je prudemment.

— Autoritaire ? répète-t-elle, sidérée. Bex, comment oses-tu dire ça ? Elle m'a sauvé la vie à plusieurs reprises. Elle m'a tellement aidée !

— D'accord ! Je ne voulais pas…

— Elle est passée par où je passe. Tu sais, elle en a eu quatre. Elle me comprend vraiment.

— Je vois.

Alors que moi, je ne la comprends pas. C'est ce qu'elle veut me dire.

J'ai soudain le cœur lourd : mon retour n'a rien à voir avec ce que j'espérais.

Je me lève et me plante devant le panneau de liège où sont épinglées des tas de photos. Voici un cliché de Suze et de moi : nous sommes prêtes pour aller à une fête avec nos boas et nos maquillages scintillants. Un autre cliché : je suis à l'hôpital avec Suze et je tiens Ernie.

J'ai un choc en découvrant une photo inconnue : Suze et Lulu à cheval portant des vestes et des résilles identiques. Elles sourient à l'objectif, on dirait des jumelles.

Face à ce cliché, il me vient une idée. Je ne vais pas perdre ma meilleure amie au profit d'une garce autoritaire au visage chevalin. Tout ce que Lulu fait, je peux le faire aussi.

— J'ai envie de monter avec Lulu et toi demain matin, si tu as un cheval à me prêter.

Je suis même d'accord pour porter une résille, s'il le faut.

— Tu veux venir ? s'étonne Suze, sidérée. Mais tu ne sais pas monter ?

— Mais si, j'ai fait du cheval avec Luke pendant notre voyage de noces.

C'est presque vrai. À Dubaï, on avait prévu une promenade à dos de chameau, mais finalement on a préféré faire de la plongée.

Et puis c'est sans importance. Je peux le faire. Monter à cheval n'est pas sorcier, si ? Il suffit de s'asseoir sur l'animal et de le diriger. Facile de chez facile.

6

Le lendemain, à dix heures, je suis fin prête. Sans vouloir me vanter, quand je me regarde dans la glace, je me trouve fabuleuse. Dès potron-minet, Luke m'a emmenée dans une boutique qui ne vend que des machins d'équitation pour que je m'équipe de pied en cap : jodhpurs blanc neige, veste ajustée en velours noir, bottes cirées et bombe en velours.

Fière de moi, je m'empare du détail qui tue : une grande cocarde rouge avec des tas de rubans. Comme elles étaient en soldes, j'en ai acheté de toutes les couleurs. Je l'épingle à mon revers comme une broche, lisse ma veste et me regarde à nouveau dans la glace.

J'ai l'air vachement cool. Et si je montais tous les matins dans Hyde Park ? L'idée est excitante. Peut-être que je deviendrais une excellente cavalière ? Et je passerais tous les week-ends à cheval avec Suze. On monterait ensemble en concours et cette saleté de Lulu lui sortirait de la tête.

— Bonjour, bonjour ! s'exclame Luke en entrant dans notre chambre. Tu es resplendissante !

— Je suis cool, non ?

— Sacrément sexy.

Il écarquille les yeux :

— Et quelles belles bottes. Tu vas être partie longtemps ?

— Non. Juste le temps d'une balade.

Luke semble soucieux.

— Dis-moi, tu es déjà montée sur un cheval dans ta vie ?

— Évidemment !

Une fois. À dix ans. Et je suis tombée. Par manque de concentration ou je ne sais quoi.

— Tu feras attention, hein ? Je ne veux pas devenir veuf.

Non mais qu'est-ce qu'il croit ?

— Il faut que j'y aille, sinon je serai en retard, dis-je en consultant ma nouvelle montre d'équitation avec boussole incorporée.

Les écuries sont éloignées de la maison. En m'approchant, je perçois des hennissements et le bruit de sabots qui frappent le sol.

Lulu fait son apparition.

— Salut !

Elle porte de vieux jodhpurs et une veste en polaire.

— Prête ?

Elle se tait en me regardant mieux.

— Incroyable s'esclaffe-t-elle. Suze, viens voir Becky !

— Qu'est-ce qui se passe ? demande-t-elle en accourant.

Elle stoppe net.

— Bon sang, Bex, tu t'es mise sur ton trente et un !

Elle porte une culotte de cheval élimée, des bottes pleines de boue et une bombe qui a connu des jours meilleurs.

— Je voulais faire bonne impression, dis-je.

— C'est quoi, ça ? demande Lulu en inspectant ma cocarde.

— C'est pour faire joli. Ils en vendent au magasin d'équitation.

— Mais c'est destiné aux chevaux ! s'exclame Suze. C'est une décoration pour les chevaux !

Oh !

Je reste un instant déconfite. Mais après tout pourquoi une cocarde ne se porterait-elle pas comme une broche ? Ce que les amateurs de cheval peuvent avoir l'esprit étriqué !

— Voilà ce qu'il vous faut, nous interrompt Albert, le responsable des écuries.

Il tient un énorme cheval bai par la bride.

— On va vous mettre sur Ginger. Il a bon caractère, hein mon garçon ?

Je me congèle sur place. Il croit vraiment que je vais grimper sur ce monstre ?

Albert me tend les rênes, que je prends sans réfléchir, en essayant de camoufler ma panique. Ginger fait un pas en avant et je fais un violent écart. Et s'il m'écrasait les pieds avec ses énormes sabots ?

— Alors, tu ne montes pas ? demande Lulu en sautant sans effort en selle.

Et dire que sa bête est encore plus terrifiante que la mienne.

— Bien sûr que si !

Mais comment vais-je escalader une telle masse ?

— Un coup de main ? me propose Tarquin qui bavardait jusqu'à maintenant avec Albert.

Il se glisse derrière moi et, avant que je réalise ce qui se passe, il m'a hissée sur la selle.

Oh, mon Dieu ! Quelle horreur ! J'ai le vertige rien qu'à regarder en bas. Ginger fait un pas de côté et j'arrive à peine à étouffer un cri de terreur.

— On y va ? demande Suze du haut de son cheval noir, Pepper.

Elle démarre, passe la grille, et la voilà dans les prés. Lulu fait claquer sa langue et rejoint Suze.

À mon tour. Allez, avance !

Allez, le cheval, remue-toi !

Que dois-je faire puisqu'il ne bouge pas ? Lui donner un coup de pied ? Tirer sur une rêne ? J'essaie mais ça ne sert à rien.

— Allons, dis-je entre mes dents. Allons Ginger !

Tout d'un coup, voyant que ses copains sont partis, il se met à avancer. C'est… Bon, ça va. Un peu plus… chaotique que je ne l'avais imaginé. J'observe Lulu : elle a l'air à l'aise. À vrai dire, elle tient ses rênes d'une main. Une façon de crâner, sans doute.

— Ferme la grille ! me crie-t-elle.

Mais comment ?

— Je m'en occupe, me rassure Tarquin. Amuse-toi bien !

— Merci !

Bien… Tant qu'on se contente de se balader tranquillement, ça va. C'est même assez amusant. Le soleil brille, la brise couche l'herbe, les chevaux sont astiqués, bref on dirait une carte postale.

Sans me vanter, je suis la mieux. En tout cas, la plus élégante. Des promeneurs suivent le sentier à travers prés et je les regarde nonchalamment, l'air de dire « N'est-ce pas que je suis mignonne, à cheval ? » tout en faisant des moulinets avec ma cravache. Je leur fais grande impression, c'est sûr. Ils doivent me prendre pour une pro.

Et si j'étais douée, tout simplement ? Il faut que je dise à Luke d'acheter quelques hectares et des chevaux. On pourrait faire ça sérieusement. Et participer à des concours de dressage ou de saut, comme Suze…

Merde ! Qu'est-ce qui se passe ? Ginger se secoue dans tous les sens.

C'est ça, le trot ?

J'observe Lulu et Suze : elles se lèvent et retombent dans leur selle en rythme.

Comment y arrivent-elles ?

Je veux les imiter – mais je n'arrive qu'à m'écraser le derrière sur la selle. Aïe ! Bon Dieu, pourquoi les selles sont-elles si dures ? Pourquoi ne pas les rembourrer ? Si je les dessinais, elles seraient douces et confortables, avec des coussins en fourrure, et pourquoi pas des porte-gobelets, et…

— Un petit galop ? propose Suze.

Je n'ai pas le temps de répondre qu'elle s'envole comme une fusée, suivie de près par Lulu.

— Ginger, nous, on ne va pas galoper, dis-je très vite à mon cheval. On va se contenter…

Va-che-rie ! Il fonce derrière les autres.

Merde et remerde. Je vais tomber ! Je suis raide comme un piquet et je m'agrippe tellement fort à ma selle que j'en ai mal aux mains.

— Tout va bien, Bex ? crie Suze.

— Oui, fais-je d'une voix étranglée.

Je veux juste m'arrêter. Le vent me cingle le visage. Je suis terrifiée.

Ma mort est proche, ma vie se termine. Seule chose positive : l'annonce de mon décès dans les journaux.

« Une fine cavalière, Rebecca Brandon – née Bloomwood – est morte lors d'un galop avec ses amies. »

Mon Dieu ! Il ralentit. Enfin ! On trotte… si on peut dire… et finalement il stoppe.

Je parviens à dénouer mes mains.

— C'était sympa, non ? demande Suze. Et si on partait au grand galop ?

Au grand galop ?

Elle se fiche de moi ? Si Ginger fait un pas de plus, je vomis.

— Tu sais sauter, Bex ? Il y a quelques petits obstacles un peu plus loin. Tu devrais très bien t'en tirer. Je te trouve plutôt douée.

Je suis incapable de répondre.

— Il faut que j'ajuste mon étrier. Je vous rejoins tout de suite.

J'attends qu'elles soient hors de vue pour m'écrouler par terre. J'ai les jambes en compote et terriblement mal au cœur. Je ne quitterai plus jamais le plancher des vaches. Jamais. Qu'est-ce que les gens ne vont pas inventer pour se distraire !

Le cœur battant, je m'assieds dans l'herbe. J'enlève ma bombe toute neuve – je dois avouer qu'elle me fait mal aux oreilles depuis le début – et la laisse tomber tristement à mes pieds.

À l'heure qu'il est, Suze et Lulu doivent être à des kilomètres et galoper en parlant de couches.

Je reste assise quelques minutes, le temps de recouvrer mes esprits. Ginger en profite pour brouter. Je me lève enfin et regarde le pré vide. Bon. Que faire, maintenant ?

— Bien, dis-je à Ginger, on va rentrer à pied.

Je tire sur sa bride et, à mon grand étonnement, il me suit sans histoire.

C'est ça la bonne solution.

En traversant le pré, je commence à me détendre. Un cheval est un accessoire assez sympa, quel besoin de monter dessus ? Je pourrai toujours aller à Hyde Park tous les jours. J'achèterai un joli cheval et je le promènerai comme un chien. Et si un passant m'interroge, je répondrai « Aujourd'hui, c'est notre jour de repos ». Avec un grand sourire.

On se balade un moment avant d'arriver à une route déserte. D'un côté elle grimpe une côte et disparaît après un virage, de l'autre elle mène vers un petit village tranquille. Avec des maisons à colombages, des jardins et des…

Waouh ! On dirait des boutiques !

Bon. La journée s'améliore.

Une demi-heure plus tard, j'ai le moral.

J'ai acheté un fromage aux noix fantastique, de la confiture de groseilles à maquereau et d'énormes radis que Luke va adorer. Mais le bouquet, c'est ce magasin qui vend des chapeaux. En plein cœur du village ! C'est un modiste local mais aussi bon que Philip Treacy. Certes, je ne porte pas très souvent de chapeau, mais un jour, je serai bien invitée à un mariage ou à Ascot. Enfin, quelque chose comme ça. Et les prix sont imbattables. J'en ai acheté un blanc avec des plumes d'autruche et un en velours noir couvert de pierreries. Avec leurs boîtes, c'est un peu encombrants, mais ils en valaient la peine.

Ginger hennit en me voyant approcher du lampadaire où je l'ai attaché et frappe le sol de son sabot.

— Ne t'inquiète pas, je ne t'ai pas oublié.

Je lui ai acheté un sac plein de petits pains au lait et un shampoing hypertraitant pour faire briller sa crinière. Je lui tends un petit pain en essayant de ne pas être prise de tremblote quand il me bave sur la main.

Il me reste un problème à résoudre : où vais-je mettre tout mon shopping ? Je ne peux pas porter mes sacs *et* tenir la bride de Ginger. Dois-je essayer de le monter tout en portant mes achats ? Comment faisaient les gens dans l'ancien temps ?

Soudain, je remarque une grosse boucle sur une des sangles de la selle. Et si j'y attachais un sac ? Ça marche à merveille ! En y regardant de plus près je trouve tout un tas d'autres boucles. Formid ! Je ne m'étais jamais rendu compte qu'un cheval pouvait porter autant de choses. J'accroche en dernier mes deux boîtes à chapeaux. Elles sont superbes avec leurs grandes rayures roses et blanches.

Et voilà, on est prêts.

Je détache Ginger et nous sortons du village, en veillant bien à ce que les boîtes à chapeaux ne se balancent pas trop. Les gens demeurent bouche bée en nous voyant passer, mais ça m'est égal. Ils n'ont sans doute pas l'habitude de voir des étrangers, dans ce coin.

On arrive à un virage lorsque j'entends un bruit de sabots. L'instant d'après, Lulu et Suze apparaissent sur leur monture.

— La voilà ! crie Lulu.

— Bex ! On était inquiètes, lance Suze. Tu vas bien ?

— À merveille ! On s'est payé du bon temps.

Tandis qu'elles s'approchent de moi, je vois qu'elles ont l'air ahuries.

— Bex… qu'est-ce que tu as fait à Ginger ?

— Mais rien. Je l'ai seulement emmené faire des emplettes ! Je me suis acheté deux superbes chapeaux.

Je m'attends à ce que Suze me demande de les lui montrer, mais elle reste estomaquée.

— Elle a emmené un cheval… faire des emplettes ! répète Lulu lentement.

Elle me regarde puis se penche vers Suze et lui murmure quelque chose à l'oreille.

Suze pouffe de rire en mettant une main devant sa bouche.

Je deviens rouge tomate.

Elle se fiche de moi.

Jamais je n'aurais pensé que Suze pourrait un jour se moquer de moi.

— N'étant pas une formidable cavalière, dis-je sans élever la voix, j'ai préféré vous laisser galoper toutes les deux. Bon, il vaut mieux rentrer, maintenant.

Elles font faire demi-tour à leur cheval et nous prenons lentement la route du retour. Presque sans nous parler.

Arrivées devant la maison, Lulu rentre chez elle et Suze se dépêche d'aller allaiter ses bébés. Je reste dans les écuries avec Albert, qui, adorable, m'aide à récupérer mes achats.

Je me dirige vers la maison lorsque Luke vient à ma rencontre. Il a toujours ses vieilles bottes et son Barbour.

— Alors, c'était comment ?

Je fixe le sol.

— Oh, pas mal.

Je crois qu'il va me poser des questions, mais il semble distrait.

— Écoute, je viens d'avoir un coup de fil de Gary, du bureau. Il faut qu'on travaille sur la présentation pour le groupe Arcodas. Désolé, je dois rentrer à Londres. Mais rien ne t'empêche de rester encore quelques jours ici. Je sais comme tu as envie de voir Suze.

Tout d'un coup, je suis émue. Il a raison. J'avais une folle envie de voir Suze et je vais profiter d'elle au maximum. Tant pis pour cette conne de Lulu. Je vais avoir dès maintenant une vraie conversation avec ma copine.

Je fonce vers la maison. Suze donne le sein aux jumeaux tandis qu'Ernie essaie de monter sur ses genoux.

— Suze, ton anniversaire approche. Je veux t'offrir quelque chose de vraiment spécial. Juste pour nous deux. Que dirais-tu d'un voyage à Milan ? En tête à tête ?

— Milan ? Ernie, mon chéri, arrête ! Bex, je ne peux pas aller à Milan ! Qu'est-ce que je ferais des bébés ?

— Emmène-les !

— Mais c'est complètement impossible, réplique-t-elle, presque fâchée. Tu n'as pas l'air de comprendre.

C'est comme si elle m'avait giflée. Pourquoi le monde entier me prend-il pour une débile ? Qu'est-ce qu'ils en savent ?

— Bon, je vais organiser un déjeuner d'anniversaire du tonnerre. Je m'occupe de la bouffe, tu n'auras rien à faire…

Suze évite mon regard.

— Je ne suis pas libre. J'ai déjà prévu autre chose. Lulu et moi allons faire une thalasso pour la journée. C'est une cure spéciale mère de famille. Je suis son invitée.

Je la fixe, incapable de cacher mon désarroi. Jusqu'à maintenant on fêtait toujours nos anniversaires ensemble.

— Bon, fais-je en avalant péniblement ma salive, amuse-toi bien.

Silence. Je ne sais plus quoi dire.

C'est la première fois que je ne trouve pas de sujet de conversation avec Suze.

— Bex… tu t'es absentée, dit Suze d'une voix tendue. Tu es partie. Qu'aurais-je dû faire ? Rester seule ?

— Mais non ! Ne sois pas bête !

— Sans Lulu, je ne m'en serais pas tirée. Elle a été d'un soutien formidable.

— Bien sûr.

Soudain, je sens les larmes prêtes à jaillir. Je me retourne et les retiens de toutes mes forces.

— Bon, eh bien, amusez-vous toutes les deux. Je suis certaine que ce sera parfait. Désolée d'être revenue. Et de vous gêner.

— Bex, arrête ! Je vais en parler à Lulu, pour la thalasso. Je suis sûre qu'on peut trouver de la place pour toi.

Je me sens humiliée. Voilà qu'elle a pitié de moi et ça, je ne le supporte pas. Je me force à rire.

— Non ! Ne vous dérangez pas ! De toute façon, je n'aurai pas le temps d'y aller. D'ailleurs… j'étais venue te dire qu'on rentre à Londres. Luke a du boulot.

— Déjà ? Moi qui croyais que tu allais rester ici quelques jours.

— J'ai des tonnes de choses à faire. Je dois décorer l'appartement… m'occuper de Luke… donner des dîners…

— Je vois. Bon, eh bien j'ai été ravie de te revoir.

— Moi aussi. C'était ultrasympa. Il faut qu'on recommence.

Quelle paire d'hypocrites !

Silence. J'ai la gorge nouée. Je vais pleurer.

Non.

— Bon, je vais aller faire ma valise. Merci pour tout.

Je quitte la pièce en prenant mes paquets. Et mon sourire tient bon jusqu'à l'escalier.

NETHER PLEATON GYMKHANA
Manor Stables
Pleaton
Hampshire

Mme Rebecca Brandon
37 Maida Vale Mansions
Maida Vale
Londres NW6 OYF

Le 30 avril 2003

Chère Madame,

Nous vous remercions de votre lettre concernant notre gymkhana du mois prochain. Nous vous confirmons que nous avons retiré votre nom des épreuves suivantes :
Tenue à cheval
Jumping
Dressage
Veuillez me faire savoir si vous désirez participer à l'épreuve Poney le mieux tenu.

Bien sincèrement,

Marjorie Davies
Organisatrice

7

Aucune importance ! Je peux me passer de Suze.

Les gens se marient, changent de vie, se font de nouveaux amis. C'est tout simple et très normal. Elle a sa vie… j'ai la mienne. Tout va bien. Une semaine s'est écoulée depuis le baptême et j'ai à peine pensé à elle.

J'avale une gorgée de jus d'orange et me saisis du *Financial Times* que Luke a laissé sur le comptoir.

Maintenant que je suis mariée, je me ferai des tas de nouvelles amies, moi aussi. Je n'ai pas à dépendre de Suze. Je suivrai des cours du soir, je rejoindrai un cercle littéraire… je trouverai bien. Mes nouvelles amies seront sympa, ne monteront pas à cheval et n'auront pas d'enfants affublés de prénoms aussi grotesques que Cosmo…

J'ai tourné les pages du journal si vite que j'en suis déjà à la fin. Je me surprends moi-même. Sans le savoir, aurais-je une méthode pour lire à toute vitesse ?

Je bois mon café et étale du Nutella sur un toast. Installée dans la cuisine de l'appartement de Luke, à Maida Vale, je m'offre un petit déjeuner tardif.

Je veux dire… notre appartement. J'oublie tout le temps que j'en possède la moitié. Luke l'a habité avant qu'on se marie, puis quand on s'est installés à New York il l'a redécoré avant de le louer. Il est cent pour cent design. Minimaliste, tout acier brossé, moquettes beige clair et quelques objets d'art contemporain éparpillés çà et là.

Ça me plaît. Sincèrement.

Enfin, pour être tout à fait honnête, je le trouve un peu trop nu à mon goût. Le point de vue de Luke se résume à : rien nulle part. Moi, ce serait plutôt : plein de choses partout.

C'est sans importance. J'ai lu dans un magazine de déco que pour les jeunes couples marier les styles n'offrait pas de difficulté. Il suffit de mélanger ses goûts et d'en discuter sur l'oreiller pour créer un style personnel.

C'est le jour idéal pour commencer. Les achats de notre voyage de noces vont être livrés d'une minute à l'autre. Luke n'est pas allé travailler exprès.

Je suis hyperexcitée : je vais enfin revoir tous nos souvenirs, les placer dans l'appartement tels des témoins de notre lune de miel. Les objets que j'ai choisis donneront une note nouvelle au décor.

— Tiens, une lettre pour toi, me lance Luke en entrant dans la cuisine. Ça pourrait être important.

— Fais voir ?

Depuis notre retour, j'ai pris contact avec les principaux grands magasins de Londres pour leur offrir mes services en tant que conseillère personnelle de mode. J'ai de bonnes références de Barneys et tout le monde a été très gentil avec moi, mais rien ne s'est concrétisé.

Moi qui m'attendais à avoir l'embarras du choix, ça m'a fichu un coup. J'avais même imaginé que les responsables de Harrods, Harvey Nicholson ou Selfridges m'inviteraient à déjeuner et m'obligeraient à accepter des fringues pour me persuader de travailler pour eux.

Le cœur battant, j'ouvre l'enveloppe. La lettre provient de The Look, une nouvelle boutique qui n'a pas encore ouvert ses portes. Je suis allée les voir il y a une quinzaine de jours et ça s'était plutôt bien passé.

— Mon Dieu ! C'est incroyable ! Ils me veulent !

— Bravo ! s'exclame Luke avec un grand sourire.

Il m'enlace et me donne un baiser.

— Sauf… qu'ils n'ont pas besoin de moi avant trois mois, dis-je en continuant à lire. Pour l'ouverture du magasin.

Je repose la lettre :

— Trois mois sans travailler, c'est long.

Enfin, trois mois sans gagner d'argent.

— Oh, tu vas bien trouver quelque chose à faire, me console Luke. Tu as toujours des tas de projets.

On sonne à la porte de l'immeuble et nous nous regardons.

— Voilà les livreurs ! Descendons !

L'appartement de Luke, qui est au dernier étage, est desservi par un ascenseur privé. Ce qui est d'un chic pas possible ! Quand nous avons emménagé, je passais mes journées à monter et à descendre, jusqu'à ce que les voisins se plaignent.

— Où va-t-on leur dire de tout mettre ? demande Luke.

— Il vaut mieux tout regrouper dans un coin du salon et je ferai le tri quand tu seras à ton bureau.

— Bonne idée.

Je me tais. Je viens de me souvenir des vingt robes de chambre chinoises en soie. Il va falloir que je les planque.

— Et le surplus, je le ferai mettre dans la chambre d'amis.

— Le surplus ? répète Luke en fronçant les sourcils. Tu attends beaucoup de choses ?

— Mais non, presque rien ! Je pensais aux cartons, qui prennent tellement de place. C'est tout !

Luke n'a pas l'air très rassuré ; je fais semblant de rajuster mon bracelet-montre. Maintenant que le moment fatidique est arrivé, j'ai quelques scrupules.

Pourquoi ne lui ai-je pas parlé des girafes en bois ? Est-ce le moment de me confesser ?

Non. Inutile. Tout se passera bien. L'appartement est immense. Enfin, vaste. Il ne s'apercevra jamais du surplus.

Nous ouvrons les portes à double battant et sortons sur le trottoir : un type en jean nous attend à côté d'une camionnette.

— Monsieur Brandon ?

Quel soulagement ! Je savais bien que je n'avais pas acheté tellement de choses. J'en étais sûre. Il n'y a qu'à voir la taille de cette camionnette. Minuscule !

— Oui, c'est moi, fait Luke.

— Vous avez une idée d'où on peut garer les camions ? demande le chauffeur en se grattant la tête. On peut pas rester où on est.

— « Les camions » ? demande Luke. Que voulez-vous dire ?

Son sourire s'est figé.

— Oui, on a deux camions à décharger. On peut entrer dans la cour ?

— Bien sûr, dis-je sans laisser à Luke le temps de répondre.

Le type remonte dans sa camionnette. Luke se tait.

— Ah, fais-je gaiement, on va bien s'amuser !

— Deux camions ! répète Luke.

— Tout ne doit pas être pour nous, dis-je vivement. C'est évident qu'on n'a pas acheté de quoi remplir deux camions.

J'en suis sûre.

Enfin, c'est ridicule. Pas en dix mois…

J'en suis même certaine.

Mon Dieu !

Dans un bruit infernal apparaît un énorme camion blanc, bientôt suivi de son jumeau. Ils entrent en marche arrière dans la cour et abaissent leur hayon. Luke et moi nous nous dépêchons d'aller inspecter leurs entrailles.

Waouh ! Quel spectacle ! Le camion est plein à craquer de bibelots et de meubles, emballés dans du plastique, du papier, ou pas emballés du tout. Je suis très émue. C'est comme si on me projetait le film de notre lune de miel. Les kilims d'Istanbul. Les calebasses du Pérou. Oh, j'avais complètement oublié ces totems de Papouasie !

Des déménageurs en salopette se mettent à vider le camion. On s'écarte pour les laisser passer, mais je continue à regarder à l'intérieur, perdue dans mes souvenirs. Soudain, je repère une petite statue en bronze :

— Le bouddha ! Tu te souviens où on l'a acheté ? Luke ?

Luke ne m'écoute pas. Incrédule, il observe un des types qui sort un énorme paquet. Une jambe de girafe en émerge.

Merde !

Et voici qu'un autre déménageur en trimbale une autre.

— Becky… qu'est-ce que ces girafes font ici ? Je croyais qu'on était convenus de ne pas les acheter ?

— Je sais. Je le sais bien. Mais on les aurait regrettées. Alors j'ai pris la décision. Tu verras, elles feront très bien. Elles seront le clou de l'appartement.

— Et ça, d'où ça sort ?

Luke me désigne une paire d'énormes urnes en porcelaine qui viennent de Hong Kong.

— Ah oui, j'ai oublié de t'en parler. Tu sais quoi ? Ce sont des copies de vraies urnes Ming. Le vendeur m'a dit…

— Mais qu'est-ce qu'elles foutent ici ?

— Je les ai achetées. Elles seront parfaites dans le hall. Le clou de la pièce ! Elles feront l'admiration de tous.

— Et ce tapis ?

Il montre un gros boudin multicolore.

— Ça s'appelle un dhurrie, en fait…

Vu la tête qu'il fait, j'abrège les explications.

— Je l'ai eu en Inde.

— Sans me demander mon avis.

— Euh…

L'air que fait Luke ne me plaît pas.

— Tiens, regarde, dis-je pour essayer de le distraire, voici l'étagère à épices que tu as achetée au Kenya.

Il ne m'écoute pas. Il roule des yeux furieux en voyant apparaître une monstruosité assez abominable, je dois l'admettre : un genre de xylophone d'où pendent des poêles en cuivre.

— C'est quoi cette merde ? Un instrument de musique ?

Les gongs se mettent à retentir et des passants hochent la tête en ricanant.

Je dois admettre que je me suis peut-être trompée.

— Euh…, c'est un balafon indonésien.

Court silence.

— Un balafon indonésien ? s'étrangle Luke.

— Oui, un objet culturel. J'ai pensé qu'on pourrait apprendre à en jouer ! Ce sera un des clous…

— Et tu comptes disposer de combien de clous ? Becky, tout ce qui est dans ces camions est à nous, hein ?

— Une table de salle à manger est en route ! crie un des déménageurs. Écartez-vous !

Merci mon Dieu, voilà de quoi faire diversion.

— Tu as entendu, mon chéri, c'est notre table du Sri Lanka. Tu te souviens ? Notre table personnalisée ! Le symbole de notre amour.

Je lui fais un grand sourire mais il ne décolère pas.

— Becky…

— Ne gâche pas cet instant, dis-je en l'enlaçant. C'est la table de notre lune de miel. Un bijou que nous transmettrons à nos enfants ! Il faut la voir sortie du camion.

— Bon, se résigne Luke. Comme tu voudras.

Les déménageurs la transportent avec précaution. Elle doit peser une tonne et pourtant je suis impressionnée par la façon dont ils la manipulent.

— C'est excitant, non ? Songe que nous étions au Sri Lanka…

Je me tais, légèrement troublée.

Ce n'est pas du tout une table en bois. C'est une table en verre avec des pieds recourbés en acier. Un autre type porte une paire de chaises recouverte de velours rouge.

Je suis horrifiée ! Je me glace.

Merde et merde.

C'est la table que j'ai achetée à la foire du design de Copenhague. Je l'avais complètement oubliée.

Comment a-t-elle pu me sortir de l'esprit ? Oui, comment ?

— Arrêtez, les gars, fait Luke. C'est la mauvaise table. La nôtre est en bois. En bois sculpté du Sri Lanka.

— Non, celle-ci est bien à vous aussi. L'autre est dans le second camion.

— Mais on ne l'a pas achetée !

Luke se tourne vers moi et m'interroge du regard. Je prends mon meilleur air de moi-non-plus-je-n'y-comprends-rien, mais dans ma tête ça fonctionne à mille à l'heure. Bon, je vais nier l'avoir jamais vue, on va la renvoyer et tout sera résolu…

— Envoyée par Mme Rebecca Brandon, dit un des déménageurs en lisant une étiquette. Une table et dix chaises. Du Danemark. C'est signé ici.

Pitié !

Comme au ralenti, Luke se tourne vers moi.

— Becky, as-tu oui ou non acheté une table et dix chaises au Danemark ?

— Euh… ce n'est pas impossible.

— Je vois.

J'ai comme l'impression qu'il fait du calcul mental.

— Et ensuite tu as acheté une table et dix autres chaises au Sri Lanka ?

— J'avais complètement oublié la première. Tu sais, ç'a été un très long voyage de noces. J'ai perdu le fil…

Du coin de l'œil, je surveille un type qui s'est emparé des vingt robes de chambre chinoises. Merde et remerde.

Je dois éloigner Luke des camions au plus tôt.

— On en discutera plus tard. Promis. Pour le moment, remonte à l'appartement et sers-toi un grand verre. Relaxe-toi. Je vais rester ici pour tout surveiller.

Une heure plus tard, c'est terminé. Les hommes ferment les camions et je leur distribue de bons pourboires. Au moment où ils partent, Luke apparaît sur le seuil de l'immeuble.

— Eh bien, ça ne s'est pas trop mal passé, lui dis-je.

— Tu veux bien monter une minute ? me demande-t-il d'une drôle de voix.

Je panique. Est-il en colère ? A-t-il trouvé les robes chinoises ?

Dans l'ascenseur, je lui fais quelques sourires, mais il reste de marbre.

— Alors… tu as tout mis dans le salon ? Ou dans…

Je me tais quand la porte s'ouvre.

Quel désastre !

L'appartement de Luke est méconnaissable.

La moquette beige disparaît sous un océan de caisses, de malles, de meubles. Le vestibule croule sous les cartons : l'un vient d'un entrepôt de l'Utah, un autre contient des batiks de Bali. En passant dans le salon je manque de m'étrangler. Il y a des paquets partout. Des kilims roulés et des dhurries sont appuyés contre un mur. Dans un autre coin, le balafon indonésien est coincé entre une table basse en ardoise et un totem nord-américain.

Je ne peux pas continuer à me taire :

— Eh bien, on ne va pas manquer de tapis, hein ?

— Je les ai comptés : il y en a dix-sept, me répond Luke avec une voix de plus en plus étrange.

Il enjambe une table basse en bambou achetée en Thaïlande et déchiffre l'étiquette attachée à une grande commode en bois.

— Là-dedans, il y a quarante chopes !

Il me regarde dans les yeux.

— Quarante chopes ?

— Ça peut paraître beaucoup, mais je les ai eues pour rien. Maintenant, on en a pour la vie !

— Écoute…

J'essaie de m'approcher de Luke mais je me heurte à une statue en bois peint de Ganesh, le dieu de la sagesse et de la réussite.

— Ce n'est pas une catastrophe, dis-je. D'accord, ça fait beaucoup. Mais ce n'est qu'une… illusion d'optique. Quand j'aurai tout rangé, ce sera formidable.

— Nous sommes à la tête de cinq tables basses, fait Luke sans me prêter la moindre attention. Tu t'en étais rendu compte ?

— Oh, à moitié. Bon, on va devoir rationaliser.

— Rationaliser ce foutoir ?

— C'est vrai, ça fait désordre à l'heure actuelle, mais je vais tout ranger. Tu verras ! Ça aura une gueule folle. Il suffit qu'on réunisse nos esprits…

— Becky, m'interrompt Luke, tu veux connaître mon état d'esprit actuel ?

— Euh…

Luke soulève deux paquets en provenance du Guatemala pour se frayer un passage jusqu'au divan, où il s'écroule.

— J'aimerais bien savoir comment tu as payé tout ça. J'ai vérifié rapidement nos comptes et je n'ai vu aucune trace d'urnes chinoises. Ni de girafes. Ni de table de Copenhague.

Il me regarde durement.

— Qu'est-ce que tu as manigancé ?

Je suis coincée. Si je voulais m'enfuir, j'aurais toutes les chances de m'empaler sur les doigts acérés de Ganesh.

— Eh bien…, dis-je en évitant son regard, j'ai cette carte de crédit.

— Celle que tu caches dans ton sac ? J'ai déjà vérifié le relevé.

Bon sang… c'est pas possible…

Je n'ai pas d'issue.

— Non, pas celle-là. Une autre encore, dis-je en déglutissant avec difficulté.

— Une autre ? Une deuxième carte secrète ?

— Pour les cas d'urgence ! Pour faire face à une situation désespérée…

— Comme l'urgence du balafon indonésien, par exemple ?

Silence. Que répondre ? Je suis rouge comme une tomate et j'ai les mains nouées derrière le dos.

— Si je comprends bien, tu as tout payé en secret ?

Il voit mon visage à l'agonie et il change d'expression.

— Ah ! Tu n'as encore rien payé !

— Franchement… On m'a autorisé un gros découvert.

— Becky ! c'est de la folie.

— Ne t'en fais pas. Je te rembourserai. Je m'en occuperai.

— Avec quel argent ?

Silence. Je suis piquée au vif.

— Je vais bientôt travailler, dis-je en tremblant. Et avoir des rentrées d'argent. Je ne vais plus vivre à tes crochets.

Luke me dévisage un moment et pousse un profond soupir.

— Je sais, je suis désolé.

Il m'ouvre ses bras.

— Allez, viens ici.

Je me fraie un passage sur la moquette encombrée et, après avoir dégagé le canapé de quelques paquets, je m'assieds à côté de lui. Il me serre contre lui. Nous nous taisons en contemplant cette marée d'objets. Comme deux naufragés sur une île déserte.

— Becky, on ne peut pas continuer ainsi. Tu as une idée de ce que ce voyage de noces a coûté ?

— Euh… non.

Tout d'un coup je me rends compte que je n'ai aucune idée des prix. C'est moi qui ai payé les billets d'avion pour notre tour du monde. Mais rien d'autre. Luke a financé tout le reste.

Notre lune de miel nous aurait-elle ruinés ?

Pour la première fois, Luke me semble inquiet.

Nom de Dieu ! Soudain, j'ai la trouille. Nous sommes à sec et Luke me l'a caché. J'en suis sûre. Mon intuition conjugale. Bien que nous soyons au bord de la faillite, c'est mon rôle d'être courageuse et calme.

— Luke, est-ce que nous sommes très pauvres ?

— Non, Becky, nous ne sommes pas encore très pauvres. Mais nous le deviendrons si tu continues à acheter toutes ces montagnes de cochonneries.

Des montagnes de cochonneries ? Je suis sur le point de me rebiffer, mais en voyant son expression je préfère la fermer et opiner du bonnet.

— Je pense, fait Luke, qu'il est temps d'instituer un budget.

8

Un budget.

Pourquoi pas ? L'idée me plaît. Facile de chez facile. En fait, ça me libérera de savoir combien je peux dépenser.

Surtout qu'un budget, ça peut s'améliorer.

Une heure plus tard, depuis la porte du bureau, je questionne Luke :

— Alors…. Quel est mon budget pour la journée ?

Luke est en train de chercher quelque chose. Il a l'air stressé.

— Tu m'as parlé ? me demande-t-il sans lever la tête.

— Je voulais connaître le montant de mon budget pour la journée. Est-ce que vingt livres t'iraient ?

— Sans doute, me répond Luke d'un air distrait.

— Bon… alors tu peux me les donner…

— Comment ?

Luke me regarde comme si j'étais devenue folle, puis sort son portefeuille et me tend un billet de vingt livres.

— Parfait. Merci.

Je fixe le billet. Vingt livres. Un vrai défi ! J'ai l'impression d'être une maîtresse de maison pendant la guerre, à qui on a donné une carte de rationnement.

C'est bizarre de ne pas avoir son propre argent… Ou un boulot… Comment vais-je survivre pendant trois mois ? Prendre un autre job en attendant ? C'est peut-être ma chance : essayer un truc totalement nouveau.

Et pourquoi ne pas m'occuper de jardins ? Je pourrais m'acheter de jolies bottes et me spécialiser dans les arbustes.

Ah… oui. Ou alors je pourrais lancer une société qui offrirait un service unique et révolutionnaire, et gagner des millions. Tout le monde parlerait de moi comme d'un génie et se mordrait les doigts de ne pas y avoir pensé plus tôt. Ce service unique consisterait en…

Il consisterait en… En quoi ?

Bon, je vais y réfléchir.

Tandis que Luke sort un dossier intitulé Brandon Communications, une idée brillante me vient. Bien sûr ! Je vais devenir sa collaboratrice !

Après tout, c'est ça le mariage. Une vraie association. Les couples qui s'épaulent en toutes circonstances sont ceux qui réussissent leur mariage.

Tiens, hier soir, j'ai regardé un téléfilm : un couple se séparait parce que la femme ne s'intéressait pas au travail de son mari. En tout cas, bien moins que sa secrétaire. Le mari quittait donc sa femme, alors celle-ci le tuait puis prenait la fuite avant de se suicider. Un exemple à méditer…

Je ne suis pas à court d'astuces. Voici mon nouveau plan : devenir le fidèle soutien de mon mari. Je vais m'impliquer dans la marche de ses affaires, comme Hillary Clinton, et tout le monde saura que les bonnes idées viennent de moi. Je me vois déjà en tailleur rose, au côté de Luke, souriant gaiement sous une pluie de serpentins.

— Luke, écoute, je veux t'aider.

— M'aider ? répète-t-il distraitement.

— Je veux t'aider à gérer ta société. Notre société. Elle s'appelle Brandon Communications, n'est-ce pas ? Et moi je m'appelle Rebecca Brandon, non ?

— Becky, je ne vois pas…

— Je veux t'épauler et je suis libre pendant trois mois. Parfait ! Je pourrais être ta conseillère. Tu n'aurais pas à me payer très cher.

Luke en reste bouche bée.

— Et tu me conseillerais dans quel domaine ?

— Oh… je n'en sais encore rien, dois-je avouer. Mais je pourrais injecter de nouveaux concepts dans la société. Te faciliter la vie.

Soupir de Luke.

— Chérie, on est vraiment débordés avec cette présentation pour Arcodas. Je n'ai pas le temps de te recruter. Peut-être après la présentation…

— Ça sera vite fait ! Je t'économiserai du temps ! Je t'aiderai ! Souviens-toi, un jour, tu m'as proposé du boulot.

— Je le sais bien. Mais un travail à temps complet n'a rien à voir avec un job de dépannage. Si tu veux changer de métier, c'est différent.

Comme il continue à farfouiller dans ses papiers, il ne voit pas le regard noir que je lui lance. Il fait une grosse erreur : mon expérience personnelle aurait été inestimable pour lui. Sans parler de mes connaissances d'ancienne journaliste financière. En une semaine je pourrais révolutionner son entreprise. Et lui faire gagner des millions.

Luke tente de sortir un dossier quand son menton heurte un carton plein de saris. Il se met à râler :

— Putain, quel bordel ! Becky, si tu veux vraiment m'aider…

— Oui ?

— Range donc l'appartement.

Ça, c'est le bouquet !

Alors que je suis prête à me consacrer à l'affaire de Luke, alors que je ne demande qu'à devenir le soutien fidèle et efficace de mon mari, il m'envoie ranger l'appartement !

Je pose un carton sur une table basse, l'ouvre avec un couteau et soudain c'est Noël : des flocons de polystyrène se répandent partout. Je fouille dans la boîte et en retire un paquet emballé dans du papier bulle. Impossible de me rappeler ce que c'est. Ah si ! je me souviens. Des œufs peints à la main en provenance du Japon. Chaque œuf illustre un épisode de la légende du Dragon roi. J'en ai acheté cinq.

Je regarde tout autour de moi : où vais-je mettre ces œufs si fragiles ? Pas un centimètre carré de libre. Même le dessus de la cheminée est bondé.

Quel horrible sentiment de frustration ! Je n'ai plus de place pour rien ! Les armoires, les placards débordent. Même sous mon lit, c'est plein.

Qu'est-ce qui m'a pris d'acheter ces conneries d'œufs ? Qu'est-ce qui m'est passé par la tête ? Et si je faisais exprès de laisser tomber le carton ? Mais je ne peux m'y résoudre. Non, il va plutôt aller rejoindre la pile des objets dont je m'occuperai « plus tard ».

Je remets l'œuf dans son carton, escalade une pile de tapis et balance le colis derrière la porte sur des rouleaux de tissu thaïs. Puis, crevée, je m'écroule par terre. Je n'en peux plus. Et dire que je dois encore ramasser ces fichus flocons de polystyrène.

Je m'essuie le front et consulte ma montre. Voilà une heure que je trime et, je l'avoue, l'aspect de la pièce ne s'est pas tellement amélioré. Franchement… c'est pire. À voir ce foutoir, j'ai un coup de déprime.

Vite, une tasse de café.

Je me dirige vers la cuisine d'un pas plus léger, mets la bouilloire sur le feu. Et si je mangeais un biscuit ?

J'ouvre l'un des placards en acier chromé, trouve la boîte et y choisis un biscuit. Chacun de mes mouvements s'accompagne d'un léger cliquettement qui résonne dans l'appartement.

Ce que ça peut être calme ici. Il me faut une radio.

Je caresse du bout du doigt le comptoir de marbre et pousse un profond soupir.

Et si j'appelais maman pour bavarder avec elle ? Sauf qu'elle est toute bizarre en ce moment. J'ai essayé de lui téléphoner l'autre jour et elle m'a paru nerveuse, m'expliquant qu'elle ne pouvait pas me parler à cause des ramoneurs. Autant que je sache, jamais aucun ramoneur n'est venu à la maison ! Il est plus probable qu'elle avait des gens qui visitaient les lieux.

Je pourrais appeler Suze…

Non ! Pas Suze.

Ou Danny ! En voilà une bonne idée. C'était mon meilleur ami quand je vivais à New York. Il débutait difficilement comme styliste de mode – mais maintenant il est au top. J'ai même vu son nom dans *Vogue*. Mais je ne lui ai pas parlé depuis mon retour.

Ce n'est pas la bonne heure pour appeler New York ; bah, tant pis. Danny n'a pas d'heures régulières. Je compose fébrilement son numéro.

— Bienvenue !

— Salut, Danny ! c'est…

— Bienvenue dans l'empire en expansion de Danny Kovitz !

Oh, c'est le répondeur !

— Pour connaître les dernières tendances de la mode, appuyez sur 1. Pour recevoir un catalogue, appuyez sur 2. Si vous voulez envoyer un cadeau à Danny ou l'inviter à une soirée, appuyez sur 3.

J'attends la fin de la liste pour enregistrer un message :

— Salut, Danny, c'est Becky ! Je suis rentrée… alors passe-moi un coup de fil !

Je lui laisse mon numéro avant de raccrocher.

La bouilloire émet un bruit strident et je verse du café moulu dans la cafetière tout en réfléchissant à qui je pourrais téléphoner. Mais… je ne vois personne. En fait, il y a deux ans que j'ai quitté Londres. J'ai perdu la trace de la plupart de mes amies.

Je suis donc bien seule.

Non, c'est faux, tout va bien.

Quelle idée d'être revenue !

Ne sois pas bête, tout est pour le mieux. C'est fabuleux. Je suis une femme mariée, une maîtresse de maison avec… des tas de choses à faire.

Soudain, la sonnette me fait sursauter. Je n'attends personne.

Sans doute une livraison. Ou Luke qui a décidé de rentrer de bonne heure. Je vais jusqu'à l'interphone.

— Allô ?

— Becky chérie ?

C'est maman !

Comment ? Maman est en bas ?

— Papa et moi avons décidé de te faire une petite visite. On peut monter ?

— Bien sûr !

Encore sous le choc, je leur ouvre. Qu'est-ce qui leur prend de venir me voir ?

Je fonce à la cuisine, verse le café dans un pot, dispose des biscuits sur une assiette et me dépêche de leur ouvrir.

— Bonjour ! Entrez vite ! J'ai préparé du café !

En les embrassant, je remarque qu'ils sont gênés.

Que se passe-t-il ?

— J'espère qu'on ne te dérange pas, ma puce ?

— Mais non, pas du tout. Bien sûr, j'ai des tas de choses à faire pour la maison…

— Je comprends, et nous ne resterons pas longtemps. Juste…

Elle se tait avant de poursuivre.

— Et si on allait s'asseoir ?

— Oh, oui…

Je jette un coup d'œil au salon : le divan, envahi de tapis et de flocons de mousse, est entouré de cartons qui débordent.

— On n'a pas encore eu le temps d'arranger le salon, allons donc dans la cuisine.

Bon. Les gens qui ont imaginé nos tabourets de bar dernier cri n'ont jamais invité leurs parents à prendre une tasse de café. Il faut cinq minutes à papa et maman pour les escalader, sous mon regard apeuré. À chaque instant ils risquent de se retrouver les quatre pattes en l'air.

— Plutôt minces ces pieds, commente mon père en tentant pour la cinquième fois de se hisser sur le siège.

Pendant ce temps, maman s'installe centimètre par centimètre sur son tabouret en s'accrochant désespérément au rebord du comptoir.

Enfin, les voici posés. Ils ont l'air mal à l'aise, comme s'ils participaient à une émission de télévision.

— Ça va ? Sinon je peux aller vous chercher d'autres sièges.

— Mais non ! s'exclame papa. Ceux-ci sont très confortables.

Quel menteur ! Il se cramponne à son tabouret et regarde le sol en ardoise comme s'il était au sommet d'un gratte-ciel.

— Ils sont un peu durs, tu ne trouves pas, ma puce ? demande maman. Tu devrais te procurer des coussins moelleux chez Peter Jones.

— Euh… peut-être.

Je sers aux parents leurs tasses de café et grimpe allègrement sur un tabouret.

La vache ! Je me suis cognée.

Ces sièges sont pourris. Et c'est vrai qu'on est mal dessus !

Bon, je me calme.

— Alors, vous allez bien, tous les deux ?

Silence.

— Becky, nous avions une raison pour venir ici, attaque papa. J'ai quelque chose à te dire.

Il est si sérieux que je m'inquiète. C'est la maison ? Ou peut-être pire.

— C'est une histoire qui me concerne, poursuit-il.

— Mon Dieu, tu es malade, dis-je sans réfléchir. Je savais que ça ne tournait pas rond…

— Non, je vais très bien, c'est autre chose.

Il se tait quelques instants, se masse les tempes, me regarde :

— Becky, voilà des années…

— Ménage-la, l'interrompt maman.

— Mais je la ménage ! se rebelle papa en tanguant dangereusement.

— Je vous en prie, je suis dans le brouillard, là, leur dis-je ; je suis totalement perdue.

— Écoute, avant que je connaisse ta mère, il y a eu une autre femme… dans ma vie.

Bon…

Les parents divorcent et ils doivent vendre la maison. Je vais devenir l'enfant d'un couple brisé.

— On s'est perdus de vue, reprend papa. Mais récemment il s'est passé certaines choses…

— Tu n'es pas clair, intervient maman.

— Mais si ! Becky, tu me comprends, non ?

— Euh, pas tout à fait.

Maman se penche vers moi et me prend la main.

— Becky, en résumé, tu as… une sœur !

Une sœur ?

Je la regarde, sidérée. Une sœur ? Qu'est-ce qu'elle veut dire ?

— Une demi-sœur, précise papa. Elle a deux ans de plus que toi.

Ma cervelle fait des étincelles. C'est dingue ! Comment puis-je avoir une sœur sans être au courant ?

— Papa a une fille, dit maman doucement. Une fille dont il ne connaissait pas l'existence. Elle s'est manifestée pendant ta lune de miel. On l'a vue plusieurs fois depuis, n'est-ce pas, Graham ? Elle est… charmante.

Silence total dans la cuisine. J'ai du mal à avaler la nouvelle.

Et soudain, je pige ! J'ai le cœur battant.

— Cette femme, le jour où on est revenus. Celle qui vous accompagnait, c'était elle…

Maman regarde papa et hoche la tête.

— Oui, c'était ta demi-sœur. Elle était venue nous rendre visite.

— Quand on t'a vue, ma chérie, on ne savait plus quoi faire, reprend maman. On ne voulait pas te donner le choc de ta vie.

Papa intervient :

— On a décidé d'attendre que tu sois installée, organisée.

J'en ai le tournis. Ainsi c'était elle. J'ai vu ma demi-sœur.

— Et… comment s'appelle-t-elle ?

— Jessica, répond papa. Jessica Bertram.

Salut ! Vous connaissez ma sœur Jessica ?

Je dévisage papa, puis maman, et je deviens toute chose. Comme si une grosse boule me montait à la gorge. Comme si des tas d'émotions tentaient de sortir de moi.

Je ne suis plus une enfant unique.

Moi aussi j'ai une sœur.

Une SŒUR !

9

Depuis une semaine je suis incapable de dormir. Ou de me concentrer sur quoi que ce soit. En fait, je vis dans le brouillard. Je ne songe qu'à une chose : moi, Rebecca Brandon, née Bloomwood, j'ai une sœur. Depuis toujours.

Aujourd'hui, je vais faire sa connaissance.

L'idée me grise et m'énerve à la fois. Est-ce qu'on se ressemble ? Quel genre de voix a-t-elle ? Comment s'habille-t-elle ?

Je prends Luke à témoin pour la millionième fois :

— Comment tu me trouves ?

Je me regarde en même temps dans la glace. Je suis plantée dans mon ancienne chambre, chez mes parents, et je mets la touche finale à mon ensemble Rencontre avec ma nouvelle sœur.

J'ai réfléchi pendant des jours avant de décider de m'habiller de façon décontractée, mais spéciale. J'ai enfilé un jean Seven qui m'avantage, des bottes à talons hauts, un tee-shirt que m'avait dessiné Danny il y a des siècles et une fantastique veste rose pâle Marc Jacobs.

— Tu es superbe.

— J'ai eu envie… de marier le conventionnel et le sport. Ma veste dit : « C'est un moment privilégié. »

Quant à mon jean, son message est simple : « On est deux sœurs et on est cool. » Et mon tee-shirt révèle…

Je me tais. Je ne sais plus ce que révèle mon tee-shirt à part : « Je suis une amie de Danny Kovitz. »

— Becky, intervient Luke, ta façon de t'habiller n'a aucune importance.

— Comment ? Bien sûr que si ! C'est un des moments les plus importants de ma vie ! Je me souviendrai toujours de ce que je portais le jour où j'ai fait la connaissance de ma sœur. Tu vois… je me rappelle la façon dont tu étais habillé le jour où je t'ai rencontré. Pas toi ?

Silence. Luke semble perdu.

Comment ? Il ne se souvient pas ?

— Eh bien, moi, je m'en souviens comme si c'était hier. Tu avais un costume gris, une chemise blanche et une cravate Hermès vert foncé. Et moi une jupe noire et courte, des bottes en daim et un haut affreux qui me boudinait les bras.

— Si tu le dis !

— Tu sais combien la première impression est importante. Je veux être dans la note. Comme une sœur.

— Et ça ressemble à quoi, des sœurs ? demande Luke en riant.

— Elles ont l'air de s'amuser. Et d'être amies. Et de s'entraider. Par exemple, une sœur te prévient que ta bretelle de soutien-gorge dépasse.

Luke m'embrasse.

— Dans ce cas, t'as l'air d'une sœur. Relax ! Tout se passera bien.

Je sais que je suis montée sur ressort. Mais que faire ? Je n'arrive pas à me faire à l'idée que je suis sœur après avoir été fille unique si longtemps.

Non pas que j'en aie souffert. Je me suis toujours bien entendue avec les parents. Mais comprenez-moi ! Tous les gens parlaient de leurs frères et sœurs, et moi je me demandais bien comment c'était. Je n'ai jamais pensé que ça m'arriverait.

Toute la semaine, j'ai vu des sœurs partout. Bizarre, non ? À la télé, j'ai vu le même soir *Les Quatre Filles du docteur March* et une émission sur les Beverly Sisters. Et dans la rue, chaque fois que je croisais deux femmes, je me demandais si elles étaient sœurs.

Comme si elles formaient un monde à part que j'ai enfin intégré.

Mes yeux me picotent. C'est ridicule, mais depuis que je connais l'existence de Jessica, j'ai les nerfs en pelote. Hier soir, j'ai lu ce merveilleux livre, *Sœurs perdues de vue – L'amour qu'elles ignoraient*, et j'ai pleuré comme une madeleine. Ces histoires sont fantastiques. Par exemple : trois sœurs russes ont été internées pendant la guerre dans le même camp de concentration sans le savoir.

Ou cette femme à qui on avait dit que sa sœur était morte et qui refusait de le croire… Et qui a eu un cancer sans personne pour s'occuper de ses trois enfants… mais la sœur a été retrouvée vivante à temps pour qu'elles se disent adieu…

Mon Dieu, rien que d'y penser j'en ai les larmes aux yeux.

Je respire à fond et m'approche de la table où j'ai posé mon cadeau pour Jessica. C'est un panier Origins plein de trucs pour le bain, plus des chocolats, plus un petit album de photos de mon enfance.

J'ai également un collier Tiffany en argent, le jumeau du mien, mais Luke a trouvé que ça faisait trop pour une première prise de contact. Je n'ai pas compris. Moi, j'adorerais qu'on m'offre un collier Tiffany ! Ce n'est pas moi qui serais gênée.

Mais Luke a tellement insisté que j'ai accepté de le garder pour plus tard.

Je contemple le panier en me demandant si…

— Ton cadeau est parfait, inutile d'y ajouter quoi que ce soit, déclare Luke sans me laisser le temps d'ouvrir la bouche.

Comment a-t-il deviné ce que j'allais dire ?

J'ai les nerfs en vrille. Un nouveau coup d'œil à ma montre :

— Bon, elle ne devrait plus tarder.

Voici ce qui est prévu : en arrivant à la gare d'Oxshott, elle téléphonera, et papa ira la chercher. Elle vient passer la semaine à Londres par pur hasard, pour une conférence universitaire. Autrement, elle habite le Cumbria – le trou du cul du monde, pour parler franchement. Elle a avancé son voyage d'un jour exprès pour moi.

— Bon, descendons au salon, dis-je en regardant une fois de plus ma montre. Au cas où elle serait en avance.

— Attends ! D'abord, avant que tout le monde s'agite, je veux te dire un mot. Au sujet de nos achats pendant notre lune de miel.

— D'accord.

Je lui en veux un peu. Pourquoi m'en parler maintenant ? C'est un jour de fête. Il devrait y avoir une trêve, comme pendant la guerre, où, à Noël, les soldats jouaient au foot.

Non pas que nous soyons en guerre. Juste une petite engueulade hier, quand Luke a découvert les vingt robes de chambre chinoises sous notre lit. Et puis il n'arrête pas de me demander quand j'aurai fini de ranger l'appartement. Et je lui réponds que je fais tout mon possible.

Ce qui est vrai. J'y travaille. À ma façon.

Mais c'est crevant. Et il n'y a plus de place nulle part. Et puis il a fallu que je me fasse à l'idée d'avoir une nouvelle sœur. Et, du coup, j'ai eu du mal à me concentrer.

— Je voulais t'annoncer que j'ai parlé au fabricant des meubles danois : ils viendront chercher la table de salle à manger lundi prochain.

— Très bien. Merci. Ils vont nous rembourser intégralement ?

— Presque.

— Alors on ne s'en tire pas mal.

— En quelque sorte. Si tu laisses de côté les frais de stockage, les frais de livraison, les frais d'emballage…

— Oui, bien sûr… Bon, mais tout est bien qui finit bien.

Je lui adresse un sourire de conciliation, mais il ne le voit même pas. Il est trop occupé à extraire de son attaché-case une liasse de reçus.

La semaine dernière, quand Luke m'a demandé les reçus des achats effectués avec ma carte ultrasecrète, je n'ai trouvé aucune excuse pour ne pas les lui donner.

J'espérais malgré tout qu'il n'aurait pas le temps de les examiner.

— Bon, fais-je d'une voix haut perchée, alors tu les as vérifiés ?

— J'ai tout réglé. Tu as détruit ta carte ?

— Euh… oui.

Luke me regarde d'un sale œil.

— Sûre et certaine ?

— Oui, j'ai jeté les morceaux dans le vide-ordures.

Luke considère à nouveau les factures :

— Bien, il y en a d'autres à venir ? Tu as fait d'autres achats depuis ?

Mon estomac se noue.

— Euh… non. C'est tout.

Je ne peux pas lui parler du sac Angel. Impossible. Il croit toujours que je me suis contentée de lui acheter son cadeau à Milan. Pour une fois que je faisais une bonne action.

De toute façon, je pourrai toujours le rembourser. Dans trois mois, je travaillerai et je gagnerai mon propre argent. Ce sera facile.

À mon grand soulagement, voici que sonne mon portable. Je farfouille dans mon sac et je vois que Suze m'appelle.

Suze !

Je deviens une vraie boule de nerfs. Je relis son nom et une vieille douleur se réveille en moi.

Je ne lui ai pas parlé depuis que je suis partie de chez elle. Elle ne m'a pas appelée… et moi non plus. Si elle est trop occupée avec sa nouvelle vie si fantastique, moi aussi. Elle ne sait même pas que j'ai une sœur.

Pas encore.

J'appuie sur le bouton vert et respire à fond :

— Salut, Suze ! dis-je d'une voix légère. Comment va la forme ? Et la famille ?

— Bien, on va tous bien. Tu sais… rien de très nouveau…

— Et comment va Lulu ? Je parie que vous n'avez pas cessé de faire des choses sympa ensemble ?

Suze prend un air gêné.

— Elle va bien. Écoute, Bex, à ce sujet, je voulais…

— Écoute, il m'arrive un truc extra. Tu ne devineras jamais. J'ai hérité d'une sœur que je n'ai jamais vue !

Silence choqué à l'autre bout du fil.

— Comment ?

— C'est la pure vérité. J'ai une demi-sœur dont je n'avais jamais entendu parler. Je vais faire sa connaissance aujourd'hui. Elle s'appelle Jessica.

— Incroyable ! Tu as une sœur ?

— Fabuleux, non ? J'ai toujours voulu avoir une sœur !

— Et… elle a quel âge ?

— Juste deux ans de plus que moi. Ça compte à peine. Je pense qu'on va devenir de grandes amies. En fait, on sera encore plus proches que des amies. Tu sais, on a le même sang. Et un lien pour la vie.

— Oui, sans doute.

— Oh, il faut que je raccroche. Elle sera là dans une minute ! Je suis tellement impatiente.

— Bon, eh bien, bonne chance. Amuse-toi bien.

— C'est certain. À propos, embrasse Lulu de ma part. Et je te souhaite un bon anniversaire avec elle.

Suze semble vaincue :

— Je l'espère. Au revoir, Bex, et félicitations.

En éteignant mon portable, je suis toute rouge. On ne s'est jamais parlé de cette façon.

Mais ce n'est pas ma faute.

C'est elle qui s'est trouvé une nouvelle meilleure amie. Pas moi.

Je fourre mon portable dans mon sac. Luke me regarde, les sourcils froncés.

— Comment va Suze ?

— Très bien. Allons, descendons.

Je suis de plus en plus agitée. Pire qu'avant mon mariage. Aujourd'hui est vraiment un jour à marquer d'une croix.

— Prête ? demande maman quand nous la rejoignons dans la cuisine.

Elle porte une robe bleue d'une rare élégance et a mis son maquillage « occasion spéciale » avec beaucoup de blanc nacré sous les sourcils pour « s'agrandir le regard ». Elle s'est inspirée du livre sur le maquillage que Janice lui a offert pour Noël.

— Il paraît que tu vas vendre une partie de tes meubles ? poursuit-elle en mettant de l'eau à bouillir.

— On va renvoyer une table, répond Luke d'un air détaché. Il semblerait qu'on en ait acheté deux. Mais tout est arrangé.

— J'allais vous suggérer de passer par eBay. Les prix sont formidables.

En voilà une bonne idée. Il faut que j'en sache plus sur eBay.

— Tu veux dire qu'on peut tout vendre sur eBay ?

— Bien sûr ! tout et n'importe quoi.

Comme par exemple des œufs peints à la main représentant la légende du Dragon Roi. Bon… Ça pourrait être la solution.

— Si nous prenions un bon café en les attendant ? suggère maman.

Machinalement, on regarde tous la pendule. Le train de Jessica devrait arriver en gare d'Oxshott dans cinq minutes. Cinq minutes !

— Allô ! Allô !

On frappe à la porte de service et nous nous retournons comme un seul homme pour voir Janice frapper à la vitre.

Bon sang ! Où a-t-elle déniché cette ombre à paupières d'un bleu éclatant ?

Pourvu qu'elle n'en donne pas à maman !

— Entre donc, lui propose maman. Tiens, tu es venue avec Tom ! Quelle bonne surprise !

Il en a une tête de voyou ! Ses cheveux sont sales et ébouriffés, il a des ampoules et des égratignures aux mains et le front barré d'une ride profonde.

— Nous sommes juste passés vous souhaiter bonne chance, dit Janice. Non pas que vous en ayez besoin.

Elle flanque sa boîte de sucrettes sur le comptoir et se tourne vers moi.

— Alors, Becky, tu as une sœur !

Tom intervient :

— Félicitations ! Enfin, je ne sais pas ce qu'on dit dans ces cas-là.

Janice secoue la tête et regarde maman d'un air plein de reproches :

— Comment as-tu pu nous cacher une chose pareille ?

— Nous avons voulu que Becky soit la première à l'apprendre. Un petit biscuit aux noix ?

— Avec plaisir.

Janice se sert, le croque et semble perdue dans ses pensées.

— Ce que je n'arrive pas à comprendre…, dit-elle, c'est pourquoi cette fille a pris contact avec vous. Après tout ce temps.

Ah ! J'attendais que quelqu'un pose la question.

— Il y avait une excellente raison pour ça, dis-je d'un air dramatique. En fait, nous avons une maladie héréditaire.

Janice laisse échapper un cri :

— Une maladie ! Jane, tu ne m'en avais jamais parlé !

— Ce n'est pas une maladie, relève maman. Becky, tu sais bien que ce n'est pas une maladie, c'est un trait héréditaire.

— Vraiment ? insiste Janice d'un air horrifié. De quel genre ?

Visiblement elle a peur d'être contaminée par son petit biscuit.

Maman s'en mêle en riant :

— Ce n'est pas mortel. Cela risque seulement d'épaissir le sang. Enfin, tu vois.

— Arrête ! grimace Janice, je ne supporte pas qu'on parle de sang !

— Le docteur de Jessica lui avait demandé de prévenir tous les membres de sa famille pour qu'ils fassent des examens. Voilà ce qui a tout déclenché. Elle savait qu'elle avait un père quelque part, mais elle ignorait son nom.

Janice enchaîne comme s'il s'agissait d'un mélo à la télévision :

— Elle a demandé à sa mère qui était ce père disparu depuis si longtemps…

— Pas du tout ! Sa mère est morte !

— Morte ? s'indigne Janice.

— Je continue, décide maman. Sa tante avait conservé le nom du père de Jessica dans un vieux carnet et elle le lui a fourni.

— Et il s'appelait comment ?

Léger silence.

C'est Tom qui intervient :

— Mais c'était Graham, Graham Bloomwood ! C'est évident !

— Je comprends, fait Janice, un peu déçue. Alors elle vous a téléphoné.

— Non, une fois qu'elle nous a eu localisés, elle nous a écrit. On n'arrivait pas à y croire. Pendant des jours nous avons été en état de choc. Tu te souviens, c'est pour ça que nous avons manqué la soirée hawaïenne de la paroisse. La migraine de Graham n'était qu'un prétexte.

— J'avais bien dit à Martin que quelque chose ne tournait pas rond chez les Bloomwood ! s'exclame Janice. Mais de là à deviner quoi !

— Effectivement !

Janice réfléchit en silence. Soudain, elle se raidit et prend le bras de maman.

— Jane, fais bien attention. Est-ce qu'elle en a après l'argent de Graham ? A-t-il modifié son testament en sa faveur ?

C'est certain : Janice a regardé trop de polars à la télévision.

Maman garde le sourire.

— Mais non ! Rien de tout ça. En fait, continue-t-elle à voix basse, la famille de Jessica est plutôt à l'aise. Pour tout dire, elle a de grosses parts dans une usine de plats surgelés.

Janice semble soulagée.

— Ah, elle n'est donc pas seule au monde !

Maman reprend un ton normal.

— Elle a un beau-père et deux frères. Ou même trois ?

À mon tour de mettre mon grain de sel :

— Mais elle n'a pas de sœur. Nous avons vécu toutes les deux avec ce manque. Cet amour insatisfait.

Tous les regards se tournent vers moi.

— Tu as souffert d'un amour insatisfait ? demande Janice.

— Mais certainement. En y réfléchissant, je crois que j'ai toujours su que j'avais une sœur.

Maman ne cache pas sa surprise :

— C'est vrai, ma chérie ? Pourquoi tu n'en as jamais parlé ?

— Je ne sais pas. Mais au fond de moi je le savais.

— Mon Dieu ! s'exclame Janice. Et comment ça ?

— Au fond de mon cœur, j'avais comme un vide.

Je fais un grand geste de la main, mais j'ai le malheur de croiser le regard de Luke.

— De quel genre de vide souffrais-tu, me demande-t-il, très intéressé. J'espère qu'il ne te manquait pas d'organe vital.

Quel sale type sans cœur ! Hier soir, il lisait *Sœurs perdues de vue* en me disant toutes les cinq minutes : « Becky, tu ne peux pas prendre ça au sérieux ! »

— Non, pas un organe vital, mais une partie de mon âme.

— Merci pour moi.

— Je parlais de mon âme de sœur !

Maman intervient :

— Et Suzie, alors ? Elle était comme une sœur pour toi. C'était une fille tellement charmante.

— Les amies, ça va ça vient, dis-je en baissant les yeux. Ce n'est pas comme la famille. Une amie ne peut pas me comprendre comme une sœur.

Janice se tourne vers maman.

— Quel choc ça a dû être pour toi !

— Oui, je ne vais pas prétendre le contraire. Quoique l'histoire de Graham se soit passée bien avant que je le rencontre.

— Bien sûr, ce n'est pas ce que je voulais dire.

— De toute façon, ça ne m'étonne pas. Quand il était jeune, Graham était un vrai don juan. Normal que les femmes se soient jetées à son cou.

Soudain, on voit papa traverser la pelouse et se diriger vers la porte de la cuisine. Ses cheveux gris sont en bataille, son visage est tout rouge, et malgré mes éternelles remontrances il porte des socquettes avec ses sandales.

— Les femmes ne pouvaient pas lui résister, ajoute maman, c'est la pure vérité. Mais nous faisons une thérapie pour nous aider dans cette période de crise.

— Une thérapie ? C'est dingue ! dis-je. Tu es sérieuse ?

— Absolument, confirme papa en passant la porte. Nous avons déjà eu trois séances.

— Notre psy est charmante, confirme maman. Un peu stressée peut-être, comme tous les jeunes d'aujourd'hui.

Pour une nouvelle, c'est une nouvelle ! Mais dans le fond la thérapie des parents ne m'étonne pas. Après tout, comment réagirais-je si Luke m'annonçait qu'il a une fille qu'il n'a jamais vue ?

Janice n'est pas convaincue :

— Une thérapie ? C'est incroyable !

— Allons, sois réaliste ! lui dit maman. Tu dois bien te douter que ce genre de révélation a des répercussions.

— Une révélation de cette importance peut détruire une famille, dit papa en avalant un petit biscuit. Cela peut ébranler les fondements mêmes d'un couple.

— Bon sang ! s'exclame Janice, vous vous attendiez à quel genre de répercussions ?

Maman lui répond en experte :

— De la colère, des récriminations. Graham, tu prendras bien un peu de café ?

— Oui, avec plaisir, acquiesce-t-il d'un air radieux.

— L'analyse, c'est de la merde, s'exclame soudain Tom. J'en ai tâté avec Lucy.

Tous nos regards convergent vers lui. Il tient sa tasse entre ses deux mains et nous fixe d'un œil noir.

— Évidemment, le psy était une femme.

— C'est souvent le cas, avance maman, prudemment.

— Elle a défendu Lucy, elle disait qu'elle comprenait ses frustrations. Et les miennes, alors ? Après tout, Lucy était ma femme. Mais elle ne s'intéressait à aucun de mes projets. Ni au kiosque de jardin ni à la salle de bains…

Bon, j'ai l'impression qu'on n'en verra pas la fin. Je l'interromps donc :

— J'adore ton pavillon de jardin. Il est vraiment… immense.

C'est la stricte vérité.

À vrai dire, il est même monstrueux. J'ai failli avoir une crise cardiaque en le découvrant ce matin de ma fenêtre. Il a trois étages, des faîtières et une terrasse.

— Le problème, intervient Janice, c'est qu'il n'est pas tout à fait aux normes. Il risque d'être considéré comme un lieu d'habitation.

— Malgré tout, dis-je, c'est une réussite. Arriver à construire un truc pareil !

— J'adore travailler le bois, grommelle Tom. Le bois ne vous trahit pas. D'ailleurs je vais y retourner. J'espère que tout se passera bien.

— Merci, à bientôt.

Silence après son départ.

— C'est un gentil garçon, finit par dire maman. Il va sûrement trouver sa voie.

— Maintenant, il veut construire un bateau, fait Janice d'un ton atterré. Sur la pelouse !

Maman essaie de lui remonter le moral.

— Encore un peu de café ? Ou alors une goutte de sherry ?

Janice hésite.

— Il ne vaut mieux pas. Pas avant midi.

Elle fouille dans son sac, en sort une pilule qu'elle avale d'un coup. Elle est soudain tout sourires.

— Alors, à quoi ressemble Jessica ? Vous avez des photos ?

— On en a pris, elles ne sont pas développées, mais elle est belle… n'est-ce pas Graham ?

— Absolument. Elle est grande, mince…

— Les cheveux foncés, ajoute maman. Plutôt réservée.

Je ne perds pas un mot de cette description. Même si je l'ai aperçue l'autre jour dans la rue, je ne la reconnaîtrais pas. Non seulement j'avais le soleil dans les yeux mais en plus, le comportement étrange de mes parents me perturbait. Du coup, depuis une semaine, je me demande à quoi elle ressemble.

D'après ce que disent les parents, j'imagine une sorte de Courteney Cox. Élancée et très élégante, en tailleur-pantalon de soie blanche, par exemple.

Je n'arrête pas d'imaginer nos « retrouvailles ». On se précipitera dans les bras l'une de l'autre, on s'enlacera très fort. Elle me sourira à travers ses larmes, je lui sourirai à mon tour… et nous serons tout de suite sur la même longueur d'onde. Comme si on se connaissait depuis toujours et qu'on ait les atomes les plus crochus du monde.

Et puis, qui sait ? Peut-être qu'on a les mêmes pouvoirs psychiques ? Comme ces jumelles dont j'ai lu l'histoire dans *Sœurs perdues de vue*. Séparées à la naissance, elles ont eu la même profession et épousé des hommes qui portaient le même nom.

Je n'en démords pas. Si ça se trouve, Jessica est elle aussi conseillère de mode et son mari s'appelle Luke. En arrivant, elle va porter la même veste Marc Jacobs que la mienne. On va être les vedettes d'une émission de télé du matin et tout le monde dira…

Oh, n'importe quoi ! Je viens de me souvenir qu'elle n'est pas du tout conseillère de mode et qu'elle prépare un doctorat. De médecine ? De géographie ?

Non. De géologie.

Mais voyons : est-ce que je n'ai pas eu moi-même envie de faire médecine ? Si ce n'est pas une coïncidence, ça !

— Où habite-t-elle ? demande Janice.

— Dans le Nord, répond maman. Un village qui s'appelle Scully, dans le Cumbria.

— Dans le Nord ! s'exclame Janice comme si c'était le pôle Nord, mais c'est horriblement loin. À quelle heure arrive-t-elle ?

Maman regarde la pendule et fronce les sourcils.

— Elle devrait déjà être là. Graham, mon chéri, son train est prévu pour quelle heure ?

— Maintenant… Je devrais appeler la gare. Il a peut-être du retard.

— Je m'en occupe, propose Luke.

— Elle nous a dit qu'elle nous téléphonerait…, commence maman, alors que papa va prendre l'appareil de l'entrée.

Soudain, la sonnerie de la porte retentit.

Tout le monde se fige sur place.

Papa réagit :

— Je crois que c'est elle !

Ça y est !

Mon cœur bat à mille à l'heure.

La voici. Ma nouvelle sœur. Mon âme sœur.

— C'est une affaire de famille, je vous quitte, dit Janice.

Elle me serre la main et disparaît par la porte de la cuisine.

Maman se précipite vers le miroir de l'entrée.

— Il faut que je me recoiffe.

— Vite ! Où est mon cadeau ?

Je ne peux plus attendre. Je dois la voir ! Tout de suite !

Luke me tend la corbeille emballée dans de la cellophane.

— Tiens. Et Becky…

Il pose la main sur mon bras.

— Quoi encore ?

— Tu es tout excitée à l'idée de voir Jessica. Moi aussi. Mais souviens-toi, vous êtes des étrangères. Alors… vas-y doucement !

— Mais on n'est pas des étrangères ! C'est ma sœur ! Le même sang coule dans nos veines !

Luke ne comprend vraiment rien !

Agrippant mon panier, je fonce dans le vestibule. À travers la vitre dépolie de la porte, je devine une silhouette un peu floue. C'est elle !

— Au fait, me prévient maman, elle préfère qu'on l'appelle Jess.

— Prête ? demande papa.

On y est. Je tire sur ma veste, me lisse les cheveux et fais le plus beau sourire du monde.

Papa saisit la poignée et, avec panache, ouvre grand la porte.

Sur le seuil se tient ma sœur.

10

Premier constat : elle ne ressemble pas à Courteney Cox. Et elle ne porte pas de tailleur-pantalon en soie blanche.

Ses cheveux foncés sont coupés court et elle a un haut marron très quelconque et un jean. C'est sans doute le chic… utilitaire.

Elle est jolie… dans son genre. Bien que son maquillage soit un peu trop naturel.

— Salut !

— Bonjour ! Je m'appelle Becky ! Je suis ta sœur inconnue !

Je m'apprête à m'élancer dans ses bras quand je me rends compte que je tiens le panier-cadeau. Je le lui fourre dans les mains.

— C'est de ma part !

— C'est un cadeau, intervient maman.

Jess y jette un œil condescendant.

— Merci beaucoup !

Court silence.

Je m'attends à ce que Jess arrache l'emballage. Ou qu'elle me demande si elle peut l'ouvrir tout de suite ou s'exclame : « Oh, ça vient d'Origins, mon magasin favori ! » Mais rien de tout ça.

Sans doute est-elle trop bien élevée. Après tout, elle ne me connaît pas. Elle doit croire que si je suis coincée, elle doit l'être aussi. C'est à moi de la mettre à l'aise :

— Je n'arrive pas à croire que tu sois là ! La sœur que je n'ai jamais eue !

Je pose ma main sur son bras et la regarde droit dans ses yeux noisette tachés de points noirs.

Mon Dieu ! Notre lien se forme ! Comme dans le livre !

Je suis de plus en plus émue.

— Tu le savais, n'est-ce pas ? Tu avais deviné depuis longtemps que tu avais une sœur ?

— Non, pas du tout ! Je n'en avais aucune idée.

— Ah bon.

Je suis un peu déçue. Ce n'était pas la réponse que j'attendais. Elle aurait dû me dire « Du fond du cœur, je le savais », puis fondre en larmes.

Que faire maintenant ?

Maman réagit à temps.

— Allons, Jess, viens au salon. Tu dois avoir envie d'une tasse de café après ce long voyage.

Quand Jess passe devant moi, j'ai un vrai choc : pour tout bagage, elle n'a qu'un sac à dos marron. Et dire qu'elle va passer une semaine loin de chez elle ! Je ne peux m'empêcher de lui demander :

— C'est ton seul bagage ?

— Je n'ai pas besoin de plus, je voyage léger.

Elle voyage léger ! Bravo ! Je le savais !

— Tu as envoyé le reste de tes affaires par Fedex ?

— Non, je n'ai rien d'autre.

Je lui lance un clin d'œil.

— Ne t'en fais pas, je sais tenir ma langue.

Je savais bien qu'on avait des âmes sœurs.

Papa entre à ce moment :

— Quel bonheur de te revoir, Jess. Sois la bienvenue, ma chère fille !

Quand il l'embrasse, j'ai une drôle d'impression. C'est la première fois que j'y pense : papa a une autre fille. Je ne suis plus la seule. Notre famille s'est agrandie.

— Je te présente Luke, mon mari, dis-je vivement.

— Ravi de te connaître ! dit-il en souriant.

Il lui serre la main. Soudain, je suis fière d'eux.

— Allons, passons au salon, nous presse maman.

Il y a des fleurs sur la table et des assiettes de biscuits. C'est charmant. Nous nous asseyons en silence.

C'est bizarre.

Je suis en face de ma demi-sœur. Tandis que maman sert le café, je dévisage Jess, cherchant nos ressemblances. Et il y en a des tas. Enfin… quelques-unes.

Certes, on n'est pas jumelles, mais en y regardant bien on a des points communs. Prenez ses yeux : ils sont exactement comme les miens sauf que les siens sont d'une autre couleur et d'une autre forme. Son nez ? Il ressemblerait au mien s'il n'était pas pointu au bout. Quant à ses cheveux, il suffirait qu'elle les laisse pousser, qu'elle se les fasse teindre et qu'elle y ajoute un bon soin traitant…

Soudain, je me demande si elle me dévisage de la même manière.

— Je n'ai pas fermé l'œil de la nuit, dis-je. J'étais trop excitée à l'idée de te rencontrer.

Jess remue la tête mais ne fait pas de commentaire. Bon sang, elle est vraiment timide. Il faut que je la fasse sortir de sa réserve !

— Tu m'imaginais comme ça ? dis-je en riant et en lissant mes cheveux.

Jess m'examine un moment :

— Je ne m'étais pas posé la question.

— Ah bon ?

— Je ne me fais pas de cinéma, je prends les choses comme elles viennent.

— Prends un gâteau, Jess, propose ma mère. Il y en a aux noix ou aux airelles.

— Merci, j'adore les noix.

Je suis ahurie.

— Moi aussi !

Et voilà. Les gènes ont parlé. Nous avons été élevées à des centaines de kilomètres de distance, dans des familles différentes, et pourtant nous partageons les mêmes goûts !

— Jess, pourquoi tu n'as pas téléphoné depuis la gare ? demande papa. Je serais venu te chercher. Ça t'aurait économisé un taxi.

— Mais non, je suis venue à pied.

— Quoi ? depuis la gare d'Oxshott ?

— Non, de Kingston. J'ai pris le car. C'est bien moins cher. J'ai économisé au moins vingt-cinq livres.

Maman semble horrifiée :

— Tu es venue à pied depuis Kingston ?

— Ben oui, c'est tout près.

Maman se tourne vers moi.

— Becky, Jess adore marcher. C'est ton passe-temps favori, n'est-ce pas, Jess ?

C'en est trop ! On devrait passer à la télé.

— Moi aussi ! C'est mon sport favori. Incroyable, non ?

Silence total autour de la table. Ma famille me regarde d'un air ahuri. Ils sont malades ou quoi ?

— Vraiment ? demande maman.

— Bien sûr. À Londres, je n'arrête pas de marcher. Pas vrai, Luke ?

Il semble surpris.

— Tu fais de la marche rapide ? demande Jess, intéressée.

— Euh… En fait… je mélange plusieurs activités. Pour varier les plaisirs.

— Tu fais du cross ?

— Genre, oui.

Je croque un biscuit dans un silence général. Un ange passe. Pourquoi sommes-nous tous si coincés ? On devrait être bien plus relax. Nous formons une famille, après tout.

Je demande à Jess :

— Tu aimes le cinéma ?

— Oui, surtout les films à thèse, porteurs d'un message.

— Moi aussi. Tous les films devraient avoir un message.

Ce qui est vrai. Prenez *Grease*. Il ne manque pas de messages. Comme : « Si tu n'es pas la plus cool en classe, ne te fais pas de bile. Tu peux toujours te faire faire une permanente. »

— Encore un peu de café ? propose maman. J'en ai encore à la cuisine.

Je bondis du canapé.

— J'y vais ! Luke, tu viens m'aider, au cas où je ne le trouverais pas ?

Je sais, je ne suis pas très convaincante, mais je m'en fiche. Je meurs d'envie de parler à Luke.

Dès que nous sommes dans la cuisine, je ferme la porte et j'attaque :

— Alors, qu'est-ce que tu en penses ?

— Elle a l'air sympa.

— Tu veux dire qu'elle est formidable. Et on se ressemble tellement, tu ne trouves pas ?

— Hein ?

— Oui, Jess et moi, on est vraiment pareilles !

Luke semble éberlué.

— Pareilles ?

— Oui, tu es sourd ou quoi ? Elle aime les noix… la marche… le cinéma… C'est fou comme on se comprend déjà !

— Si tu le dis !

— Mais enfin, tu ne l'aimes pas ?

— Si, je la trouve bien ! Mais je n'ai pas échangé deux mots avec elle. Et toi non plus.

— D'accord, mais on est tellement coincés dans ce salon. Je vais lui proposer d'aller quelque part ensemble. Pour avoir une vraie conversation.

— Où est-ce que tu veux aller ?

— Voyons… Faire une promenade… Ou des courses !

— Ah ! Nous y voilà ! Faire des emplettes ! Quelle bonne idée. Et je présume que tu vas utiliser ton budget journalier de vingt livres ?

— Comment ?

Il ne manque pas de culot ! Comment ose-t-il ramener cette histoire de budget sur le tapis ! Alors que j'ai la chance inouïe de faire pour la première fois du shopping avec ma sœur ?

— Aujourd'hui, ça ne compte pas ! C'est un événement unique. J'ai besoin d'une rallonge exceptionnelle.

— Je croyais qu'on était d'accord : pas de rallonge exceptionnelle. Tu ne t'en souviens pas ?

Tremblant de colère, je croise les bras sur ma poitrine.

— Dans ce cas-là, je n'établirai jamais de liens forts avec ma sœur.

Silence. Je soupire bruyamment et regarde Luke par en dessous. Il reste de marbre.

Nous sommes interrompus par la voix de ma mère :

— Becky ! Où en est le café ? On l'attend.

Elle débouche dans la cuisine et nous regarde d'un air anxieux.

— Vous n'avez pas de problème, hein ? Vous ne vous chamaillez pas ?

— C'est simple, dis-je à maman. Je veux aller faire du shopping avec Jess mais Luke refuse de m'allouer un budget supplémentaire !

— Luke ! le sermonne maman, c'est une charmante idée qu'elles veuillent être ensemble toutes les deux. Vous devriez aller à Kingston et déjeuner là-bas.

— Absolument ! Mais je ne dispose que de vingt malheureuses livres.

— Je le répète, dit Luke, tu dois gérer un budget. Jane, je suis certain que vous êtes d'accord avec moi pour dire qu'un budget bien équilibré est à la base d'un mariage heureux.

— Oui, oui, bien sûr, acquiesce maman, la tête ailleurs.

Elle s'illumine soudain :

— Les Greenlow !

— Qui ça ?

— Tes cousins d'Australie ! Ils t'ont envoyé un chèque pour ton mariage. J'ai oublié de te le donner. Il est en dollars australiens, mais même, ça fait une somme.

Maman fait demi-tour et ouvre un tiroir.

— Le voici ! Cinq cents dollars australiens !

— Super ! dis-je en le lui prenant des mains ! Super !

— Voilà ! Plus rien ne t'empêche d'aller t'amuser avec Jess et de lui offrir quelque chose de bien.

J'adresse un sourire de triomphe à Luke.

— Tu vois ?

Il lève les yeux au ciel.

— D'accord, tu as gagné ! Pour cette fois.

Tout excitée, je fonce au salon :

— Jess, que dirais-tu de sortir ? D'aller faire des courses ?

Elle semble surprise.

— Oh, écoute…

— Allons, ma chérie, l'encourage maman, qui est arrivée sur mes talons, profites-en un peu !

— On pourrait déjeuner quelque part… apprendre à nous connaître… Qu'en penses-tu ?

— Bon… Eh bien, d'accord, me répond Jess, mollement.

— Bravo !

Ça va être le pied ! Mes premières emplettes avec ma sœur ! On ne peut pas rêver mieux.

— Bon, je vais me préparer.

Jess me retient :

— Minute ! Moi aussi je t'ai apporté un cadeau. C'est pas grand-chose, mais…

Elle se penche vers son sac à dos et en sort un paquet emballé dans du papier où est inscrit « Bonne année 1999 ».

— C'est vraiment cool ! J'adore ce genre de papier kitsch ! Où est-ce que tu l'as déniché ?

— On le donnait gratuitement à ma banque.

— Ah… bon !

J'arrache l'emballage et découvre une boîte en plastique divisée en trois compartiments.

— Fabuleux ! Vraiment fantastique ! Merci mille fois ! C'est juste ce que je voulais !

Je me jette au cou de Jess et l'embrasse.

— Qu'est-ce que c'est ? demande maman.

En vérité, je n'en suis pas très sûre.

— C'est pour conserver les aliments, intervient Jess. Enfin, pour y mettre des restes. On peut tout trier… la viande… le riz… Moi, je m'en sers tout le temps.

— Mais c'est génial ! Et tellement utile !

Je considère pensivement les trois compartiments.

— Je vais y ranger mes baumes pour les lèvres.

— Des baumes ? demande Jess, perplexe.

— Je suis tout le temps en train de les perdre ! Pas toi ?

Je remets le couvercle en place et admire la boîte quelques instants. Puis je prends le papier cadeau et en fais une boule.

Jess grimace comme si on lui avait marché sur le pied.

— Tu devrais le plier et le mettre de côté.

Je la regarde, étonnée. À quoi pourrait bien servir un vieux papier cadeau ? Mais après tout, si c'est une de ses marottes, autant m'y habituer. On a tous nos petits caprices.

— Bien sûr ! Tu as raison ! Suis-je bête !

Je défais la boule, lisse le papier et le plie soigneusement.

— Et voilà.

Je lui fais un grand sourire et jette le papier dans la corbeille.

— Allons-y !

11

Il ne faut qu'un quart d'heure pour atteindre Kingston, le centre commercial le plus proche de chez les parents. Je trouve une place libre, et après vingt manœuvres j'arrive à me garer presque correctement.

Mon Dieu, quelle barbe de se garer ! Tout le monde vous klaxonne. Et faire une marche arrière quand une foule vous observe relève du cauchemar. Les gens devraient s'en rendre compte au lieu de s'attrouper bêtement.

Bon, oublions ! L'important c'est d'être ici. Le temps est superbe, pas trop chaud, il y a juste quelques petits nuages qui se baladent dans le ciel. En sortant de la voiture, je me sens tout excitée. J'attendais ce moment depuis longtemps : faire des courses avec ma sœur. Mais par où commencer ?

En mettant des pièces dans le parcmètre, j'envisage diverses possibilités. D'abord, un changement total de look. Puis un coup d'œil à cette nouvelle boutique de lingerie dont maman m'a parlé…

— Tu penses rester longtemps ? me demande Jess quand je mets la sixième pièce dans le parcmètre.

— Oh… on en a jusqu'à dix-huit heures… ensuite c'est gratuit.

— Dix-huit heures ! Grands dieux !

Je dois la rassurer :

— Ne t'en fais pas, les boutiques ne ferment pas à dix-huit heures mais à vingt heures.

Autre étape obligée : aller dans un grand magasin pour essayer tout un tas de robes du soir. Ça me rappelle mon meilleur souvenir : un après-midi entier chez Harrods avec Suze à enfiler des robes de grands couturiers et à parader devant des vendeuses exaspérées.

Finalement, Suze avait déclaré qu'elle pensait avoir fait son choix, mais qu'elle voulait se voir avec une tiare en diamant Cartier. Était-il possible de lui en faire monter une ?

C'est à ce moment qu'on nous avait demandé de quitter les lieux.

Malgré un petit pincement à l'estomac, j'ai envie de rire. Mon Dieu, comme je m'amusais avec Suze. Elle était la meilleure pour m'encourager : « Allez, achète ça ! » Même quand j'étais fauchée elle me disait : « Allons, achète ! Je paierai ! Tu me rembourseras quand tu pourras ! » En général elle achetait la même chose et nous finissions devant un cappuccino.

Et voilà. Inutile de revenir sur le passé.

Je me tourne vers Jess.

— Alors, par où veux-tu commencer ? Il y a des tas de boutiques. Et deux grands magasins…

— Je hais les grands magasins. Ils me rendent malade.

— Ah bon !

Je ne vais pas discuter. Il y a des tas de gens qui détestent les grands magasins.

— Bon, ce ne sont pas les boutiques qui manquent. Au fait, je connais un endroit super !

Je la conduis dans une petite rue pavée. Au passage, je m'admire dans une glace. Il n'y a pas à dire, ce sac Angel vaut son pesant d'or. Je ressemble à une star de cinéma.

En fait, je suis surprise que Jess n'ait fait aucun commentaire en le voyant. Si ma nouvelle sœur avait un sac Angel, je lui en parlerais immédiatement. Mais bon, elle joue peut-être les filles cool et blasées. Ça peut se comprendre.

— Alors… où est-ce que tu fais tes courses, en général ?

— Là où c'est le moins cher.

— Moi aussi ! J'ai dégoté un fabuleux top Ralph Lauren chez un soldeur du fin fond de l'Utah. Quatre-vingt-dix pour cent de rabais !

— Moi, j'essaie d'acheter en grandes quantités. Comme ça je fais des tas d'économies.

Incroyable ! On est sur la même longueur d'onde ! Je le savais !

— Tu as tellement raison ! Je n'arrête pas d'expliquer ça à Luke, mais il ne comprend pas.

— Alors tu fais partie d'un club d'achats en gros ? Ou d'une coopérative agricole ?

Je la regarde sans comprendre.

— Euh… non. Mais pendant mon voyage de noces j'ai fait des tas d'achats en gros. Je me suis procuré quarante chopes et vingt robes de chambre en soie.

— Vingt robes de chambre en soie ?

— C'était un formidable investissement, mais j'ai du mal à convaincre Luke de l'intérêt financier de la chose… Ah ! Nous y sommes !

Nous arrivons devant les portes en verre de Georgina. C'est un immense magasin qui vend des fringues, des bijoux et des sacs formidables. J'y viens depuis que j'ai douze ans et c'est une de mes boutiques favorites.

— Tu vas adorer cet endroit, dis-je à Jess en poussant la porte.

Sandra, une des vendeuses, regarde dans ma direction et cesse d'arranger des sacs en perles sur un mannequin. Son visage s'illumine.

— Becky ! Ça fait un bail ! Où tu étais ?

— En voyage de noces.

— Ah oui ! Et comment se passe ta vie de femme mariée ? Tu as déjà eu ta première grande scène de ménage ?

— Très drôle !

Je suis sur le point de lui présenter Jess quand Sandra se met à pousser des cris :

— Oh ! Je meurs ! Un sac Angel ! Un vrai ?

— Oui. Il te plaît ?

— Je n'en crois pas mes yeux ! Hé, venez, dit-elle aux autres vendeuses, Becky a un sac Angel ! Je peux le toucher ? Où tu l'as eu ?

— À Milan.

— Il n'y a que Becky Bloomwood pour entrer ici avec un sac Angel. Et il t'a coûté combien ?

— Un paquet.

— Superbe, fait Sandra en le caressant. Vraiment magnifique.

— Qu'est-ce qu'il a de tellement spécial ? demande Jess. Ce n'est qu'un sac.

Tout le monde cesse de parler puis éclate de rire. Jess ne manque pas d'humour !

— Sandra, j'aimerais te présenter quelqu'un, dis-je en poussant Jess en avant. Voici ma sœur !

— Ta sœur ? répète Sandra sous le choc. J'ignorais que tu avais une sœur !

— Demi-sœur, rectifie Jess d'un ton sec.

— Moi aussi. En fait on ne se connaissait pas, hein Jess ?

Je passe un bras autour de ses épaules.

Sandra se tourne vers le fond du magasin et crie à sa patronne :

— Georgina ! Venez ! Vous n'allez pas le croire ! Becky Bloomwood est là avec sa sœur !

Un rideau s'entrouvre et Georgina se montre. La cinquantaine, elle a des cheveux gris ardoise et d'étonnants yeux turquoise. Elle porte une tunique en velours et a un stylo à la main. En nous voyant, ses yeux brillent.

— Deux sœurs Bloomwood, mais c'est merveilleux !

Elle échange des clins d'œil avec ses vendeuses.

— Nous allons leur réserver deux cabines d'essayage, s'enthousiasme Sandra.

— Sinon, on pourra toujours en partager une, non ? dis-je à Jess.

— Comment ?

— On est sœurs ! On n'a pas à se gêner l'une devant l'autre.

Sandra intervient en voyant la tête de Jess :

— Pas de problème, nous ne manquons pas de cabines. Prenez votre temps et regardez bien tout.

— Je t'avais dit que c'était un endroit super, dis-je gaiement à Jess. Allons, commençons par ici !

Je me dirige vers un portant plein de tops ravissants, que j'examine un à un.

Je choisis un tee-shirt rose avec petits papillons.

— Il est extra, non ? Et celui-là, avec la marguerite, il irait au poil.

— Vous voulez les essayer ? propose Sandra. Je vous les apporte dans les cabines.

— Avec plaisir, dis-je en souriant à Jess.

Mais Jess ne me sourit pas. Pire, elle ne bouge pas. Elle reste plantée les mains dans les poches.

J'imagine que ça peut paraître bizarre de faire des courses avec une inconnue. Parfois le déclic se produit. Comme la première fois avec Suze – quand on a toutes les deux tendu la main en même temps vers une trousse de maquillage Lulu Guiness.

Parfois, ça peut être délicat. On ne connaît pas les goûts de l'autre et on n'arrête pas d'essayer des trucs en demandant : « Tu aimes celui-là ? Ou celui-ci ? »

Jess a sans doute besoin d'être encouragée.

Je m'avance vers un portant rempli de tenues de soirée.

— Ces jupes sont fabuleuses. Cette noire, là, avec le filet, t'irait à merveille.

Je la prends et la tiens devant Jess. Elle saisit l'étiquette et pâlit d'horreur :

— Les prix sont incroyables, murmure-t-elle.

— À vrai dire, ils sont plutôt raisonnables.

— Et la jupe ? demande Sandra en se glissant derrière nous.

— Bonne idée ! Et j'aimerais essayer la grise… et la rose au bout.

Vingt minutes plus tard, nous avons fait le tour du magasin et deux piles de fringues nous attendent devant les cabines. Jess n'a pas beaucoup parlé. En fait, elle a à peine ouvert la bouche. J'ai compensé en choisissant des vêtements qui devraient lui aller.

— Bon, dis-je, excitée, allons tout essayer ! Tu vas être super-glamour dans cette jupe. Avec, tu devrais essayer le top décolleté et peut-être…

— Je ne vais rien essayer du tout !

Elle enfonce ses mains au fond de ses poches et va s'appuyer contre un mur vide.

— Quoi ?

— Je ne vais rien essayer. Mais ne te gêne pas pour moi. Je t'attendrai ici.

Silence dans le magasin. N'y tenant plus, je l'interroge :

— Pourquoi tu fais ça ?

— Je n'ai pas besoin d'affaires neuves.

Je la fixe, hébétée. Les vendeuses se regardent, déconfites.

— Mais, tu dois bien avoir besoin de quelque chose ? Un tee-shirt… un pantalon…

— Non, rien du tout.

— Essaie au moins un de ces supertops. Pour voir s'il te va.

— De toute façon, je ne l'achèterai pas. Alors à quoi ça sert ?

— C'est sur mon compte ! J'ai oublié de te dire que je t'offrais tout ce que tu voulais.

— Je refuse de gaspiller ton argent. Mais que ça ne t'arrête pas. Vas-y !

Que faire maintenant ? La réaction de Jess est inimaginable.

— J'ai tout mis dans la cabine, précise Sandra.

— Vas-y donc ! fait Jess.

J'obtempère mais le cœur n'y est plus. Je me retrouve toute seule alors que je voulais qu'on essaie les choses à deux. On aurait dû s'amuser. J'aurais aimé qu'on danse autour des cabines, qu'on s'échange des trucs…

Je n'y comprends rien. Pourquoi elle ne participe pas ?

Ah, je vois, elle doit détester ce que j'aime. Et elle est trop polie pour le dire.

— Ça vous plaît ? demande Georgina.

— Oh… oui. Je prendrai deux hauts et la jupe rose. Elle est extra sur moi.

J'observe Jess. Elle a les yeux dans le vague. Soudain elle me remarque.

— Prête ?

— Oui, il ne me reste qu'à payer.

Nous avançons vers le comptoir de l'entrée où Sandra plie mes achats. Georgina scrute Jess.

— Si vous ne désirez pas de vêtements, que diriez-vous d'un bijou ? demande-t-elle en sortant un tiroir de sous la caisse. On a de ravissants bracelets. Dix livres seulement. Celui-ci devrait vous aller.

Elle tend à Jess un superbe bracelet fait de lingots d'argent. Je retiens mon souffle.

— Il est très joli, admet Jess.

Je pousse un soupir de soulagement.

— Pour la sœur de Becky, poursuit Georgina après un bref calcul, ça sera seulement trois livres.

Je suis tout heureuse.

— Génial ! Merci Georgina !

— Non merci, refuse Jess, je n'ai pas besoin de bracelet.

Comment ?

J'hallucine. Elle n'a pas compris ?

— Mais, trois livres… c'est une formidable affaire !

Jess hausse les épaules :

— Oui, mais je n'en ai pas besoin.

— Mais…

Je suis incapable d'en dire plus. Comment peut-on refuser d'acheter un bracelet à trois livres ?

Ça va à l'encontre des lois de la physique et du reste.

— Voilà tes paquets, dit Sandra en me tendant mes deux sacs.

Ils sont roses et somptueux, mais ça me fait moins plaisir que d'habitude. En réalité, je ne ressens rien. Je suis trop perdue.

— Bon, au revoir. Merci et à bientôt.

— Au revoir, Becky, me répond Georgina d'une voix chaleureuse.

Puis, plus fraîchement :

— Au revoir, Jess !

— Becky ! crie Sandra. Ne pars pas sans notre brochure sur nos prochains soldes.

Elle me la donne en me murmurant à l'oreille :

— Tu es sûre que c'est ta sœur ?

Une fois dans la rue, j'ai le tournis. Les choses ne se sont pas déroulées comme je l'avais prévu :

— Bon, dis-je d'une voix hésitante, c'était sympa…

Jess a toujours cette expression impénétrable qui m'empêche de savoir ce qu'elle pense. Si seulement elle pouvait sourire ! Au moins une fois. Ou dire : « C'est super ! »

— Dommage que tu n'aies rien trouvé chez Georgina. Il n'y avait rien qui te plaisait ? Pour moi, on a toujours au moins besoin d'un tee-shirt, non ?

Elle se contente de hausser les épaules sans rien dire, ce qui me désespère.

Bon, on va essayer d'autres boutiques, celles qui ont des chances de plaire à Jess. En descendant la rue ensoleillée, je me triture les méninges. Pas de jupes… pas de bracelets… Des jeans ! On a toutes besoin de jeans. C'est évident !

— J'ai besoin d'un nouveau jean.

— Pourquoi ? Celui que tu portes ne te va pas ?

— Si, mais il m'en faut un autre, réponds-je en riant. Un qui soit un peu plus long, mais pas trop taille basse, et d'un bleu vraiment intense…

Je m'attends à ce que Jess me dise quel genre de jean elle aime, mais elle n'ouvre pas la bouche.

J'insiste :

— Et toi, tu n'as pas besoin d'un jean ?

— Non, mais ne te prive pas.

Je suis déçue.

— Bof, j'irai une autre fois. Aucune importance.

On arrive au coin de la rue et… quelle chance ! LK Bennett fait des soldes !

— Regarde ! fais-je, tout excitée en désignant la vitrine pleine de sandales à lanières. Elles sont fabuleuses ! Lesquelles tu préfères ?

Jess examine la vitrine.

— Les chaussures ne m'intéressent pas. Personne ne les remarque.

J'ai soudain les jambes comme du coton.

Personne ne les remarque ? !

Ah, je comprends ! Elle se moque de moi. Il faut que je m'habitue à son humour à froid.

— Bon… si ça ne t'embête pas, je vais entrer pour voir ce qui me tente.

Si j'essaie suffisamment de paires, Jess va bien se décider à en acheter.

Mais non. Ni là ni dans la boutique suivante. Elle n'aime pas plus le parfum que le maquillage Space NK. Moi, je ploie sous les paquets, mais Jess n'a toujours rien acheté. Elle ne doit pas s'amuser. Et elle doit me prendre pour une idiote.

— Tu n'as besoin de rien pour ta cuisine ? dis-je, à bout de forces. On pourrait trouver de jolis tabliers, ou un gadget chromé…

Mais Jess secoue la tête.

— J'achète tout dans des entrepôts de soldeurs. C'est bien plus économique qu'en ville.

— Et que dirais-tu d'une valise ? C'est toujours utile.

— Je n'en ai pas besoin. J'ai mon sac à dos.

— C'est vrai.

Je suis à court d'idées. Que lui proposer ? Des lampes ? Ou… des tapis ?

Tout à coup, Jess s'illumine.

— Attends une seconde, ça ne te dérange pas si on entre là ?

Je stoppe net : nous sommes devant une petite papeterie sans intérêt, que je n'avais jamais remarquée.

— Bien sûr que non ! Fantastique ! Entre donc !

Du papier à lettres ! C'est donc ça qu'elle aime. Bien sûr ! Pourquoi n'y avais-je pas pensé plus tôt ? Elle étudie… donc elle passe son temps à écrire… c'est ça qui la branche !

La boutique est trop étroite pour que j'y pénètre avec tous mes paquets. Je patiente donc sur le trottoir… curieuse comme une fouine. Que va-t-elle acheter ? De beaux carnets ? Des cartes d'anniversaire peintes à la main ? Un stylo luxueux ?

Enfin, quelque chose de prestigieux. Et dire que je ne connaissais pas ce magasin !

Quand elle sort, elle porte deux grands sacs.

— Alors, qu'est-ce que tu as acheté ? Montre-moi ! Montre !

Elle me fixe sans comprendre :

— Je n'ai rien acheté !

— Mais… tes sacs ? Qu'est-ce qu'il y a dedans ?

— Tu n'as pas vu le panneau ?

Elle me désigne une pancarte.

— Ils se débarrassent de vieilles enveloppes matelassées.

Jess ouvre un de ses sacs pour me montrer une sélection de pochettes abîmées et de feuilles de papier bulle d'un autre âge. Ça me fait l'effet d'une douche froide.

— J'ai économisé au moins dix livres, se réjouit Jess. Et puis ça me servira un jour ou l'autre.

Je me tais. Comment pourrais-je paraître enthousiaste devant un tel lot de cochonneries ? Je fais quand même un effort :

— Bon, bravo ! C'est magnifique ! J'adore ces vieilles étiquettes… On s'en est bien tirées, toutes les deux ! On mérite un cappuccino !

Tandis qu'on se dirige vers le café, au coin de la rue, ma bonne humeur revient. Soit, notre shopping ne s'est pas révélé à la hauteur de mes espérances, mais peu importe. Nous sommes deux sœurs, nous allons boire un café en cancanant. On va s'asseoir autour d'un guéridon de marbre, déguster notre cappuccino et nous confier l'une à l'autre…

— J'ai apporté une thermos, m'annonce Jess.

Je pivote sur mes talons et demeure bouche bée : Jess a sorti une thermos blanche de son sac à dos.

— Comment ?

— On ne va pas dépenser une fortune pour un café, ils se font des marges exorbitantes.

— Mais…

— On va s'asseoir sur ce banc, regarde, il suffit de l'essuyer.

Je suis effondrée. Je ne peux quand même pas prendre mon premier café avec ma nouvelle sœur sur un vieux banc crasseux. Une thermos, en plus !

— Mais je veux aller dans un joli café, dis-je sans pouvoir me retenir. Je veux m'asseoir à une table en marbre et déguster un vrai cappuccino.

Silence.

— Je t'en prie.

— Bon, d'accord, consent Jess en revissant le bouchon. Mais tu devrais prendre l'habitude de faire ton café toi-même. Tu économiserais des centaines de livres par an. Tu achètes une thermos d'occasion et tu utilises deux fois le même café moulu. Le goût est aussi bon.

— J'y penserai… Entrons !

L'odeur de café est divine, l'ambiance délicieuse. Des spots éclairent les tables, des haut-parleurs diffusent de la musique douce, les gens se parlent à voix basse.

— Tu vois ? C'est quand même plus agréable, non ? Une table pour ma sœur et moi, dis-je à un serveur qui se tient près de la porte.

J'adore dire ça : ma sœur.

Nous nous asseyons et je pose tous mes paquets sur le sol. Je commence à me détendre. On va enfin avoir une vraie conversation intime et se faire des confidences. En fait, on aurait dû commencer par là.

Une serveuse qui semble avoir douze ans et qui porte un badge annonçant « C'est mon premier jour » s'approche de notre table.

— Bonjour, je voudrais un cappuccino mais je ne sais pas ce que ma sœur désire.

Ma sœur. C'est comme un bonbon qui fond dans la bouche.

J'ajoute rapidement :

— En fait, je devrais commander du champagne. Nous sommes de nouvelles sœurs !

— Génial, fait la gamine. Supercool !

Jess referme la carte.

— Je voudrais juste une carafe d'eau.

— Tu ne veux vraiment pas un café avec plein de mousse ?

— Je refuse de contribuer à enrichir une multinationale pratiquant des prix exagérés.

Jess jette un coup d'œil sévère à la serveuse :

— Vous pensez qu'une marge de quatre cents pour cent est moralement acceptable ?

La gamine ne sait quoi répondre.

— Euh… Vous voulez des glaçons avec votre eau ? finit-elle par demander.

J'insiste.

— Allons, prends un café. Mademoiselle, apportez-lui aussi un cappuccino.

Tandis que la serveuse s'éloigne, Jess secoue la tête. Elle n'est pas contente :

— Tu sais ce que ça coûte à fabriquer, un cappuccino ? Quelques centimes. Et on nous fait payer ça au moins deux livres !

— Oui, mais on nous offre un chocolat !

Mon Dieu, Jess en a après le café. Bon. Ce n'est pas grave. On va changer de sujet.

— Parle-moi de toi, Jess.

— Qu'est-ce que tu veux savoir ?

— Tout ! Par exemple, ce que tu fais de ton temps libre à part marcher.

Jess réfléchit quelques secondes :

— Eh bien, j'aime la spéléo.

La serveuse nous apporte nos deux cappuccinos.

— La spéléo ? C'est… visiter des grottes ?

— En gros, oui.

— Génial ! Vraiment c'est…

Je cherche mes mots. Que peut-on dire des grottes ? Elles sont sombres, froides, et atrocement humides.

— Vraiment passionnant ! J'adorerais en visiter.

— Et, bien sûr, j'adore les pierres, ajoute Jess. C'est ce qui m'intéresse le plus.

— Moi aussi ! Surtout quand elles sont bien taillées et qu'elles viennent de chez Tiffany !

Je dis ça en riant, pour montrer que je plaisante, mais Jess ne réagit pas.

Peut-être qu'elle n'a pas compris.

— Je prépare un doctorat sur la genèse et la géochimie des dépôts de fluorite-hématite, poursuit-elle en s'animant un peu.

Du chinois !

— Ah ! Formidable ! Et… pourquoi as-tu choisi cette voie ?

— Mon père m'a guidée, sourit-elle. C'est également sa passion.

— Papa ? Je ne savais pas qu'il aimait les minéraux.

— Pas ton père. Mon père. Enfin, mon beau-père, l'homme qui m'a élevée.

D'accord.

Évidemment, elle ne parlait pas de mon père. C'est stupide.

Silence, entrecoupé seulement par le bruit des tasses sur les soucoupes. Je ne sais plus quoi dire. C'est ridicule ! Je suis avec ma sœur ! Allons !

— Et où vas-tu en vacances, cette année ?

Je suis vraiment au bout du rouleau. On dirait une conversation de salon de coiffure…

— Je ne sais pas encore. Ça dépend.

Soudain, il me vient une idée brillante :

— On pourrait partir ensemble ! Ce serait super ! On louerait une villa en Italie… on apprendrait à se connaître…

— Rebecca, écoute-moi bien : je ne cherche pas une autre famille.

Un lourd silence s'instaure. Je sens que je rougis.

— Je sais… je ne voulais pas…

— Je ne veux pas d'une autre famille, continue Jess. Je l'ai dit à Graham et à Jane cet été. Je n'ai pas cherché à te retrouver pour ça, mais dans un souci médical. C'est tout.

— Qu'est-ce que tu entends par « C'est tout » ?

— Oh, j'ai été ravie de faire ta connaissance, bien sûr, et celle de tes parents, mais vous avez votre vie… et j'ai la mienne.

Ce qui veut dire qu'elle n'a pas envie de me connaître ? Moi, sa sœur ?

— Mais on vient juste de se rencontrer ! Après toutes ces années ! Tu ne trouves pas ça étonnant ?

Je me penche vers Jess et approche ma main de la sienne :

— Écoute, on est du même sang !

— Et alors ? C'est une question purement biologique.

— Mais… tu n'as jamais désiré avoir une sœur ? Savoir comment ce serait ?

— Non, pas vraiment.

En voyant ma tête, elle rectifie le tir :

— Ne le prends pas mal. J'ai trouvé intéressant de te rencontrer.

« Intéressant » ?

Je fixe ma tasse, écarte la mousse du dos de la cuillère.

Ma propre sœur n'a pas envie de me connaître. Je suis moche ou quoi ?

Rien ne se déroule comme prévu. J'espérais que ce serait le plus beau jour de ma vie. Je pensais que faire des courses avec ma sœur serait amusant. L'occasion de nous lier. De boire un café ensemble, entourées de nos emplettes, de rire et de nous moquer l'une de l'autre… De songer à ce que nous ferions ensuite…

— Bon, alors, on rentre chez ta mère ? demande Jess en finissant sa tasse.

— Quoi ? Déjà ? Mais on a plein de temps ! Tu n'as encore rien acheté !

Jess pousse un soupir irrité.

— Écoute, Becky, je suis venue uniquement pour être polie. Mais puisque tu veux la vérité, je déteste faire du shopping.

Je suis effondrée. Je savais bien qu'elle ne s'amusait pas. Il faut que je sauve la situation !

— C'est que tu n'as pas encore trouvé de boutiques à ton goût, mais il y en a d'autres. On peut aller voir…

— Non ! Tu ne comprends pas ? Je hais les courses ! Point barre.

— Les catalogues ! On peut rentrer à la maison et feuilleter des catalogues ensemble… On s'amusera bien !

— Dans le genre têtue, on ne fait pas mieux ! s'énerve Jess. Écoute-moi bien : je déteste aller dans les magasins.

En rentrant chez les parents, je suis en état de choc. Traumatisée. Quand je pense à ce qui m'arrive, j'en ai des courts-circuits au cerveau.

En arrivant, nous trouvons Luke dans le jardin, en conversation avec papa. Il a l'air étonné de nous voir.

— Pourquoi rentrez-vous si tôt ? demande-t-il en accourant vers nous. Rien de grave ?

— Non, tout va bien. Mais on a mis moins de temps que prévu.

— En tout cas, merci pour la promenade, dit Jess en sortant de la voiture.

— Ç'a été un plaisir.

Tandis que Jess avance vers papa, Luke s'assied à la place du passager. Il referme la portière et me regarde attentivement.

— Becky, ça va ?

— Moyen.

Je n'arrive pas à revenir sur terre. Mon esprit continue à faire défiler les images de ce que cette journée aurait dû être. Une balade où l'on aurait ri toutes les deux… échangé nos affaires… où on se serait fait des petits cadeaux… inventé des petits noms…

— Alors ? C'était comment ?

Je me force à sourire.

— Fantastique ! On s'est vraiment bien amusées.

— Qu'est-ce que tu as acheté ?

— Deux hauts… une jolie jupe… et des chaussures.

— Très bien ! Et Jess ?

Je n'arrive pas à dire un mot. Et puis je dois finalement l'admettre :

— Rien.

Luke me prend dans ses bras.

— Alors, Becky, ce n'était pas si drôle que ça, hein ?

— Non, pas vraiment.

— Je m'en doutais. Tu avais tellement envie de trouver l'âme sœur… que Jess devienne ta nouvelle meilleure amie… Mais maintenant tu te rends compte que vous êtes trop différentes.

— Ce n'est pas vrai. Nous sommes sœurs.

— Chérie, ça n'a pas d'importance. Tu peux avouer que vous ne vous êtes pas bien entendues. Personne ne parlera d'un échec.

Un échec ?

Le mot me transperce le cœur.

— On s'entend bien, je te jure. On a seulement besoin de se trouver des terrains d'entente. Bon, elle n'aime pas le shopping… Aucune importance ! J'ai d'autres passions dans la vie.

Luke n'a pas l'air convaincu :

— Prends les choses comme elles sont : vous êtes différentes et il n'y a aucune raison que vous deveniez très copines.

— Mais nous sommes du même sang ! On ne peut pas être si différentes !

— Becky…

— Je ne vais pas baisser les bras ! C'est de ma nouvelle sœur qu'il s'agit. Je dois saisir la chance unique de mieux la connaître.

— Chérie…

— Je sais qu'on peut devenir amies.

Soudain déterminée, je bondis hors de la voiture.

— Au fait, Jess, après ton séminaire, viens donc passer le week-end chez nous. Je te promets qu'on s'amusera bien.

— Quelle bonne idée ! s'exclame papa en souriant.

— Je ne sais pas, dit Jess. Il faudrait que je rentre chez moi…

— Je t'en prie. Juste un week-end. On n'ira pas faire les boutiques ! Ça ne sera pas comme aujourd'hui. On ne fera que ce que tu voudras. On ira mollo. Qu'en penses-tu ?

Silence. J'ai l'estomac noué. Jess observe le visage souriant de papa, qui l'encourage à accepter.

— Bon, répond-elle enfin. Bonne idée. Merci.

PGNI FIRST BANK VISA
7 Camel Square
Liverpool L1 5NP

Mme Rebecca Brandon
37 Maida Vale Mansions
Maida Vale
Londres NW6 0YF

Le 12 mai 2003

Chère Madame,

Nous sommes heureux de vous faire savoir que votre demande de carte Visa Super Platine vient d'être approuvée. Nous vous informons que votre nouvelle carte vous sera adressée à votre domicile, mais qu'elle ne pourra en aucun cas avoir la « forme d'un gâteau », comme vous le désiriez. Aucun camouflage n'est d'ailleurs possible.
Précisons que nous n'avons aucun moyen de détourner l'attention de votre mari lorsqu'elle vous parviendra.
Je suis à votre disposition pour tout renseignement complémentaire.

Veuillez agréer, chère Madame, l'expression de mes sentiments les meilleurs.

Peter Johnson,
Responsable Clientèle

PGNI FIRST BANK VISA
7 Camel Square
Liverpool L1 5NP

Mlle Jessica Bertram
12 Hill Rise
Scully
Cumbria

Le 12 mai 2003

Chère Mademoiselle,

En réponse à votre lettre, je tiens à vous assurer qu'il n'était pas dans notre intention de vous manquer de respect en vous proposant la carte Visa Super Platine.
En spécifiant que vous aviez été sélectionnée personnellement pour disposer d'un découvert de vingt mille livres, il n'était pas question de sous-entendre que vous étiez « couverte de dettes et irresponsable », ni de vous dénigrer.
En signe de bonne volonté, je vous adresse un bon de vingt-cinq livres et demeure à votre disposition au cas où vous changeriez d'avis.

Veuillez agréer, chère Mademoiselle, l'expression de mes sentiments les meilleurs.

Peter Johnson,
Responsable Clientèle

12

Je ne baisse pas les bras. Pas question.

Si la première prise de contact a été moins réussie que prévu, tout se passera bien ce week-end. Ce sera notre deuxième rencontre, et on sera bien plus relax. Normal, non ?

Et puis je me suis mieux préparée. Samedi dernier, après le départ de Jess, comme les parents ont vu que j'étais un peu déprimée, ils m'ont préparé une tasse de thé et nous avons bavardé longuement, comme au bon vieux temps. Il est impossible de devenir amie avec une personne si on ne sait rien d'elle : là-dessus, on était tous d'accord. Les parents ont donc plongé dans leurs souvenirs et rédigé une note énumérant tout ce qu'ils savaient sur Jess. Et ça fait une semaine que je l'étudie.

Voici ce que je sais, par cœur : elle a obtenu une mention très bien au bac. Elle ne mange jamais d'avocats. En plus de la marche et de la spéléo, elle aime la poésie. Son chien favori est le…

Oh ! merde…

Je consulte mon aide-mémoire.

Ah oui ! Le berger écossais.

On est samedi matin et je suis dans mon bureau, où je me prépare à recevoir Jess. Cette semaine, j'ai acheté un livre intitulé *La Parfaite Hôtesse*. Il y est écrit que la chambre d'amis doit être « bien organisée et receler des petites touches personnelles pour que l'invité se sente à l'aise ».

Sur la coiffeuse, j'ai disposé un bouquet de fleurs et un livre de poésie. Sur la table de nuit, elle trouvera une sélection de magazines à son goût : *L'Habile Randonneur*, *Le Spéléologue enthousiaste*, *L'Amateur de grottes*. Ce dernier ne se trouve que sur Internet. (Je précise qu'il a fallu que je m'abonne pour deux ans afin de recevoir ce seul exemplaire. Ce n'est pas grave. Je pourrai toujours envoyer les vingt-trois autres numéros à Jess.)

Sur le mur, j'ai accroché le fin du fin, dont je suis particulièrement fière. C'est une immense affiche représentant une grotte avec ses stalac… enfin, vous voyez.

Un peu fébrile, je tapote les oreillers. Ce soir, ça ne ressemblera pas à l'autre fois. Tout d'abord, nous n'irons pas faire du shopping. J'ai prévu une soirée décontractée, toute simple. On regardera un film en mangeant du pop-corn et en se faisant les ongles, peinardes. Plus tard, j'irai m'asseoir au bord de son lit. Nous porterons des pyjamas identiques et nous mangerons des chocolats à la menthe en bavardant jusque tard dans la nuit.

— C'est superbe, dit Luke en entrant dans la pièce. Tu t'es vraiment donné du mal.

— Ce n'est rien !

— À vrai dire, l'appartement est resplendissant.

Nous passons dans l'entrée. Je suis fière de dire que tout est pimpant. Il reste bien quelques cartons par-ci par-là, mais dans l'ensemble tout a l'air rangé.

— Je n'ai pas encore terminé, dis-je en jetant un coup d'œil à notre chambre, où des tas de choses sont camouflées sous le lit.

— J'en suis conscient. Mais quand même, quel tour de force !

Je prends un air modeste.

— Il m'a fallu un peu de créativité. Et de réflexion latérale.

Nous pénétrons dans le salon, qui est totalement transformé. Les cartons et les caisses ont disparu. Il ne reste que deux canapés, deux tables basses et le balafon indonésien.

— Chapeau ! s'exclame Luke. C'est magnifique.

— Ce n'est rien !

— Mais si ! Je te dois des excuses. Tu m'as dit que le résultat me plairait et je ne t'ai pas crue. Mais tu as réussi. Comment pouvais-je deviner que tu arriverais à ranger tout ce foutoir ? Cette pièce débordait de trucs : où sont-ils passés ?

Il se met à rire et je l'imite.

— Oh, j'ai réussi à les caser, dis-je fièrement.

— Là, tu me bluffes ! (Il passe sa main sur le dessus de la cheminée, où ne trônent plus que les cinq œufs peints japonais.) Tu devrais devenir docteur ès stockages.

— Bonne idée !

Bon, mais j'aimerais qu'on change vite de sujet. D'un instant à l'autre, il va me demander où sont passées les urnes chinoises ou ce que sont devenues les girafes en bois.

— Dis-moi, tu as branché ton ordinateur ?

— Ouais, répond Luke en examinant de près un des œufs.

— Bien ! Je vais regarder mes e-mails et… pendant ce temps-là, prépare-nous donc du café.

J'attends que Luke soit entré dans la cuisine pour foncer vers l'ordinateur et taper l'adresse d'eBay.

Car eBay m'a sauvé la vie.

Comment ai-je pu vivre sans eBay ? C'est l'invention la plus géniale, la plus brillante depuis… la création des magasins.

Dès que je suis rentrée de chez ma mère, samedi dernier, je me suis inscrite sur eBay et j'ai mis en vente les urnes chinoises, les girafes et trois tapis. En trois jours, tout était parti ! Sans avoir à lever le petit doigt ! Le lendemain, j'ai proposé encore cinq tapis et deux tables basses. Depuis, je n'ai pas arrêté.

Tout en surveillant la porte, de peur que Luke n'entre, je clique sur « Objets à vendre ». Je meurs d'envie de savoir si quelqu'un a enchéri sur mon totem.

Oui ! Quelqu'un a mis cinquante livres ! J'ai une montée d'adrénaline. C'est vraiment le pied, ces ventes aux enchères ! Je deviens totalement accro !

Et le mieux c'est que je fais d'une pierre deux coups ! Je débarrasse l'appartement et je gagne de l'argent. Plein d'argent, même. Je ne veux pas me vanter, mais chaque jour de la semaine je fais du bénef. Comme si je boursicotais.

Tenez, j'ai obtenu deux cents livres pour la table basse en ardoise – qui ne nous a pas coûté plus de cent livres. Et cent livres pour les urnes chinoises, cent cinquante pour chacun des cinq kilims que nous avons payés à peine quarante livres en Turquie. Et le plus beau : deux mille livres pour les dix pendules Tiffany, qui sortent de je ne sais où ! Le type qui est venu les chercher à domicile me les a réglées en espèces. Je me débrouille tellement bien que ça pourrait devenir mon métier !

J'entends Luke sortir les tasses à café et je clique rapidement sur « Achats ».

Bien sûr, je m'étais d'abord inscrite sur eBay pour vendre. Mais l'autre jour on proposait un manteau orange très années 50 avec de gros boutons noirs. Une occasion unique, dont personne ne voulait. Je me suis donc autorisé une petite entorse à la règle.

Et puis une autre pour une paire de chaussures Prada qui allait partir pour cinquante livres ! Vous imaginez ? Cinquante livres pour des Prada !

J'ai aussi enchéri sur une robe du soir Yves Saint Laurent, mais elle m'est passée sous le nez. Quelle vacherie ! Ça ne se reproduira pas.

Je vais voir où en est le manteau orange et je n'en crois pas mes yeux : j'ai proposé quatre-vingts livres, le prix de réserve, et quelqu'un a osé offrir cent livres. Eh bien, je ne vais pas me laisser faire. Pas question : je tape cent vingt livres et ferme l'ordinateur. Juste à temps. Luke entre avec un plateau :

— On a des e-mails ?

— Oh… quelques-uns, dis-je en prenant une tasse. Merci !

Je n'ai pas parlé à Luke de mes histoires d'eBay : inutile de l'embêter avec les finances du ménage. C'est un sujet tellement vulgaire. À vrai dire, je fais tout ce que je peux pour lui éviter ce genre de tracas.

— J'ai trouvé ça dans la cuisine, dit Luke en me montrant une boîte de biscuits de luxe au chocolat Fortnum & Mason. Ils sont délicieux.

— C'est juste un petit extra. Et ne t'en fais pas, je ne dépasse pas mon budget.

C'est la stricte vérité. Ces derniers temps, ledit budget a tellement enflé que je n'ai plus à faire attention.

Luke avale une gorgée de café, puis son regard tombe sur un dossier rose qui trône sur son bureau.

— C'est quoi ?

Je me demandais bien s'il finirait par le remarquer. C'est un autre projet qui m'a occupée toute la semaine. Sujet : comment être une épouse accomplie.

— C'est un dossier que j'ai préparé pour toi. Quelques idées pour l'avenir de ta société.

Ça m'est venu l'autre jour dans mon bain. Si Luke décroche ce gros contrat, il va devoir agrandir sa société. Et j'en connais un rayon sur le sujet.

Quand j'étais conseillère personnelle de mode chez Barneys, j'avais une cliente, Sheri, qui dirigeait sa propre affaire. Elle m'avait raconté toute son histoire et ses erreurs : elle s'était développée trop vite, et elle avait loué six cents mètres carrés de bureaux dans TriBeCa qu'elle n'avait jamais utilisés. À l'époque, je trouvais ses histoires mortellement ennuyeuses. Au point de redouter nos rendez-vous. Mais maintenant j'avoue que son expérience peut être utile à Luke.

J'ai donc décidé de noter tout ce qui me paraissait casse-pieds à l'époque. Par exemple la façon dont elle consolidait ses marchés et rachetait ses concurrents. Et puis tout à coup une idée encore meilleure a germé dans mon esprit : Luke devrait acquérir une autre agence de relations publiques.

Et je sais même laquelle. David Neville, qui travaillait pour Farnham RP, s'est mis à son compte il y a trois ans, alors qu'il était encore journaliste financier. Il a beaucoup de talent et tout le monde dit qu'il réussit très bien. Mais je sais que dans le fond il a beaucoup de mal à joindre les deux bouts. C'est sa femme Judy qui me l'a chuchoté la semaine dernière chez le coiffeur.

— Becky… je n'ai pas le temps de lire ton dossier.

— Mais ça pourra t'être très utile. Quand j'étais chez Barneys, j'ai appris…

— Barneys ? Becky, je dirige une agence de RP, pas une boutique de mode.

— Mais j'ai des tas d'idées…

Luke s'impatiente.

— Becky, pour le moment je ne songe qu'à trouver des clients. Et à rien d'autre. Je n'ai pas de temps à consacrer à tes suggestions. D'accord ?

Il enfouit mon dossier dans son attaché-case.

— Je le regarderai plus tard.

Je m'assieds, découragée. L'interphone me fait relever la tête :

— Tiens, c'est peut-être Jess ! Elle est en avance.

— Non, c'est Gary. Je vais lui ouvrir.

Gary est le bras droit de Luke. Il a dirigé le bureau de Londres quand nous habitions New York et pendant notre lune de miel. Luke et lui s'entendent à merveille. Gary était même le témoin de Luke à notre mariage.

En quelque sorte.

En fait, l'histoire de notre mariage est un peu compliquée.

— Qu'est-ce que Gary vient faire ici ?

— Je lui ai dit de venir, répond Luke en allant appuyer sur le bouton de l'interphone. On a du boulot sur notre présentation. Ensuite nous irons déjeuner tous les deux.

— Je vois, dis-je en essayant de ne pas paraître trop déçue.

Je m'attendais à passer un peu de temps en tête à tête avec Luke avant l'arrivée de Jess. Mais il est débordé, ces jours-ci. Le soir, il ne rentre pas avant huit heures. Hier, il n'est arrivé qu'à onze heures.

Je sais bien qu'ils travaillent dur en ce moment. Et que la présentation devant le groupe Arcodas est importante. Mais quand même ! Pendant des mois et des mois, Luke et moi nous ne nous sommes pas quittés d'une semelle, et maintenant je le vois à peine.

— Et si je vous aidais pour la présentation ? Je pourrais me joindre à votre équipe…

— Je ne pense pas.

— Il y a quand même bien quelque chose que je pourrais faire… Luke, je veux t'aider. Demande-moi n'importe quoi !

— Tout se passe très bien, mais merci quand même.

J'en veux à Luke. Pourquoi refuse-t-il ma collaboration ? Il pourrait au moins se montrer reconnaissant de ma proposition.

— Tu veux venir déjeuner avec nous ?

— Non. Laisse tomber. Amusez-vous bien. Bonjour, Gary !

— Salut, Becky !

— Entre, fait Luke en lui désignant le bureau.

La porte se referme et s'entrouvre un instant plus tard. Luke passe la tête dans l'entrebâillement.

— Becky, sois gentille de répondre au téléphone. Je ne veux pas être dérangé.

— D'accord !

— Merci ! Tu m'es d'une grande aide.

Quand la porte se referme, j'ai envie de flanquer un coup de pied dedans.

Répondre au téléphone n'est pas la forme de collaboration que j'avais envisagée.

Morose, je longe le couloir jusqu'au salon et claque la porte. Je suis intelligente, créative. Je sais que je pourrais l'aider. Nous sommes un couple, non ? On devrait faire les choses ensemble.

Je sursaute en entendant la sonnerie du téléphone. C'est peut-être Jess qui est arrivée ! Je décroche rapidement.

— Allô ?

— Madame Brandon ? demande une voix rauque.

— Oui.

— Nathan Temple à l'appareil.

J'ai un blanc complet. Nathan ? Je ne connais pas de Nathan.

— Vous vous souvenez peut-être ? Nous avons fait connaissance à Milan, il y a quelques semaines.

Mon Dieu ! L'homme de la boutique ! Comment ai-je pu oublier sa voix ?

— Ah oui ! Bonjour ! Je suis ravie de vous entendre ! Comment allez-vous ?

— Très bien, merci. Et vous ? Votre sac vous plaît toujours ?

— Et comment ! Il a changé ma vie ! Merci encore pour ce que vous avez fait pour moi.

— J'ai été heureux de pouvoir vous aider.

Court silence. De quoi allons-nous parler maintenant ?

— Puis-je vous inviter à déjeuner ? En guise de remerciement. Où vous voudrez.

— Ce n'est pas une obligation, me répond-il, l'air amusé. De toute façon, mon docteur m'a mis au régime.

— Quelle tristesse !

— Mais, comme vous me l'aviez dit à Milan… un bienfait n'est jamais perdu.

— C'est toujours vrai ! J'ai une dette envers vous. Que puis-je faire pour vous ? Dites-moi.

— Je pensais à votre mari. J'espérais qu'il pourrait me rendre un tout petit service.

— Il en serait enchanté. Je vous le promets.

— Il est là ? Puis-je lui dire un mot ?

Mon cerveau passe à la vitesse supérieure.

Si j'appelle Luke, je vais le déranger. Et je devrai lui expliquer qui est Nathan Temple… comment je l'ai rencontré… et mon sac Angel…

— En fait, pour le moment il est absent. Mais je peux prendre un message pour lui.

— Voilà. Je vais ouvrir un hôtel cinq étoiles à Chypre. Ce sera un palace, et j'ai l'intention de faire beaucoup de tapage pour l'inauguration. Inviter des stars, la presse. J'aimerais beaucoup que votre mari s'en occupe.

Je n'en crois pas mes oreilles. Une soirée avec des stars à Chypre ? Un palace ? Mon Dieu, c'est vraiment cool !

— Je suis sûre qu'il en serait enchanté. Quel projet passionnant !

— Votre mari a beaucoup de talent. Il a une excellente réputation. On a besoin d'un homme comme lui.

Je rougis de plaisir.

— C'est vrai qu'il aime beaucoup son métier.

— Je sais qu'il s'est surtout spécialisé dans les institutions financières. Verrait-il un inconvénient à s'occuper d'un hôtel ?

Mon cœur s'emballe. Impossible de laisser passer pareille chance. Je dois lui vendre Brandon Communications.

— Pas du tout. Chez Brandon Communications, nous avons plusieurs flèches à notre arc. Nous nous occupons aussi bien de finance, d'industries que d'hôtels. Nous sommes la diversité même.

Ouais ! Je m'en tire vraiment bien !

— Vous travaillez donc pour la société ?

— Oui… au titre de… consultante, dis-je en croisant les doigts. Je m'occupe surtout de stratégie. Et comme un fait exprès, un de nos projets est de nous développer en direction des loisirs de luxe.

— Dans ce cas, je crois que nous allons pouvoir faire affaire ensemble, dit Nathan, l'air réjoui. Et si nous organisions une réunion dans le courant de la semaine ? Je le répète, nous serions heureux de voir votre mari participer à ce lancement.

— Je vous en prie ! Vous m'avez rendu un service. Voici pour moi l'occasion de vous remercier. Mon mari sera ravi de vous aider. J'en mets ma main au feu ! Donnez-moi votre numéro de téléphone et je ferai en sorte que Luke vous joigne un peu plus tard.

— J'attends son appel. J'ai été ravi de bavarder avec vous, madame Brandon.

— Je vous en prie, appelez-moi Becky !

En reposant le combiné, je suis hilare.

Je suis une star !

Une star intégrale !

Luke et Gary se démènent pour mettre au point leur présentation, et pendant ce temps-là je leur dégote un nouveau budget sans même lever le petit doigt ! Et pas une vieille banque toute décrépie, en plus ! Un palace à Chypre ! Un gros budget vraiment prestigieux.

À ce moment, Luke sort du bureau, un dossier à la main. En prenant son attaché-case, il me sourit vaguement.

— Tout baigne, Becky ? On va sortir déjeuner. Qui a téléphoné ?

— Oh, un de mes amis. Au fait… je vais peut-être venir déjeuner avec vous.

— Formidable !

Dire qu'il m'a tellement sous-estimée. Il ignore qui je suis vraiment. Quand il va apprendre la façon dont j'ai mené, en son nom, les négociations avec un grand ponte du monde des affaires, il va être sur le cul ! Là, il va voir combien je peux lui être utile. Là, il va commencer à m'apprécier à ma juste valeur.

Attendez un peu que je lui apprenne la nouvelle !

En chemin, je savoure mon secret. Vraiment, Luke devrait m'embaucher ! Je pourrais être l'ambassadrice de sa société.

Il est évident que je suis douée pour faire fructifier mes relations. C'est dans ma nature. Une rencontre impromptue à Milan, et voilà le résultat : un nouveau client pour Luke. Et, plus fort encore, ça s'est fait sans effort !

Juste avec un peu de flair. Ce que tout le monde n'a pas.

— Ce restaurant te convient ? me demande Luke en entrant.

— Parfait, dis-je en souriant mystérieusement.

Il va être tellement impressionné quand je vais lui annoncer la nouvelle ! Il va commander du champagne, c'est sûr. Ou même organiser une petite fête. C'est ce qui se passe dans les agences quand on décroche un gros budget.

Et celui-là va être énorme. C'est une chance exceptionnelle pour Luke ! Il pourrait ouvrir un département consacré aux palaces cinq étoiles et aux spas. Baptisé Brandon Communications Tourisme de Luxe. Et il me nommerait à sa tête.

Ou bien il m'enverrait tester les spas.

— Bon… parlons du dîner que nous allons leur offrir, dit Gary en s'asseyant. Tu as choisi les cadeaux ?

— Oui, ils sont à la maison. Et pour le transport ? Tu as prévu des véhicules ?

— Je vais demander à quelqu'un de s'en occuper, dit Gary.

Il se tourne vers moi.

— Désolé, Becky, ça doit t'ennuyer à mourir. Mais tu sais combien cette présentation nous tient à cœur.

— Pas de problème.

Luke vient de me dire à quel point il est essentiel de se faire de nouveaux clients.

— Il ne doit pas être facile de trouver de nouveaux budgets, si ? dis-je d'un ton innocent.

— Tu as raison.

Tralala !

Quand le serveur verse de l'eau minérale à Luke et à Gary, j'aperçois trois filles assises à une table toute proche qui zieutent mon sac Angel. Sans montrer à quel point j'en suis ravie, je tourne mon sac vers elles pour que l'ange peint et le « Dante » soient bien en évidence.

Incroyable ! Partout les gens remarquent mon sac. Partout ! C'est l'acquisition la plus brillante de ma vie. En plus, ça va rapporter un client à Luke. C'est ma bonne étoile.

Je lève mon verre :

— À la santé des futurs clients !

— À nos futurs clients !

— Luke, dit Gary, au sujet de notre dernière offre… l'autre jour, j'ai parlé à Sam Chapel…

Je ne peux plus attendre. Je dois leur dire.

— En parlant de chapelles…

Luke et Gary se regardent, interloqués.

— Becky, fait Luke, on ne parlait pas de chapelles.

— Mais si ! D'une certaine façon !

C'est vrai que j'aurais pu amener ça avec plus de finesse. Mais tant pis.

— Bon, en parlant de chapelles… et d'édifices religieux en général… vous avez dû entendre parler de Nathan Temple ?

Je dévisage Luke et Gary sans cacher ma joie. J'ai retenu leur attention.

— Évidemment ! fait Luke.

Ah ! Je le savais.

— C'est un gros bonnet, hein ? Un type important. Quelqu'un que vous aimeriez compter dans vos relations… Ou même avoir pour client ?

— Plutôt mourir ! s'exclame Luke.

J'en ai le souffle coupé. Qu'a-t-il voulu dire ?

J'insiste :

— Tu es fou ! Ce serait un gros client.

— Pas du tout, Becky.

Il se tourne vers Gary :

— Pardon, qu'est-ce que tu disais ?

Je fixe mon mari, totalement défaite.

Les choses ne se déroulent pas comme prévu. J'avais anticipé notre conversation. En principe, Luke aurait dû dire : « Oh, j'adorerais avoir Nathan Temple comme client, mais comment faire ? » Puis Gary serait intervenu : « Personne ne peut l'approcher. » Puis je me serais penchée vers eux et, un sourire confidentiel sur les lèvres…

— J'ai donc parlé à Sam Chapel, reprend Gary en sortant des papiers de sa serviette. Et il m'a donné ça. Regarde-les.

— Une minute ! Luke, pourquoi tu ne voudrais pas de Nathan Temple comme client ? Il est riche… célèbre…

— Dans le genre ignoble, grimace Gary.

— Becky, tu sais qui est Temple ? demande Luke.

— Bien sûr. Un grand homme d'affaires et… un grand hôtelier…

Luke fronce les sourcils.

— Becky, il est à la tête de la chaîne d'hôtels la plus miteuse du pays.

Mon sourire se fige. Je ne sais plus quoi dire.

— Comment ?

— Plus maintenant, intervient Gary. Luke, sois honnête.

— Bon, d'accord, c'est du passé. Mais c'est comme ça qu'il a gagné son fric. Les Value Motels. Avec matelas à eau compris dans le prix de la chambre, si tu vois ce que je veux dire. Et je ne te parle pas de ce qui se passait derrière les portes closes.

Il a une moue de mépris et boit une gorgée d'eau.

— Tu sais qu'il s'apprête à acheter le *Daily World* ? demande Gary.

— Oui. J'espère que ça n'arrivera jamais. Tu as vu qu'il a été condamné pour coups et blessures ? Dans son genre, c'est vraiment un truand.

J'ai le tournis. Nathan Temple, un truand ? Mais… il m'a semblé tellement gentil. Tellement charmant. C'est lui qui m'a obtenu mon sac Angel.

— Il paraît qu'il s'est acheté une conduite, dit Gary. Que c'est un autre homme. Enfin, il le prétend.

— Un autre homme ? s'étonne Luke. Gary, il vaut à peine mieux qu'un gangster.

J'en laisse presque tomber mon verre. Je dois un service à un gangster ?

— Luke, tu y vas un peu fort, s'esclaffe Gary. Il a changé.

— Les gens ne changent jamais.

— Tu es trop dur, Luke, insiste Gary.

Gary remarque soudain la tête que je fais.

— Becky, tu ne te sens pas bien ?

— Mais si, ça va.

J'ai des frissons. Rien ne se déroule comme prévu.

Le premier client que j'ai rabattu devait être un triomphe. Et voilà que c'est le roi d'une chaîne de motels louches, doublé d'un voyou.

Mais comment j'aurais pu le savoir ? Il était charmant, et si bien habillé…

J'avale plusieurs fois ma salive.

Et dire que je lui ai promis que Luke travaillerait pour lui.

Enfin, je m'entends…

Finalement, je ne lui ai rien promis, si ?

Mon Dieu !

Je m'entends encore lui dire : « Mon mari sera enchanté de vous aider. J'en mets ma main au feu ! »

Je parcours la carte en m'efforçant de rester calme. Bon, la voie est toute tracée. Je dois dire la vérité à Luke. Me confesser depuis le début. Milan… le sac Angel… le coup de téléphone ce matin… tout, tout et tout.

C'est ce que je dois faire. Agir en adulte.

Le visage fermé, Luke est en train de parcourir des papiers. Je suis terrifiée.

Impossible.

Je n'y arriverai pas.

— Becky, c'est drôle que tu aies parlé de Nathan Temple. Luke, je ne te l'ai pas encore dit, mais il a pris contact avec nous pour ses relations publiques. Il ouvre un nouvel hôtel.

Je regarde Gary et je pousse un soupir de soulagement.

Dieu merci !

Bien sûr qu'ils ont fait une démarche officielle. Je n'ai plus de souci à me faire. Luke va accepter le boulot et je serai quitte avec Temple.

— J'imagine qu'on va refuser ? ajoute Gary.

Refuser ! Je sursaute.

— Pense à notre réputation, réplique Luke. Refuse, évidemment, mais avec tact. S'il achète le *Daily World*, il ne faut pas se le mettre à dos.

Je ne peux me taire.

— Ne refusez pas !

Les deux hommes m'observent, surpris, et je m'efforce de rire.

— Avant de prendre une décision, vous devriez peser le pour et le contre.

— Becky, en ce qui me concerne, il n'y a que du contre. Nathan Temple n'est pas un type fréquentable. Et maintenant, commandons !

— Est-ce que tu n'es pas un peu trop sévère ? Souviens-toi : « Ne jette pas le premier caillou » et caetera.

— Comment ?

— C'est dans la Bible.

Luke m'observe attentivement.

— Tu veux dire « la première pierre » ?

— Euh…

Oh, il doit avoir raison. Mais bon, quelle différence ? Caillou, pierre…

— L'important, dis-je…

— L'important, coupe Luke, c'est que Brandon Communications refuse de s'associer à quelqu'un qui a un casier judiciaire. Sans parler du reste.

— Oh… ce que tu peux être étroit d'esprit ! Aujourd'hui, personne n'est blanc comme neige. Il suffit de regarder notre table.

Silence gêné.

— Moi, fait Luke, je suis vierge. Et Gary aussi. Et toi tu n'as pas de casier.

Je le regarde, surprise. Il doit avoir raison. C'est vrai que je n'ai jamais été condamnée. Et dire que je me prenais pour une marginale.

— Tout de même…

— Becky, pourquoi tu as mis le sujet sur le tapis ? demande Luke. Pourquoi tu es tellement obsédée par Nathan Temple ?

— Je ne suis pas obsédée ! Je m'intéresse à vos clients. Et à vos projets.

— Eh bien, il ne compte pas parmi nos clients, ni parmi nos projets et il n'en fera jamais partie.

— Je vois. Ça ne peut pas être plus clair.

Nous nous plongeons dans les menus en silence. Enfin, seuls les hommes étudient vraiment la carte. Moi je fais semblant ; en fait, je cogite à cent à l'heure.

Impossible de faire changer Luke d'avis. Il va falloir trouver une autre solution. C'est ce que font les femmes qui soutiennent leur mari. Elles résolvent les problèmes avec discrétion et efficacité. Je parie que Hillary Clinton a fait ça des millions de fois.

Tout va s'arranger : je vais téléphoner à Nathan Temple, le remercier de son aimable proposition et lui dire que malheureusement Luke est débordé…

Non. Je dirai qu'il a essayé de l'appeler mais que personne n'a répondu…

— Becky, ça va ?

Je lève les yeux : Luke et Gary m'observent. Et là, je me rends compte que je suis en train de taper nerveusement sur la table avec un crayon.

— Je suis en pleine forme ! réponds-je en reposant le crayon.

Bon. J'ai un plan. Ce que je vais faire… je vais dire que Luke est malade.

Oui. Génial. Comme ça il ne discutera pas.

En rentrant à la maison, et dès que Luke et Gary se sont enfermés dans le bureau, je fonce téléphoner dans la chambre. Je compose le numéro que Nathan Temple m'a donné. Quelle chance ! Un répondeur se met immédiatement en marche.

J'écoute sa voix avec attention : on dirait vraiment un tenancier de motels nanti d'un lourd casier judiciaire. Pourquoi ne l'ai-je pas remarqué plus tôt ? J'ai du sable dans les oreilles ou quoi ?

Quand le bip retentit, je tressaille.

— Bonjour ! dis-je d'une voix décontractée. Voici un message pour M. Temple, de la part de Becky Brandon. J'ai parlé à mon mari de votre projet d'hôtel, qu'il trouve formidable. Mais hélas en ce moment sa santé n'est pas très bonne. Il ne pourra donc pas s'occuper de votre lancement, et il en est désolé. J'espère que vous trouverez quelqu'un d'autre ! Au revoir !

Je raccroche, me réfugie sur mon lit et tente de reprendre mon souffle.

Une bonne chose de faite.

— Becky ?

Luke ouvre la porte et je sursaute.

— Quoi ? Qu'est-ce qui se passe ?

— Rien. Tout va bien. Je voulais juste te dire que Jess était arrivée.

13

— Elle est dans l'ascenseur, dit Luke en ouvrant la porte palière. Au fait, tu téléphonais à qui ?

— À personne ! J'appelais juste… l'horloge parlante.

Tout va bien. C'est fait. Tout est rentré dans l'ordre.

J'entends le bruit de l'ascenseur. Jess est en route.

Je saisis mon pense-bête et le parcours une fois encore. Les chiens de berger écossais… déteste les avocats… son prof de maths s'appelait M. Lewis…

— Becky, planque ça avant son arrivée, suggère Luke.

— Ah, oui !

Je fourre les notes dans ma poche et respire à fond plusieurs fois. Maintenant que le moment approche, je suis un peu nerveuse.

Luke m'observe.

— Écoute, Becky, j'espère que vous allez bien vous entendre, cette fois-ci. Mais ne t'emballe pas. Garde un sens de la mesure. Et ne place pas tous tes espoirs dans ce week-end.

— Luke ! Tu me prends pour qui ?

J'ai évidemment mis tous mes espoirs dans cette visite. Mais quelle importance, puisque je suis persuadée que tout ira bien ? Ce sera différent de la première fois. Nous ne ferons que ce que Jess aime. Je ne ferai que suivre.

Je dois aussi me souvenir du tuyau que Luke m'a donné : il m'a rappelé que Jess était timide et que par conséquent elle n'aimait pas les grandes démonstrations. Je dois me montrer un peu plus réservée, au moins au début. Il a raison.

Le bruit de l'ascenseur s'amplifie. Elle approche. Je peux à peine respirer. Pourquoi cet ascenseur est-il si lent ?

Soudain la porte s'ouvre sur Jess qui porte un jean et un tee-shirt gris. Elle tient à la main son sac à dos.

Je bondis vers elle.

— Salut ! Bienvenue ! On peut faire ce que tu voudras, ce week-end ! N'importe quoi ! Tu me dis ! T'es le chef !

Jess demeure figée sur le palier.

— Bonjour, Jess, dit Luke plus calmement. Bienvenue à Londres.

— Entre donc ! dis-je en ouvrant les bras. Fais comme chez toi ! On ne te servira pas d'avocats !

Jess me dévisage d'un air perdu, puis fixe les boutons de l'ascenseur comme si elle voulait redescendre.

— Donne-moi ton sac, dit Luke. Comment s'est déroulé ton séminaire ?

Il fait entrer Jess dans l'appartement : elle a l'air de se méfier.

— Très bien, merci. Ah, bonjour, Becky !

— Bonjour ! Quel bonheur de t'avoir parmi nous ! Viens, je vais te montrer ta chambre.

J'ouvre fièrement sa porte, m'attendant à ce qu'elle remarque la photo de la grotte ou les magazines. Mais elle ne dit rien. Seulement merci quand Luke lui apporte son sac.

— Regarde ! C'est une grotte !

— Euh… oui.

Silence radio. Pitié ! Ne me dites pas que l'atmosphère va se figer !

— Allons vite prendre un verre ! Pourquoi ne pas ouvrir une bouteille de champagne ?

— Becky, il n'est que… quatre heures, souligne Luke. Une tasse de thé serait peut-être plus adéquate.

— Je préférerais une tasse de thé, dit Jess.

— Allons-y pour du thé. Très bonne idée !

J'entraîne mon petit monde vers la cuisine. En chemin, Jess détaille l'appartement.

— Bel endroit, s'exclame-t-elle.

Luke intervient d'une voix charmante :

— Becky a fait un boulot formidable. Tu aurais dû voir l'appartement il y a une semaine ! On nous a livré tellement de choses achetées pendant notre lune de miel qu'on ne pouvait plus bouger. Je ne sais toujours pas comment tu t'en es tirée, Becky.

— Oh, tout est affaire d'organisation…

Je mets la bouilloire sur le feu, quand Gary entre dans la cuisine.

— Jess, je te présente mon associé, Gary. Et voici Jess, la demi-sœur de Becky. Elle vit en Cumbria.

— Ah ! J'y suis allé, dit-il en serrant la main de Jess. C'est une région magnifique. Dans quel coin vivez-vous ?

— Dans un village qui s'appelle Scully. C'est au milieu de la campagne. Rien à voir avec la capitale !

— Mais je connais ! J'y suis allé il y a des années. Il y a une célèbre ascension, là-bas.

— Vous voulez sans doute parler de celle du Scully Pike ?

— Oui, nous avions commencé à l'escalader, mais le mauvais temps nous a empêchés de continuer. J'ai bien failli dévisser.

— Ça peut être dangereux. Il faut savoir où on met les pieds. On ne manque pas de pieds-plats qui viennent du sud et se retrouvent dans le pétrin…

— Je fais partie du lot ! sourit Gary. Mais la vue valait la peine. Ces murs de pierres sèches sont extraordinaires. On dirait des œuvres d'art. Ils s'étendent sur des kilomètres et des kilomètres à travers la campagne.

Cette conversation me fascine. J'adorerais explorer la campagne anglaise et voir des murs de pierres sèches. En fait, je ne connais que Londres et le Surrey, qui n'est qu'un faubourg de Londres.

— On devrait acheter une maison en Cumbria, dis-je d'un ton enthousiaste. Dans le village de Jess. Comme ça, on pourrait se voir tout le temps. Qu'est-ce que tu en penses, Jess ?

Long silence.

— Oui, admet-elle finalement, bonne idée.

— Nous n'allons rien acheter du tout dans le proche avenir, intervient Luke. Becky, souviens-toi que nous avons un budget à respecter.

— Oui, je sais. Et je m'y tiens, non ?

— Oui, je l'avoue, et d'ailleurs ça me sidère. Je n'arrive pas à comprendre comment tu y arrives. Regarde le réfrigérateur : il est plein d'olives farcies… de homards fumés… et tout ça sur ton budget !

Je suis très fière de moi. Toute cette nourriture nous a été généreusement offerte par les pendules Tiffany ! Après les avoir vendues, j'étais aux anges. Tellement que j'ai immédiatement acheté un plein panier de ce que Luke aime le plus.

— Simple question de bonne gestion ménagère, dis-je en lui proposant une assiette de petits biscuits au chocolat Fortnum.

Luke me regarde de travers et se tourne vers Gary.

— Bon, allez, on retourne bosser.

Les deux hommes disparaissent et je me retrouve seule avec Jess. Je lui verse une autre tasse de thé et grimpe sur un tabouret en face d'elle.

— Bon, alors, qu'est-ce que tu as envie de faire ?

Elle hausse les épaules.

— Je suis facile à vivre.

— Allons, à toi de décider.

— Comme tu veux.

Elle reprend une gorgée de thé.

Silence. On n'entend que le robinet qui goutte dans l'évier.

Ça ne me dérange pas. C'est juste un silence relax, affectueux, comme il en existe en famille. Une façon de montrer qu'on ne se gêne pas. Cool…

Mon Dieu, je vous en prie, faites qu'elle parle !

— J'aimerais faire des haltères, déclare soudain Jess. Je fais de l'exercice au moins une fois par semaine, mais récemment je n'ai pas eu le temps.

— D'accord ! Quelle idée lumineuse ! Je me joindrai à toi !

— Ah bon ?

— Bien sûr ! dis-je en finissant ma tasse. Je vais juste aller me préparer.

Quelle idée super ! Faire de l'exercice ensemble, voilà qui va resserrer nos liens. On peut aller au coin de la rue, au Taylor's Health Club, je suis membre privilégié. On soulèvera un peu de fonte et on terminera la séance au bar diététique. Je sais qu'il sera ouvert, je l'ai souvent fréquenté à cette heure-ci.

Le gymnase sera sûrement ouvert aussi. Il doit se trouver au sous-sol.

Ou à l'étage ?

Enfin, on verra bien.

Dans une de mes armoires, j'ouvre un tiroir plein d'affaires de gym. Je pourrais mettre mon survêt Juicy, mais je risque d'avoir trop chaud… Ou cet adorable top rose, sauf que j'ai vu une fille au bar qui portait le même…

Finalement, je choisis un caleçon noir bordé d'une double bande sur les côtés, un tee-shirt blanc et des chaussures dernier cri que j'ai achetées en Amérique. Elles coûtent cher, mais elles sont biologiquement équilibrées, avec des semelles à bidensité. Techniquement, elles sont tellement bien étudiées qu'on peut aussi bien les porter sur les pistes des stades que sur les parcours de cross.

J'enfile rapidement mon ensemble et me fais une queue-de-cheval, sans oublier de mettre ma montre de sport Adidas. (Ce qui prouve à quel point Luke peut se tromper. Je savais qu'un jour j'aurais besoin d'une montre de sport.) Je fonce vers la chambre d'amis et frappe.

— Salut !

— Entre ! répond Jess d'une drôle de voix.

J'ouvre doucement la porte. Elle est couchée par terre, vêtue d'un vieux short gris et d'un tee-shirt.

Elle fait des abdominaux ! Je m'en rends compte en voyant son buste quitter le sol. Bon sang ! Elle est douée.

Et maintenant elle attaque une série de mouvements tordus qui sont bien au-delà de mes compétences.

— Bon… on y va ?

— Où ça ? demande-t-elle sans s'arrêter.

— Au club de gym ! Je croyais que tu voulais…

Je me tais en la voyant faire des trucs avec ses jambes. D'accord ! Mais là, elle crâne un peu.

— Pas besoin d'un club de gym. Je peux très bien m'entraîner ici.

Ici ? De qui se moque-t-elle ? Il n'y a ni miroirs, ni télévision, ni bar diététique.

J'aperçois une cicatrice en forme de serpent en haut de son tibia. Je suis sur le point de lui demander où elle s'est blessée quand elle surprend mon regard et se met à rougir.

— Tu n'as pas besoin d'haltères ?

— J'en ai apporté.

Elle fouille dans son sac à dos et en sort deux vieilles bouillottes remplies de sable.

C'est ça ses haltères ?

— Je ne mets jamais les pieds dans un gymnase, dit-elle en soulevant ses poids au-dessus de sa tête. C'est une perte d'argent. La moitié des gens qui s'inscrivent n'y vont jamais. Ils achètent des tenues à des prix exorbitants et ne les portent pas. À quoi bon ?

— Oh ! Tu as raison ! Je suis bien d'accord avec toi.

Jess marque une pause pour changer de prise. À ce moment-là elle me voit de dos.

— Qu'est-ce que c'est ?

— Euh… dis-je en glissant ma main dans mon dos, sur mon caleçon.

La barbe ! J'ai oublié d'enlever l'étiquette. Je la rentre à l'intérieur.

— Oh… ce n'est rien ! Je vais aller chercher mes poids.

En revenant de la cuisine, où je suis allée prendre deux bouteilles d'Évian, je me sens un peu perturbée. Ce n'est pas ce que j'avais prévu. Je nous voyais déjà courir sans effort sur deux machines voisines. De la musique rock aurait rythmé nos efforts et des projecteurs auraient fait briller nos cheveux.

Tant pis.

— Bon, je vais te suivre, dis-je en rejoignant Jess sur le tapis.

— Je vais faire un exercice pour mes biceps. C'est tout simple.

Elle commence à plier les bras et je l'imite. Pitié ! Ce qu'elle fait ça vite !

— Tu veux que je mette de la musique ?

— Je n'en ai pas besoin.

— Moi non plus.

Mes bras commencent à me faire mal. C'est sûrement mauvais pour eux. Je jette un coup d'œil à Jess : elle n'a pas ralenti son rythme d'enfer. Tout doucement, je me penche, comme si je renouais mon lacet. Et j'ai soudain une idée.

— Je reviens tout de suite, dis-je en fonçant vers la cuisine.

Quelques instants plus tard, je suis de retour, deux bouteilles argentées à la main :

— Jess, voici une boisson énergétique, elle te permettra de te rééquilibrer.

— Elle me permettra de quoi ? s'étonne-t-elle en posant ses haltères et en fronçant les sourcils.

— Regarde, c'est écrit sur la bouteille. Un mélange unique de vitamines vitales et de plantes.

Jess scrute l'étiquette.

— Ah ! De l'eau et du sucre ! Regarde… De l'eau… du sirop de glucose… Non merci.

— Mais elle a des propriétés particulières. Elle rééquilibre, revitalise et hydrate la peau de l'intérieur.

— Et comment elle fait ça ?

— Je… je ne sais pas.

— Combien ça coûte ?

Jess examine l'étiquette. Ce qu'elle y lit la scandalise.

— Deux livres quatre-vingt-quinze ! Presque trois livres pour du sucre et de l'eau ? Pour ce prix, tu peux avoir vingt kilos de pommes de terre !

— Mais… qu'est-ce que j'en ferais ?

— Rapport qualité-prix, la pomme de terre est imbattable. On la sous-estime. Tu sais que sa peau contient plus de vitamine C qu'une orange ?

— Euh… non. Je l'ignorais.

— Tu pourrais te nourrir uniquement de pommes de terre et de lait, poursuit Jess en reprenant ses exercices. Sur le plan nutritionnel, cela te suffirait.

— Parfait ! Bon, en attendant, je vais prendre une douche.

En refermant la porte de sa chambre, je reste comme deux ronds de flan. C'est quoi cette histoire de pommes de terre ? Comment on en est arrivées là ?

En passant devant le bureau, je vois Luke chercher un dossier dans la bibliothèque.

— Tu as l'air très sportive. Tu vas à la gym ?

— Non, Jess et moi nous nous sommes entraînées ensemble.

— Bravo ! Alors, comment ça se passe entre vous ?

— Oh, parfaitement, dis-je en continuant mon chemin.

Ce qui est… Vrai.

Quoique ce ne soit pas facile à dire, avec Jess. Elle n'est pas terriblement communicative.

Mais jusqu'ici tout va bien. Et maintenant qu'on a fait notre devoir, on va pouvoir s'amuser. Quelques verres, une ambiance de fête et de la musique devraient faire l'affaire.

Sous la douche, je me sens tout excitée. Rien ne vaut une soirée entre filles. Avec Suze, on a passé des nuits formidables quand on habitait ensemble. Le soir où elle s'est fait larguer par son horrible petit ami, on l'a inscrit à tous les traitements contre l'impuissance qu'on a trouvés. Un autre soir, on a ingurgité tellement de bonbons à la menthe qu'on a failli s'empoisonner. Et un autre soir encore, on a décidé de devenir rousses, et quand on a vu le massacre, on a dû trouver un coiffeur ouvert la nuit.

Et puis nous avons passé des tas de soirées sans épisode notable, à regarder des films en mangeant des pizzas, à bavarder et à rire. Et à prendre notre pied.

Je suis en train de me sécher les cheveux et je m'arrête. C'est bizarre de ne plus parler à Suze. Elle ne m'a pas appelée une seule fois depuis que je lui ai annoncé que j'avais une sœur. Et je ne lui ai pas téléphoné non plus.

Tant pis. C'est la vie ! Les gens se font de nouveaux amis et trouvent de nouvelles sœurs. Ça s'appelle la sélection naturelle.

Jess et moi allons passer une soirée fantastique. Encore mieux qu'avec Suze.

J'anticipe déjà. J'enfile un jean et un tee-shirt où est écrit « Vive les sœurs ! » en lettres argentées. J'allume les lampes de ma coiffeuse et sors tout mon maquillage. En fouillant sous mon lit, je récupère trois perruques, quatre postiches, des faux cils, un spray doré et des tatouages. Puis j'ouvre mon placard entièrement consacré à mes chaussures.

Je l'adore, ce placard.

Je l'aime vraiment de tout mon cœur. De tout ce que je possède, c'est lui que je préfère au monde ! Toutes mes chaussures y sont parfaitement alignées, et il y a même une lumière supplémentaire pour que je les distingue bien. Après les avoir passées en revue, j'en choisis une paire à talons hauts et à paillettes que je balance sur le lit.

On va bien s'amuser, à changer de look !

Ensuite je prépare le salon. Je dispose en éventail mes cassettes favorites, j'ajoute des piles de magazines et allume des bougies. Dans la cuisine, je remplis des bols de pop-corn et de friandises, j'allume d'autres bougies et sors le champagne. Je jette un coup d'œil autour de moi : le comptoir en marbre est brillant, l'acier poli est éclairé par les chandelles. C'est ravissant !

Il est près de six heures à ma montre, et soudain j'entends la voix de Jess provenant du bureau. C'est étrange. J'entrouvre la porte. Jess est assise devant l'ordinateur, entourée de Luke et de Gary. Quand Luke lui parle, je vois la tête de Jess remuer :

— On peut superposer les graphiques comme ça. Et synchroniser la bande-son. Je peux vous le faire si vous voulez.

— Qu'est-ce qui se passe ?

— C'est le nouveau CD de la société, dit Luke. Les types qui l'ont réalisé étaient vraiment nuls. Il faut revoir tout le montage.

— Heureusement, ta sœur est un vrai génie de l'informatique ! s'exclame Gary.

Jess tape à toute vitesse.

— C'est le genre de chose que je peux faire les yeux fermés.

J'hésite sur le pas de la porte.

— C'est fantastique ! Mais tu n'as pas envie de venir boire un verre ? J'ai tout préparé pour notre soirée entre filles.

— Désolé, s'excuse Luke, je t'ai retenue, Jess. Mais on va s'en sortir, maintenant. Merci pour ton aide !

— Merci beaucoup ! répète Gary.

Ils regardent Jess avec une telle admiration que j'en suis presque jalouse.

— Allons ! Le champagne nous attend !

— Merci encore, Jess, insiste Luke. Tu es un génie !

— Oh, ce n'est rien.

Jess se lève et me suit hors du bureau.

Dès que nous ne sommes plus à portée de voix, je me laisse aller :

— Ah, ces hommes, ils ne pensent qu'à leur ordinateur !

— Moi aussi, j'aime les ordinateurs, me répond Jess.

— Même chose pour moi, me reprends-je immédiatement.

Et c'est vrai.

Enfin, j'adore eBay.

En précédant Jess dans la cuisine, je suis toute contente. Le grand moment est arrivé. Celui que j'attendais. Je saisis la télécommande de la chaîne, et immédiatement la voix de Sister Sledge envahit la pièce à pleine puissance. J'ai acheté le CD exprès pour l'occasion. Je reprends le refrain en chœur :

— *We Are Family*…

Je sors la bouteille de champagne du seau à glace, fais sauter le bouchon et lui tends une flûte :

— Tiens !

— Je préfère quelque chose sans alcool. Le champagne me donne la migraine.

— Oh ! quel dommage.

Je lui verse un verre d'Aqua Libra et planque la bouteille avant qu'elle ne voie le prix et ne recommence à me parler de ses pommes de terre.

— J'ai pensé qu'on pourrait se détendre, ce soir. S'amuser toutes les deux, simplement… bavarder…

— Bonne idée.

— Qu'est-ce que tu dirais de changer de look ?

— Comment ça ?

— Viens avec moi !

Je l'entraîne dans ma chambre.

— On pourrait se maquiller… essayer différentes fringues… de nouvelles coiffures…

— Je ne sais pas, hésite Jess en se tassant.

— On va rigoler. Tiens, essaie une de mes perruques !

Je m'enfonce la perruque Marilyn Monroe sur la tête.

— Ce n'est pas incroyable ?

Jess frémit.

— Écoute, je déteste les miroirs et je ne me maquille jamais.

Je la regarde, interloquée. Comment peut-on détester les miroirs ?

— En plus, ajoute Jess sur la défensive, je suis bien comme je suis.

— Évidemment ! Mais ce n'est qu'un jeu ! Juste pour… rire !

Silence.

— De toute façon, ce n'est pas grave. On peut faire autre chose.

J'enlève ma perruque et éteins les lampes de ma coiffeuse. La chambre est plongée dans une sorte d'obscurité qui s'accorde parfaitement à mon humeur maussade. J'avais tellement envie de maquiller Jess ! J'avais des idées formidables pour ses yeux.

Tant pis ! Passons à autre chose. On peut encore bien s'amuser.

— Tu veux regarder un film ?

— D'accord.

Un film, je pense que c'est une meilleure idée, en fait. Tout le monde aime le cinéma, et on peut papoter pendant les passages barbants. J'emmène Jess dans le salon et lui montre toutes les cassettes déployées par terre.

— Choisis. Elles sont toutes là.

— Très bien.

— Tu es plutôt une fan de *Quatre mariages et un enterrement*, de *Nuits blanches à Seattle*… ou de *Quand Harry rencontre Sally ?*…

— Ça m'est égal. Choisis, toi !

— Tu dois bien avoir une préférence.

— Ce n'est pas le genre de cinéma que j'aime, grimace Jess. Je préfère les films plus sérieux.

— Oh – je suis un peu déçue –, je peux aller chercher une autre cassette au vidéoclub, si tu veux. J'en ai pour cinq minutes. Dis-moi ce que tu aimerais regarder…

— Mais non, ne te donne pas cette peine. On peut regarder n'importe lequel de ceux-là.

— Ne sois pas bête. Je ne veux pas te forcer à voir un film qui ne te plaît pas. On peut faire autre chose.

Je lui souris, mais dans le fond je suis troublée. Qu'est-ce que je peux lui proposer d'autre ? En dernier ressort, j'avais pensé à un karaoké, mais mon petit doigt me dit qu'elle n'aimerait ni chanter ni danser. Et puis, sans perruque, ce n'est pas drôle.

Pourquoi tout est-il si difficile ? Moi qui croyais qu'on allait se marrer comme des baleines…

Pitié ! On ne va pas passer la soirée à se regarder en chiens de faïence ! Je vais lui dire ce que j'ai sur le cœur.

— Écoute, Jess, je suis à ta disposition pour faire ce dont tu as envie. Mais tu dois m'aider. Alors sois franche. Qu'est-ce que tu ferais si je ne t'avais pas invitée pour le week-end ?

— Eh bien… je devais aller à une réunion écologiste, ce soir. Je suis membre d'une association locale. On attire l'attention des gens sur les problèmes de l'environnement, on organise des piquets de grève, des marches de protestation… enfin tu vois.

— En voilà une bonne idée ! On va organiser un piquet de grève ! Ce sera amusant. Je fabriquerai des banderoles…

Jess reste de marbre.

— Un piquet contre quoi ?

— Oh… ça m'est égal. Tu es mon invitée, à toi de choisir !

Jess semble ne pas en croire ses oreilles.

— On n'organise pas des piquets de grève pour le plaisir ! Il faut commencer par les questions de fond : les dangers pour la planète.

— Bon, oublions les piquets de grève. Qu'est-ce que tu aurais fait si tu n'étais pas allée à ta réunion ? On n'a qu'à le faire ensemble !

Jess fronce les sourcils et je la regarde, pleine d'espoir. Et de curiosité. Pour la première fois, j'ai l'impression que je vais apprendre quelque chose au sujet de ma sœur.

— Je ferais mes comptes, lâche-t-elle enfin. En fait, j'ai apporté avec moi mes factures, au cas où j'aurais un moment pour m'en occuper.

Ses comptes ! Un vendredi soir !

— OK, d'accord. Fantastique… On va faire nos comptes.

Bon. Tout va bien.

Nous sommes dans la cuisine, nous faisons nos comptes. Du moins Jess est-elle plongée dans sa comptabilité. En ce qui me concerne, je ne suis pas très sûre.

J'ai écrit « Comptabilité » en haut d'une feuille de papier et je l'ai souligné deux fois.

De temps en temps, je lève la tête vers Jess et je griffonne rapidement quelque chose, pour avoir l'air. Voici ce que j'ai déjà écrit :

vingt livres… budget… 200 millions de livres… bonjour je m'appelle Becky.

Jess fronce les sourcils, elle feuillette une pile de relevés de compte et ne trouve pas ce qu'elle cherche.

— Ça ne va pas ?

— J'essaie de retrouver de l'argent qui a disparu. Ça doit être dans un autre chéquier. Je reviens.

Une fois qu'elle est sortie, je bois une gorgée de champagne et jette un coup d'œil à la pile de relevés.

Bien sûr, je ne vais pas les regarder. Ils appartiennent à Jess et ils sont sacrés. De plus, ce ne sont pas mes oignons.

Le problème, c'est que ma jambe se met soudain à me démanger. Vraiment. Je me penche pour me gratter… me baisse encore un peu… et encore… jusqu'à ce que je puisse lire le total du dernier relevé.

Trente mille deux livres !

J'ai un coup à l'estomac et me relève tellement vite que j'en renverse presque ma coupe de champagne. Mon cœur bat la chamade. Trente mille livres !

Je n'ai jamais eu un tel découvert ! Jamais !

Soudain, tout devient clair. Normal qu'elle bricole ses haltères. Ou qu'elle ait toujours une thermos sur elle. Elle doit se serrer la ceinture comme ça m'est arrivé une fois. Elle doit lire et relire le guide *Comment vivre avec rien*.

Mon Dieu, je ne pouvais pas imaginer ?

Lorsque Jess revient dans la cuisine, je ne peux m'empêcher de la regarder d'un œil neuf. Elle prend un de ses relevés et soupire profondément. Je suis de tout cœur avec elle. Combien de fois ai-je regardé un relevé de compte en soupirant ? Ô mon âme sœur !

Elle relit les colonnes de chiffres, toujours aussi embêtée. Normal, avec un tel découvert.

— Alors, dis-je de ma voix la plus douce, tu es toujours à la recherche de cet argent perdu ?

— Il doit bien se trouver quelque part.

Elle fronce les sourcils en saisissant un autre relevé.

Mon Dieu, elle frôle peut-être l'interdit bancaire. Je devrais lui donner quelques conseils.

Je me penche vers elle.

— Quel cauchemar, ces banques !

— Elles sont tout à fait inutiles.

— Tu sais, écrire une gentille lettre est souvent d'un grand secours. Tu leur dis que tu t'es cassé une jambe. Ou que ton chien est mort.

— Pardon ? Pourquoi je dirais ça ?

— Oh, pour leur faire pitié ! Ils te dispenseront peut-être de payer des agios. Ou ils t'accorderont un délai.

— Mais je ne suis pas à découvert !

— Mais…

Je m'arrête en comprenant ce qu'elle vient de me dire. Elle n'est pas à découvert. Ce qui signifie…

J'en ai le tournis.

Ces trente mille livres sont en fait… à son crédit.

— Becky, ça va ?

— Très bien.

J'avale une bonne gorgée de champagne pour retrouver mon sang-froid.

— Alors tu n'es pas à découvert ! C'est extra !

— Je n'ai jamais été à découvert de ma vie ! insiste Jess. C'est inutile. Nul n'est obligé de dépenser plus que l'essentiel. Avec un peu de volonté, on peut se fixer des limites à ne pas dépasser. Les gens qui ont des dettes manquent de volonté. C'est inexcusable !

Elle tapote quelques documents avant de poursuivre :

— Mais tu étais journaliste financière, non ? Ta mère m'a montré certains de tes articles. Je ne t'apprends donc rien.

Ses yeux noisette croisent mon regard et j'ai soudain la frousse. Je n'ai pas envie qu'elle mette son nez dans mes finances. Ni qu'elle apprenne la vérité.

— Bien sûr ! Je sais tout ça. Ce n'est qu'une question de planning et de gestion.

— Exactement ! Quand j'ai une rentrée d'argent, je commence par en mettre la moitié sur un compte d'épargne.

Elle fait quoi ?

— Excellent ! C'est l'option la plus sensée.

Je suis dans un état second. En tant que journaliste, je conseillais aux gens d'économiser une partie de leur argent. Mais bon, faites ce que je dis, pas ce que je fais !

Jess me dévisage.

— Tu fais comme moi ?

Pendant quelques secondes, je me demande bien ce que je vais lui répondre.

— Oh, euh, je ne mets pas exactement la moitié tous les mois…

— Je suis comme toi. Parfois, je n'économise que vingt pour cent.

— C'est déjà pas mal ! En tout cas, tu n'as pas à te culpabiliser.

— Mais si. Tu dois me comprendre.

Je ne l'ai jamais vue avec un visage aussi ouvert.

Mon Dieu ! Enfin nous avons trouvé un terrain d'entente.

— Vingt pour cent de quoi ? demande Luke en entrant dans la cuisine avec Gary.

Ils ont tous deux l'air satisfait.

Je ne me sens pas tranquille.

— Oh, de rien.

— On parlait finances, explique Jess. On faisait nos comptes.

— Tes comptes, Becky ? répète Luke. Quel genre de comptes ?

— Tu sais bien ! Mes affaires financières et ainsi de suite.

Luke sort une bouteille de vin du réfrigérateur.

— Tu as appelé les équipes de secours et la Croix-Rouge à la rescousse ?

— Pourquoi ? demande Jess.

— Ce sont les gens qu'on fait venir dans les zones sinistrées, non ?

Très drôle !

— Mais… Becky était journaliste financière ! s'indigne Jess.

— Journaliste financière ? ricane Luke. Tu veux entendre une histoire sur l'emploi du temps de ta sœur ?

— Non, interviens-je rapidement, ça ne l'intéresse pas.

— Le coup du distributeur automatique ! s'exclame Gary.

— Oui ! reprend Luke en martelant gaiement la table. C'était pendant la brillante carrière de Becky en tant qu'expert financier pour la télévision. Elle filmait une séquence sur les dangers des distributeurs automatiques. Elle a glissé sa carte bancaire pour faire sa démonstration…

Il éclate de rire.

— Et elle a été avalée devant la caméra !

— On a encore passé cet exploit à la télévision, l'autre soir, ajoute Gary. Le moment où tu tapes sur l'appareil avec ta chaussure est devenu un morceau d'anthologie !

Je lui lance un regard furieux.

— Pourquoi sa carte a-t-elle été avalée ? S'étonne Jess. Tu étais… à découvert ?

— Becky, à découvert ? s'esclaffe Luke en sortant des verres. Le pape est-il catholique ?

Jess semble perdue.

— Mais, Becky, tu viens de me dire que tu mettais de côté la moitié de ton salaire chaque mois…

Et merde !

— Pardon, je n'ai pas entendu ce que Becky faisait de son argent ? demande Luke.

— Ce… ce n'est pas exactement ce que j'ai dit. J'ai seulement dit que je trouvais que c'était une bonne idée de mettre de côté la moitié de son salaire. Je suis d'accord sur le principe. C'est vrai !

— Et que penser d'une femme qui accumulerait d'énormes découverts sur ses cartes bancaires et qui les cacherait à son mari ? Est-ce que c'est une bonne idée, tu es d'accord sur le principe ?

— Des découverts ? répète Jess horrifiée. Ainsi… tu as des dettes ?

Non mais, pourquoi elle me parle sur ce ton ? Des dettes ! On dirait que j'ai la gale. Ou qu'on devrait m'expédier au bagne. On est au vingt et unième siècle. Tout le monde en a, des dettes !

— Tu sais, ce sont les cordonniers les plus mal chaussés. Eh bien les journalistes financiers sont les pires… euh…

Je m'attends à ce qu'elle se mette à rire ou me regarde avec commisération. Mais elle garde son air horrifié.

J'ai un léger mal au cœur. Bon, c'est vrai qu'il m'est arrivé d'avoir des dettes. Mais elle n'a pas à me fixer de façon aussi sévère.

— Au fait, Jess, intervient Gary, on a un pépin avec notre CD.

— Ah bon ? Vous voulez que j'aille y jeter un œil ?

— Tu ferais ça ? On ne veut pas interrompre votre soirée…

— Pas de problème, dis-je. Vas-y !

Quand ils ont tous disparu dans le bureau, je m'affale sur un divan. La télévision est éteinte et je suis malheureuse.

Jess et moi n'avons pas avancé d'un pas. Nous ne sommes pas plus liées qu'avant.

On ne s'entend pas, voilà la triste vérité.

Je suis fatiguée. J'ai fait tellement d'efforts pour elle. J'ai acheté l'affiche de la grotte… préparé ces délicieux amuse-gueules… prévu la soirée la plus gaie possible. Et elle n'a fait aucun effort pour participer. Bon, elle n'aime peut-être pas mes films. Mais elle aurait au moins pu faire semblant, non ? À sa place, moi, c'est ce que j'aurais fait.

Pourquoi se montre-t-elle aussi rabat-joie ? Est-elle incapable de s'amuser ?

En buvant mon champagne, je commence à lui en vouloir.

Comment peut-elle haïr le shopping ? C'est inexplicable ! Elle a trente mille livres en banque ! Bon sang ! Elle devrait adorer ça !

Autre chose : qu'est-ce que c'est que cette obsession au sujet des pommes de terre ? Qu'est-ce qu'elles ont de si fantastique ?

Je ne la comprends pas. Bien qu'elle soit ma sœur, c'est un vrai mystère. Luke avait raison : c'est une question d'acquis. Pas d'inné.

Je pousse un profond soupir et me dis que je pourrais choisir une cassette. Si j'en regardais une toute seule ? En mangeant du pop-corn et ces délicieux chocolats de chez Fortnum.

Des chocolats, Jess ne doit même pas en manger. Sauf si c'est elle qui les a fabriqués à partir de patates.

Grand bien lui fasse. Moi, je vais me gaver en regardant un film.

Je saisis *Pretty Woman* quand le téléphone sonne.

— Allô ?

— Bex ? C'est moi ! s'exclame une voix haut perchée que je connais bien.

— Suze ! Salut, comment vas-tu ?

— Très bien ! Et toi ?

— Très bien !

Je voudrais de tout mon cœur que Suze soit là. Comme lorsque nous vivions à Fulham. Elle me manque tellement. Tellement.

— Alors, c'était bien ta thalasso avec Lulu ?

J'essaie de prendre un ton aussi neutre que possible.

— Oh, très bien. Tu sais… c'était différent… mais marrant !

— Tant mieux !

Silence pesant.

— Et… je me demandais, comment ça se passe avec ta sœur ? Vous êtes devenues… de bonnes amies ?

C'est comme si elle me plantait un coup de couteau dans le ventre.

Impossible d'avouer la vérité à Suze. De lui dire que c'est un échec complet. Elle va faire une thalasso avec sa nouvelle meilleure amie, et moi je suis incapable de passer une soirée agréable avec ma propre sœur !

— C'est épatant ! Un rêve ! On s'entend vraiment bien !

— Ah bon ! répond Suze, un peu déçue.

— Tout à fait ! On est en train de se faire une soirée entre filles, à l'instant même. On regarde des films… on rit… on dit des bêtises. Enfin, tu connais.

— Qu'est-ce que tu regardes ?

— Euh.

Je contemple l'écran vide.

— *Pretty Woman* !

— Tu en as de la chance, j'adore *Pretty Woman* ! Surtout la scène dans la boutique.

— Je suis d'accord, c'est la meilleure scène du film.

— Et à la fin, quand Richard Gere monte ! Oh, je donnerais n'importe quoi pour le voir maintenant.

— Moi aussi ! Je veux dire… pour voir le reste du film.

La voix de Suze change.

— Ah, je te dérange. Désolée.

— Mais non ! Enfin, ce n'est pas grave…

— Je vais raccrocher. Tu dois retourner auprès de ta sœur. Tu passes une soirée merveilleuse. Et puis vous avez tant de choses à vous dire…

— Oui, fais-je en inspectant la pièce vide, des tas.

— Bon, eh bien, à bientôt. Au revoir, Bex.

Ma gorge se noue.

— Au revoir.

Attends ! ai-je envie de crier ! Ne raccroche pas !

Mais je raccroche et regarde dans le vide.

De l'autre bout de l'appartement me proviennent les rires de Jess, de Luke et de Gary. Ils s'entendent à merveille. Moi, je suis hors circuit.

La déprime s'empare de moi.

Je m'étais tellement monté le bourrichon. J'étais tellement excitée à l'idée d'avoir une sœur… Inutile de faire plus d'efforts, non ? Tout ce que j'ai essayé s'est soldé par un échec. Jess et moi ne deviendrons jamais des amies proches. Même pas en un million d'années.

Morose, je mets la cassette de *Pretty Woman* dans le magnétoscope et appuie sur la télécommande. Je peux au moins me montrer polie le reste du week-end. Polie et gaie, telle une gracieuse maîtresse de maison. J'y arriverai. C'est sûr.

WEST CUMBRIA BANK
45 Sterndale Street
Coggenthwaite
Cumbria

Mlle Jessica Bertram
12 Hill Rise
Scully
Cumbria

Le 16 mai 2003

Chère Mademoiselle,

Merci de votre lettre.
Après avoir examiné soigneusement vos comptes, je suis d'accord avec vous pour noter une erreur de 73 pence.
Je regrette cette erreur de notre part et vous informe que nous avons crédité votre compte de cette somme, antidatée de trois mois, afin, selon vos desiderata, de vous en rétrocéder les intérêts sur les trois mois écoulés.
Je me permets de vous féliciter pour le soin méticuleux avec lequel vous contrôlez vos comptes et votre attitude réfléchie à l'égard de vos finances.
Personnellement, je serais heureux de vous voir à notre prochaine soirée réservée aux Prudents Épargnants, où seront servis vin et fromages. Le chef de nos services des comptes personnels donnera une conférence sur le thème « Comment bien serrer les cordons de sa bourse ».

Bien sincèrement,

Howard Shawcross
Responsable Clientèle Privée

14

Je me réveille le lendemain avec la gueule de bois. Ce qui, étant donné que j'ai avalé toute la bouteille de champagne et une boîte et demie de chocolats, ne doit rien au hasard.

Pendant ce temps-là, Jess, Luke et Gary étaient plongés dans l'ordinateur. Ils n'ont même pas levé la tête quand je leur ai apporté les pizzas. J'ai donc regardé toute seule *Pretty Woman* et la moitié de *Quatre Mariages...* avant d'aller me coucher.

Quand j'enfile ma robe de chambre, je n'ai pas les yeux en face des trous. Luke a déjà pris sa douche et mis la tenue de week-end qu'il porte quand il va passer la journée à son bureau. J'ai la voix rauque et enrouée.

— À quelle heure vous avez terminé ?

— Assez tard. Je voulais mettre ce CD au point. Heureusement que Jess était là.

— Ah oui, dis-je, un peu jalouse.

Il lace ses chaussures.

— Tu sais, je retire ce que j'ai dit au sujet de ta sœur. Elle ne manque pas de qualités. Son aide nous a été précieuse. En fait, elle nous a sauvés. Et elle s'y connaît en informatique !

— Ah bon ?

Il se penche pour m'embrasser.

— Oui, elle est formidable. Tu as eu raison. Quelle bonne idée de l'avoir invitée pour le week-end !

— Je suis ravie, moi aussi. On s'amuse tellement !

Je me traîne jusqu'à la cuisine, où Jess est assise, au comptoir, en jean et en tee-shirt. Elle boit un verre d'eau.

Mademoiselle Je-sais-tout !

Je m'attends à ce qu'elle s'attaque au problème de la fusion nucléaire. Entre deux séances de pompes.

— Bonjour, lance-t-elle.

— Bonjour ! réponds-je poliment.

Hier soir, j'ai relu *La Parfaite Hôtesse*, et il y est dit que même si vos invités vous ennuient vous devez vous conduire avec charme et décorum.

Très bien. Je peux être charmante. Et décorative.

— Tu as bien dormi ? Qu'est-ce que tu veux pour ton petit déjeuner ?

J'ouvre le réfrigérateur et en sors différents jus de fruits frais : orange, pamplemousse et airelle. Du compartiment spécial, j'extrais du pain au sésame, des croissants et des muffins. Puis je cherche des confitures dans les placards. Je pose sur le comptoir trois sortes de marmelade, une confiture de fraises au champagne, du miel de montagne… et du chocolat à tartiner. Et aussi une sélection de thés et de cafés. Voilà. Personne ne pourra me reprocher de ne pas offrir un petit déjeuner correct à mes invités.

Je sens que Jess m'observe, et lorsque je me tourne vers elle elle a un drôle d'air.

— Qu'est-ce qui ne va pas ?

— Rien, répond-elle, gênée.

Elle boit une gorgée d'eau.

— Luke m'a parlé, hier soir. De ton… problème.

— De mon quoi ?

— De tes dépenses.

Je n'arrive pas à le croire. Luke lui a vraiment raconté ça ?

Je lui souris.

— Je n'ai pas de problème. Il a exagéré.

— Je suis inquiète. Il m'a dit que tu avais un budget. Et que tu n'avais pas beaucoup d'argent en ce moment.

— C'est exact.

Mêle-toi de tes oignons ! Comment Luke a-t-il pu déballer mes secrets ?

— Alors…, reprend Jess, comment peux-tu t'offrir ces cafés de luxe et cette confiture au champagne ?

— Grâce à une gestion économe. En respectant les priorités. En faisant attention sur certains articles et en me laissant aller sur d'autres. C'est la règle n° 1 d'une saine gestion financière. J'ai appris ça à l'école de journalisme financier.

D'accord, c'est un mensonge. Je n'ai jamais mis les pieds dans ce genre d'école. Mais de quel droit me fait-elle passer sur le gril ?

— Bon, alors tu fais des économies sur quel genre d'articles ? Je ne vois rien qui ne provienne pas de chez Harrods ou de chez Fortnum…

Je suis sur le point de me fâcher quand je me rends compte qu'elle a probablement raison. Je passe ma vie chez Harrods depuis que je gagne tout cet argent grâce à eBay. Et alors ? Où est le mal ?

— Mon mari apprécie les bonnes choses, et j'ai envie de lui faire plaisir.

Maintenant je fais la gueule.

— Mais tu n'es pas obligée de dépenser autant. Tu pourrais faire des économies. Je suis prête à te donner quelques tuyaux, si tu veux.

Des tuyaux ? Des tuyaux de Jess ?

La sonnerie du four retentit et je suis tout excitée. Le moment est venu.

— Tu fais cuire quelque chose ? demande Jess.

— Euh… pas vraiment. Mais sers-toi. Je reviens tout de suite.

Je fonce dans le bureau, où j'allume l'ordinateur. Les enchères pour le manteau orange se terminent dans cinq minutes et je vais l'avoir, bon sang ! Je tapote nerveusement la table en attendant que les dernières enchères s'affichent.

Je le savais ! Kittybee111 a proposé deux cents livres.

Elle se croit maligne. Eh bien, tu vas l'avoir dans l'os, Kittybee111 !

Je prends le chronomètre dans le tiroir de Luke et le règle sur trois minutes. Les secondes s'écoulent ; je pose mes doigts sur le clavier, tel un athlète prêt à bondir hors de ses starting-blocks.

Bon. Plus qu'une minute avant la fin des enchères. Allez !

À toute vitesse, je tape *@00.50.

Merde. J'ai fait une connerie. Supprimer. Retaper. 200.50.

Je clique sur « Envoyer » et un nouvel écran apparaît. Mon nom. Mon code. Je tape aussi vite que possible.

Vous avez proposé l'enchère la plus élevée.

Encore dix secondes à patienter. Mon cœur bat la chamade. Et si quelqu'un d'autre surenchérissait ?

Comme une malade, je clique sur « Rafraîchir ».

— Qu'est-ce que tu fais, Becky ? demande Jess sur le seuil de la porte.

Merde.

— Rien ! Prépare-toi donc un toast pendant que…

La page revient. J'ai cessé de respirer. Est-ce que j'ai réussi ?

Bravo ! Vous avez remporté cet article !

— Ouais ! Ouais ! Je l'ai eu !

— Tu as eu quoi ?

Jess traverse le bureau pour venir regarder par-dessus mon épaule.

— C'est toi ? demande-t-elle, médusée. Tu es censée gérer un budget serré et tu dépenses deux cents livres pour un manteau ?

— Tu ne comprends pas !

Je me lève, ferme la porte du bureau et me tourne vers Jess.

— Écoute, tout va bien. J'ai plein d'argent que Luke ne soupçonne pas. Je vends des tas de choses que nous avons achetées pendant notre voyage de noces et je gagne un fric fou ! L'autre jour, en vendant dix horloges Tiffany, je me suis fait deux mille livres !

Je relève fièrement la tête.

— Tu vois, je peux m'offrir ce manteau.

Jess ne change pas de visage. Elle est toujours aussi coincée.

— Tu aurais pu placer cet argent sur un compte d'épargne à rendement élevé. Ou l'utiliser pour payer des factures.

J'ai une folle envie de lui coller une baffe.

— Eh bien non. J'ai préféré acheter ce manteau.

— Et Luke ne se doute de rien ?

— Non. Mon mari est très occupé. C'est à moi de tenir la maison en douceur. Sans lui faire perdre son temps avec les détails du quotidien.

— Alors tu lui mens ! ?

— Tous les mariages ont besoin d'un peu de mystère, c'est bien connu !

Jess hoche la tête.

— C'est comme ça que tu peux t'offrir toutes ces confitures si chères ? Et les trucs sur ton ordinateur ? Tu ne pourrais pas tout simplement lui dire la vérité ?

— Jess…, laisse-moi t'expliquer. Notre mariage est un peu comme un organisme vivant et compliqué que Luke et moi sommes les deux seuls à comprendre. Je sais naturellement ce que je dois dire à Luke et ce que je dois lui taire pour ne pas l'ennuyer. C'est une question d'instinct… de discrétion… de sensibilité.

Jess me fixe pendant un long moment.

— Je crois que tu as besoin d'aide.

— Sûrement pas !

J'éteins l'ordinateur, recule ma chaise et sors du bureau sans l'attendre. Je fonce dans la cuisine, où Luke prépare du café.

— C'est bon, mon chéri ?

— Formidable ! répond Luke d'une voix pleine d'admiration. Où as-tu trouvé ces œufs de caille ?

— Oh…, je sais que tu les aimes. J'ai donc tout fait pour t'en trouver.

J'ai un air de triomphe en regardant Jess, qui lève les yeux au ciel.

— Mais nous manquons de bacon, précise Luke, et de deux ou trois autres choses. Je t'ai fait une liste.

— Bon ! J'irai les acheter ce matin. Jess, ça ne t'ennuie pas si je fais quelques courses ménagères ? Bien sûr, tu n'as pas besoin de m'accompagner. Je connais ta haine et ton mépris pour les emplettes.

Merci mon Dieu de me donner cette chance de m'échapper !

— Mais non, répond Jess en se servant un verre d'eau du robinet, j'aimerais venir avec toi.

Je me fige.

— Chez Harr… enfin au supermarché. Mais c'est follement ennuyeux. Ne te sens pas obligée.

— Mais si, je vais t'accompagner, à moins que ça t'embête.

— Moi, mais pas du tout. Je vais me préparer.

En me dirigeant vers la porte d'entrée, je peste. Elle se prend pour qui ? Non je n'ai pas besoin d'aide !

C'est elle qui en aurait besoin. Pour tirer un sourire de sa sale bouche.

Et puis, quel culot de me donner des conseils sur mon mariage ! Qu'est-ce qu'elle y connaît, elle ? Notre mariage est parfait : on ne se dispute à peu près jamais.

L'interphone sonne.

— Allô ?

— Allô, j'ai un bouquet de fleurs pour les Brandon.

Quelqu'un m'envoie des fleurs !

Quel pied ! Ça doit être Luke. Comme il est romantique ! C'est sûrement pour marquer un anniversaire que j'ai oublié, comme notre première sortie ou la première fois que nous avons couché ensemble.

En y réfléchissant… ça mérite un vrai anniversaire.

En tout cas, ça prouve que nous avons une relation formidable et que Jess se goure totalement. À tout point de vue.

Je sors sur le palier et me tiens près de l'ascenseur. Voilà qui va lui en mettre plein la vue. J'apporterai les fleurs directement à la cuisine et j'embrasserai Luke sur la bouche et tout ce qu'elle trouvera à dire c'est : « J'ignorais que votre mariage était si parfait. » Je lui sourirai en disant : « Tu sais, Jess… »

Je suis interrompue par l'arrivée de l'ascenseur. Oh, mon Dieu ! Luke a dû dépenser une fortune !

Deux livreurs en uniforme portent le plus grand bouquet de roses de ma vie – plus un panier plein d'oranges, de papayes, d'ananas, le tout emballé dans un joli raphia.

— Waouh ! C'est extraordinaire !

Je souris au type qui me tend une feuille à signer.

— Et vous les donnerez à M. Brandon, dit l'autre livreur en retournant dans l'ascenseur.

— Bien sûr !

Il me faut une seconde pour comprendre ce qu'il vient de dire.

Minute, papillon ! Tout est pour Luke ? Qui peut lui envoyer des fleurs, bon sang ?

Je trouve une carte parmi les roses. À mesure que je lis le carton, je me glace :

Cher Monsieur Brandon,

Je suis désolé d'apprendre que vous êtes malade. Soyez assez aimable pour me faire savoir si je peux vous aider. Et soyez certain que nous pouvons retarder l'inauguration de l'hôtel jusqu'à ce que vous soyez rétabli.

Mes meilleurs vœux de prompt rétablissement,
Nathan Temple

L'horreur me paralyse. Comment aurais-je pu prévoir une telle catastrophe ?

Nathan Temple ne devait pas envoyer de fleurs. Il ne devait pas retarder le lancement de l'hôtel. Il devait… disparaître.

— Qu'est-ce que c'est ? demande Luke en sortant de la cuisine.

D'un geste souple, je prends la carte de Temple et l'écrase au fond de la poche de ma robe de chambre.

— Regarde, dis-je d'une voix haut perchée, ne sont-elles pas magnifiques ?

— Et elles sont pour moi ? De qui viennent-elles ?

Vite. Un truc.

— De moi.

— De toi ?

— Oui ! J'ai pensé que tu aimerais des fleurs… et des fruits ! Voilà pour toi mon chéri ! Passe un joyeux samedi !

Je parviens à lui fourrer dans les bras le bouquet et le panier, et je l'embrasse sur la joue. Luke n'en croit pas ses yeux.

— Becky, je suis très touché. Mais pourquoi ce cadeau ? Pourquoi ces fruits ?

Je ne trouve rien à lui répondre.

Je prends un air un peu vexé.

— Dois-je avoir une raison pour adresser des fruits à mon mari ? C'est juste une preuve d'amour. Tu sais, ça va bientôt être notre premier anniversaire de mariage.

— Tu as raison. Bon, eh bien, merci. C'est superbe.

Il plonge les yeux dans le bouquet.

— Qu'est-ce que c'est ?

Je suis son regard et mon cœur s'arrête.

Là, parmi les fleurs, une série de lettres dorées forment les mots suivants : « Très bon rétablissement. »

Merde.

— Comment ça, « Très bon rétablissement » ? me demande Luke, étonné.

Je réfléchis à mille à l'heure.

— Oh… mais ça ne veut rien dire !… C'est un code.

— Un quoi ?

— Oui ! Dans tous les mariages il y a des codes entre époux. Tu sais, des petits messages secrets. Voilà !

Luke me dévisage longuement.

— Alors, que veut dire « Très bon rétablissement », dans notre langage secret ?

— Oh… c'est très facile. Très veut dire « Je ». Bon signifie « t' »…

— Et rétablissement se traduit par « aime », si je comprends bien, poursuit Luke.

— Oui ! Je t'aime ! C'est astucieux, non ?

Silence. Je serre les poings. Luke me regarde sans trop me croire.

— Ce ne serait pas plutôt une erreur du fleuriste, par hasard ?

Ah, quelle idiote je suis ! Pourquoi n'y ai-je pas pensé plus tôt ?

J'éclate de rire.

— Tu m'as bien eue ! Enfer et damnation ! Comment as-tu deviné ? Tu me connais trop bien. Bon, va prendre ton petit déjeuner et moi je me prépare pour aller au supermarché.

En me maquillant, j'ai le cœur qui bat à tout rompre.

Comment gérer cette situation ?

Que faire si Nathan Temple téléphone à Luke pour prendre de ses nouvelles ? Ou s'il envoie encore des fleurs ?

Horreur ! Et s'il lui prenait l'idée de rendre visite à Luke ? Je suis dans un tel état de panique que je me barbouille la paupière avec mon mascara. De fureur, je le balance à travers la pièce.

Bon, du calme. Voyons les différentes options qui s'offrent à moi :

1. Tout avouer à Luke

Pas question. Rien que d'y penser, ça me donne la colique. Il est trop absorbé par la présentation Arcodas. Il risquerait de faire une vraie crise. Et n'oublions pas : je suis une parfaite épouse, je dois lui éviter les contrariétés.

2. En parler un peu à Luke

Faire une sorte de montage. Tordre le nez à la vérité, me donner le beau rôle et passer sous silence le nom de Nathan Temple.

Parfait mais impossible.

3. Me conduire discrètement, comme Hillary Clinton

Mais j'ai déjà essayé et ça n'a pas marché.

De toute façon, Hillary devait avoir des conseillers. J'ai besoin d'une équipe. Comme dans le feuilleton sur la Maison-Blanche. Tout serait facile ! J'appellerais Alison Janney en lui disant : « Nous avons un problème – mais n'en parlez pas au Président. » Et elle me murmurerait : « Ne vous faites pas de souci, nous allons tout arranger. » On échangerait des sourires affectueux et on entrerait dans le Bureau Ovale, où Luke promettrait un terrain de jeux à un groupe d'enfants défavorisés. Nous échangerions un regard en pensant à la nuit précédente, où nous aurions valsé dans les couloirs de la Maison-Blanche, sous l'œil impassible des gardes…

Le raffut d'une benne à ordures me fait redescendre sur terre. Luke n'est pas Président. Je ne fais pas partie du feuilleton. Et je ne sais toujours pas quoi faire.

4. Ne rien faire

Voilà qui offre des tas d'avantages. Et d'ailleurs… ai-je besoin de faire quelque chose ?

Je saisis mon crayon à lèvres et m'en applique consciencieusement. Voilà, prenons le temps de réfléchir. Redonnons à cette histoire ses justes proportions. On a envoyé des fleurs à Luke. Un point c'est tout.

De plus, on aimerait la collaboration de Luke. On estime que Luke lui doit un service.

Et « on » est un gangster.

Non. C'est faux ! C'est un homme d'affaires… qui a été condamné. Ce n'est pas la même chose.

Et de toute façon… Dans sa carte, il s'est juste montré poli, non ? Vous imaginez qu'il va retarder l'ouverture de son hôtel pour attendre que Luke soit rétabli ? C'est ridicule !

À mesure que je continue sur ma lancée, je suis de plus en plus rassurée. Comment Nathan Temple peut-il imaginer que Luke va travailler pour lui ? D'ailleurs, à l'heure actuelle, il a sûrement déjà trouvé un autre cabinet de relations publiques. Et oublié Brandon Communications. Donc je n'ai rien à faire. Tout est parfait.

Ce qui n'empêche que je devrais lui envoyer un mot de remerciement. Et mentionner que l'état de Luke a empiré.

Avant de partir pour le supermarché, je gribouille un petit mot que je jette dans une boîte aux lettres devant la maison. En allant jusqu'à ma voiture, je me sens plutôt satisfaite de moi. Je contrôle la situation, et Luke ne se doute de rien. Je suis une épouse géniale.

Mon humeur s'améliore encore alors que nous approchons du supermarché. Dieu que les supermarchés sont merveilleux ! Ils sont gais, baignés de lumière et de musique, et ils distribuent des tas d'échantillons gratuits de fromage et autres. Et je peux acheter plein de CD et de produits de maquillage et les mettre sur ma carte Tesco.

En entrant, la première chose qui attire mon œil est un étalage de différents thés. Pour tout achat de trois paquets de thé, on reçoit une théière gratuite.

— Quelle affaire !

Je saisis trois boîtes au hasard.

— Ce n'est vraiment pas une affaire ! tonne Jess de sa voix sévère.

Du coup, ma bonne humeur s'envole.

Pourquoi a-t-il fallu qu'elle m'accompagne ?

Bon, tant pis. Restons calme et courtoise.

— Mais si, c'est une affaire. On nous offre un cadeau.

— Tu bois du thé au jasmin ?

— Euh…

Le thé au jasmin, c'est pas celui qui a un goût de vieux crottin ?

Et alors ? J'ai envie de la théière.

— On peut toujours trouver une recette avec du thé au jasmin, dis-je en le mettant dans mon chariot. Bon ! Prochain rayon !

Je me dirige vers le rayon des légumes, m'arrêtant en chemin pour prendre un exemplaire d'*InStyle*.

Waouh ! Le nouveau *Elle* est sorti ! Avec un tee-shirt gratuit !

— Qu'est-ce que tu fais ? demande Jess de sa voix d'enterrement.

Est-ce qu'elle va arrêter un jour de me poser des questions ?

— Je fais mes courses ! dis-je gaiement en ajoutant un livre à mes achats.

— Tu aurais pu l'avoir gratuitement à la bibliothèque.

La *bibliothèque* ? Je la regarde à mon tour d'un air horrifié. Je ne veux pas d'un exemplaire tout défraîchi sous une couverture en plastique et qu'il me faudra en plus rapporter à temps.

— C'est un classique moderne. Il faut en avoir un exemplaire chez soi.

— Pourquoi ? insiste-t-elle. Tu pourrais aller à la bibliothèque ?

Je sens que je vais m'énerver.

Parce que j'ai envie d'un livre tout neuf. Et va te faire voir et laisse-moi tranquille.

— Parce que j'aime prendre des notes dans la marge. Tu sais, je m'intéresse beaucoup à la critique littéraire.

J'avance avec mon chariot, mais elle me court après.

— Becky, écoute. Je veux t'aider. Tu dois désormais contrôler tes dépenses. Tu dois apprendre à être plus modérée dans tes achats. J'en parlais avec Luke…

— Ah ! Vraiment ! Comme c'est gentil !

— Je peux te donner des tuyaux… te montrer comment être économe…

— Je n'ai pas besoin de tes conseils ! lui dis-je, rouge de colère. Je suis économe. Autant qu'une autre.

Jess me regarde, incrédule :

— Tu appelles ça être économe ! Acheter des magazines hors de prix que tu pourrais consulter gratuitement en bibliothèque !

Que répondre ? Je jette un coup d'œil à mon exemplaire de *Elle* et une idée surgit :

— Si je ne les achetais pas, je ne recevrais pas de cadeaux gratuits ! fais-je triomphalement.

Ça t'en bouche un coin, hein, miss rabat-joie ?

Je me dirige vers la section des fruits et remplis mon caddie de sacs.

Ne suis-je pas économe ? Voilà de belles pommes saines. Je lève la tête pour voir Jess faire la grimace.

— Qu'y a-t-il encore ?

— Tu devrais les acheter en vrac.

Elle me montre du doigt une femme, de l'autre côté de la gondole, qui choisit ses fruits un par un.

— Elles sont bien moins chères au poids. Tu aurais économisé vingt pence !

Une fortune, en effet !

— Le temps, c'est de l'argent. Je ne peux pas gaspiller mon temps à choisir des pommes.

— Pourquoi pas ? Après tout, tu ne travailles pas.

L'affront suprême ! J'en ai le souffle coupé.

Moi, inactive ? Certainement pas ! Je suis conseillère personnelle de mode ! Avec un boulot en vue !

Pfuit !… Cette insulte ne mérite même pas de réponse. Je tourne les talons et je m'avance, la tête haute, vers le rayon des condiments. Je remplis d'olives marinées deux grands bols en plastique, les rapporte dans mon chariot… et reste stupéfaite.

Qui a mis ce sac de vingt kilos de patates là-dedans ?

Ai-je émis le souhait d'acheter un grand sac de pommes de terre ?

Et si par hasard je suivais le régime Atkins ?

Furieuse, je regarde autour de moi, mais Jess est invisible. Et impossible de soulever ce putain de sac. Mais apparemment rien n'est trop lourd pour la championne des poids et haltères. Où se cache-t-elle, d'ailleurs ?

Soudain, elle émerge d'une porte de service, un grand carton sur les bras, elle discourt avec un employé du supermarché. Je suis ahurie. Qu'est ce qu'elle font ?

— Je viens de parler au chef de rayon. On peut avoir toutes ces bananes tachées pour vraiment rien.

Incroyable !

Je regarde dans la boîte. Beurk ! Toutes ces bananes avariées ! C'est franchement immonde.

— Il suffit de couper les morceaux abîmés, et elles seront excellentes.

— Mais je refuse de couper les morceaux abîmés ! Je veux de belles bananes bien jaunes ! Et je ne veux pas non plus de ce fichu sac de pommes de terre !

— Tu peux te nourrir pendant trois semaines avec ce seul sac, réplique Jess. Tu ne trouveras rien de plus économique ni de plus énergétique. Dans une seule pomme de…

Oh, pitié ! Pas d'autre conférence sur la pomme de terre. Je l'interromps :

— Où vais-je les mettre ? Je n'ai pas de placard assez grand.

— Il y a l'armoire dans l'entrée. Tu n'as qu'à l'utiliser.

— Mais c'est mon armoire à sacs à main ! Et elle est pleine à craquer.

Jess hausse les épaules.

— Tu pourrais te débarrasser de certains de tes sacs.

Je suis trop interloquée pour lui répondre. Elle ne croit pas sérieusement que je vais enlever mes sacs pour faire une place à ses foutues pommes de terre !

— Bon, continuons nos courses !

L'important est de rester polie. Et charmante. Elle aura déguerpi dans vingt-quatre heures.

Mais en progressant dans le supermarché, je commence à perdre patience. Jess n'arrête pas de me saouler avec ses conseils :

Tu pourrais faire tes propres pizzas pour la moitié du prix… As-tu pensé à acheter une marmite norvégienne d'occasion ? La poudre pour lave-vaisselle coûte quarante pence de moins si c'est la marque du supermarché… Tu peux utiliser du vinaigre au lieu d'un adoucissant…

Je lui rentre dedans.

— La barbe avec ton vinaigre, je veux un vrai adoucissant.

J'en fourre un flacon dans mon chariot et fonce vers le rayon des jus de fruits, où j'attrape deux litres de jus d'orange.

— Tu as quelque chose à redire ? Tu es également contre ce délicieux jus d'orange si bon pour la santé ?

— Mais non. Sauf que tu profiterais autant d'un verre d'eau du robinet accompagné d'un comprimé de vitamine C.

Cette fois, j'ai vraiment envie de lui claquer le beignet.

Par bravade, je prends deux autres cartons de jus de fruits et continue vers la boulangerie. Une délicieuse odeur de pain frais me chatouille les narines. Un petit attroupement s'est formé devant le comptoir, où une employée fait une démonstration.

Tout ce que j'aime.

Elle fait marcher un appareil électrique chromé, et quand elle l'ouvre il est plein de gaufres dorées en forme de cœur.

— C'est un appareil rapide et d'un usage facile, explique la fille. N'aimeriez-vous pas vous réveiller le matin et sentir la délicieuse odeur de gaufres toutes fraîches ?

Quelle idée fabuleuse ! Je m'imagine déjà au lit avec Luke en train de déguster des gaufres baignant dans du sirop d'érable tout en buvant un cappuccino bien mousseux.

— Cet appareil coûte normalement quarante-neuf livres quatre-vingt-dix-neuf, enchaîne la démonstratrice, mais aujourd'hui nous vous l'offrons au prix spécial de... vingt-cinq livres. Vous réalisez une économie de cinquante pour cent !

Une décharge électrique me parcourt. Cinquante pour cent de rabais !

D'accord ! Il m'en faut un.

— Oui, s'il vous plaît !

— Mais qu'est-ce que tu fais ? demande Jess.

— Ça se voit, non ? J'achète un gaufrier. Tu pourrais te pousser pour me laisser passer ?

Jess se plante devant moi.

— Non ! Je ne vais pas te laisser gâcher vingt-cinq livres pour un gadget dont tu n'as pas besoin.

Quel culot ! Depuis quand sait-elle de quoi j'ai besoin ?

— Mais j'ai vraiment besoin de cet appareil ! Il figure sur la liste des choses de première nécessité. Luke s'est plaint l'autre jour de notre manque de gaufrier.

Il aurait très bien pu. Et puis comment pourrait-elle savoir que c'est faux ?

— De plus, j'économise de l'argent, comme tu as pu le constater, dis-je en la contournant. C'est une affaire !

— Ce n'est pas une affaire si tu n'en as pas besoin ! insiste Jess en se postant devant le chariot.

— Pousse-toi ! J'ai besoin d'un gaufrier, et je peux me l'offrir ! Sans problème !

Je me tourne vers la vendeuse et m'empare d'un appareil.

— J'en prendrai un !

— Non, sûrement pas ! crie Jess en me l'arrachant des mains.

Comment ?

— J'agis dans ton intérêt, Becky ! Tu es complètement accro ! Tu dois apprendre à résister aux tentations et à dire non !

Je n'ai jamais été aussi furax de ma vie.

— Je sais dire non, figure-toi ! Quand je veux ! Mais maintenant je n'en ai pas envie. Madame, ne l'écoutez pas, je vais en prendre un ! Et même deux. J'en offrirai un à maman pour Noël.

Je prends deux appareils et les fourre dans mon chariot, d'un air provocant.

Et voilà !

— Bien, tu viens de jeter cinquante livres par la fenêtre, siffle Jess avec mépris. De l'argent que tu ne possèdes même pas, en plus !

— Je ne le jette pas !

— Mais si !

— Fiche-moi la paix ! J'ai de l'argent ! Tout ce qu'il me faut !

— Tu n'as pas les pieds sur terre, crie Jess. Ton argent durera tant que tu auras des objets à vendre. Et ensuite ? Que se passera-t-il quand Luke apprendra ce que tu manigances ? C'est reculer pour mieux sauter !

— Mais non !

— Mais si !

— Oh, les sœurs, vous avez fini de vous battre ! lance une voix exaspérée.

Nous sursautons, Jess et moi.

Stupéfaite, j'inspecte le magasin. Maman serait-elle là, par hasard ?

Je repère la femme qui a crié : elle s'adresse à ses deux petites filles assises dans son chariot.

Ouf !

Honteuse de m'être autant énervée, je rejette mes cheveux en arrière. Jess, elle non plus, ne semble pas très fière d'elle.

— Passons à la caisse, dis-je d'une voix digne.

Nous rentrons à la maison en silence. Mais, sous mon calme apparent, je fulmine.

Pour qui se prend-elle à me faire la morale ? À me dire que j'ai des problèmes ?

Nous déchargeons la voiture en nous ignorant.

— Tu veux une tasse de thé ?

— Non merci.

— Pendant que je range la cuisine, essaie donc de te distraire.

— Très bien.

Elle disparaît dans sa chambre et revient un instant plus tard avec un livre intitulé : *Pétrographie des roches volcaniques des îles Britanniques.*

Y a pas à dire, elle sait s'amuser !

Elle s'assied sur un tabouret tandis que je sors deux tasses. Un instant plus tard, Luke déboule dans la cuisine, l'air crevé. Je prends ma voix la plus charmante :

— Mon chéri, je nous ai acheté un gaufrier ! On pourra faire des gaufres tous les matins.

— Parfait ! dit-il sans réfléchir.

Je jette un œil agressif en direction de Jess.

— Luke, tu aimerais une tasse de thé ?

— Euh… oui.

Il se masse le front et regarde derrière la porte. Puis au-dessus du réfrigérateur.

— Ça ne va pas ?

— J'ai perdu un truc. C'est ridicule. Les choses ne s'envolent pas comme ça.

— Qu'est-ce que c'est ? Je vais t'aider à le chercher.

— Ne t'en fais pas. C'est pour le travail. Je vais retrouver ça. Ça ne peut pas avoir disparu.

— Mais je veux t'aider, lui dis-je en lui caressant le dos. Dis-moi ce que tu cherches et on s'y met ensemble, comme une équipe. C'est un dossier… un livre… des papiers… ?

— Tu es vraiment gentille, me répond Luke en m'embrassant. En fait, c'est une boîte de pendules. De pendules Tiffany. Il y en a dix.

Mon cœur cesse de battre.

Je sens que Jess a levé la tête.

— Des pendules Tiffany ?

— Ouais ! Tu sais que nous donnons un grand dîner demain soir pour les gens d'Arcodas ! Cela fait partie de la présentation. Et de notre entreprise de séduction.

C'est pour ça que j'ai acheté ces pendules, pour les leur offrir – et elles ont disparu ! Merde alors ! J'aimerais bien savoir ce qui leur est arrivé. Elles étaient là et tout à coup elles n'y sont plus.

Le regard de Jess est plus perçant qu'une aiguille.

— Ça fait beaucoup ! dit-elle d'un ton plat.

Oh, qu'elle la boucle !

J'ai du mal à avaler ma salive. Comment ai-je pu vendre les cadeaux d'entreprise de Luke ? Comment ai-je pu être aussi bête ? C'est vrai, je ne me souvenais pas avoir acheté ces pendules pendant mon voyage de noces…

— Je les ai peut-être rangées dans le garage. Je vais descendre voir.

Mon Dieu ! Je dois tout avouer.

— Luke…, dis-je d'une petite voix, Luke, ne te fâche pas…

— Qu'est-ce qu'il y a ?

Il voit ma tête et se fige.

— Voilà. Il est possible que j'aie…

— Quoi ? Qu'est-ce que tu as fait, Becky ?

— Je les ai vendues, dis-je dans un murmure.

— Vendues ?

— Tu voulais que je fasse de la place dans l'appartement. Je ne savais pas comment faire. On avait trop de bazar. Alors j'ai vendu des trucs via eBay. Et… j'ai aussi vendu les pendules. Par erreur.

Je me mords les lèvres en espérant que Luke va sourire ou même rire. Mais il est franchement furieux.

— Bon Dieu ! Becky ! On est dans la merde jusqu'au cou ! On n'avait vraiment pas besoin de ça !

Il compose un numéro sur son portable et écoute pendant quelques secondes :

— Salut, Marie. On a un petit problème pour le dîner de demain soir avec le groupe Arcodas. Rappelle-moi.

Il referme son portable et se tait.

— Je ne savais pas ! lui dis-je d'un ton désespéré. Si tu m'avais dit que c'étaient des cadeaux d'entreprise… si tu me laissais t'aider…

— M'aider ? Becky, tu te fous de moi ?

Il sort de la cuisine en grognant.

Je regarde Jess. « Je te l'avais bien dit » est écrit en toutes lettres sur son visage. Un instant plus tard, elle se lève et suit Luke dans le bureau.

— Si je peux faire quelque chose, lui dit-elle à voix basse, n'hésite pas.

— Merci, on va se débrouiller.

Jess ajoute quelque chose, mais sa voix est étouffée. Elle a dû fermer la porte.

Soudain, je *veux* savoir ce qu'elle raconte. Je sors de la cuisine sur la pointe des pieds et m'avance doucement dans le vestibule, puis plaque mon oreille contre la porte du bureau.

— Je ne sais pas comment tu arrives à vivre avec elle, dit Jess.

Je sursaute d'horreur, mais me force à écouter ce que Luke va lui répondre.

La pièce est silencieuse. Je ne respire plus. Je ne bouge plus.

— C'est difficile, admet-il enfin.

Mon cœur se glace.

Luke trouve que je suis difficile à vivre.

J'entends comme un bruit de pas de l'autre côté de la porte et je m'enfuis à la cuisine, dont je referme la porte. Je suis à la fois glacée et fiévreuse.

Nous ne sommes mariés que depuis onze mois. Comment peut-il trouver que la vie avec moi est difficile ?

L'eau bout, mais je n'ai plus envie de thé. Je prends dans le réfrigérateur une bouteille de vin entamée et m'en verse un verre. Je l'avale cul sec et suis en train de le remplir à nouveau quand Jess apparaît.

— Apparemment, Luke a trouvé une solution pour les cadeaux.

— Tant mieux !

J'avale encore une gorgée de vin.

Luke et Jess arrivent donc à résoudre ensemble les problèmes ! Ils ont des conversations dont je suis exclue ! Tandis que Jess s'assied et reprend son livre, la colère me saisit.

— Tu aurais pu prendre ma défense ! On est sœurs !

— Qu'est-ce que tu veux dire ?

— Tu as très bien compris.

— Te défendre ? Alors que tu es inconsciente ?

— Je suis inconsciente et toi tu es parfaite, sans doute !

— Je ne suis pas parfaite ! Mais toi, tu es irresponsable ! répète Jess en faisant claquer la couverture de son livre. Franchement, Becky, il faut que tu retrouves tes esprits. Tu n'as aucun sens des réalités… dépenser de l'argent est devenu une véritable obsession… et tu n'arrêtes pas de mentir…

— Et toi, tu es d'un ennui mortel ! Ta radinerie maladive t'empêche de t'amuser. Tu es un rat !

— Quoi ? fait Jess, bouleversée.

— Je n'ai pas cessé de faire des efforts, ce week-end ! J'ai fait tout ce que j'ai pu pour que tu te sentes à l'aise, mais tu es restée dans ton coin. D'accord, tu n'aimes pas *Quand Harry rencontre Sally*, mais tu aurais pu faire semblant !

— Tu aurais préféré que je mente ? Que je te raconte un bobard ? Ça, c'est toi tout craché, Becky !

— Mentir et faire semblant sont deux choses différentes ! Je voulais juste qu'on s'amuse ensemble ! Je me suis documentée, j'ai arrangé ta chambre et tout…

et tu ne réagis jamais ! Comme si tu ne ressentais rien !

Je suis au bord des larmes. Je ne peux pas croire que j'engueule ma sœur. Je me tais et respire à fond. Il n'est peut-être pas trop tard pour se réconcilier.

— Écoute, j'ai fait tout ça… pour que nous devenions amies. Pas pour autre chose.

Je la regarde, espérant qu'elle sera attendrie. Mais elle ne quitte pas son air méprisant.

— Et tu obtiens toujours ce que tu désires ? C'est ça ?

Je rougis, sous le choc.

— Que… qu'est-ce que tu veux dire ?

— Que tu es une enfant gâtée ! Tous tes vœux sont exaucés ! Tout t'est servi sur un plateau ! Si tu as des ennuis, tes parents t'en sortent ou bien c'est Luke. Ta vie me fait gerber ! Ton existence est un grand vide. Tu es superficielle et matérialiste… et je n'ai jamais vu quelqu'un d'aussi obsédé par son apparence et ses emplettes…

— La paille et la poutre ! Qui est la plus obsédée de nous deux ? Tu ne penses qu'à faire des économies. Je n'ai jamais vu quelqu'un d'aussi pingre ! Merde alors ! Tu as plein de fric et tu te conduis comme une mendigote. Tu passes ton temps à collectionner les vieux emballages et à récupérer les bananes pourries ! Qui d'autre se soucierait d'économiser quarante pence sur de la lessive ?

— Tu t'en préoccuperais si tu avais acheté ta lessive avec ton propre argent depuis l'âge de quatorze ans ! Si tu faisais un peu plus attention aux petites sommes, tu aurais moins d'ennuis. Je sais comment tu as failli ruiner Luke à New York ! Je n'arrive pas à te comprendre !

— Et moi non plus ! lui dis-je en larmes. Dire que j'étais tellement émue quand j'ai appris que j'avais une sœur, quand j'ai imaginé que nous allions nous entendre à merveille et devenir de grandes amies. J'ai pensé qu'on irait faire des courses ensemble, qu'on s'amuserait… et qu'on mangerait des chocolats à la menthe, le soir, dans nos lits.

— Des chocolats à la menthe ? s'écrie Jess en me regardant comme si j'étais folle. Pourquoi on mangerait des trucs pareils ?

— Parce que ! Pour rire ! Tu connais ce mot ? « Rire » ?

— Parfaitement.

— Et tu ris en lisant des livres sur les roches ?

Je saisis sa *Pétrographie des roches volcaniques des îles Britanniques*.

— Comment peux-tu t'intéresser à des pierres ? Ce ne sont que… des pierres ! Quel passe-temps sinistre ! Mais qui te va comme un gant !

Jess est horrifiée.

— Les minéraux, ça n'a rien d'ennuyeux ! s'exclame-t-elle en reprenant son livre. Ils sont plus passionnants que les chocolats à la menthe, les courses débiles ou une vie pleine de dettes.

— On t'a enlevé la rate pour t'empêcher de rire ?

— On t'a retiré la cervelle pour t'enlever le sens des responsabilités ? Ou tu es née comme ça ?

On se dévisage, le souffle court. Pas un bruit dans la cuisine à part le ronronnement du réfrigérateur.

Qu'est-ce que la parfaite hôtesse est censée faire dans un tel moment ?

— Bien, dit Jess en serrant les dents. Inutile que je reste ici une minute de plus. Si je pars tout de suite, je dois pouvoir attraper un car pour rentrer chez moi.

— Parfait.

— Je vais chercher mes affaires.

— Bonne idée.

Tandis qu'elle quitte la cuisine, j'avale une gorgée de vin. Ses insultes résonnent encore dans ma tête, et mon cœur bat la chamade.

Impossible qu'une garce aussi pingre, aussi mesquine, aussi prêchi-prêcha soit ma sœur. Je ne veux plus jamais la voir.

Jamais.

THE CINDY BLAINE SHOW
Cindy Blaine TV Productions
43 Hammersmith Bridge Road
Londres W6 8TW

Mme Rebecca Brandon
37 Maida Vale Mansions
Maida Vale
Londres NW6 OYF

Le 22 mai 2003

Chère Madame,

Nous sommes navrés d'apprendre que vous ne désirez plus figurer dans notre émission « J'ai trouvé une sœur et une âme sœur ».
Nous vous suggérons de participer à notre prochaine émission qui s'intitulera « Ma sœur est une garce ! ». Appelez-moi si l'idée vous plaît.

Bien cordialement,

Kayleigh Stuart
Assistant Producteur

FINERMAN WALLSTEIN
Avocats à la cour
Finerman House
1398 Avenue of the Americas
New York, NY 10105

Le 27 mai 2003

Mme Rebecca Brandon
37 Maida Vale Mansions
Maida Vale
Londres NW6 OYF

Le 27 mai 2003

Chère Madame,

Je vous remercie de votre message. J'ai modifié votre testament selon vos instructions, et la clause 5, section (f), est dorénavant libellée comme suit :
« Et rien à Jess, qui est trop méchante. Et qui a plein d'argent. »

Sincèrement,

Jane Cardozo.

15

Je m'en fous. Qui a besoin d'une sœur ? Pas moi.

Je n'en ai jamais voulu. Je n'ai jamais rien demandé. Je suis très bien toute seule.

Et de toute façon, je ne suis pas seule. J'ai un mari solide et amoureux. Je n'ai pas besoin d'une sœur nulle !

« Quelle conne de sœur ! » dis-je à haute voix en ouvrant un pot de confiture. Ça fait quinze jours que Jess est partie. Comme Luke va au bureau tard ce matin et que mes parents s'arrêtent à la maison sur la route de l'aéroport, je prépare un petit déjeuner pour tout le monde.

— Pardon ? demande Luke en entrant dans la cuisine.

Ces derniers temps, il est pâle et tendu. Le groupe Arcodas doit prendre sa décision et Luke ne peut rien faire d'autre qu'attendre. Ce qu'il ne sait pas faire.

— Je pensais à Jess, dis-je en reposant bruyamment le pot sur le comptoir. Tu avais raison à son sujet. On n'aurait jamais pu s'entendre, même en un million d'années. Je n'ai jamais vu un tel rabat-joie.

— Ouais, répond Luke machinalement.

Il pourrait être un peu plus de mon avis.

— La prochaine fois, je t'écouterai. Je n'aurais jamais dû l'inviter ici. Je n'arrive pas à croire qu'on puisse être parentes !

— À la fin, je l'ai trouvée plutôt mieux. Mais je comprends que vous ne vous soyez pas entendues.

Je suis un peu vexée. Il n'aurait pas dû me dire « À la fin, je l'ai trouvée plutôt mieux », mais plutôt : « Quelle sacrée garce, comment tu as pu la supporter une seconde ? »

— Becky… qu'est-ce que tu fabriques ? demande Luke en regardant les miettes et les sacs en plastique qui jonchent le comptoir.

— Je fais des gaufres !

Ce qui prouve une chose : Jess s'est complètement trompée. J'ai utilisé l'appareil quasiment tous les jours. Et toc ! J'aurais presque envie qu'elle soit là pour me voir.

Petit problème, je ne suis pas très douée pour préparer la pâte. J'achète donc des gaufres toutes prêtes, je les coupe en forme de cœur et je les fourre dans le gaufrier pour les réchauffer.

Il n'y a pas de mal à ça, si ? Je m'en sers, oui ou non ? On mange des gaufres, oui ou non ?

— Des gaufres… encore ! grimace Luke. Je m'en passerai, ce matin.

— Oh, quel dommage ! Tu préfères des toasts, des œufs, des… muffins ?

— Non, un café me suffit.

— Mais tu dois manger quelque chose !

Je m'inquiète. Il a vraiment maigri, à force de se faire du souci pour le budget Arcodas. Je dois le nourrir.

— Je vais te préparer des crêpes ! Ou tu préfères une omelette ?

— Becky, laisse tomber !

Il sort de la cuisine en pianotant sur son portable.

— Tu as des nouvelles ? demande-t-il dans son téléphone avant de refermer les portes du bureau.

Je me retrouve comme une idiote avec un morceau de gaufre à la main.

Luke est très préoccupé par son travail. D'où sa mauvaise humeur à mon égard. Ce n'est pas plus grave que ça.

Pourtant, je n'arrête pas de ressasser ce qu'il a dit à Jess, l'autre soir. Qu'il me trouvait difficile à vivre.

À cette pensée, je sens un petit pincement au cœur qui m'est familier, et je m'assieds avec un léger tournis. J'y ai repensé toute la semaine, en essayant de comprendre ce que Luke avait voulu dire.

Comment puis-je être difficile à vivre ? Qu'est-ce que je fais de mal ?

Je saisis un papier et un crayon. Bon. Je vais faire un examen de conscience parfaitement honnête. Qu'est-ce qui me rend si difficile à vivre ? J'écris le titre et le souligne d'un trait ferme :

Becky Bloomwood : ses principaux défauts

1.

J'ai l'esprit vide. Je ne trouve rien à dire.

Allons, réfléchis ! Sois sincère et impitoyable. Il doit y avoir quelque chose. Quels sont les sujets fondamentaux qui nous séparent ? Quelles sont les vraies questions ?

Soudain, j'y vois clair : je ne rebouche pas la bouteille de shampoing et Luke râle quand il marche sur le bouchon.

Becky Bloomwood : ses principaux défauts

1. Ne rebouche pas le shampoing

Oui. Je suis étourdie. D'ailleurs j'oublie tout le temps le code de l'alarme. Une fois, j'ai dû appeler la police pour le leur demander et, comme ils n'ont pas compris ce que je voulais, ils m'ont envoyé deux voitures pleines de flics.

Becky Bloomwood : ses principaux défauts

1. Ne rebouche pas le shampoing

2. Oublie le code

Je relis la liste et la trouve un peu courte. J'ai dû oublier quelque chose d'essentiel.

Tout à coup je trouve.

Les CD ! Luke se plaint toujours que je ne remets jamais les CD dans leur boîte.

Sans être un point essentiel, c'est peut-être la goutte d'eau qui fait déborder le vase. Ce sont les petits détails qui comptent le plus dans la vie de couple, non ?

Bon. Je vais rectifier cette erreur.

Je fonce dans le salon et me précipite sur la pile de disques. En les triant, je me sens plus légère. Comme libérée. Cela va représenter un tournant dans notre mariage.

Je range soigneusement les CD et j'attends que Luke passe devant la porte.

— Regarde, j'ai rangé tous les CD. Ils sont tous dans leur boîte.

Luke jette un vague coup d'œil au salon.

— Bravo ! me répond-il, l'esprit ailleurs, en passant son chemin.

Vexée, je le suis des yeux.

C'est tout ce qu'il trouve à dire ?

Alors que je fais mille efforts pour réparer notre couple, il ne remarque rien !

Soudain, on sonne et je saute sur mes pieds. Ça doit être les parents. Ma liste attendra.

Bon. Je savais que les parents étaient très impliqués dans leur thérapie. Mais je ne m'attendais pas à ce qu'ils portent des tee-shirts avec des slogans. Celui de maman proclame : « Je suis une femme, je suis une déesse ! » et celui de papa : « Ne laissez pas les enfants de salaud vous em… »

— Waouh ! dis-je en essayant de cacher ma surprise, ils sont superbes !

— On les a eus à notre centre, explique maman. Ils sont formid, non ?

— Votre thérapie vous plaît, alors ?

— C'est merveilleux ! s'exclame maman. Tellement plus intéressant que le bridge ! Et on s'y fait des tas d'amis ! On a eu une session de groupe, l'autre jour, et devine qui s'est pointé ? Marjorie Davis, qui habitait de l'autre côté de la rue !

— Vraiment ? Elle s'est mariée, alors ?

Maman baisse la voix.

— Oh, non ! La pauvre a des *problèmes de seuil.*

C'est un peu du chinois, pour moi. Qu'est-ce que c'est, les *problèmes de seuil* ?

— Alors… vous avez résolu vos problèmes ? Ç'a été difficile ?

— Oh, nous avons connu le fond de l'abîme, et nous sommes revenus, n'est-ce pas Graham ?

— Jusqu'au bord, répond papa d'une voix douce.

— Mais nous avons laissé derrière nous colère et culpabilité. Nous nous autorisons désormais à vivre et à aimer.

Maman me sourit et fouille dans son cabas.

— Je t'ai apporté une belle brioche. Tu veux mettre la bouilloire sur le feu ?

— Maman a trouvé sa flamme intérieure, dit fièrement papa. Elle a marché sur des braises, tu sais ?

J'en reste bouche bée.

— Tu as marché sur des braises ? Oh mon Dieu ! Moi aussi je l'ai fait, au Sri Lanka ! Tu as eu mal ?

— Pas du tout ! Je n'ai rien senti. Tu sais, ajoute-t-elle, j'avais gardé mes chaussures de jardinage.

— Quelle idée géniale !

— Mais nous avons encore beaucoup à apprendre, poursuit maman en coupant la brioche, c'est pour ça que nous allons partir en croisière.

— Oui, je vois. Une croisière thérapeutique.

En fait, la première fois qu'elle m'en avait parlé, j'avais cru à une plaisanterie. Mais je n'ose pas le leur dire.

— Je vois. Vous faites le tour de la Méditerranée et tout le monde suit sa thérapie.

— Pas seulement ! précise maman. On fait aussi des excursions.

— Et il y a des attractions, ajoute papa. Il semblerait qu'il y ait d'excellents spectacles, et même un dîner dansant en tenue de soirée.

— Tous nos copains du centre vont venir, dit maman. On a déjà organisé un cocktail à bord pour le premier soir. Plus…

Elle hésite, mais continue :

— Un des conférenciers est un spécialiste des retrouvailles familiales. Ce qui devrait nous concerner.

Je me crispe un instant. Je n'ai pas envie de penser à certains membres éloignés.

Silence. Les parents échangent des regards gênés.

— Alors, ça n'a pas collé avec Jess ? se hasarde finalement papa.

Mon Dieu. Je vois à quel point il est déçu.

— Exact, dis-je en détournant les yeux. On est vraiment trop différentes.

Maman me tapote la main.

— Cela n'a rien d'étonnant. Vous avez été élevées séparément. Pourquoi aurais-tu plus de points communs avec Jess qu'avec… Kylie Minogue ?

— Mais ça n'a rien à voir ! s'indigne papa. Et d'abord, Kylie Minogue est australienne !

— Ce qui ne prouve rien, persiste maman. On appartient tous au Commonwealth ! Becky s'entendrait sans doute très bien avec Kylie Minogue, n'est-ce pas Becky ?

— Euh…

— Elles n'auraient rien à se dire, réplique papa en hochant la tête. Rien.

— Mais si ! Elles auraient de grandes conversations et deviendraient des amies de cœur, je te le jure, fait maman.

— Prends Cher, plutôt ! décrète papa. En voilà une femme intéressante.

— Becky n'a pas envie de devenir l'amie de Cher ! s'indigne maman. De Madonna peut-être…

Tout ça commence à m'énerver.

— Bon, eh bien, le jour où je ferai la connaissance de Kylie Minogue, de Cher ou de Madonna, je vous le dirai.

Les parents me dévisagent en silence. Puis maman regarde papa.

— Graham, va apporter son café à Luke.

Elle lui tend une tasse et, dès qu'il est sorti, elle m'observe attentivement :

— Becky, ma puce, tu vas bien ? Tu sembles un peu tendue.

Mon Dieu ! Ma mère se penche vers moi avec un air tellement attendri que je perds de ma superbe. Tous mes soucis remontent à la surface.

— Ne t'en fais pas pour Jess. C'est sans importance si vous ne vous entendez pas bien. Tout le monde s'en fiche !

J'avale ma salive plusieurs fois de suite en essayant de retrouver mon calme.

— Il ne s'agit pas de Jess, enfin, pas entièrement. C'est… Luke.

— Luke ? Ah bon ?

— Les choses ne vont pas fort, en ce moment. En fait, dis-je d'une voix tremblante, notre mariage est en danger.

Oh mon Dieu ! En parler rend la chose encore plus vraie et plus convaincante. *Notre mariage est en danger.*

— Tu en es certaine ? Vous avez l'air si heureux.

— Eh bien c'est faux ! On vient d'avoir une affreuse scène de ménage.

Maman me dévisage longuement avant d'éclater de rire. Sa réaction m'indigne.

— Mais il n'y a pas de quoi rire ! C'est affreux, ce qui m'arrive !

— Bien sûr, ma puce ! Tu approches de ton premier anniversaire de mariage, non ?

— Euh… oui.

— Alors c'est le moment de la Première Grande Scène ! Tu ne savais pas ?

— Comment ?

— Allons, ta Première Grande Scène ! Ah, mon Dieu ! Qu'apprend-on aux filles dans les magazines, aujourd'hui ?

— Euh… à poser des faux ongles…

— Eh bien, on devrait vous enseigner l'art d'un mariage heureux ! Tous les couples ont leur Première Grande Scène au bout d'un an. Une belle dispute ; tout est évacué, et on repart à zéro !

— Mais j'ignorais tout ça. Alors… notre mariage n'est pas en danger ?

C'est logique. Très logique. Une Première Grande Scène et ensuite le ciel se dégage. Comme après un ouragan. L'air est clair et propre. Ou comme un feu de forêt qui semble atroce mais qui permet ensuite aux petites plantes de repousser.

Et l'essentiel… Oui ! Ça veut dire que je ne suis pas fautive ! De toute façon, on l'aurait eue cette grande scène. Mon moral remonte. Tout ira bien dorénavant. Je fais un grand sourire à maman et j'enfourne une énorme bouchée de brioche.

— Ce qui veut dire… que Luke et moi n'allons plus nous engueuler ?

— Oh non ! Pas avant la Deuxième Grande Scène qui n'aura pas lieu avant…

Elle est interrompue par Luke, qui entre comme un fou dans la cuisine. Il a son portable à l'oreille, une mine réjouie et un sourire comme je ne lui en ai jamais vu.

— On l'a eu ! On a décroché le budget du groupe Arcodas !

Je savais bien que tout s'arrangerait ! Je le savais ! C'est merveilleux ! On se croirait le jour de Noël !

Luke a annulé sa réunion et s'est rendu directement à son bureau pour fêter l'événement. Je l'ai rejoint après avoir mis les parents dans un taxi. J'adore les bureaux de Brandon Communications. Ils sont hyperbranchés, avec des boiseries blondes et des spots partout. Les gens y sont très gais. Tout le personnel se promène avec une coupe de champagne à la main.

Du moins quand vient d'être signé un gros contrat. Depuis le début de la matinée, ce ne sont que rires et cris de joie. Quelqu'un a programmé les ordinateurs pour qu'ils chantent « Félicitations » toutes les dix minutes.

Luke et ses principaux collaborateurs tiennent une réunion de célébration et de stratégie à laquelle j'assiste. Au début, ce ne sont que des : « le travail commence » ou « on a besoin d'engager des gens » et « ce sera une vraie course d'obstacles ». Mais Luke s'exclame soudain :

— Amusons-nous, bordel ! Les problèmes attendront demain !

Il demande à son assistante d'appeler un traiteur, et à dix-sept heures des serveurs vêtus de tabliers noirs apportent encore du champagne et des canapés, disposés sur des lits de glace. Tous les employés s'entassent dans la salle de conférences, la musique marche à fond, Luke fait un discours et dit que c'est un grand jour pour la société. Tout le monde applaudit.

Quelques-uns d'entre nous vont aller dîner pour continuer la fête ! Je suis dans le bureau de Luke, où je me remaquille pendant qu'il change de chemise.

— Bravo, dis-je pour la millionième fois, c'est fantastique !

— Je ne me plains pas. Il y a des années que j'attends un gros client comme ça. D'autres risquent de suivre.

— Je suis si fière de toi.

— Moi aussi, me répond-il, le visage adouci.

Il s'avance vers moi et me prend dans ses bras.

— Je sais que je ne me suis pas beaucoup occupé de toi dernièrement. J'en suis désolé.

— Ne t'en fais pas. Moi, je suis désolée d'avoir vendu tes pendules.

— C'est sans importance, murmure-t-il en me caressant les cheveux. Je sais que les choses n'ont pas été faciles pour toi. Tu as eu le déménagement… ta sœur…

— Oh, n'en parlons pas. Pensons à nous. À l'avenir.

Il baisse la tête et m'embrasse.

— Tout ira bien.

Nous nous taisons tous les deux, mais c'est un silence qui n'a rien de pesant. Nous sommes là, dans les bras l'un de l'autre, relax et heureux, comme pendant notre lune de miel. Je suis enfin soulagée. Maman avait raison ! La Première Grande Scène a éclairci l'atmosphère ! Nous sommes plus proches que jamais !

— Je t'aime !

— Je t'aime ! dit Luke en m'embrassant le bout du nez. Mais il faut qu'on parte.

— D'accord. Je vais descendre voir si la voiture est arrivée.

En marchant dans le couloir, je suis sur un nuage. Tout est parfait. Tout ! Devant un buffet, je prends une coupe de champagne et j'en bois quelques gorgées. On ira peut-être danser ce soir. Après le dîner. Et quand chacun sera rentré chez soi, Luke et moi irons dans un club, pour fêter ça dignement. Juste nous deux.

Toujours sur mon nuage, je descends l'escalier, ma coupe à la main. Quand j'ouvre la porte de la réception, je m'arrête, perplexe. À quelques mètres de moi, un type au visage maigre et vêtu d'un costume rayé est en train de parler à Janet, la réceptionniste. J'ai l'impression de le connaître, mais je n'arrive pas à le situer…

Soudain, j'ai une crampe à l'estomac : je sais !

C'est le type de Milan. Celui qui portait les sacs de Nathan Temple jusqu'à sa voiture. Qu'est-ce qu'il fout là ?

Je m'avance discrètement vers Janet, histoire d'entendre leur conversation.

— Ainsi, M. Brandon n'est pas malade ?

Oh, merde !

Je repars me cacher derrière la porte. Que faire, maintenant ?

J'avale une gorgée de champagne pour me calmer, puis une autre. Deux types du service informatique passent à côté de moi et me regardent bizarrement. Je leur souris.

Bon. Je ne peux pas rester tapie là éternellement. En me mettant sur la pointe des pieds, je vois l'accueil à travers un panneau de verre. Ouf, le bonhomme au costume rayé est parti. Je pousse un soupir de soulagement et traverse le vestibule d'un pas nonchalant.

— Bonsoir ! dis-je à Janet, qui était ce type, là, à l'instant ? L'homme qui vous parlait ?

— Ah ! Lui ? Il travaille pour un dénommé… Nathan Temple.

— Oui, et qu'est-ce qu'il voulait ?

— C'est bizarre ! Il n'arrêtait pas de me demander si M. Brandon allait mieux.

J'essaie de rester calme :

— Et que lui avez-vous répondu ?

— Qu'il allait très bien, évidemment, et qu'il ne s'était jamais mieux porté !

Elle se met à rire mais s'arrête net en voyant ma tête.

— Oh, mon Dieu. Il ne va pas bien, alors ?

— Comment ?

— C'était un médecin, c'est ça ?

Janet se penche vers moi, l'air désolé.

— Vous pouvez me dire la vérité. M. Brandon a attrapé une maladie tropicale pendant son voyage ?

— Mais non, pas du tout !

— C'est son cœur, alors ? ou ses reins ?

Elle en a les larmes aux yeux.

— Vous savez… j'ai perdu ma tante, l'année dernière. Ça n'a pas été facile pour moi…

— Je suis désolée. Mais vous n'avez pas de souci à vous faire. Mon mari est en pleine forme…

Je lève la tête.

Quelle horreur !

C'est impossible !

Nathan Temple en personne est en train d'entrer dans l'immeuble.

Il est plus grand et plus fort que dans mon souvenir, mais il porte le même manteau bordé de cuir qu'à Milan. Il émane de lui la fortune, la puissance et l'odeur du cigare. Ses yeux bleu vif me transpercent.

— Eh bien, quelle bonne surprise, lance-t-il avec son accent cockney. Nous nous retrouvons !

— Oui, en effet ! Comme c'est amusant !

— Votre sac vous plaît toujours ?

— Euh… oui. Il est fantastique !

Il faut que je le vire d'ici.

— Je suis venu parler de mon hôtel à votre mari. Vous croyez que c'est possible ?

— Bien sûr. Formidable ! Mais il est hélas assez occupé en ce moment. Vous voulez boire quelque chose ? On pourrait aller dans un bar… discuter longuement… et vous me diriez…

Voilà. C'est génial ! Je vais le faire sortir d'ici… lui offrir quelques verres… Luke n'en saura jamais rien.

— Je peux attendre, dit-il en enfonçant son lourd châssis dans un fauteuil en cuir. Soyez seulement assez gentille pour lui faire savoir que je suis là.

Il me jette un coup d'œil légèrement ironique.

— Je pense qu'il est remis.

Mon cœur sursaute.

— Oh, oui, il va beaucoup mieux ! Merci pour les fleurs !

Je regarde Janet, qui a suivi ce dialogue. Elle est quelque peu étonnée.

— Dois-je appeler M. Brandon pour le prévenir ? demande-t-elle en tendant la main vers le téléphone.

— Non ! Enfin, ne vous dérangez pas ! Je vais monter moi-même.

J'avance vers les ascenseurs, les nerfs en pelote.

Bon… Ça va aller. Je vais faire sortir Luke par l'arrière de l'immeuble en prétextant qu'on a renversé de l'eau dans le vestibule et que c'est très glissant. Voilà. Et quand nous serons dans la voiture, je ferai semblant d'avoir oublié quelque chose et je retournerai auprès de Nathan Temple et je lui dirai…

— Becky !

Je saute littéralement en l'air en voyant Luke descendre l'escalier quatre à quatre. Il a une mine réjouie.

— Où est la voiture ? demande-t-il en enfilant son manteau.

Il remarque ma bobine.

— Chérie… ça ne va pas ?

Est-ce que je lui déballe toute l'histoire ?

Je le regarde, incapable de prononcer un mot.

— Euh… Luke ? dis-je enfin.

— Oui ?

— J'ai… quelque chose à te dire… Que j'aurais dû t'avouer il y a longtemps… mais… je n'ai pas… et je ne savais comment…

Soudain, je me rends compte que Luke ne m'écoute pas. Ses yeux ont viré au noir en apercevant Nathan Temple !

— Est-ce… Qu'est-ce qu'il fait ici ? J'avais dit à Gary de se débarrasser de lui.

— Luke…

— Attends une seconde, Becky, c'est important.

Il compose un numéro sur son portable.

— Gary ? dit-il à voix basse, que fait Nathan Temple dans le vestibule ? Tu devais t'en charger.

— Luke…, dis-je en essayant de l'interrompre.

— Chérie, attends une seconde.

Luke continue :

— Eh bien, il est ici. En chair et en os.

— Luke, je t'en prie, écoute-moi.

— Becky, tu pourras tout me dire dans une minute. J'ai un problème que je dois d'abord résoudre…

— Mais c'est ce dont je veux te parler ! fais-je en criant d'une voix désespérée. C'est au sujet de Nathan Temple !

Luke me dévisage comme si je venais de sortir une énormité.

— Comment peut-il être question de Nathan Temple ? Tu ne le connais pas !

— Euh… Si… En fait, je le connais vaguement.

Silence. Luke éteint son portable.

— Tu connais « vaguement » Nathan Temple ?

— Voici M. Brandon ! annonce Janet qui nous a repérés. Monsieur, vous avez un visiteur.

— J'arrive, Janet, répond Luke avec un sourire professionnel.

Il se tourne vers moi, le même sourire sur les lèvres.

— Becky, c'est quoi ce foutu bordel ?

— C'est… une très longue histoire, dis-je en rougissant.

— Que tu avais l'intention de me raconter un de ces jours ?

Il sourit toujours, mais sa voix est tendue.

— Oui ! Bien sûr ! J'attendais juste le bon moment.

— Et là, tu considères que c'est le bon moment, étant donné qu'il n'est qu'à quelques putains de mètres ?

— Euh… oui ! Voilà : tout a commencé dans une boutique… comme par hasard.

— Trop tard ! Il arrive.

Je suis le regard de Luke et je n'en mène pas large. Nathan Temple s'est levé et s'avance vers nous.

— Ah, le voilà, l'insaisissable M. Brandon. Vous m'avez dissimulé votre mari, n'est-ce pas, chère madame ?

Il s'amuse à pointer un index vengeur dans ma direction.

— Pas du tout ! dis-je en riant. Luke, tu connais Nathan Temple ? Nous nous sommes rencontrés à Milan… tu t'en souviens, mon chéri ?

Je souris comme une maîtresse de maison qui accueille ses invités avec plaisir.

— Bonsoir, cher monsieur, fait Luke, heureux de faire votre connaissance.

— Tout le plaisir est pour moi, dit Temple en tapotant le dos de Luke. Alors, vous vous sentez mieux, j'espère ?

Luke me regarde du coin de l'œil et je lui fais une petite grimace désespérée.

— Je vais très bien, merci. Mais puis-je vous demander ce qui me vaut l'honneur de cette visite imprévue ?

— Eh bien, commence Nathan Temple en sortant de sa poche un étui à cigares armorié, j'ai l'impression que vous ne prenez pas les appels émanant de mon bureau…

— J'ai été très occupé, cette semaine, réplique Luke sans ciller, et je vous prie d'excuser mes secrétaires, qui ne m'ont pas transmis vos messages. Vous vouliez me parler de quelque chose en particulier ?

— De mon nouvel hôtel, dit Nathan en lui offrant un cigare. Je devrais plutôt dire de *notre* hôtel.

Luke est sur le point de lui répondre quand Temple lève la main pour l'arrêter. Il allume lentement son cigare et aspire quelques bouffées.

— Désolé d'avoir débarqué à l'improviste. Mais quand je veux quelque chose, je n'y vais pas par quatre chemins. Tout comme votre délicieuse épouse. Je suis sûr qu'elle vous a raconté l'histoire, ajoute-t-il, l'œil pétillant.

— Elle a dû garder le meilleur morceau pour plus tard !

— J'apprécie votre femme, dit-il en me reluquant des pieds à la tête. Madame, si vous avez envie de travailler pour moi un jour, appelez-moi.

— Oh ! fais-je, étonnée.

Luke n'a pas l'air content. Une veine bleue barre son front.

— Becky, puis-je te parler un instant en tête à tête ? Veuillez nous excuser.

— Je vous en prie, fait Nathan en agitant son cigare. Je vais le finir et puis nous pourrons discuter.

Luke m'emmène dans une petite salle de réunion et ferme la porte. Quand il se tourne vers moi, il a la tête de l'homme d'affaires qui n'a pas envie de plaisanter. C'est la tête qu'il a quand il engueule quelqu'un.

La vache ! Ça va barder.

— Bon, Becky, commence par le début. Non ! Par le milieu. Comment se fait-il que tu le connaisses ?

— Je l'ai rencontré quand nous étions à Milan. J'étais dans une boutique… et il m'a rendu un service.

— Il t'a rendu un service ? Quel genre de service ? Tu te sentais mal ? Tu t'étais perdue ?

Je me tais pendant un long moment.

— Il y avait… un sac, dis-je enfin.

— Un sac ? Il t'a acheté un sac ?

— Non ! Je l'ai payé. Mais il m'a fait mettre en haut de la liste. Il a été tellement gentil ! Et je lui étais si reconnaissante…

Je me tords les doigts de peur.

— Et puis, un jour, nous étions rentrés en Angleterre, il m'a téléphoné pour me dire qu'il aimerait que tu t'occupes de son hôtel…

— Et tu lui as dit quoi ?

La voix de Luke est dangereusement glaciale.

— Voilà… Je lui ai dit que tu serais enchanté !

La porte s'ouvre soudain et Gary entre en coup de vent.

— Qu'est-ce qui se passe ? Qu'est-ce que Nathan Temple fout ici ?

— Demande à Becky ! Apparemment, elle était en relation avec lui.

— Mais je ne savais pas qui il était ! C'était juste un type très charmant qui m'a obtenu mon sac…

— Un sac ? s'exclame Gary. Quel sac ?

— Il semblerait que Becky ait offert mes services à Temple en échange d'un sac.

— Un sac ? s'étonne encore Gary.

— Ce n'était pas n'importe quel sac ! C'est une édition spéciale d'un sac Angel. Il n'y en a que quelques-uns de par le monde. Il a fait la couverture de *Vogue* ! Toutes les stars de cinéma meurent d'envie d'en avoir un !

Les deux hommes se taisent, visiblement fort peu impressionnés.

— De toute façon, reprends-je, rouge de colère, j'ai pensé que vous occuper du lancement d'un palace serait formidable. C'est un cinq étoiles, pas moins ! Vous rencontrerez des célébrités !

— Des célébrités ? s'énerve Luke. Becky, je n'ai pas envie d'en voir ! Et je n'ai pas envie de m'occuper de l'hôtel d'un gangster ! Je veux rester ici, avec mon équipe, pour me concentrer sur la campagne de notre nouveau client !

— Mais je ne savais pas ! J'ai cru que j'avais utilisé au mieux mes relations !

— Calme-toi, Luke, tempère Gary. On ne lui a rien promis…

— Pas nous, elle !

— Je ne lui ai rien promis, à vrai dire… J'ai juste dit que tu serais enchanté.

— Tu réalises à quel point tu me rends les choses difficiles, fulmine Luke en se prenant la tête dans les mains. Becky, pourquoi tu ne m'as rien dit au sujet de cette histoire à Milan ?

J'hésite et enfin je me lance.

— Parce que ce sac Angel coûtait deux mille euros. Je pensais que tu m'en voudrais.

— Et merde !

Luke semble au bout du rouleau.

— Et je ne voulais pas t'ennuyer ! Tu étais trop pris par la présentation Arcodas... J'ai voulu m'en occuper toute seule. C'est ce que j'ai fait.

— Ah bon ? Et comment tu t'es débrouillée ?

— En disant à Temple que tu étais malade.

Lentement le visage de Luke se transforme.

— Le bouquet de fleurs, c'était de lui ?

— Oui, fais-je en ravalant mon orgueil.

— Il t'a envoyé des fleurs ? demande Gary, incrédule.

— Et un panier de fruits.

Gary ne peut s'empêcher de rire.

— Ce n'est pas drôle, dit sèchement Luke. On vient de décrocher le plus gros budget de notre histoire. On devrait être en train de fêter l'événement, et pas en train de s'occuper de ce foutu Temple.

— Il ne faut pas s'en faire un ennemi, souligne Gary. Surtout s'il rachète le *Daily World*.

Silence dans la pièce. On n'entend que le tic-tac d'une pendule.

Je n'ose pas ouvrir la bouche.

Soudain, Luke se lève d'un bond.

— On ne peut pas rester assis toute la journée. Bon, j'y vais. J'ai un boulot à faire et je le ferai.

Il me regarde et ajoute :

— J'espère que ce sac en valait la peine. Je l'espère vraiment.

J'ai comme un coup à l'estomac.

— Luke, je suis désolée. Je n'ai jamais voulu… Je ne me suis pas rendu compte…

— Oh, laisse tomber !

Il quitte la pièce, suivi de Gary. Je reste assise à me morfondre. Tout à coup je sens une larme glisser sur ma joue. Tout était si parfait. Et tout est gâché.

16

Rien ne va plus.

En fait, cette semaine a été la pire de toute ma vie de femme mariée.

J'ai à peine vu Luke, qui était débordé par son travail. En plus des réunions quotidiennes avec le groupe Arcodas, il a eu un énorme problème avec un de ses clients du domaine bancaire. Et le responsable d'un de ses principaux budgets, atteint de méningite, a dû être hospitalisé. Bref, le chaos.

Aujourd'hui, au lieu de se relaxer et de recouvrer ses esprits, il doit se rendre en avion à Chypre, pour visiter l'hôtel de Nathan Temple et mettre au point une stratégie en vue de l'inauguration. Dont il n'a pas envie de s'occuper.

Et tout est ma faute.

— Je peux t'aider ? dis-je en le voyant fourrer des chemises dans sa valise.

— Non merci, me répond-il sèchement.

Il a été comme ça toute la semaine. Silencieux, faisant la tronche, sans un regard pour moi. Et quand par hasard il me dévisage, c'est avec une expression de dégoût qui me tord les boyaux.

J'essaie de toutes mes forces de ne pas me laisser aller, de regarder le bon côté des choses. La plupart des couples traversent ce genre de crise, non ? Ma mère m'a bien prévenue. C'est notre Deuxième Grande Scène, et bientôt l'atmosphère s'éclaircira et tout ira bien…

À un détail près : est-il normal que la Deuxième Grande Scène arrive deux jours après la Première ?

Et qu'elle dure toute une semaine ?

J'ai essayé d'envoyer un e-mail à maman pour lui demander conseil, mais on m'a informé que la Croisière de l'Esprit et du Corps était une retraite. Résultat : on ne peut joindre aucun participant.

Luke referme la housse où il transporte ses costumes et disparaît dans la salle de bains sans un mot ni un regard. J'ai envie de pleurer. Impossible de se quitter comme ça…

Après quelques minutes, il émerge enfin et flanque sa trousse de toilette dans sa valise.

— Ça va bientôt être notre premier anniversaire. On devrait… prévoir quelque chose.

— Je ne suis même pas sûr d'être de retour à temps.

On dirait qu'il s'en fiche. Notre premier anniversaire n'a pas l'air de le passionner. Je sens que je vais pleurer. La semaine passée a été horrible et voilà que Luke va partir sans un sourire.

— Arrête d'être aussi méchant avec moi. Je sais que j'ai merdé. Mais je ne l'ai pas fait exprès. Je me suis excusée des milliards de fois.

— Je sais, lâche-t-il de ce ton las qu'il utilise depuis huit jours.

— Qu'est-ce que tu attends de moi ?

— Et toi, qu'est-ce que tu attends de moi ? Que je dise que tout baigne ? Que ça m'est égal d'aller dans une saloperie d'île alors que je devrais concentrer tous mes efforts sur le groupe Arcodas ?

Il ferme sa valise brutalement et poursuit sur le même ton :

— Tu veux que je te dise que je suis heureux d'être associé à un hôtel minable ?

— Il ne sera pas minable. Sûrement pas ! Nathan Temple m'a dit qu'il serait top. Tu aurais dû le voir à Milan, dans cette boutique. Il n'achetait que ce qu'il y avait de mieux ! Le plus beau cuir… le meilleur cachemire…

— Et sûrement les meilleurs matelas à eau, fait Luke, d'un ton sarcastique. Enfin Becky, tu ne comprends pas ? J'ai quelques principes.

— Moi aussi ! Mais ça ne fait pas de moi une snob !

— Je ne suis pas snob, rétorque Luke. Mais j'ai une échelle de valeurs.

Je ne peux plus m'arrêter.

— Mais si, tu es snob. Tout ça parce qu'il avait une chaîne de motels ! J'ai regardé ce qu'on dit de lui sur Internet. Il fait beaucoup de mécénat, il aide des gens…

— Il a également cassé la mâchoire d'un type. Tu as lu ça aussi ?

Ça me coupe le sifflet.

— Mais c'était il y a des années ! Il s'est amendé… il a changé…

— Qu'importe, soupire Luke en soulevant sa valise. Oublions ça !

Il se dirige vers l'entrée et je le suis.

— Non, on ne peut pas en rester là. On doit parler. Ça fait une semaine que tu m'ignores.

— J'ai été occupé.

Il sort de sa valise deux comprimés d'aspirine.

— C'est pas une raison. Tu as voulu me punir.

— Et tu m'en veux ! grogne-t-il en levant les bras au ciel. J'ai passé une semaine infernale.

— Alors laisse-moi t'aider.

Je le suis dans la cuisine, où il remplit un verre d'eau.

— Il doit bien y avoir quelque chose que je peux faire. Être ton assistante… faire de la documentation…

— Je t'en prie ! dit-il en plongeant ses comprimés dans l'eau. Je ne veux plus de ton aide. Tu me fais perdre mon temps. Rien d'autre. Compris ?

En plein dans le mille. Luke a dû voir mes idées dans le dossier rose. Et il les a trouvées nulles.

— Bon, eh bien, je ne vais pas t'ennuyer plus.

— C'est ça.

Il pénètre dans le bureau, où il ouvre des tiroirs.

Je l'attends dans le hall, les tempes battantes. Le bruit de la boîte aux lettres me surprend : un paquet atterrit sur le sol. C'est une enveloppe matelassée destinée à Luke, la marque de la poste est indéchiffrable. Je contemple l'adresse écrite au marqueur. L'écriture me semble familière, et pourtant elle ne l'est pas.

— Un paquet pour toi !

Luke sort du bureau, une pile de dossiers dans les bras, qu'il fourre dans son attaché-case. Il déchire le paquet et en sort un CD, ainsi qu'une lettre.

— Ah ! s'exclame-t-il, le visage soudain rayonnant. Parfait !

— Qui te l'envoie ?

— Ta sœur.

C'est comme si j'avais reçu un coup de poing à l'estomac.

Ma sœur ? Jess ? C'était l'écriture de Jess ?

— Pourquoi… ? (Je m'efforce de me calmer.) Pourquoi Jess t'écrit ?

— Elle a refait le montage de notre CD.

Il finit de lire la lettre.

— Elle est vraiment géniale. Bien plus forte que nos informaticiens. Il faut que je lui envoie des fleurs.

Sa voix est chaude et reconnaissante, ses yeux brillent. J'ai du mal à respirer.

Il trouve que Jess est fantastique, c'est ça ? Et moi… je suis de la crotte de bique.

— Donc Jess t'a été utile ?

— Oui, je dois l'avouer.

— Je suppose que tu préférerais qu'elle soit ici, à ma place. Tu aimerais qu'on échange ?

— Ne sois pas ridicule.

Luke plie la lettre et la remet dans l'enveloppe.

— Si Jess est tellement formidable, tu n'as qu'à aller vivre avec elle. Vas-y, vous pourrez parler ordinateurs tout votre saoul.

— Becky, calme-toi !

J'en suis incapable.

— Ne t'en fais pas ! Tu peux me dire la vérité ! Si tu préfères ce rat sinistre qui s'habille comme un sac, dis-le ! Épouse-la puisqu'elle est si formidable ! Tu t'amuseras bien avec elle ! Oui, tu seras sûrement très heureux…

Luke me regarde d'un tel air que je me glace.

— Becky ! Arrête tout de suite.

Sans un mot, il range la lettre de Jess. Je n'ose plus bouger un cil.

— Je sais que ça n'a pas collé entre Jess et toi. Mais sache une chose : ta sœur est quelqu'un de bien. Elle est honnête, fiable et travailleuse. Elle a bossé des heures pour nous.

Il tapote le disque et continue.

— Et sans rien nous demander, ni argent ni remerciements. C'est vraiment quelqu'un de généreux.

Luke s'avance vers moi.

— Tu devrais prendre exemple sur elle.

Quel choc ! Entendre ça me cloue le bec. J'ouvre la bouche, mais rien ne sort.

— Bon, je file, dit Luke en consultant sa montre.

Paralysée, je le vois sortir de la cuisine.

— Voilà, j'ignore quand je vais revenir.

— Luke… je suis désolée, dis-je d'une voix tremblante. Je suis navrée de t'avoir déçu. Mais si tu veux tout savoir, toi aussi tu m'as déçue. Tu as changé. Pendant notre voyage de noces, tu étais drôle. Et tu étais relax et gentil…

Soudain, je me souviens de ce Luke si différent : assis sur son tapis de yoga avec ses tresses décolorées et ses boucles d'oreilles. Me souriant sous le soleil du Sri Lanka. Me prenant la main.

J'ai soudain terriblement envie de ce mari-là. De ce mari facile à vivre, heureux, qui ne ressemble en rien à l'homme à la triste figure qui se tient debout devant moi. Je sanglote.

— Tu as changé. Tu es redevenu celui d'avant. Pourtant, tu m'avais promis que ça n'arriverait pas. Je n'imaginais pas que c'était ça, le mariage.

J'essuie une larme.

— Moi non plus, m'assène-t-il, ironique, sans sourire. Bon, j'y vais.

Un instant plus tard, la porte se referme derrière lui.

J'essaie de me contrôler en avalant plusieurs fois ma salive. Mais je me remets à sangloter et mes jambes sont prises de tremblote. Je me laisse tomber par terre et j'enfouis ma tête dans mes genoux. Il est parti. Sans même un baiser d'adieu.

Je reste dans la même position pendant un moment, essuyant mes larmes du revers de ma manche. Finalement, je me calme. Mais j'ai toujours des crampes d'estomac.

Notre mariage est en perdition. Après même pas un an.

Je me lève enfin, tout ankylosée. Je ne sais plus où j'en suis. J'entre dans la salle à manger, qui est vide et silencieuse. En voyant notre table en bois sculpté du Sri Lanka trôner au milieu de la pièce, j'ai envie de me remettre à pleurer. J'ai tant rêvé en pensant à cette table. Des visions me traversent l'esprit : la lueur des bougies, moi en train de servir un délicieux pot-au-feu, Luke me souriant amoureusement, nos amis assis autour de la table…

Soudain, j'ai une envie irrésistible : je dois parler à Suze. Je dois entendre sa voix réconfortante. Elle saura me dire ce que je dois faire. Elle sait toujours tout.

Je cours jusqu'au téléphone et me hâte de composer son numéro.

— Allô ? fait une voix féminine haut perchée, mais qui n'est pas celle de Suze.

— Bonjour ! dis-je, surprise, Becky à l'appareil. À qui…

— C'est Lulu ! Salut Becky ! Comment vas-tu ?

Sa voix aussi douce que du papier de verre me tape sur le système.

— Ça va. Suze est là ?

— Elle est en train de ficeler les jumeaux dans leurs sièges-autos. Nous partons faire un pique-nique au château de Marsham House. Tu connais ?

— Euh… non, dis-je en me frottant le menton.

— Oh, tu devrais le visiter ! Cosmo, tiens-toi ! Pas sur ta salopette. C'est une superdemeure, qui appartient au National Trust. Et c'est parfait pour les enfants. Il y a un élevage de papillons !

— Ah bon, superbe !

— Je vais lui dire de te rappeler dans deux secondes, d'acc ?

— Merci, réponds-je, soulagée. Ce sera parfait. Dis-lui juste… Dis-lui qu'il faut absolument que je lui parle.

Je vais me planter devant la fenêtre et, le front contre la vitre, j'observe la circulation. Le feu passe au rouge et les voitures s'arrêtent. Le feu passe au vert et les voitures démarrent en trombe. Puis ça repasse au rouge et un nouveau flot de voitures stoppe.

Ça fait plus de deux secondes. Suze ne m'a pas rappelée.

Elle ne m'appellera pas. Elle vit désormais dans un autre monde. Un monde de salopettes et d'élevages de papillons où il n'y a pas de place pour moi et mes ennuis.

Je suis terriblement déçue. C'est vrai qu'on était un peu en froid, ces derniers temps. Mais je pensais…

Et si je téléphonais à Danny. Sauf que… je lui ai laissé au moins six messages et il ne m'a jamais rappelée.

Bon. Tant pis. C'est sans importance. Il faut que je m'en sorte seule.

D'un pas aussi déterminé que possible je me rends dans la cuisine. Ce que je vais faire… c'est me préparer une tasse de thé.

Oui. On verra ensuite. Je pose la bouilloire sur le feu, mets un sachet de thé dans une tasse et j'ouvre le frigo.

Plus de lait.

J'ai envie de pleurer et de me rouler par terre.

Mais je relève la tête : je vais sortir en acheter. Et faire des provisions. L'air frais me fera du bien et me changera les idées.

Je prends mon sac, me mets un peu de gloss et quitte l'appartement. Je marche d'un pas vif, passe devant un magasin d'antiquités qui vend du mobilier doré et entre dans mon épicerie de luxe.

Dès que j'ai franchi la porte, je me sens réconfortée. Il fait chaud, l'atmosphère est agréable, je sens une odeur délicieuse, mélange de café, de pain frais et de cuisine. Les vendeurs portent de longs tabliers rayés, comme des marchands de fromage français.

Je prends un panier en osier, me dirige vers la crémerie, où je me sers deux litres de lait semi-écrémé.

Puis je repère un pot de yaourt grec de luxe. Et si je m'offrais quelques douceurs pour me remonter le moral ? J'ajoute le yaourt et des pots de mousse au chocolat à mes précédents achats. Et je saisis un superbe pot en verre soufflé de cerises à l'eau-de-vie.

C'est une perte d'argent, me souffle une petite voix. *Tu n'aimes pas les cerises à l'eau-de-vie.*

On dirait la voix de Jess. Bizarre. Et d'ailleurs, si, j'aime les cerises à l'eau-de-vie. Enfin, un peu.

Irritée, je secoue la tête et jette le pot convoité dans mon panier. J'avance un peu et tends la main vers une pizza aux olives naines et aux anchois.

De la cochonnerie hors de prix. Tu pourrais en faire une pour vingt pence.

Oh, la ferme ! Non, je ne pourrais pas ! Va-t'en !

La pizza se retrouve dans mon panier. Je zigzague entre les gondoles, attrapant au passage des barquettes de pêches blanches et de poires miniatures, plusieurs sortes de fromage, des truffes au chocolat noir, un gâteau à la fraise…

Mais la voix de Jess ne cesse de bourdonner dans ma tête.

Tu gaspilles ton argent. Tu songes à ton budget ? Tu crois que c'est la meilleure façon de récupérer Luke ?

— Arrête ! dis-je à haute voix.

Mon Dieu, je deviens folle. Par pur défi, je fourre encore trois boîtes de caviar dans mon panier qui déborde déjà, et titube jusqu'à la caisse, où je sors ma carte bancaire.

La caissière me sourit en enregistrant mes achats.

— Ce gâteau est particulièrement délicieux, dit-elle en l'emballant avec soin. Les pêches aussi. Et ce caviar ! Vous donnez un dîner ?

— Mais non ! Je suis juste… Je…

Mais je n'arrive pas à continuer.

Ce que je peux être bête, alors. Qu'est-ce que je vais faire de toute cette bouffe de luxe hors de prix ? Pourquoi me charger de ce bazar dont je n'ai nul besoin ? Jess a raison.

Mais c'est dans ma nature. Je n'arrive pas à éliminer les sombres pensées qui tournent dans ma tête comme des oiseaux de malheur. Tout à coup, j'entends la voix de Luke :

Ta sœur est quelqu'un de bien... Elle est honnête, fiable et travailleuse... Tu devrais prendre exemple sur elle...

Le choc ! J'ai l'impression d'avoir reçu la foudre sur la tête. Je ne peux plus bouger, mes tempes bourdonnent, mon cœur bat à toute allure.

Oh mon Dieu ! C'est ça !

J'ai trouvé la solution !

— Ça fera cent trente livres et soixante-treize pence, annonce la caissière.

Je la regarde sans comprendre.

— Je... je dois m'en aller. Tout de suite.

— Et vos achats ?

— Je n'en ai pas besoin !

Je fais demi-tour et sors du magasin en titubant, la main agrippée à ma carte bancaire. Sur le trottoir, j'essaie de retrouver mon souffle en respirant à fond plusieurs fois. J'ai l'impression d'avoir reçu un coup au plexus.

Tout est clair maintenant : il faut que j'aille prendre des leçons auprès de Jess.

Elle sera mon maître, et moi son élève. Elle m'enseignera la sobriété. Elle m'apprendra à devenir quelqu'un de bien, une personne spéciale. Et à sauver mon couple.

Je marche de plus en vite, jusqu'à me mettre à courir. Les gens me dévisagent mais je m'en fiche. Je dois aller en Cumbria. Immédiatement.

Je sprinte jusqu'à la maison et monte trois étages en courant avant de m'apercevoir que mes poumons sont sur le point d'exploser. Je n'arriverai jamais jusqu'en haut. Je m'assieds et souffle pendant quelques minutes comme une vieille locomotive avant de terminer ma montée en ascenseur. Je m'engouffre dans l'appartement, fonce dans ma chambre et tire une grande valise rouge de sous le lit. Je jette dedans ce qui me tombe sous la main, comme une héroïne de feuilleton. Un tee-shirt, des sous-vêtements, une paire de chaussures à talons et à lanières en diamant. Qu'importe ce que j'emporte ? L'essentiel est d'aller là-bas et de trouver un terrain d'entente avec Jess.

Je prends une veste, fais rouler ma valise jusque sur le palier, ferme la porte à double tour. Je regarde une dernière fois derrière moi avant de monter dans l'ascenseur. Ma décision est prise : une nouvelle vie commence. Je suis sur le chemin d'un nouveau savoir…

La barbe ! J'ai oublié mon fer à défriser.

J'appuie sur le bouton Arrêt. La cabine, qui commençait à descendre, s'immobilise.

Impossible de partir sans mon fer à défriser. Et sans ma laque.

Et mon baume pour les lèvres Kiehl : je ne peux pas vivre sans.

Bon, il va falloir que je révise ma théorie du « qu'importe ce que j'emporte ».

Je me dépêche de retourner dans ma chambre. Je tire une deuxième valise de sous le lit, une verte, cette fois, et fourre des tas de choses dedans.

Maintenant que j'y pense, je devrais emporter plus de crème hydratante. Et un de mes nouveaux chapeaux, si jamais il y avait un mariage. J'empile des tas de vêtements, plus un jeu de backgammon de voyage, au cas où je m'ennuierais dans le train (et au cas où je rencontrerais quelqu'un pour m'apprendre à jouer).

Je prends enfin mon sac Angel. En me regardant dans la glace, la voix de Luke me revient soudain :

— *J'espère que ce sac en valait la peine, Becky.*

Je me fige. Avec un haut-le-cœur.

Vais-je le laisser là ?

Abandonner mon bien le plus précieux ? C'est ridicule !

Je glisse la bandoulière sur mon épaule tout en me regardant dans la glace. Où sont passées l'excitation et l'envie que j'avais ressenties la première fois que je l'ai vu ? J'ai un vrai sac Angel ! Le sac que le monde entier désire. Pour lequel les gens se battent. Qu'ils attendent le cœur battant.

J'ai l'impression qu'il pèse plus lourd qu'avant. Bizarre… Un sac ne peut pas peser plus lourd, subitement.

Ah, oui ! J'ai mis mon chargeur dedans. C'est la raison pour laquelle…

Bon. Suffit comme ça. Je m'en vais. Avec mon sac.

Je descends sur le trottoir accompagnée de mes bagages. Je hèle un taxi. En chargeant mes valises, je suis excitée par ce qui m'attend.

— À Euston Station, dis-je au chauffeur, un brin d'émotion dans la voix. Je vais me réconcilier avec ma nouvelle sœur.

Le conducteur ne bronche pas.

— C'est l'entrée de derrière que vous voulez ?

Vraiment ! On pourrait s'attendre à ce que les chauffeurs de taxi fassent preuve d'un peu plus de psychologie. Qu'est-ce qu'ils apprennent à l'école de conduite ?

Comme il y a peu de trafic, nous arrivons à la gare en dix minutes. En trottinant jusqu'au guichet avec mes valises, j'ai l'impression de jouer dans un vieux film. Il devrait y avoir des nuages de vapeur, des vrombissements et des sifflements de trains, et je devrais porter un tailleur en tweed, une étole de fourrure et une coiffure pleine de frisettes.

— Un aller pour le Cumbria, je vous prie.

Je plaque un billet de cinquante livres sur le guichet.

C'est à ce moment qu'un homme à la mine patibulaire devrait me remarquer, m'offrir un cocktail ou me proposer de m'enlever une poussière dans l'œil. Rien de tout ça. Rien qu'une préposée en uniforme de nylon orange, qui me dévisage comme si j'étais une demeurée.

— Cumbria ? Où ça dans le Cumbria ?

Ah, elle n'a pas tort. C'est quoi la gare la plus proche du village de Jess ?

Soudain, j'ai un éclair. Quand j'ai vu Jess pour la première fois, elle m'a dit qu'elle arrivait de…

— North Coggenthwaite. Un aller-retour, je vous prie. Mais je ne sais pas quand je vais revenir. Je vais me réconcilier avec ma sœur…

La préposée m'interrompt sans tenir compte de mon sourire :

— Ça fera cent soixante-dix-sept livres.

Quoi ? Tant que ça ? C'est le prix d'un billet d'avion pour Paris !

— Ah… voilà.

Je lui tends une liasse, les billets qui me restent de la vente des pendules Tiffany.

— Quai n° 9. Le train part dans cinq minutes.

— Merci.

Je me dirige d'un pas vif vers mon train. Mais à mesure que je m'approche de l'immense Intercity, je me sens moins sûre de moi. Des gens me bousculent, s'embrassent, soulèvent leurs bagages, claquent des portières.

Je me fige. Mon cœur bat fort et j'ai les mains moites. Jusqu'à maintenant, c'était comme un jeu. Or ce n'est pas un jeu. C'est pour de vrai. Je n'arrive pas à croire que je vais aller jusqu'au bout.

Vais-je vraiment faire des centaines de kilomètres pour me rendre dans une région inconnue et voir une sœur qui ne peut pas me blairer ?

17

Bon Dieu ! J'y suis.

Cinq heures se sont écoulées et me voici en plein Cumbria, dans le village de Jess. Je suis dans le Nord !

Je monte la rue principale de Scully, et c'est vraiment beau ! Comme Gary l'a décrit, avec des murs de pierres sèches et tout et tout ! La rue est bordée de vieilles maisons de pierre aux toits d'ardoise. Au-delà, on voit des vallons rocailleux et des moutons qui paissent. Une immense colline, presque une montagne, couronne l'ensemble.

En passant devant une de ces jolies maisons, je vois un rideau remuer. Avec mes deux valises, une rouge et une verte, je ne dois pas passer inaperçue. Les roulettes tournent péniblement sur la chaussée et font un bruit d'enfer. De plus, mon carton à chapeau cogne à chaque pas. Deux vieilles en robe imprimée, assises sur un banc, pointent un doigt vers mes chaussures en daim rose. Je leur souris et m'apprête à leur dire que je les ai achetées chez Barneys quand elles se lèvent et s'en vont en se retournant régulièrement pour me regarder.

La rue grimpe sacrément. Ce qui n'est pas un mal en soi. Et ce qui ne me gêne pas du tout.

Mais tout de même, il vaut mieux que je m'arrête pour admirer le paysage, le temps de reprendre mon souffle. Le chauffeur de taxi m'avait proposé de me déposer à la porte, mais je lui ai dit que je préférais marcher un peu pour me détendre. Et avaler en cachette une gorgée de la vodka que j'ai achetée dans le train. Je suis nerveuse à l'idée de revoir Jess, ce qui est ridicule puisque j'ai eu des heures dans le train pour me préparer à cette rencontre.

J'ai même bénéficié de l'aide d'experts ! Je me suis rendue au wagon-bar pour commander un bloody mary – histoire de me donner un petit coup de fouet –, et là j'ai fait la connaissance d'une troupe d'acteurs shakespeariens en tournée pour jouer *Henry V*. Ils buvaient, fumaient, et on s'est mis à parler. Finalement, je leur ai sorti toute mon histoire. Ils étaient comme des fous ! On se croirait dans *Le Roi Lear*, ont-ils déclaré. Et les bloody mary n'ont pas arrêté de défiler. Ah ! Ils ont aussi insisté pour corriger ma façon de parler.

Je ne suis pas sûre que je vais suivre tous leurs conseils. Par exemple, je m'abstiendrai peut-être de m'arracher les cheveux et de m'empaler sur une fausse épée. Sinon, la plupart de leurs tuyaux valaient la peine. J'ai appris qu'il ne fallait jamais faire de l'ombre à un autre acteur, c'est-à-dire ne jamais le forcer à jouer en tournant le dos au public. Si je faisais ça à ma sœur, m'ont-ils assuré, je n'aurais aucune chance de me réconcilier avec elle et ce serait ma faute. Je leur ai fait remarquer qu'il n'y aurait pas de spectateurs, mais ils n'ont pas voulu en démordre.

Le vent m'ébouriffe les cheveux et mes lèvres se gercent sous la bise du Nord. Je me mets un peu de baume. Puis, pour la énième fois, je sors mon portable pour vérifier si Luke m'a appelée. Mais je dois être en dehors d'une zone, car je ne capte pas. Je continue de regarder l'écran vide, le cœur plein d'un espoir insensé. S'il n'y a pas de réseau, ça veut peut-être dire qu'il a essayé de me joindre. Et s'il m'appelait à cet instant précis…

Mais au fond de moi je sais que je me raconte des histoires. Je suis partie depuis six heures. S'il avait eu envie de me parler, il l'aurait déjà fait.

Je suis vidée. Tout me revient en mémoire. La dureté du ton de Luke. La lassitude et la déception dans son regard quand il est parti. Tout ce qu'il m'a dit. J'ai tellement ressassé notre querelle que j'en ai la migraine.

Horreur ! Les larmes me montent aux yeux. Je les refoule de toutes mes forces et renifle plusieurs fois. Je ne vais pas me mettre à pleurer… Tout se passera bien. Je vais m'améliorer, me transformer ; Luke ne me reconnaîtra pas.

Pleine de courage, je repars en tirant mes lourdes valises et j'arrive au coin de Hill Rise. Je m'arrête pour observer l'enfilade de maisons grises. Nous y voici donc. C'est là qu'habite Jess ! Dans une de ces maisons.

Je sors mon carnet pour vérifier le numéro de la rue lorsque je remarque une silhouette à la fenêtre d'un premier étage. C'est Jess ! Avec un air de ne pas en croire ses yeux !

Malgré ce qui s'est passé entre nous, je suis émue de la revoir. C'est ma sœur, après tout. Je me mets à courir avec mes valises à la traîne et mon carton à chapeau toujours aussi brinquebalant. À bout de souffle, je suis sur le point de soulever le heurtoir quand la porte s'ouvre. Vêtue d'un pantalon en velours côtelé et d'un sweatshirt, Jess se tient devant moi, horrifiée.

— Becky, qu'est-ce que tu fous là ?

Bon, c'est le moment de me rappeler ce que les acteurs shakespeariens m'ont appris. Je lève les bras au ciel comme pour la supplier et je chevrote :

— Jess, je veux être ton élève !

— Comment ? (Elle recule, épouvantée.) Tu es saoule ?

— Non ! Enfin, oui. Juste quelques bloody mary… mais je ne suis pas ivre, je te le jure ! Je veux devenir quelqu'un de bien. Je veux que tu me serves de modèle. Et apprendre à te connaître. J'ai fait des erreurs dans ma vie… mais je veux en tirer des leçons. Jess, je veux être comme toi.

Silence. Jess ne me quitte pas des yeux.

— Tu veux être comme moi. Je croyais que je n'étais qu'un « rat d'une pingrerie maladive » ?

Merde ! Je pensais qu'elle l'aurait oublié !

— Euh… je suis désolée de t'avoir dit ça, je ne le pensais pas.

Jess ne semble pas convaincue. Je me remémore vite les leçons du train.

— Le temps a guéri nos blessures…, dis-je avec un accent tragique en lui saisissant la main.

— Non ! Pas du tout ! lâche-t-elle en se dégageant. Tu as un sacré culot de te pointer ici !

— Mais j'implore ton aide, en tant que sœur ! Je veux que tu m'apprennes ! Tu seras mon gourou ! Et je serai…

— Ton gourou ?

— Je voulais seulement dire…

— Je n'en ai rien à faire ! De toi et de ta dernière lubie ! Fous le camp !

Elle claque la porte.

Elle m'a claqué la porte au nez ! Ma propre sœur ! Je hurle :

— Mais je suis venue exprès de Londres !

Pas de réponse.

Je ne peux pas abandonner. Pas comme ça.

— Jess, dis-je en martelant la porte, laisse-moi entrer ! Je t'en supplie ! Je sais que nous avons eu des différends…

— Fous-moi la paix !

Jess ouvre la porte d'un seul coup.

Elle n'est pas seulement hostile. Elle est blanche de fureur.

— Becky, il n'y a pas que les différends. Nous sommes différentes. Je n'ai pas de temps à perdre avec toi. Franchement, j'aurais préféré ne jamais faire ta connaissance, et je ne sais toujours pas ce que tu fiches ici.

— Comprends-moi, dis-je rapidement avant qu'elle ne claque à nouveau la porte, tout est allé de travers. Luke et moi nous nous sommes disputés... J'ai fait quelque chose d'idiot.

— Ça m'étonne, de ta part !

— Je sais que je l'ai cherché. Je sais que c'est de ma faute. Mais notre mariage est en danger. Vraiment.

Je prononce ces mots d'une voix tremblante et je sens que les larmes me montent aux yeux. Je bats des paupières pour les refouler.

— Jess... je t'en prie, aide-moi. Tu es la seule personne vers qui je peux me tourner. Si je m'améliore à ton contact, il est possible que Luke change d'avis. Tu lui plais.

Les mots ont du mal à passer mais je poursuis :

— Il te préfère à moi.

Jess secoue la tête. Par indifférence ou parce qu'elle ne me croit pas ? Difficile à dire.

— Qui est-ce, Jess ? demande une fille qui émerge derrière Jess. Encore un témoin de Jéhovah ?

Elle a les cheveux gris sale, des lunettes, et tient un bloc de papier.

— Je ne suis pas un témoin de Jéhovah, je suis la sœur de Jess !

— Sa sœur ? répète la fille en m'inspectant des pieds à la tête. Je vois ce que tu voulais dire, marmonne-t-elle à l'intention de Jess. (Et, en baissant encore la voix :) Elle a l'air un peu zinzin.

Zinzin ?

— Je ne suis pas zinzin ! Et ce ne sont pas vos oignons ! Jess…

— Becky, rentre chez toi.

— Mais…

— Tu ne comprends pas quand on te parle ? Rentre chez toi !

Elle lève la main comme si elle chassait un chien.

— Mais… je fais partie de ta famille ! On doit s'entraider ! Je suis ta sœur, non ?

— Je n'en ai rien à faire ! Je n'ai jamais demandé à être ta sœur ! Au revoir, Becky.

Elle claque la porte si fort que je sursaute. Je lève la main vers le heurtoir, mais la laisse retomber. À quoi ça servirait ?

Pendant quelques instants, je reste là à fixer le panneau brun foncé. Puis, lentement, je me retourne et commence à descendre la rue.

J'ai fait tout ce voyage pour rien.

Et maintenant ?

L'idée de rentrer directement à la maison m'est insupportable. Toutes ces heures de train pour trouver quoi ? Un appartement vide et un mari absent.

Je songe à Luke et je ne peux plus me contrôler. Des larmes se mettent à couler le long de mes joues et un énorme sanglot me secoue, puis un autre. En arrivant au coin de la rue, deux mères qui promènent leurs enfants me regardent d'un air bizarre et c'est à peine si je les remarque. Je pleure trop. Mon maquillage a dû couler… et je n'ai pas de main libre pour prendre un mouchoir… je dois renifler. Il faut que je m'arrête pour reprendre mes esprits.

À ma gauche s'étend une pelouse avec un banc. Je m'y dirige, laisse choir mes valises et m'assieds, la tête dans les mains, hoquetant de plus belle.

Me voici, à des centaines de kilomètres de chez moi, seule et abandonnée de tous. C'est entièrement ma faute. J'ai tout gâché.

Et Luke ne m'aimera plus jamais.

Soudain quelqu'un m'adresse la parole.

— Allons, allons, que se passe-t-il ?

Je lève les yeux : un homme en pantalon de velours côtelé et pull vert me regarde, mi-apitoyé, mi-sévère.

— C'est la fin du monde ? Il y a des personnes âgées tout autour qui essaient de faire la sieste. Vous faites tellement de bruit que vous effrayez les moutons !

Il me montre la colline, où en effet deux moutons me regardent curieusement.

— Désolée, mais les choses vont plutôt mal pour moi, en ce moment.

— Une querelle d'amoureux, dit-il comme si c'était une évidence.

— Non, je suis mariée. Mais mon mariage part à vau-l'eau. Je crois même qu'il est fichu. Et je suis venue jusqu'ici pour voir ma sœur et elle refuse de me parler…

Je sanglote à nouveau.

— Mes parents font une croisière psy, mon mari est parti pour Chypre avec Nathan Temple, ma meilleure amie s'est choisi une autre copine qu'elle préfère à moi et je n'ai personne à qui parler. Et j'ignore où aller ! C'est la triste vérité : je ne sais pas où aller si je quitte ce banc…

Après un autre affreux sanglot, je m'essuie le visage avec un mouchoir et jette un coup d'œil à l'inconnu. Il m'observe, ahuri.

— Voilà ce que je vous propose : que diriez-vous d'une tasse de thé ?

— Super. Merci beaucoup.

L'homme traverse la pelouse, portant mes deux valises comme si elles ne pesaient rien, et je cours derrière lui en trimbalant mon carton à chapeau.

— Je m'appelle Jim, dit-il sans se retourner.

— Et moi Becky. Vous êtes vraiment très gentil. Je voulais prendre une tasse de thé à Londres, mais je n'avais plus de lait. C'est ainsi que… j'ai atterri ici.

— Ça fait un long voyage, pour une tasse de thé.

Dire que ce n'était que ce matin. Ça me semble remonter à un million d'années !

— En tout cas, on ne va pas manquer de lait, dit-il en entrant dans une boutique dont l'enseigne affiche en lettres noires SCULLY STORES. Une sonnerie retentit quand nous entrons, et un chien se met à aboyer au fond du magasin.

— Ah ! dis-je en jetant un œil curieux autour de moi, c'est une boutique !

— C'est *la* boutique ! me corrige-t-il. Dans la famille depuis cinquante-cinq ans !

— Formidable !

Les étagères regorgent de pain frais, de boîtes de conserve bien alignées, de bocaux de bonbons à l'ancienne, de cartes postales et de petits souvenirs.

— C'est charmant, ici. Alors vous êtes M. Scully ?

Jim me regarde légèrement de travers.

— Scully, c'est le nom du village.

— Ah oui, j'avais oublié.

— Moi, je m'appelle Smith. Et vous avez vraiment besoin de cette tasse de thé. Kelly ?

Il a élevé la voix, et quelques instants plus tard une gamine apparaît au fond du magasin. Elle doit avoir dans les treize ans, une queue-de-cheval impeccable, des yeux bien maquillés. Elle tient à la main le magazine *Heat*.

— Je m'occupais de la boutique, je te jure, papa. Je suis juste montée chercher ce magazine.

— Ne t'en fais pas, chérie. Prépare une bonne tasse de thé pour cette dame qui a eu des… malheurs.

— D'accord, fait-elle après m'avoir longuement dévisagée.

Elle disparaît et il me vient soudain à l'esprit que je dois être monstrueuse.

— Voulez-vous vous asseoir ? demande Jim en tirant une chaise.

— Merci beaucoup.

Je pose mon carton à chapeau et plonge dans mon sac Angel pour en sortir ma trousse à maquillage. Mon Dieu, quelle mocheté ! me dis-je en me voyant dans la glace. J'ai le nez et les yeux rouges. Avec mon eye-liner étalé partout, je ressemble à un panda. Sans parler du trait de « mascara turquoise vingt-quatre heures » qui a atterri sur une de mes joues.

Je me sers d'un coton démaquillant pour tout enlever, et la glace me renvoie la triste image d'un visage nu et pâle. Et si je restais comme ça ? À quoi bon me maquiller si mon mariage est fichu ?

— Et voilà ! fait la gamine en posant devant moi une tasse de thé brûlant.

Elle ne cesse de me dévisager.

— Merci. Tu es adorable.

— Il n'y a pas de quoi.

Je savoure une première gorgée : c'est la réponse à tout.

Kelly continue à me regarder avec des yeux comme des soucoupes.

— Vous avez un vrai sac Angel ?

Je ressens un coup au cœur, que je dissimule derrière un pauvre sourire.

— Oui, c'est un vrai !

— Papa ! Elle a un sac Angel ! crie-t-elle à son père, qui décharge des paquets de sucre. Je te les ai montrés dans *Glamour*. Toutes les stars en ont ! Harrods n'en a plus ! Où est-ce que vous avez acheté le vôtre ?

— À Milan.

— Milan ! répète Kelly. Cool ! Et votre gloss ? C'est du Stila ?

— Euh… oui.

— Emily Masters en a. Et elle ne se prend pas pour la queue d'une poire.

Je regarde les yeux brillants de Kelly et ses joues rouges. Soudain, j'ai envie d'avoir à nouveau treize ans. De faire les magasins le samedi pour dépenser mon argent de la semaine. Et de ne me soucier de rien sauf des devoirs de sciences nat et de savoir si James Fullerton est amoureux de moi.

— Tiens, je te le donne ! Je ne l'utiliserai plus.

Et je lui tends mon gloss Pamplemousse de chez Stila que j'ai très peu utilisé.

— C'est vrai ? Vous êtes sûre ?

— Et tu veux cette crème blush ? Ce n'est pas que tu aies besoin de blush…

— Super !

— Une minute, Kelly ! intervient Jim. Tu ne peux pas t'approprier le maquillage de cette dame ! Allez, rends-le-lui !

— Elle me les a donnés ! s'insurge Kelly. Je n'ai rien demandé…

— C'est vrai, Jim. Kelly peut les prendre. Je ne les utiliserai plus jamais, dis-je avec un rire amer. Je les avais achetés parce qu'on m'offrait un parfum si je dépensais quatre-vingts livres…

J'ai les larmes aux yeux. Jess a raison. Je suis barjo !

— Ça ne va pas ? s'inquiète Kelly. Tenez, je vous les rends…

— Non, ça va. Il faut que je me change les idées.

Je sèche mes larmes et vais voir l'étalage de souvenirs. Autant profiter de ma présence ici pour rapporter quelques cadeaux. Je choisis un râtelier à pipes pour papa et un plateau en bois peint pour maman. J'hésite à acheter une reproduction sur verre du lac Windermere pour Janice quand je remarque deux ménagères qui poireautent à l'extérieur de la boutique. Une troisième se joint bientôt à elles.

— Qu'est-ce qu'elles attendent ?

— Ça, me répond Jim en regardant sa montre.

Et il met en vitrine un écriteau : AUJOURD'HUI, PAIN À MOITIÉ PRIX.

Le trio se précipite immédiatement dans le magasin.

— Je prendrai deux boules, demande la femme aux cheveux gris et à l'imperméable beige. Les croissants sont aussi à moitié prix ?

— Non, pas aujourd'hui.

— Eh bien, tant pis.

— Donne-moi trois pains complets, déclare une autre ménagère, à écharpe verte. Et qui est-ce ? demande-t-elle en me désignant du pouce. On l'a vue qui pleurait. C'est une touriste ?

— Elles se perdent tout le temps, affirme la première femme. À quel hôtel êtes-vous ? Au fait, elle parle notre langue ?

— Je pense qu'elle est danoise, affirme la troisième, sûre d'elle. Vous parlez danois ?

— Je suis anglaise. Et je ne suis pas perdue. J'étais triste parce que… mon mariage va mal. Et je suis venue ici pour demander à ma sœur de m'aider, mais elle a refusé.

— Votre sœur ? répète la femme au foulard, l'air méfiant. Qui est votre sœur ?

— Elle habite le village, dis-je en avalant une gorgée de thé. Elle s'appelle Jessica Bertram.

Silence stupéfait. On dirait que je leur ai défoncé la tête à coups de marteau. Quant à Jim, il demeure bouche bée.

— Vous êtes la sœur de Jess ?

— Oui, enfin, sa demi-sœur.

Je jette un coup d'œil autour de moi : personne ne bouge. On me regarde comme si je débarquais de Mars.

— Je sais qu'on ne se ressemble pas beaucoup…

— Elle nous a dit que vous étiez timbrée, intervient Kelly.

— Kelly ! la reprend son père.

— Quoi ? Qu'est-ce qu'elle a dit ? Que j'étais folle ?

— Rien ! fait Jim en lançant un regard menaçant à sa fille.

— Ici, tout le monde savait qu'elle allait voir sa sœur, continue Kelly en ignorant son père. Et quand elle est revenue, elle a dit que vous étiez timbrée. Désolée papa, mais c'est la vérité.

Je deviens toute rouge.

— Je ne suis pas folle ! Je suis normale ! Juste différente de Jess. Nous n'aimons pas les mêmes choses. Elle apprécie les pierres et moi… les bijoux.

On me regarde comme une bête curieuse.

— Ah, les minéraux ne vous intéressent pas ? demande la femme au foulard.

— Non, pas vraiment. En fait… ç'a été un point de désaccord entre nous.

— Qu'est-ce qui s'est passé ? demande Kelly, passionnée.

— Eh bien… J'ai dit à Jess que je ne connaissais rien de plus ennuyeux que de collectionner les pierres et que ce passe-temps lui allait comme un gant.

Ces dames hoquettent d'horreur.

— Il ne faut pas se moquer des roches de Jess, dit la femme à l'imperméable. Elle a une passion pour ses collections, la chère enfant.

— Jess est une bonne fille, intervient la femme aux cheveux gris. Solide, fiable. Elle ferait une excellente sœur.

— Impossible de rêver mieux, approuve la femme au foulard.

Je me sens sur la défensive.

— Ce n'est pas de ma faute. Je cherche à me réconcilier avec elle ! Mais ça ne l'intéresse pas d'être ma sœur. J'ignore pourquoi tout a mal tourné. Je voulais tellement qu'on devienne amies. J'avais organisé tout un week-end pour elle, mais rien ne lui a plu. Elle critiquait tout. Ça a fini par une énorme bagarre… et je l'ai traitée de tous les noms…

— Quoi, par exemple ? insiste Kelly.

— Eh bien… je lui ai dit qu'elle était un désastre. Qu'elle était rasoir…

Nouveau cri d'effroi. Kelly est tellement horrifiée qu'elle lève une main pour me faire taire. Mais je dois continuer. Comme pour me libérer. Maintenant que j'ai commencé, je dois vider mon sac.

— Je lui ai aussi dit qu'elle était la personne la plus pingre que j'avais jamais rencontrée. Qu'elle n'avait aucun goût pour s'habiller et qu'on devait lui avoir enlevé la rate pour l'empêcher de rire…

Je me tais, mais cette fois personne ne hoquette. L'assistance s'est figée.

Soudain, je me rends compte qu'une sonnette s'est déclenchée depuis quelques instants. Et je me retourne lentement.

Je frissonne : Jess se tient dans l'embrasure de la porte, les traits défaits.

— Jess ! Mon Dieu ! Jess ! Je ne voulais pas… J'expliquais juste…

— J'ai entendu ce que tu as dit ! J'étais venue te voir pour vérifier que tu allais bien. Et pour te demander si tu avais besoin que je t'héberge cette nuit… Mais je viens de changer d'avis.

Jess me regarde droit dans les yeux et poursuit :

— Je savais que tu étais superficielle et gâtée. Je ne savais pas qu'en plus tu étais salope et faux jeton.

Elle s'en va en claquant la porte.

Kelly a viré au rouge, Jim fait la grimace. Le trio de ménagères a pris un air embarrassé.

La femme au foulard croise les bras sur sa poitrine pour dire :

— Eh bien, ma chère, vous avez vraiment merdé !

Je suis totalement choquée.

J'étais venue pour me réconcilier avec Jess et je me suis enfoncée de plus belle.

— Tenez, avec trois sucres, dit Jim en m'offrant une nouvelle tasse de thé.

Le trio s'est assis pour boire du thé et manger un gâteau que Jim a apporté. J'ai l'impression qu'on attend de moi un nouveau numéro, aussi divertissant que le précédent.

— Je ne suis pas salope et faux jeton. En fait, je suis très gentille ! J'étais venue pour arranger les choses ! Je sais qu'on ne s'entend pas bien. Mais je voulais qu'elle soit mon maître. Qu'elle m'aide à sauver mon mariage…

L'assistance semble retenir son souffle.

— Elle a aussi des problèmes conjugaux ? demande la femme au foulard. Oh, mon Dieu ! soupire-t-elle avec des petits claquements de langue.

— Elle en a des malheurs ! intervient la femme aux cheveux gris. Son mari est parti avec une autre ?

Jim me jette un coup d'œil puis se penche vers ses clientes et leur murmure :

— D'après ce qu'elle m'a raconté, il serait parti pour Chypre avec un homme du nom de Nathan.

— Oh ! fait la femme aux cheveux gris, oh, *je vois* !

— Becky, qu'allez-vous faire ? demande Kelly en se mordant la lèvre.

Rentre chez toi, me suggère une petite voix. *Laisse tomber*.

Mais je suis hantée par le visage pâle de Jess. Je sais trop ce que c'est que d'être calomniée. J'ai connu des tas de garces, à une époque. La pire, c'était Alicia – un vrai chameau aux longues jambes – la plus cruelle et la plus méprisante fille du monde.

Il m'est insupportable que ma sœur pense que je suis comme ça.

— Je veux présenter mes excuses à Jess. Je sais qu'on ne sera jamais proches. Mais je ne peux rentrer chez moi en la laissant croire que je suis une garce. Est-ce que vous savez où je peux trouver une chambre ?

— Edie a une maison d'hôtes, répond Jim en désignant la femme au foulard. Tu as une chambre libre ?

Edie fouille dans un énorme cabas et en sort un carnet.

— Vous avez de la chance ! Il me reste une chambre de grand luxe.

— Edie s'occupera bien de vous.

Jim est si prévenant que j'en ai les larmes aux yeux.

— Puis-je la louer pour la nuit, s'il vous plaît ? dis-je en me séchant les yeux.

J'avale encore une gorgée de thé et remarque soudain la tasse. Elle est en faïence bleue, avec SCULLY peint en blanc dessus.

— C'est très joli. Vous les vendez, ces tasses ?

Jim me regarde en souriant.

— Vous les trouverez dans le fond.

— Puis-je en avoir deux ? Enfin quatre ? Et je veux vous dire… un grand merci. Vous avez tous été si gentils.

La maison d'hôtes donne sur la pelouse centrale du village. Jim porte mes valises, et moi mon carton à chapeau et un sac en papier bourré de souvenirs. Edie ferme la marche en m'énonçant les règles que je dois suivre :

— Pas de visite après vingt-trois heures… pas plus de trois invités à la fois dans la chambre… interdiction d'utiliser des aérosols… paiement d'avance seulement par chèque ou en espèces… Voilà, merci bien, conclut-elle en arrivant devant une porte éclairée.

— Vous vous débrouillerez, à partir de maintenant ? demande Jim en posant mes valises.

— Oui, merci mille fois.

Je lui suis tellement reconnaissante que je voudrais l'embrasser. Mais bon, je n'ose pas. Je me contente de le regarder s'éloigner.

— Merci bien, répète Edie en tendant la main.

— Oh ! Bien sûr.

Je farfouille dans mon sac et frôle mon portable. Par réflexe, je l'ouvre et consulte l'écran. Mais je n'ai pas de réseau.

— Vous pouvez vous servir du téléphone payant dans l'entrée. Il y a une petite cabine pour être tranquille.

Y a-t-il quelqu'un que j'aie envie d'appeler ?

J'ai un petit coup au cœur en songeant à Luke : il est à Chypre, toujours aussi furieux après moi. Les parents sont immergés dans leur croisière psy. Suze doit être en pique-nique dans un endroit inondé de soleil avec Lulu et leurs enfants en salopette.

— Non, ça ira ! Je n'ai personne à appeler. Franchement… personne ne remarquera mon absence.

5 juin 03 16.54
De : Suze
À : Becky

Bex. Désolée de t'avoir manquée. Pourquoi tu réponds pas ? Pique-nique, un désastre. On a été piqués par des guêpes. Tu me manques. Je vais venir à Londres. Appelle.

Suze XXX

6 juin 03 11.02
De : Suze
À : Becky

Bex. Où es-tu ? ???????????

Suze XXXXXX

18

Je n'ai pas bien dormi.

Ai-je vraiment dormi ? J'ai l'impression d'avoir passé la nuit à contempler le plafond insonorisé de ma chambre, tout en ressassant les mêmes pensées.

Sauf que j'ai dû m'endormir, car en me réveillant ce matin je me souviens d'un rêve où j'étais Alicia la garce-aux-longues-jambes. Je portais un ensemble rose et je riais avec un affreux rictus, et Jess était toute pâlotte et défaite. En fait, je crois qu'elle me ressemblait un peu.

Y penser me donne un haut-le-cœur. Il faut que je remédie à la situation.

Je n'ai pas faim, mais Edie a préparé un copieux petit déjeuner et elle ne veut rien entendre quand je lui dis que je me contenterai d'un toast. Je grignote donc un peu de bacon et des œufs et fais semblant d'attaquer le boudin noir – puis j'avale une dernière gorgée de café et pars à la recherche de Jess.

En montant la côte qui mène à sa maison, j'ai le soleil dans les yeux. Un vent frais souffle dans mes cheveux. C'est une journée idéale pour une réconciliation. Pour repartir de zéro.

Je sonne et j'attends, le cœur battant.

Pas de réponse.

Oh, j'en ai marre des gens qui s'absentent quand j'ai envie d'avoir une conversation sentimentale avec eux. Je regarde à travers les fenêtres, au cas où elle se cacherait. Peut-être que je devrais lancer des cailloux contre les vitres ?

Hum, et si j'en cassais une ? Jess aurait toutes les raisons de me haïr.

Je sonne encore plusieurs fois, puis renonce. Je redescends le chemin et décide d'attendre. Après tout, je n'ai rien d'autre à faire. Je m'assieds sur un muret et m'installe confortablement. Voilà. Je vais patienter jusqu'à ce qu'elle rentre chez elle et je l'accosterai en lui débitant des excuses.

Au bout d'un moment, le muret devient inconfortable et j'essaie de trouver une position plus adéquate. Je consulte ma montre, vérifie qu'elle fait tic tac. Une vieille dame qui promène son chien passe sur le trottoir d'en face.

Je regarde à nouveau ma montre. Cinq minutes se sont écoulées.

C'est fou ce que je me barbe !

Comment font-ils, les voyeurs ? Ils doivent s'embêter à mourir.

Je me lève pour me détendre les jambes et monte jusqu'à la maison de Jess. Je sonne, juste pour m'assurer encore qu'il n'y a personne, et retourne me percher sur mon muret. À ce moment précis, un policier s'approche de moi. Qu'est-ce qu'il fiche dans la rue ? Je croyais que tous les flics faisaient de la paperasserie à leur bureau ou des rondes en voiture.

Je n'ai pas la conscience tranquille. Pourtant je ne fais rien de mal, si ? Poireauter n'est pas un crime, que je sache.

Après tout, c'est peut-être interdit. Mais ça ne fait que cinq minutes, ça ne peut pas compter… Et d'abord comment sait-il que je surveille la maison ? Je peux aussi attendre là juste pour m'amuser !

— Ça va ? me questionne-t-il en s'approchant.

— Oui, merci.

Il me regarde en silence.

— Il y a un problème ?

— Pouvez-vous circuler, mademoiselle ? Vous n'êtes pas sur un banc public.

Il ne m'en faut pas plus pour exploser :

— Pour quelle raison ? Qu'est-ce qui ne tourne pas rond dans ce pays ? Au moindre écart, on est persécuté ! Pourquoi être assise sur ce muret me vaut-il d'être importunée ?

— C'est mon mur, et là c'est ma maison !

— Ah bon ! dis-je en rougissant et en bondissant sur mes pieds. Euh… j'allais partir. Merci ! Quel joli mur !

Bon. Terminée, ma séance d'espionnite ! Je reviendrai plus tard.

Je redescends vers la pelouse du village et bifurque, sans y prêter attention, vers le magasin de Jim. Quand j'entre, Kelly est à la caisse, plongée dans *Elle*, et Jim dispose des pommes sur l'étalage.

— Je suis allée chez Jess, dis-je tristement, mais elle n'était pas là. Il faut que j'attende qu'elle revienne.

— Vous voulez que je vous lise votre horoscope ? demande Kelly. Peut-être qu'on y parle de sœurs.

— Hé ! miss, intervient Jim, ou tu révises tes examens, ou tu t'occupes du salon de thé.

— Je révise !

Elle me fait une grimace, repose son magazine et prend un livre intitulé *Algèbre élémentaire*.

Ah, l'algèbre ! J'avais oublié que ça existait. Heureusement que je n'ai plus treize ans.

Je suis en manque de sucre. Au rayon des biscuits, je me sers en gâteaux au chocolat et à l'orange. Puis je m'approche du rayon papeterie : on a toujours besoin de fournitures, non ? Je choisis un paquet de punaises en forme de mouton, qui me seront utiles un jour. Et, pendant que j'y suis, je prends également l'agrafeuse assortie, et des chemises de couleur.

— Tout va bien ? demande Jim en me voyant les mains pleines.

J'apporte mes trésors à la caisse, où Kelly les enregistre.

— Vous désirez une tasse de thé ?

— Non, merci, je ne veux pas être dans vos pattes.

— Vous plaisantez ? Il n'y aura personne avant quatre heures, quand le pain va arriver. Et vous pouvez m'aider à réviser mon français.

— Dans ce cas, si je peux me rendre utile….

Trois heures plus tard, je n'ai toujours pas bougé. J'ai avalé trois tasses de thé, un demi-paquet de biscuits au chocolat et une pomme. J'ai fait provision de plusieurs cadeaux pour des amis à Londres : des chopes à bière décoratives et des sets de table – ce qui est toujours utile.

De plus, j'ai aidé Kelly. Sauf que nous sommes passées de l'algèbre au vocabulaire français, puis finalement aux fringues qu'elle va porter à la soirée de son école. On a feuilleté tous les magazines, je lui ai maquillé chaque œil différemment pour lui montrer ce qu'on pouvait inventer. Son œil gauche est très dramatique, bordé d'ombre à paupières couleur fumée et rehaussé de faux cils que j'ai trouvés dans ma trousse. L'autre est argenté, très années 60, avec du mascara blanc.

— Surtout, que ta mère ne te voie pas comme ça, répète Jim chaque fois qu'il passe devant Kelly.

— Si seulement j'avais mon postiche, dis-je en étudiant le visage de la gamine, je t'aurais fait une superbe queue-de-cheval.

— J'ai un look extra ! s'exclame Kelly en se regardant dans une glace.

— Tu as des pommettes bien dessinées, dis-je en lui appliquant de la poudre nacrée.

— C'est tellement amusant ! Oh, Becky, vous devriez vivre ici. On pourrait faire ça tous les jours.

Son enthousiasme m'émeut.

— Tu sais… je reviendrai de temps en temps. Si les choses s'arrangent avec Jess.

Mais rien que de penser à ma sœur j'en ai les boyaux qui se tordent. Plus le temps passe et plus l'idée de la revoir me rend nerveuse.

— J'aurais bien aimé faire ces trucs de maquillage avec Jess, mais ça ne l'intéressait pas.

— Quelle idiote !

— Ne dis pas ça. Elle aime d'autres choses.

— Elle a un fichu caractère, dit Jim. Difficile de croire que vous êtes sœurs. C'est peut-être dû à la manière dont vous avez été élevées. Pour Jess, ça a été à la dure.

— Vous connaissez donc sa famille ?

— Ouais. Pas bien, mais un peu. Je suis en affaires avec son père. Il est le propriétaire de Bertram Foods. Il habite Nailbury, à sept kilomètres d'ici.

Soudain, je brûle de curiosité. Jess ne m'a pas dit un mot sur sa famille. Mes parents non plus.

— Alors… elle est comment… je veux dire, sa famille ?

— Je le répète, ça n'a pas été de tout repos pour Jess. Sa mère est morte quand elle avait quinze ans. Et c'est un âge délicat pour une fille.

— Je ne savais pas ! s'exclame Kelly, les yeux ronds.

Jim, les coudes sur le comptoir, continue :

— Son père est… un type bien. Honnête. Qui a très bien réussi. Il est parti de rien, et grâce à son travail il a fait de Bertram Foods une grosse boîte. Mais on ne peut pas dire qu'il soit… chaleureux. Il a été aussi dur avec Jess qu'avec ses frères. Il voulait qu'ils se débrouillent tout seuls. Je me souviens de Jess quand elle a commencé à aller au lycée, à Carlisle. Une excellente école.

— Moi, j'ai essayé d'y entrer, mais je n'étais pas assez bonne, s'exclame Kelly en faisant une grimace.

— Jess est intelligente, c'est certain, poursuit Jim en hochant la tête. Pour aller en classe, elle devait changer trois fois de bus. Je la croisais le matin en venant ici en voiture et je m'en souviendrai toute ma vie. La brume matinale, la route déserte, et Jess attendant le car avec son gros cartable. Elle n'était pas la fille costaud qu'elle est devenue. À l'époque, c'était une petite maigrichonne.

Il se tait, mais je ne sais pas quoi dire. Je me rappelle que mes parents m'emmenaient tous les jours à l'école en voiture. Pourtant, ce n'était pas loin.

— Si Bertram Foods est à eux, ils doivent être riches, lance Kelly en fouillant dans ma trousse de maquillage. On leur achète des tartes surgelées et des glaces. Ils ont un énorme choix !

— C'est vrai qu'ils ne sont pas à plaindre, explique Jim. Mais ils ont toujours été près de leurs sous. Bill Bertram s'en vantait. Ses enfants devaient travailler pour gagner leur argent de poche. Et s'ils n'avaient pas de quoi s'offrir une sortie avec leur école… eh bien, ils n'y allaient pas. Simple comme bonjour.

— Incroyable ! Tout le monde sait que c'est aux parents de payer ce genre de sorties !

— Pas les Bertram. Ils voulaient leur apprendre la valeur de l'argent. Il paraît qu'une année un des fils Bertram a été le seul élève à ne pas assister à un spectacle de pantomime. Il n'avait pas assez d'argent, et son père a refusé de lui avancer le prix du billet. J'ignore si l'histoire est vraie, mais ça ne me surprendrait pas.

Il lance un coup d'œil appuyé à Kelly.

— Tu es née sous une bonne étoile, mademoiselle. Tu as la vie facile !

— Mais je fais le ménage, réplique Kelly. Et j'aide à la boutique, non ?

Elle prend un chewing-gum et se tourne vers moi :

— Et maintenant, Becky, à mon tour de vous maquiller. Vous avez du blush ?

— Euh… je crois, fais-je, distraite. Quelque part.

Je suis en train de m'imaginer Jess attendant son car, toute pâlotte et maigrichonne.

Jim finit de vider un carton de sachets de soupe et me dévisage.

— Ne vous en faites pas ! Vous allez vous réconcilier avec Jess.

— Peut-être, dis-je en essayant de sourire.

— Vous êtes sœurs. Vous faites partie de la même famille. Tout finit toujours par s'arranger.

Il jette un coup d'œil par la vitrine.

— Ah, les voilà qui s'amènent.

Dehors, deux femmes font le pied de grue. L'une d'elles louche vers le pain et se met à discuter avec l'autre ménagère.

— Personne n'achète donc le pain au prix fort ?

— Personne, ici. Sauf les touristes, mais il y en a peu. Quelques alpinistes qui veulent escalader le mont Scully – et ils ne consomment pas beaucoup de pain. Sauf en cas d'urgence.

— Que voulez-vous dire ?

— Quand ces connards se perdent. Mais bon, tant pis, je considère maintenant le pain comme un produit d'appel.

— Pourtant c'est tellement bon quand c'est frais et croustillant, dis-je en contemplant la rangée de pains ronds.

Soudain, j'ai pitié d'eux, comme s'ils faisaient tapisserie.

— Je vais en acheter. Au prix fort.

— Mais je vais réduire le prix, objecte Jim.

— Qu'importe ! Je prends deux pains de mie et un pain complet.

— Qu'est-ce que vous allez en faire ? demande Kelly.

— Je n'en sais rien. Des toasts.

Je tends de la monnaie à la gamine et elle fourre les pains dans un sac en ricanant.

— Jess a raison, vous êtes dingue ! Vous voulez que je vous maquille les yeux, maintenant ?

— Attention, les clientes vont arriver, nous prévient Jim. Je vais accrocher l'écriteau dans la vitrine.

— Je lui ferai seulement un œil, s'empresse de dire Kelly en prenant la palette d'ombres à paupières. Et quand elles seront parties, je ferai l'autre. Fermez les yeux, Becky.

J'obéis. Le chatouillement du petit pinceau me plaît. J'ai toujours adoré qu'on me maquille.

— Bien, je vais maintenant appliquer l'eye-liner. Ne bougez pas.

— L'écriteau est en place, annonce Jim.

J'entends le bruit familier de la sonnette, suivi de l'agitation des ménagères pénétrant dans le magasin.

— N'ouvrez pas encore les yeux, dit Kelly un peu affolée, je ne sais pas si c'est bien…

— Laisse-moi voir !

Je saisis mon miroir de poche : mon œil droit a été badigeonné d'ombre à paupières écarlate et souligné d'un trait d'eye-liner mal assuré. On dirait que je suis atteinte d'une horrible maladie !

— Kelly !

— J'ai vu ça dans *Elle* ! Regardez ce mannequin sur le podium, il est tout en rose et rouge.

— J'ai l'air d'un monstre !

J'éclate de rire. Je n'ai jamais été aussi hideuse de ma vie. Je regarde autour de moi pour observer la réaction des clientes et mon rire s'éteint.

Jess vient d'entrer.

Quand nos regards se croisent, j'ai un coup à l'estomac. Elle est froide et agressive, sans rien d'une pauvre maigrichonne de douze ans. Nous nous observons en silence, puis elle pose un regard méprisant sur les magazines, ma trousse de maquillage et mes crèmes et onguents étalés sur le comptoir. Enfin, sans un mot, elle fait demi-tour et se met à fouiller dans un panier rempli de boîtes de conserve à prix réduit.

Dans la boutique, c'est maintenant le silence. J'ai l'impression que tout le monde est au courant de ce qui s'est passé entre nous.

Je dois parler, malgré la terreur qui s'est emparée de moi.

Je jette un coup d'œil à Jim : il me fait un petit signe encourageant.

— Euh… Jess, je suis venue te voir ce matin. Je voulais t'expliquer…

— Il n'y a rien à expliquer…

Elle soupèse des boîtes sans même lever la tête vers moi.

— … je ne sais même pas ce que tu fous encore ici.

— Elle me fait une nouvelle tête, intervient Kelly pour prendre ma défense.

Je lui souris pour la remercier, mais j'ai toujours les yeux fixés sur Jess.

— Je suis restée pour te parler. Pour… te présenter mes excuses. Puis-je t'emmener dîner quelque part ce soir ?

— Je ne suis pas assez bien habillée pour sortir avec toi.

Le visage de Jess est toujours aussi hostile, mais je devine qu'elle souffre intérieurement.

— Jess…

— Et de toute façon je suis occupée.

Elle flanque trois boîtes sur le comptoir, dont une sans étiquette, mais soldée à dix pence.

— Tu sais ce qu'il y a dedans, Jim ?

— Un cocktail de fruits ou… des carottes.

— Bon, je la prends.

Elle pose quelques pièces près de la caisse et sort de sa poche un sac en plastique.

— Alors un autre soir, dis-je avec l'énergie du désespoir. Ou pour déjeuner…

— Becky, fous-moi la paix !

Elle s'en va et je reste assise, le visage en feu, comme si elle m'avait giflée. Peu à peu, les clientes s'agitent à nouveau, la boutique retrouve son brouhaha habituel. On me regarde comme une bête curieuse, mais je n'en tiens pas compte.

— Ça va, Becky ? demande Kelly en me prenant doucement le bras.

— J'ai encore merdé. Tu l'as vue.

— Elle a toujours eu un caractère de cochon, fait Jim. Même quand elle était jeune. Elle est sa pire ennemie. Dure avec elle-même, intraitable avec les autres. Elle pourrait prendre exemple sur vous, c'est sûr !

— Ne vous en faites donc pas ! reprend Kelly. Vous n'avez rien à faire avec elle ! Oubliez-la ! Faites comme si elle n'existait pas !

— Pas si simple ! rétorque Jim. Pas avec un membre de la famille. On ne peut retirer l'échelle aussi facilement.

— Je ne sais pas, dis-je en haussant les épaules, c'est peut-être possible. Après tout, on ne s'est pas vues pendant vingt-sept ans…

— Et vous voudriez que ça dure encore autant ? demande Jim d'un air soudain sévère. Vous voilà toutes les deux. Ni l'une ni l'autre n'a de sœur. Vous pourriez devenir de bonnes amies.

— Ce n'est pas de ma faute… me défends-je, puis je me tais en songeant à mon petit discours de la veille. Enfin, ce n'est pas entièrement de ma faute…

— Je n'ai pas dit ça, souligne Jim après s'être occupé de deux clientes. J'ai une idée. Je sais ce que Jess fait ce soir. En fait, j'y serai aussi.

— Ah bon ?

— Oui, il y a une réunion locale de protestation. Tout le monde y sera.

Ses yeux pétillent de malice.

— Pourquoi ne viendriez-vous pas ?

FAX adressé à : M. Luke Brandon
Aphrodite Temple
Hotel
Chypre

De : Susan Cleath-Stuart

Le 6 juin 2003

URGENT – AU SECOURS !

Luke,

Becky n'est pas chez elle. Personne ne l'a vue nulle part. Je n'arrive pas à la joindre au téléphone.

Je commence à me faire du souci.

Suze

19

Bon. Voici l'occasion rêvée d'impressionner Jess. De lui montrer que je ne suis pas aussi superficielle et gâtée qu'elle le croit. Mais il ne faut pas que je déconne.

L'essentiel, pour commencer, c'est de choisir une tenue. Je passe en revue les vêtements étalés sur mon lit. Quelle est la tenue la plus adéquate pour une réunion de protestation écologique ? J'élimine mon pantalon en cuir… un top brillant… Je remarque soudain un pantalon de combat que je sors de la pile.

Parfait. Dommage qu'il soit rose, mais je ne peux rien y faire. Ah… oui. Je vais lui assortir un tee-shirt avec un slogan. Génial !

Je sélectionne un tee-shirt où est écrit CHAUDE, qui va très bien avec le bas. Ce n'est pas un mot très révolutionnaire, mais tant pis. Après réflexion, je prends un stylo rouge et ajoute : INTERDIT.

INTERDIT CHAUDE ne veut rien dire en soi, mais c'est le principe qui compte. De plus, je ne vais pas me maquiller beaucoup : juste un trait d'eye-liner, un peu de mascara et de brillant à lèvres.

Je m'habille et me fais des tresses. Un coup d'œil dans la glace. Becky, tu as tout de la vraie militante ! Juste pour voir, je lève le poing.

— Travailleurs du monde, unissez-vous !

Il n'y a pas à dire, je suis douée. Bon. Allons-y !

La réunion a lieu dans la salle commune du village. Il y a des pancartes partout avec des slogans NE GÂCHEZ PAS LA CAMPAGNE. La salle grouille de monde. Je me dirige vers une table couverte de tasses et de petits gâteaux.

— Un café, ma petite ? demande un bonhomme âgé habillé dans un style sport chic.

— Merci, mon frère. Absolument !

Je lui fais un salut militaire en criant : « Vive la grève ! »

En voyant la tête surprise du type, je me souviens qu'ils ne sont pas en grève. J'ai confondu avec *Billy Elliot*.

Après tout, c'est la même chose, non ? C'est une question de solidarité et de combat pour la bonne cause. J'avance jusqu'au centre de la salle, ma tasse à la main. Là, je repère un jeune rouquin aux cheveux en brosse qui porte une veste en jean couverte de badges.

— Sois la bienvenue ! dit-il en se détachant du groupe. Je m'appelle Robin. Je ne pense pas t'avoir déjà vue.

— Je m'appelle Becky. En fait, je ne suis qu'une touriste. Mais Jim a dit que je pouvais venir…

— Bien sûr, fait-il en me serrant la main de toutes ses forces. Tout le monde est le bienvenu. Qu'importe que tu sois une touriste ou une résidente… les problèmes sont les mêmes. La prise de conscience, voilà l'essentiel.

— Absolument !

Je remarque qu'il a à la main un paquet de brochures.

— Je pourrais en emporter et les distribuer à Londres, si tu veux. Pour faire passer le mot.

— Ce serait formidable ! sourit Robin. C'est le genre d'attitude ultrapositive que nous recherchons. Quel est ton domaine de prédilection dans les problèmes d'environnement ?

Merde ! Réfléchissons !

— Euh… (Je bois un peu de café pour gagner du temps.) Des tas de choses, vraiment. Les arbres… et… les porcs-épics…

— Les porcs-épics ?

Misère ! Ça m'est venu à l'esprit parce que je trouve qu'il est coiffé comme un hérisson.

— Quand ils se font écraser par des voitures, c'est un vrai danger pour la société.

— Tu dois avoir raison, fait Robin pensif. Alors tu milites surtout pour la défense des porcs-épics ?

La ferme ! Becky, change de sujet.

— Oui ! C'est exact. Mon groupe s'appelle La Pique.

— Quel nom magnifique !

— Oui, ça veut dire Protection, Internationale… euh…

Quelle idiote d'avoir choisi un nom avec un *q*.

— Qui-vive …

Ouf, je m'interromps. Jim s'approche, flanqué d'une femme mince et sèche vêtue d'un jean et d'une blouse à carreaux. Ce doit être sa femme.

— Salut, Jim, s'exclame Robin. Heureux que tu sois venu !

— Salut, Jim ! (Je me tourne vers la femme :) Vous devez être Elizabeth.

— Et vous la célèbre Becky ! (Elle me serre la main.) Kelly n'arrête pas de parler de vous.

— Elle est vraiment adorable. Nous nous sommes tellement amusées à nous maquiller… Je m'aperçois soudain que Jim me fait les gros yeux… et nous avons révisé ses matières. Beaucoup d'algèbre et de français.

— Jess est là ? demande Jim en inspectant la salle.

— Je ne sais pas. Je ne l'ai pas repérée.

— Quel dommage, soupire Elizabeth. Jim m'a tout raconté. Deux sœurs qui ne se parlent pas. Et vous êtes si jeunes ! Vous avez toute la vie pour être amies. Quelle bénédiction que d'avoir une sœur !

— Elles deviendront bien amies un jour, fait Jim. Ah ! La voilà !

Je pivote sur moi-même et, en effet, Jess s'avance vers nous, estomaquée de me voir :

— Qu'est-ce qu'elle fait ici ?

— Elle vient de rejoindre notre groupe, explique Robin. Je te présente Becky.

— Salut, Jess ! Je vais m'occuper d'environnement !

— Becky s'intéresse tout particulièrement aux porcs-épics, précise Robin.

— Quoi ?

Elle jette un coup d'œil à Robin avant de faire non de la tête.

— Je suis contre. Elle ne fait pas partie de notre association et elle n'assistera pas à la réunion. Elle doit partir. Tout de suite !

— Vous vous connaissez ? s'étonne Robin tandis que Jess détourne la tête.

— Nous sommes sœurs, dis-je.

— Mais elles ne s'entendent pas, murmure Jim.

— Voyons, Jess, intervient Robin, tu connais l'éthique de notre association : nous laissons de côté nos désaccords personnels. Tout le monde est bienvenu. Becky s'est déjà portée volontaire pour travailler sur le terrain, ajoute-t-il en me souriant.

— Tu ne sais pas ce dont elle est capable ! s'exclame Jess en se prenant la tête à deux mains.

— Allez, viens Becky, dit Robin, je vais te trouver une place.

Petit à petit, les conversations cessent. Tout le monde prend place sur des chaises disposées en fer à cheval. Sur ma rangée, je repère Edie, puis la femme aux cheveux gris, qui apparemment s'appelle Lorna, et plusieurs autres clientes de Jim.

— Bienvenue à tous, dit Robin en s'avançant au milieu des chaises. Avant de commencer, j'ai plusieurs annonces à faire. Demain, comme vous le savez, aura lieu la course d'endurance du Scully Pike, une course sponsorisée. Qui désire y participer ?

Une demi-douzaine de mains se lèvent, dont celle de Jess. Je suis tentée de l'imiter, mais le mot « endurance » me retient. Et le mot « course » aussi.

— Parfait, se réjouit Robin. Que les participants n'oublient pas leur équipement. La météo s'annonce mauvaise : brouillard et sans doute pluie.

On entend quelques exclamations désabusées, et autant de rires.

— Un comité d'accueil vous attendra à l'arrivée avec des boissons chaudes. Bonne chance à tous. Et maintenant, j'aimerais vous présenter un nouveau membre : Becky, qui s'intéresse tout particulièrement aux porcs-épics et…

Il me cherche des yeux.

— … à d'autres petites créatures en danger ou seulement aux porcs-épics ?

Je sens le regard assassin de Jess dans mon dos.

— Euh… surtout aux porcs-épics.

— Bien, au nom de notre association, je souhaite la bienvenue à Becky. Passons maintenant à l'ordre du jour.

Il sort d'un cartable une liasse de papiers.

— Le futur centre commercial de Piper's Hill.

Il se tait pour laisser à l'assistance le temps de réagir.

— Le conseil municipal pratique la politique de l'autruche. Cependant (Robin feuillette ses papiers), je suis parvenu par des moyens peu catholiques à obtenir une copie du projet.

Il tend des documents à un homme assis au bout d'une rangée, qui commence à les passer à ses voisins.

— Nos objections sont nombreuses, reprend Robin. Si vous voulez étudier ces papiers…

Silence dans la salle. Je m'intéresse sagement au projet et aux dessins. En regardant autour de moi, je vois que l'assistance est à la fois furieuse et déçue, ce qui, dans le fond, ne me surprend pas.

— Bien ! fait Robin en me fixant droit dans les yeux. Becky, écoutons tes commentaires. En tant que personne de l'extérieur, quelle est ta première réaction ?

Tout le monde me regarde et je me sens rougir.

— Euh… je dirais que de nombreux problèmes vont surgir.

— Exactement, approuve Robin. Ce qui enfonce notre clou. Les problèmes sont évidents, même pour quelqu'un qui ne connaît pas la région. Continue, Becky.

— Eh bien, dis-je en regardant à nouveau le projet, les heures d'ouverture doivent changer. Le centre devrait être ouvert jusqu'à vingt-deux heures tous les soirs. N'oublions pas que les gens sont obligés de travailler, dans la journée ! Ils ne devraient pas avoir à se dépêcher pour faire leurs courses.

Autour de moi, les gens ne disent pas un mot : ils sont totalement ébahis. Ils ne devaient pas s'attendre à ce que je découvre le pot aux roses aussi rapidement. Encouragée par leur attitude, je consulte la liste des commerçants.

— Et ces boutiques sont trop moches. Vous devriez avoir Space NK… Joseph… et bien sûr LK Bennett !

On entendrait une mouche voler.

Jess a enfoui sa tête dans ses mains.

Robin est comme foudroyé, mais il s'efforce de sourire.

— Becky… il y a une légère erreur. Nous ne protestons pas contre la gestion du centre, mais contre son existence même.

— Pardon ?

— On ne veut pas qu'ils construisent ce centre commercial, intervient Jess en détachant chaque mot. C'est le but de notre protestation, ajoute-t-elle, sarcastique. Ils projettent de détruire un site naturel d'une grande beauté. Ce que nous contestons.

— Oh, fais-je, rouge comme un coq, je vois. Absolument. La beauté naturelle. J'allais justement y venir.

Je feuillette rapidement les documents à la recherche d'une façon de me racheter.

— Ce sera sans doute une zone dangereuse pour les porcs-épics. J'ai remarqué qu'il y avait plusieurs passages à risques. Ou PPR, comme nous les appelons.

Exaspérée, Jess lève les yeux au ciel. Je devrais la boucler.

— Excellente remarque, dit Robin. Y a-t-il d'autres observations ?

Tandis qu'un homme aux cheveux blancs parle de la profanation du paysage, je m'enfonce dans mon siège, le cœur battant. Bon. À partir de maintenant, je me la ferme.

Heureusement que je n'ai pas dit un mot sur ce qui me paraissait le plus important : la petite taille du centre commercial.

— Je m'inquiète pour l'économie locale, proclame une femme bien habillée. Les centres commerciaux construits dans la périphérie ruinent la vie rurale. Si on construit celui-ci, c'est la fin des magasins du village.

— Ce serait un crime ! s'indigne Lorna. Le commerce local est le noyau de la communauté. Il doit être encouragé.

De plus en plus de voix s'élèvent. Toutes les clientes de Jim sont d'accord avec les intervenants.

— Comment Jim pourrait-il concurrencer une grande chaîne ?

— Il faut qu'on maintienne en vie les boutiques locales !

— C'est la faute du gouvernement…

Bon, je sais, je m'étais promis de me taire mais je ne peux pas résister. Et me voilà qui lève la main.

— Désolée, mais si vous voulez que la boutique du village survive, qui vous empêche d'acheter le pain à son vrai prix ?

Jess me fusille du regard.

— C'est vraiment typique de toi. À tes yeux, tout revient à dépenser de l'argent !

— Mais c'est tout le problème ! Dans un magasin, on dépense de l'argent ! Si tout le monde dépensait un peu plus, les affaires marcheraient mieux.

— Tout le monde n'est pas accro du shopping, d'accord ?

— C'est bien dommage, souligne Jim. Depuis l'arrivée de Becky, mon chiffre d'affaires a triplé.

Jess me fait la gueule. Mon Dieu ! Elle est en pétard. Je l'ai vraiment contrariée.

— C'était juste une idée… Peu importe !

Je me tasse sur mon siège, essayant de me faire oublier.

Pendant que la discussion générale reprend, j'examine les documents du centre. Ah ! J'avais raison. Les boutiques prévues sont tartes. Pas une grande marque de sacs… pas un endroit pour se faire faire une manucure… Je vois ce qui les chagrine. Quel intérêt de gâcher un beau paysage pour des magasins où personne n'ira ?

— … et, au comité, nous avons décidé d'une action immédiate et préventive, déclare Robin. Nous organiserons une manifestation dans une semaine. Nous avons besoin d'un maximum de soutien. Et d'un maximum de publicité.

— Ce sera difficile, objecte une femme, ça n'intéresse personne.

— Edgar va rédiger un article pour le journal de sa paroisse, déclare Robin en consultant ses notes. Et je sais que certains d'entre vous ont envoyé des lettres au conseil municipal…

Parler me démange.

J'ouvre la bouche, mais en voyant le regard furibard de Jess je la boucle.

— Nous allons publier une brochure informative…

Pourtant je ne peux pas me taire. Impossible.

— Votre action doit être plus percutante ! dis-je en coupant Robin.

Du coup, tous les regards se tournent vers moi.

— Becky, ferme-la ! s'exclame Jess, excédée. On essaie de discuter sérieusement !

— Moi aussi ! lui réponds-je en rougissant, et je continue. Vous devriez monter une énorme campagne de marketing !

— Mais ça coûte cher, s'inquiète l'homme aux cheveux blancs.

— En affaires, si vous voulez gagner de l'argent, il faut être prêt à en dépenser. Idem ici. Si vous voulez obtenir des résultats, il faut mettre le paquet !

— Encore l'argent ! crie Jess. Encore et toujours l'argent ! C'est ton obsession !

— Vous pourriez vous faire sponsoriser ! Il y a sûrement des commerces qui ne veulent pas de ce centre. Vous pourriez mettre une radio locale dans le coup… préparer un dossier de presse…

— Excuse-moi, ma petite, m'interrompt un type assis près de Jess, tu as la parole facile. Mais que sais-tu de tout ça ?

— Rien, en effet ! Mais j'étais journaliste. Je sais ce qu'est un communiqué de presse et une campagne de marketing. Et pendant deux ans j'ai travaillé à New York chez Barneys, le grand magasin. On organisait des soirées, des week-ends ou des soirées promotionnels… tenez, voilà une idée.

Je me tourne vers Jim et poursuis :

— Si vous voulez développer votre magasin, donnez une fête ! Faites quelque chose de positif ! Organisez une foire commerciale. Ce serait amusant ! Vous auriez des remises spéciales, des cadeaux… le tout lié à la manifestation…

— Ta gueule !

C'est Jess, blanche comme un linge, qui s'est levée.

— Becky, ta gueule ! Ferme-la, pour une fois ! La vie n'est pas qu'une fête ! Quel besoin as-tu de tout banaliser ? Les commerçants comme Jim ne sont pas intéressés par tes fêtes. Mais par des actions solides et longuement réfléchies.

— Je pourrais être intéressé par une fête, dit Jim si doucement que Jess fait semblant de ne pas l'entendre.

— Tu ne connais rien à l'environnement ! reprend-elle de plus belle. Rien à ces stupides porcs-épics ! Tu inventes tout au fur et à mesure. Fous le camp et fiche-nous la paix.

— Allons, Jess, calme-toi, intervient Robin. Becky ne cherche qu'à nous aider.

— On n'a pas besoin d'elle.

— Jess, dit Jim d'une voix calme, c'est ta sœur. Allons, sois un peu plus accueillante.

— Parce qu'elles sont sœurs ? s'étonne l'homme aux cheveux blancs.

Dans l'assistance, on a l'air de se poser la même question.

— Ce n'est pas ma sœur ! clame Jess en croisant ses bras sur sa poitrine.

Elle évite mon regard, ce que je trouve blessant.

— Je sais que tu refuses d'être ma sœur, dis-je en me levant pour l'affronter. Mais c'est un fait ! Et tu ne peux rien y changer. Nous avons le même sang ! Nous avons le même…

— Ah ouais, eh bien, je n'y crois pas, vu ? crie Jess.

L'assistance semble effarée.

— Comment ?

— Je ne crois pas que nous soyons du même sang, fait Jess, un ton en dessous.

— Mais… on le sait bien ! Qu'est-ce que tu racontes, là ?

Jess soupire et regarde ses ongles. Quand elle relève la tête, ses traits sont détendus.

— Regarde-nous, Becky ! Nous n'avons rien en commun. Strictement rien. Comment pourrait-on appartenir à la même famille ?

— Mais mon père est ton père !

— Mon Dieu ! Écoute, je ne voulais t'en parler que plus tard.

— Me parler de quoi ? fais-je le cœur battant.

— Bon. Voici ce dont il s'agit : à l'origine, on m'a attribué le nom de ton père. Mais ça ne rimait à rien. Hier soir, j'ai eu une longue discussion avec ma tante Florence. Elle m'a avoué que ma mère était un peu… volage. Elle a pu connaître d'autres hommes. (Jess hésite.) En fait, elle a eu des aventures avec d'autres hommes, mais ma tante ne connaissait pas leur nom.

— Mais… tu as passé un test ! dis-je, éberluée. Un test ADN ! Qui prouve…

Je me tais en voyant Jess secouer la tête.

— Non. Nous n'avons jamais passé ce test. Nous en avions l'intention. Mais je portais le nom de ton père, les dates coïncidaient… alors on a présumé… Mais on s'est trompés.

J'ai le tournis. Tout ça, c'était du vent ?

Silence dans la salle. Personne ne respire. Jim me regarde avec sympathie. Je détourne vite les yeux.

— Ainsi… tout n'a été qu'une grossière erreur ?

Ma gorge se noue.

— Oui, une erreur, admet Jess. Mais écoute, Becky : si tu nous voyais pour la première fois, tu croirais qu'on est sœurs ?

— Je suppose que non !

Je suis à la fois perturbée et déçue. Pourtant une petite voix me dit que ce n'est pas une surprise. J'ai l'impression que depuis des semaines j'essaie de forcer les choses. En vain.

Jess n'est pas ma sœur. Nous ne sommes pas de la même chair ni du même sang. C'est juste… une fille.

En face de moi, il y a une fille que je connais à peine et qui ne m'aime pas.

Soudain, je n'ai plus rien à faire ici.

— Bien, je crois que je vais m'en aller. Au revoir tout le monde. Bonne chance avec votre manifestation.

Personne ne dit rien. Tous sont sous le choc. Tremblante, je prends mon sac et recule mon siège. En me dirigeant vers la sortie, je croise quelques regards compréhensifs. Arrivée devant Jim, je m'arrête. Il semble aussi déçu que moi.

— Merci pour tout, Jim, dis-je en souriant.

— Au revoir, fait-il en me serrant la main chaleureusement. J'ai été ravi de vous connaître.

— Moi aussi. Dites au revoir de ma part à Kelly.

Sur le seuil, je me retourne vers Jess.

— Adieu ! Je te souhaite une belle vie.

— Adieu, Becky ! J'espère que ça s'arrangera avec Luke.

Pour la première fois, une lueur de compassion brille dans ses yeux.

— Merci.

Je ne sais plus quoi dire. Je tourne les talons et sors dans la nuit.

20

Je me sens toute chose. Après tout ce qui s'est passé, je n'ai plus de sœur.

Assise depuis une heure sur mon lit dans la maison d'hôtes de Scully, je contemple les collines. Tout est terminé. J'en ai fini avec mon rêve d'avoir une âme sœur avec qui bavarder et rire et faire des courses et manger des chocolats à la menthe. C'était ridicule !

Jess n'aurait pas fait tout ça, évidemment.

Mais on aurait au moins pu papoter et apprendre à mieux se connaître. On aurait échangé des secrets et des conseils.

Je pousse un profond soupir et ramène mes genoux contre ma poitrine. Ce n'est pas dans *Sœurs perdues de vue* que ce serait arrivé.

Mais si, en fait, c'est arrivé ! Quand ces deux sœurs qui devaient subir une greffe du rein ont passé un test ADN et se sont aperçues qu'elles n'étaient pas sœurs. Mais comme leurs reins étaient compatibles, la greffe a eu lieu. À la fin, elles se déclarent sœurs de cœur. (Et de rein, je suppose.)

En tout cas, elles s'aimaient.

J'écrase une larme. Inutile de me morfondre. J'ai été enfant unique toute ma vie… et je le suis à nouveau.

J'ai eu une sœur pendant quelques semaines seulement. Je n'ai pas eu le temps de m'habituer. Ce n'est pas comme si on avait noué des liens profonds.

En fait… tout est bien qui finit bien. Qui aurait envie d'avoir Jess pour sœur ? Pas moi. En aucun cas. Et elle a raison. Nous n'avons rien en commun. On ne se comprend pas. On aurait dû s'en apercevoir dès le début.

Soudain, je me lève et commence à balancer mes affaires dans ma valise. Je vais dormir ici, mais dès demain matin je rentre à Londres. Il est temps que je vive ma vie. Avec mon mari.

Du moins… si j'ai encore un mari.

À la pensée de Luke, mon estomac se serre. Est-il toujours en pétard contre moi ? Son séjour à Chypre est probablement un enfer et il doit me maudire à chaque instant. La seule idée de le revoir me fait frémir.

Allez, Becky, haut les cœurs ! Je fourre un pull dans ma valise. Et alors ? Même si mon mariage est branlant je n'ai pas besoin d'une sœur nulle pour m'aider. Je me débrouillerai toute seule. En achetant un livre. Il existe sûrement un guide intitulé *Comment sauver un mariage vieux d'un an ?*

J'empile tous les souvenirs que j'ai achetés chez Jim, m'assieds sur le couvercle de ma valise verte et réussis à la fermer. Voilà. Rideau !

On frappe à la porte.

— Oui ?

Edie passe sa tête dans l'entrebâillement.

— Vous avez de la visite. En bas.

J'ai une lueur d'espoir.

— Ah bon ? J'arrive !

— J'aimerais saisir cette occasion pour vous rappeler les règles de la maison : pas de visites après vingt et une heures. En cas de beuverie, j'appelle la police.

Je descends l'escalier quatre à quatre et fonce dans le petit salon.

— Salut !

Je stoppe net. Ce n'est pas Jess.

Mais Robin et Jim, ainsi que deux autres personnes du comité. Ils m'observent en silence.

— Salut, Becky ! lance enfin Robin. Comment ça va ?

Mon Dieu ! Une visite de charité. Ils ont eu peur que je ne m'ouvre les veines. Je ne laisse pas Robin continuer.

— Vraiment, ne vous faites pas de souci pour moi. Merci mais je m'en sortirai. Je vais aller me coucher, prendre le train demain et… continuer à vivre.

Silence.

— Ce n'est pas pour ça qu'on est venus, dit Robin en se passant la main dans les cheveux. Nous avons quelque chose à te demander.

— Ah bon ?

— Est-ce que tu pourrais nous aider pour la manifestation ?

Ses amis l'encouragent d'un hochement de tête.

— Vous aider ? Mais je n'y connais rien. Jess a raison. J'ai tout inventé. Les porcs-épics, c'est du chinois pour moi.

— C'est sans importance, me rassure Robin. Tu débordes d'idées et c'est l'essentiel. Tu avais raison. Il faut qu'on mette le paquet. Et Jim aime l'idée d'une fête. Pas vrai, Jim ?

— Si je fais venir les clients avant quatre heures, ça ne peut pas être mauvais pour mon business, précise-t-il avec un sourire espiègle.

— Tu as de l'expérience, intervient l'homme aux cheveux blancs. Tu sais comment organiser ce genre d'événements. Pas nous.

— Après ton départ, on a voté. À la quasi-unanimité les membres ont décidé que tu pouvais faire partie du comité. Ils attendent que tu viennes donner tes conseils.

Ils sont tellement gentils que j'en ai les larmes aux yeux.

— Je suis désolée, mais ce n'est pas possible. Il est inutile que je reste plus longtemps ici. Je dois rentrer à Londres.

— Pour quelle raison ? demande Jim.

— J'ai… j'ai des obligations.

— Quel genre d'obligations ? Vous n'avez pas de travail. Votre mari est à l'étranger. Votre appartement est vide.

Voilà ce qui se passe si vous déballez votre histoire à des inconnus. Je me tais, fixe le tapis rose et pourpre d'Edie en essayant de rassembler mes esprits. Puis je relève la tête.

— Qu'est-ce que Jess en pense ?

Personne ne répond. Robin fuit mon regard. L'homme aux cheveux blancs fixe le plafond. Jim arbore la même expression chagrinée que pendant la réunion.

— Je parie qu'elle est la seule à avoir voté contre, hein ?

— Jess a ses certitudes…, commence Robin. Mais elle n'a pas à intervenir…

— Bien sûr que si ! C'est à cause d'elle que je suis ici ! Écoutez, je suis désolée, mais je ne peux pas venir avec vous. J'espère que votre manifestation se passera bien… mais je ne peux pas rester.

Robin se prépare à essayer de me convaincre. Je le regarde fixement.

— Impossible. Tu dois me comprendre.

— D'accord, admet-il. Mais ça valait la peine d'essayer. Allez, on s'en va ! ajoute-t-il à l'intention des autres.

On échange des adieux et des bonne chance, et ils quittent le petit salon. Quand ils claquent la porte d'entrée, je me retrouve seule, encore plus déprimée qu'avant.

Le lendemain le ciel est gris, couvert de gros nuages. Edie m'a préparé un copieux petit déjeuner à base de boudin noir, mais je ne peux avaler qu'une tasse de thé. Je lui paie en espèces ce que je lui dois et monte me préparer. Les sommets des collines que j'aperçois par la fenêtre se perdent dans le brouillard.

Il y a peu de chances que je revoie ces collines. Ça m'étonnerait que je revienne un jour ici.

Ce dont je me fous ! Je hais la campagne. Et pour commencer je n'ai jamais voulu venir.

Je fourre le reste de mes affaires dans ma valise rouge, puis décide de mettre mes mules turquoise à talons hauts avec des lanières en strass. En enfilant une de ces chaussures, je sens une sorte de boule nichée au fond. Perplexe, je la retire. Il me faut un moment pour comprendre ce que c'est.

C'est la petite breloque en argent sur une chaîne Tiffany que je destinais à Jess. Elle est toujours dans son étui de feutrine turquoise.

J'ai l'impression que des siècles ont passé.

Je la regarde un moment, l'enfouis dans ma poche, prends mes valises et mon carton à chapeau et descends au rez-de-chaussée. En passant devant le téléphone, j'hésite à appeler Luke.

Mais pour quoi faire ? En plus, je n'ai pas son numéro à Chypre.

Pas d'Edie dans les parages. Je ferme la porte de la maison derrière moi et traverse la pelouse en traînant mes valises. Avant de prendre le train, je veux faire mes adieux à Jim.

Quand j'entre dans la boutique, il est en train d'étiqueter des boîtes de haricots.

— Alors, on est sur le départ ?

— Eh oui !

— Ne partez pas ! m'implore Kelly depuis le comptoir.

Elle planque un exemplaire de *Cent coiffures dans le coup* derrière son Shakespeare.

— Je suis obligée. Mais j'ai des produits Stila pour toi. Un cadeau d'adieu.

Sa joie fait plaisir à voir quand que je lui tends un échantillonnage de baumes pour les lèvres et d'ombres à paupières.

— J'ai un cadeau pour vous ! s'écrie-t-elle brusquement.

Elle retire de son poignet un bracelet en tissu et me le donne.

— Pour que vous ne m'oubliiez pas !

La simple vue de ce bracelet tissé me rend muette. Il ressemble aux bracelets qu'on nous a donnés à Luke et à moi pendant la cérémonie de Masai Mara. Luke a enlevé le sien quand il est retourné dans le monde des affaires.

J'ai gardé le mien.

— C'est cool ! Je le porterai tout le temps.

Je le glisse à côté du mien et embrasse Kelly chaleureusement.

— J'aurais tant voulu que vous ne partiez pas. Vous reviendrez un jour ?

— Je ne crois pas. Mais si jamais tu viens à Londres, appelle-moi. Promis ?

— Ouais, acquiesce-t-elle, aux anges. On ira chez Topshop ?

— Évidemment.

— Dois-je commencer à faire des économies ? demande Jim, ce qui nous fait pouffer de rire.

La sonnerie de la porte retentit et Edie fait son entrée, accompagnée de Lorna et de la femme élégante que j'ai vue la veille à la réunion. Elles ont l'air sur leur quant-à-soi.

— Edie ! s'exclame Jim en regardant sa montre, que puis-je faire pour toi ?

— Bonjour, Jim. J'aimerais du pain. Un seigle et une boule.

— Du pain ? répète Jim, ahuri. Mais il est dix heures du matin !

— Je sais l'heure qu'il est, merci, rétorque sèchement Edie.

— Mais il est au prix fort !

— J'aimerais mon pain, si ça n'est pas trop te demander.

— Bien sûr que non !

Il prend les pains sur l'étagère et les enveloppe.

— Ça fera une livre quatre-vingt-seize.

On n'entend plus que le souffle court d'Edie, qui fouille dans son sac.

— Voici deux livres ! Merci beaucoup !

Incroyable mais vrai : les deux autres femmes achètent trois pains et se partagent un sac de petits pains au lait. Au dernier moment, Lorna choisit deux petites miches.

Dès qu'elles sont parties, Jim se pose sur un tabouret.

— Incroyable, non ? C'est votre œuvre, Becky.

— Mais non ! (Je me défends en rougissant un peu.) Elles devaient simplement avoir besoin de pain.

— C'est vous ! reprend Kelly. Je sais ce que vous avez dit ! Maman m'a raconté ce qui s'est passé à la réunion. Elle m'a dit que vous aviez l'air sympa, même si vous étiez un peu…

— Kelly ! intervient Jim, très vite, prépare donc une tasse de thé pour Becky.

— Non, merci, je dois partir.

J'hésite puis je fouille dans ma poche. J'en sors le petit sac bleu Tiffany.

— Jim, puis-je vous demander un service ? J'aimerais que vous remettiez ça à Jess. C'est un cadeau que je lui ai acheté il y a longtemps. Bon, je sais que les choses ont changé, mais…

— Je vais faire une livraison chez elle maintenant. Pourquoi ne pas le déposer vous-même ?

— Oh, non ! Je ne veux surtout pas la rencontrer.

— Elle n'y sera pas. Ils sont tous à la course d'endurance. J'ai la clé de sa maison.

— Bon…

— Je suis ravi de ne pas y aller seul.

— D'accord.

Je regarde encore une fois mon petit cadeau avant de le remettre dans ma poche.

On progresse en silence vers la maison de Jess, Jim porte sur l'épaule un sac de pommes de terre. Les nuages s'accumulent et il tombe même quelques gouttes de pluie. De temps en temps, Jim me jette un coup d'œil en coin.

— Quand vous serez de retour à Londres, ça ira ?

— Sans doute !

— Vous avez appelé votre mari ?

— Non, réponds-je en me mordant la lèvre.

Jim s'arrête pour changer son sac d'épaule.

— Dites-moi, qu'est ce qui cloche dans votre mariage ? Comment une fille charmante comme vous…

— C'est de ma faute. Je me suis conduite comme une idiote. Et mon mari s'est fâché. Il m'a dit qu'il aimerait que je ressemble à Jess !

— Vraiment ? s'étonne Jim. Jess est une fille bien, mais je n'aimerais pas… Jamais de la vie. Ça ne tient pas debout !

— C'est pour ça que je suis venue ici. Pour apprendre à lui ressembler. Mais c'était idiot.

Au début de la rue de Jess, Jim se repose un instant avant d'entamer la grimpette. Les maisons grises luisent dans la brume et se détachent sur les collines. Les moutons d'un paisible troupeau ressemblent à des flocons de coton.

— Dommage, ce qui s'est passé avec Jess, se désole Jim. Un vrai gâchis.

— On ne peut rien y faire ! J'aurais dû m'en douter. Nous sommes tellement différentes !

— C'est le moins qu'on puisse dire !

— Elle paraît si… froide. Vous savez, j'ai tout essayé. Mais sans jamais susciter la moindre réaction. Elle a l'air de se moquer de tout. Rien ne la passionne !

Jim lève les sourcils :

— Oh si, elle est capable de passion ! Quand on sera chez elle, je vous montrerai quelque chose.

Il soulève le sac de pommes de terre et se remet en marche. En approchant de chez Jess, je suis prise de curiosité. Non pas que je me sente encore concernée. Mais tout de même j'ai envie de voir à quoi ressemble l'intérieur de sa maison.

Devant la porte, Jim sort un gros trousseau de clés et en introduit une dans la serrure. Dans le hall, je regarde autour de moi. Mais l'endroit ne m'apprend rien sur Jess. Aussi secret qu'elle ! Deux canapés impeccables. Une cuisine peinte en blanc. Deux plantes vertes bien soignées.

Je monte au premier et pousse la porte de sa chambre avec précaution. C'est immaculé. Un dessus-de-lit en coton uni, des rideaux de coton uni, deux tableaux ennuyeux.

— Tenez ! Vous voulez découvrir la passion de Jess ? Regardez !

Il ouvre la porte d'un placard du palier et me fait signe de me pencher.

— Voici ses célèbres minéraux. Elle a fait construire spécialement ce placard il y a trois ans. Elle en a fait le plan elle-même, avec tous les détails, éclairage compris. Impressionnant, non ?

Il se tait en voyant ma tête.

— Becky, ça ne va pas ?

Je ne peux ni parler ni bouger.

C'est mon placard à chaussures !

Exactement. Les mêmes portes. Les mêmes étagères. Les mêmes lampes. Seule différence : les chaussures sont remplacées par des minéraux. Des rangées et des rangées d'échantillons géologiques soigneusement étiquetés.

Et… ces roches sont magnifiques. Des grises, des translucides, des irisées, des brillantes. Il y a des fossiles… des améthystes… des morceaux de jais… Tout scintille sous les lampes.

— Je ne pouvais pas m'imaginer… C'est époustouflant.

— Vous parliez de passion ? C'est une vraie passion. Une obsession, même.

Jim saisit un spécimen gris et moucheté et le fait tourner dans ses doigts.

— Vous savez comment elle s'est blessée à la jambe ? En escaladant une paroi à la recherche d'une de ses foutues roches. Elle était si déterminée qu'elle a pris des risques insensés pour l'avoir. Et une fois, elle s'est fait arrêter par la douane pour avoir dissimulé un précieux cristal sous son chandail.

Je le regarde, bouche bée :

— Elle a été arrêtée ? Jess ?

— Ils l'ont finalement relâchée. Mais je suis sûr qu'elle serait capable de recommencer. Si elle jette son dévolu sur un spécimen précis, il le lui faut, coûte que coûte.

Il secoue la tête en riant.

— C'est compulsif, chez elle ! presque une obsession ! Rien ne peut l'arrêter.

J'ai le tournis en contemplant une rangée de minéraux, tous dans les nuances de rouge. Exactement comme une rangée de mes chaussures.

— Jess parle rarement de sa passion, dit Jim en reposant la roche grise. Elle doit penser que les gens ne comprendraient pas…

— Moi, je la comprends, dis-je d'une voix chevrotante. Tout à fait.

Je tremble maintenant des pieds à la tête. Nous sommes sœurs !

Jess est bel et bien ma sœur. C'est absolument évident.

Je dois la trouver. Je dois le lui dire. Immédiatement.

— Jim… il faut que je mette la main sur Jess… Tout de suite.

— Elle participe à la course d'endurance. Le départ est dans une demi-heure.

— Alors je dois y aller. Je dois lui parler. Comment m'y rendre ? À pied ?

— C'est plutôt loin ! Voulez-vous que je vous y conduise ?

21

Je savais que nous étions sœurs. Je le savais.

Et pas seulement sœurs – mais des âmes sœurs. Après tous ces faux départs. Et ces malentendus. Après avoir cru que nous n'avions strictement rien en commun.

Elle est comme moi. Je la comprends.

Tout ce que Jim m'a raconté a trouvé un écho en moi. Combien de fois ai-je passé des chaussures en fraude en revenant des États-Unis ? Combien de fois ai-je pris des risques au moment des soldes ? Je me suis même blessée à la jambe, tout comme elle, en voyant quelqu'un se précipiter sur un sac Orla Kiely chez Selfridges : je n'ai pas hésité à sauter de l'escalator et à manquer sept marches.

Mon Dieu ! Si seulement j'avais découvert son placard à minéraux plus tôt. Si j'avais su ! Tout aurait été différent. Pourquoi ne m'a-t-elle rien dit ? Pourquoi ?

Je me rappelle soudain que Jess m'a parlé de ses roches lors de notre première rencontre… puis à l'appartement. Je me sens minable. Elle a essayé mais je n'ai pas écouté ! Je n'ai pas imaginé une seconde que ça pouvait être intéressant. Qu'est-ce que je lui ai dit ? Ah, oui ! Que les pierres… c'était stupide.

Et barbant. Comme elle.

J'ai l'estomac noué.

— Vous pouvez accélérer, Jim ?

Nous nous faufilons dans sa vieille Range Rover le long de routes de montagne entre de vertes prairies et des murs de pierres sèches.

— Je ne peux pas aller plus vite. On y sera à temps !

Des moutons fuient devant nos roues et de petits cailloux frappent le pare-brise. Je regarde par la vitre et détourne immédiatement la tête – non que j'aie le vertige, mais nous roulons à quelques centimètres d'un précipice.

— Et voilà, s'écrie Jim en se garant dans un renfoncement. Les concurrents vont partir d'ici. Et grimper cette montagne !

Il me désigne la paroi abrupte qui nous domine.

— Le célèbre Scully Pike !

Son portable vibre et tandis qu'il répond je sors de la voiture. Le paysage me coupe le souffle.

Je suis entourée de pics rocheux alternant avec des plages d'herbe et fendus de crevasses. En surplomb, les parois nues se détachent sur le ciel gris. En regardant vers la vallée, je suis prise de vertige. Je ne m'étais pas rendu compte que nous étions si haut. À mes pieds s'étalent quelques maisons qui doivent être Scully, mais à part ça je suis au milieu de nulle part.

Je traverse un léger plat recouvert de gravier où l'on a dressé une table et où une banderole annonce : INSCRIPTIONS : COURSE D'ENDURANCE DE SCULLY. Derrière la table, deux drapeaux jaunes marquent le début d'un sentier qui grimpe dans la montagne. Assis là, un homme que je n'ai jamais vu porte un anorak et une casquette. C'est le seul être vivant dans les parages.

Où est passé tout le monde ? Pas étonnant que l'association soit fauchée si personne ne participe à sa course. Je demande à l'homme :

— Bonjour ! Savez-vous où se trouve Jess Bertram ? C'est une des concurrentes. Il faut absolument que je lui parle.

Je suis sur des charbons ardents. Je ne peux plus attendre pour dire à Jess ce que j'ai découvert et voir sa tête !

— Trop tard ! fait l'inconnu en désignant la montagne. Elle est partie. Avec tous les autres.

— Déjà ? Mais je croyais que la course ne commençait qu'à onze heures. Il n'est que moins cinq.

— On a donné le départ à dix heures et demie à cause du mauvais temps. Il va falloir attendre. Quelques heures seulement.

Je détourne les yeux pour cacher ma déception.

— Très bien, merci.

Bon. Je peux patienter.

Ce n'est pas long, juste quelques heures.

Justement. Quelques heures me semblent des siècles. Il faut que je lui dise tout de suite. Je regarde la montagne avec un terrible sentiment de frustration. Soudain, j'aperçois un couple en anorak rouge à quelques centaines de mètres au-dessus de ma tête, avec un dossard du groupe écologiste de Scully. Ils doivent faire la course. Il y a un autre concurrent, en bleu cette fois, un peu plus haut.

Je réfléchis à toute allure. Ils ne doivent pas être si loin que ça. Et Jess non plus. Ce qui veut dire… que je peux la rattraper. Youpi !

La nouvelle ne peut pas être différée. Elle doit savoir qu'on est vraiment sœurs.

Je balance mon sac Angel sur mon épaule et fonce vers le départ du sentier. Je peux gravir cette montagne. Facile de chez facile. Il y a des rochers pour s'agripper un peu partout.

Je fais quelques pas juste pour voir : ce n'est pas dur !

— Excusez-moi ? fait l'homme en se levant de sa table, qu'est-ce que vous faites ?

Il a l'air horrifié.

— Je vais rattraper la course. Ne vous inquiétez pas, je vais me sponsoriser moi-même.

— Mais c'est impossible ! Regardez vos chaussures !

Il me désigne mes sandales turquoise en strass à talons hauts.

— Vous avez un passe-montagne ?

Un quoi ? Non mais ! Est-ce que j'ai une tête à avoir un passe-montagne ?

— Et une canne ?

— Je n'en ai pas besoin ! Je ne suis pas si vieille que ça !

De qui se moque-t-on ? Je vais faire une petite grimpette. Pourquoi toutes ces histoires ?

Pour lui montrer, je commence à escalader le sentier. Le brouillard a rendu le sol gluant, mais j'enfonce mes talons dans la boue de toutes mes forces et je m'accroche aux rochers à portée de main. En deux minutes, j'atteins le premier virage.

Je suis essoufflée, mes mollets tirent, mais à part ça je suis la meilleure ! Ce qui prouve qu'on se fait un monde de l'escalade. J'arrive à un nouveau virage et je regarde en bas. Pas mal : je suis déjà à mi-chemin.

C'est un jeu d'enfant. J'ai toujours su que les gens qui faisaient de l'escalade se vantaient pour rien.

Soudain, j'entends la voix de Jim qui me crie faiblement :

— Becky ! Revenez !

Mais je me bouche les oreilles et poursuis fermement ma route, un pas après l'autre. Je dois me dépêcher, si je veux rattraper Jess.

Sauf qu'elle doit être sacrément rapide. Après une heure de grimpette ininterrompue, je ne l'ai toujours pas rejointe.

En fait, je n'ai rattrapé personne. Pendant un moment, j'ai eu le couple en rouge dans la ligne de mire, mais tout à coup il a disparu. Le type en bleu, pareil. Et je n'ai même pas aperçu Jess.

Sans doute qu'elle a *couru* tout du long ! Elle doit déjà être au sommet, pétant la forme, en train de faire une vingtaine de pompes histoire de faire un peu plus d'exercice. Mon Dieu, c'est trop injuste ! Pourquoi je n'ai pas hérité, moi aussi, de ses gènes superénergiques ?

Je fais encore quelques pas et m'arrête pour reprendre ma respiration. J'ai les jambes couvertes de boue, la figure en feu, et je suis à bout de souffle. Un coup de brumisateur et je suis prête à repartir. Hum ! On dirait que la pente se fait de plus en plus escarpée.

Ce n'est pas que ce soit dur. En fait, cette grimpette me plaît beaucoup. Sauf que j'ai une ampoule au pied droit qui me tue. Ce type en bas avait peut-être raison. Je n'ai pas les bonnes chaussures. Pourtant, il faut admettre que les talons sont utiles pour ne pas déraper.

Autour de moi, ce n'est que montagne accidentée. Un mètre plus bas, il y a une corniche rocheuse, puis un à-pic qui se termine dans la vallée.

Je ne dois pas le regarder. Ni même y penser.

Arrête, Becky ! Quoi que ton cerveau t'ordonne, surtout n'avance pas d'un pas, et ne te jette pas dans le vide.

Je range mon brumisateur et j'hésite. Quelle direction prendre ? J'avais espéré rejoindre les autres et leur demander la suite du parcours. Je scrute la montagne à la recherche d'une tache de couleur, mais en vain : le brouillard est de plus en plus épais.

Mon Dieu ! Il risque de pleuvoir et je n'ai même pas un cardigan.

Suis-je bête ! Quelle idée de foncer sans réfléchir. Je devrais redescendre. J'essaie prudemment… mais le sol est plus glissant que je ne le pensais et je me sens entraînée vers la corniche.

— Oh, merde !

J'attrape un rocher pointu pour arrêter de glisser. J'arrive même à remonter un peu la pente, mais ce faisant je me tords le bras.

Bon, redescendre n'est pas un bon plan. De toute façon, je dois être plus près du sommet que de la vallée. Je vais continuer à suivre le sentier. Tout ira bien. En accélérant, je suis certaine de rattraper Jess.

Et ça vaudrait la peine de voir sa tête !

Elle n'en croira pas ses yeux. Et puis quand je lui sortirai ce que j'ai à lui dire, elle n'en croira pas ses oreilles ! Elle sera sur les fesses ! L'idée me galvanise et, dans un sursaut d'énergie, je reprends mon ascension.

Je suis crevée. Impossible de continuer.

Mes genoux et mes mains me font souffrir, mes pieds ne sont qu'une plaie. Voilà des heures que je me traîne, et cette montagne qui n'en finit pas. Chaque fois que je me crois arrivée, un autre pic se dresse devant moi.

Où est Jess ? Où sont-ils tous ? Ils ne peuvent pas être tous plus rapides que moi, quand même ?

Je fais une pause contre un gros rocher pour reprendre haleine. La vue est sensationnelle : des nuages violet et gris circulent dans le ciel, un oiseau solitaire plane au-dessus de ma tête. Peut-être un aigle. En fait, je m'en contrefiche. Ce que je veux, c'est m'asseoir et boire une tasse de thé. Rien d'autre.

Mais impossible. Je dois continuer. Allez Becky ! Ça ne s'appelle pas une course d'endurance pour rien.

Dans un formidable effort, je m'arrache à mon rocher et reprends l'escalade. Gauche, droite, gauche, droite. Et si je chantais, comme dans *La Mélodie du bonheur* ? Oui, ça me remonterait le moral !

— *Là-haut sur la montagne…*

Non. Laisse tomber.

Pitié ! Je n'en peux plus.

Après ces heures et ces heures de marche, j'ai le tournis. Je suis morte de fatigue et je ne sens plus mes mains. Je me suis écorché le genou sur une pierre, ma jupe est déchirée et je suis perdue.

Je trébuche et me rattrape à un buisson épineux. D'accord, il faut que je me repose. Je m'assieds sur une grosse pierre plate, sors mon brumisateur et m'en asperge la bouche.

Je meurs de soif. Je suis en ébullition et à bout de souffle. Mon genou saigne. Mes chaussures sont méconnaissables.

J'avale les dernières gouttelettes d'Évian et m'essuie le visage avec un mouchoir en papier. Je jette un regard sur les alentours : personne, le désert absolu.

Que faire ?

La trouille me donne des frissons mais je me force à penser à autre chose. Je vais m'en sortir. Il faut que je sois optimiste. Je vais continuer à monter. Je peux le faire !

Mais non, me dit une petite voix.

Arrête ! Sois positive : tu peux faire tout ce que tu veux, vraiment.

Mais pas escalader une montagne. C'était une idée stupide.

Allons. J'y arriverai. C'est une simple question de volonté.

De toute façon, je ne peux pas rester éternellement sur cette pierre. Il faut que je bouge, sinon je vais être prise de l'ivresse des neiges, m'endormir et mourir. Ou est-ce l'ivresse des cimes ? Enfin, vous voyez !

Je me lève. Mes jambes sont flageolantes et mes ampoules m'arrachent des grimaces de douleur. Bon. Allez. Avance. Je vais atteindre le sommet – et c'est là que je trouverai le comité d'accueil. Et ces boissons chaudes dont ils parlaient. Oui. Ça ira.

Soudain, j'entends au loin le fracas du tonnerre.

Oh, pitié, pas ça, en plus !

Le ciel devient menaçant. Les oiseaux ont disparu.

Une goutte de pluie me frappe l'œil. Puis une autre.

J'essaie de garder mon calme. Mais en fait je suis paniquée. Que faire ? Monter ? Descendre ?

— Ohé ! Il y a quelqu'un ?

Ma voix ricoche sur le flanc des rochers, mais personne ne répond.

Trois gouttes de pluie atterrissent encore sur ma tête.

Je n'ai pas d'imperméable. Je ne vois aucun refuge où abriter ma peur. Et si je ne peux pas redescendre ? Et si je suis bloquée par l'orage ?

J'avais tellement envie de dire à Jess que nous étions sœurs. Maintenant, je réalise à quel point j'ai été stupide. J'aurais dû attendre. Luke a raison. Pourquoi n'ai-je aucune patience ? Tout est ma faute.

Un nouveau roulement de tonnerre me fiche une trouille intense. Et si la foudre me tombait dessus ? Quelles sont les consignes de sécurité en cas d'orage ? On s'abrite sous un arbre ? À moins que ça ne soit exactement le contraire ? Merde ! Qu'est-ce que je dois faire ? Et si je me trompe ?

Soudain, en pleine cogitation, j'entends un bruit. Une sorte de gazouillis. Un animal ?

Oh mon Dieu !

C'est mon portable. J'obtiens le réseau, ici ! C'est ma sonnerie !

Tremblante, j'ouvre mon sac Angel et sors mon portable. L'écran affiche LUKE. Frénétiquement, j'appuie sur le bouton vert.

— Luke ? C'est moi, Becky.

— Becky ? Il y a quelqu'un ?

La ligne crépite, le son est cotonneux et lointain.

Je me mets à crier alors que la pluie se met à tomber dru :

— Oui, Luke, c'est moi ! Je suis perdue ! Au secours !

— Allô ? Allô ?

Consternée, en pleurs, je contemple mon portable.

— Oui ! Je t'entends ! Je suis coincée dans une affreuse montagne et je ne sais pas quoi faire. Luke, excuse-moi pour…

Sa voix me parvient à nouveau :

— Ça ne passe pas, dit-il à quelqu'un, quel foutu système !

— Luke ! Luke, je suis là ! Ne raccroche pas !

J'agite furieusement l'appareil et les mots BATTERIE FAIBLE apparaissent sur l'écran.

— Allô ? répète Luke. Becky ?

— Luke ! Je t'en prie, écoute-moi ! *S'il te plaît !*

Mais mon écran s'obscurcit et s'éteint.

Luke est parti.

J'observe les flancs sinistres et désolés de la montagne. Je n'ai jamais été aussi seule de ma vie.

Quelques instants plus tard, une rafale de pluie me douche. Il faut que je bouge. Je dois me réfugier quelque part.

Deux mètres au-dessus de moi il y a une corniche. Si j'y arrive, je pourrai m'abriter sous une sorte de saillie. En plantant mes talons dans la boue et en m'accrochant à tout ce que je trouve, je parviens à me hisser sur cette plate-forme. Mon autre genou est en sang lui aussi.

Mon Dieu, que c'est haut ! Ma situation est plus qu'instable. Tant pis. Il suffit que j'évite de regarder dans le vide. En me faufilant sous le rocher qui forme un vague toit, j'aperçois un point jaune.

Jaune vif.

Le survêtement d'un grimpeur.

Nom de Dieu ! Il y a quelqu'un ! Je suis sauvée !

Je crie de toutes mes forces :

— Ohé ! Ohé ! Par ici !

Mais le vent et la pluie portent ma voix dans le mauvais sens.

Je n'arrive pas à voir de qui il s'agit car le rocher fait écran. Lentement, très prudemment, je rampe jusqu'au bord.

Mon cœur cesse de battre.

C'est Jess !

Elle se trouve au-dessous de moi et porte un passe-montagne jaune et son sac à dos. Une corde la retient au flanc de la montagne et elle est en train de déterrer une pierre avec un couteau.

— Jess ! Jess !

Hélas, mon cri n'a pas plus de force qu'un miaulement.

Pourtant, finalement, Jess tourne la tête. Son visage trahit sa stupeur.

— Bon Dieu ! Becky ! Qu'est-ce que tu fous là ?

— Je suis venue te dire qu'on est sœurs !

Je crie à tue-tête mais je doute qu'elle m'ait entendue :

— Sœurs ! je répète en faisant un pas en avant. Nous sommes sœurs !

— Arrête ! crie-t-elle, horrifiée. Cette corniche est dangereuse.

— Non, ça va !

— Recule-toi !

— Ne t'en fais pas !

Mais elle a l'air si effrayée que je me recule d'un pas.

À ce moment, ma chaussure dérape dans la boue.

Je perds l'équilibre.

J'essaie de me retenir aux pierres, à n'importe quoi. Tout est glissant. Mes doigts se referment sur les racines d'un arbuste, mais la pluie les a détrempées. Je n'ai pas de prise.

— Becky ! hurle Jess. Becky !

Terrifiée, je sens que je tombe. Je n'entends que mes cris. Je vois une portion du ciel. Quelque chose heurte ma tête durement.

Et c'est le noir.

Maida Vale Chronicle, samedi 7 juin 2003

ANGOISSE POUR UNE FEMME DISPARUE

On est sans nouvelles de Mme Rebecca Brandon (née Bloomwood), une résidente de notre quartier. Elle a disparu du luxueux appartement de son mari, Luke Brandon, depuis jeudi. C'est Mme Susan Cleath-Stuart qui s'est aperçue de la disparition de son amie, lors de son passage à Londres.

EMPLETTES

Marie Fuller, une vendeuse de l'épicerie Anna Delicatessen, nous a déclaré : « Mme Brandon est venue faire des emplettes jeudi matin. Mais, au moment de payer, elle a tout abandonné à la caisse et elle est partie sans rien acheter. »
Mme Cleath Stuart, très angoissée, nous a confié : « C'est la preuve que quelque chose n'allait pas. Bex n'aurait jamais renoncé à ses achats. Jamais ! »

CHAOS

Des scènes de chaos ont eu lieu à bord de la Croisière de l'Esprit et du Corps, qui se trouvait en Méditerranée lorsque les parents de Mme Brandon, Graham et Jane Bloomwood, ont insisté pour que le bateau fasse demi-tour. Mme Bloomwood aurait crié : « Je me tape de votre tranquillité ! Ma fille a disparu ! »

TEMPÊTES

Pendant ce temps, des tempêtes ont empêché Luke Brandon de quitter Chypre, où il travaillait. On dit qu'il est « mortellement inquiet et en rapport constant avec la police ». Son associé, Nathan Temple, a offert une forte récompense pour toute information pouvant permettre de retrouver Mme Brandon. Il a déclaré : « Si on a touché à un cheveu de cette jeune femme, je briserai les os de son agresseur. Par deux fois. » M. Temple a été condamné en 1984 pour coups et blessures.

22

Aïe !

Aïe ! Aïe !

Oh, j'ai la tête comme un seau. Aïe ! J'ai des élancements dans la cheville, je crois que je vais vomir et j'ai un truc pointu dans l'épaule…

Où suis-je ? Pourquoi cette impression bizarre ?

En rassemblant mes forces, je parviens à ouvrir les yeux : un éclair bleu m'éblouit et je les referme.

Du bleu ? C'est fou, ça ! Il vaut mieux que je dorme.

— Becky ? Becky ? Réveille-toi ! m'ordonne une voix lointaine.

J'ouvre difficilement les yeux et découvre un visage qui me fixe. Un visage flou qui se détache sur un fond bleu.

Jess.

Bon sang ! C'est Jess ! Elle est toute pâle et semble très angoissée. Elle a dû perdre quelque chose. Une roche ? Oui, sûrement.

— Tu me vois ? Combien j'ai de doigts ?

Elle me flanque sa main devant les yeux. Je la regarde dans un état comateux.

Seigneur, elle a vraiment besoin d'une manucure !

— Combien de doigts ? répète-t-elle. Tu me vois ? Tu m'entends ?

Mais oui.

— Euh… trois ?

Jess me dévisage un instant avant de reprendre sa position à genoux. Elle enfouit sa tête dans ses mains.

— Dieu merci ! Dieu merci !

Elle tremble. Pourquoi a-t-elle la tremblote ?

Soudain, comme un raz de marée, tout me revient. L'escalade. L'orage. La chute. Mon Dieu, la chute ! Tomber dans le précipice…

Je m'efforce de ne plus y penser, mais je me surprends à sangloter.

Bon, arrête. Je suis en sécurité, désormais. Je suis sur le sol. Je… crois. En fait, je n'arrive pas à savoir où je me trouve. Ce fond bleu clair au-dessus de ma tête est des plus étranges. On dirait le paradis, mais Jess n'est pas tombée, si ?

— Où suis-je ? dis-je dans un effort surhumain.

Jess lève la tête : elle est toujours blanche comme un linge et continue de trembler.

— Dans ma tente. J'ai toujours une tente avec moi dans mon sac à dos. Comme je n'ai pas osé te bouger, je l'ai déployée autour de toi.

Une tente ! En voilà une idée géniale ! Pourquoi je n'en ai pas, moi ? Je commencerai demain : j'en mettrai une petite, toute petite dans mon sac.

J'ai un problème : la terre est dure et j'ai envie de me lever pour me détendre les jambes.

Je tente de me mettre debout mais tout devient noir et se met à tourner.

— Mon Dieu, dis-je en retombant.

— Surtout, n'essaie pas de te lever ! Tu as fait une terrible chute. J'ai cru…

Jess se tait et respire bruyamment.

Lentement, je passe mon corps en revue. Mes mains saignent et sont éraflées. En parvenant à lever la tête, j'inspecte mes jambes : une suite de plaies sanguinolentes. J'ai mal à la joue et je tâte ma blessure.

— Je saigne de la tête ?

— Tu es un désastre vivant ! Mais est-ce que tu as vraiment mal quelque part ?

— À la cheville. La gauche. C'est l'enfer.

Jess l'ausculte et je serre les dents pour ne pas crier.

— Je crois que tu as une entorse. Je vais la bander.

Elle allume une torche électrique, l'attache à un des montants et fouille dans une boîte métallique. Elle en extrait une bande Velpeau qu'elle enroule autour de ma cheville. On dirait une infirmière diplômée.

— Becky, nom d'un chien, qu'est-ce que tu faisais là-haut ?

— J'étais à ta recherche. Je participais à la course d'endurance.

— Mais tu étais sortie de la piste ! Le parcours passait bien plus bas. Tu n'as pas vu les marques ?

— Comment ?

— Mais, bon sang, tu ignores tout des courses en montagne ! Tu n'aurais jamais dû te trouver là-haut. C'est très dangereux.

— Et toi, alors, tu y étais bien ? Ce que tu faisais m'a semblé vachement périlleux.

Le visage de Jess se ferme.

— Lors de ma précédente escalade, j'ai aperçu des ammonites très rares. Il m'en fallait pour ma collection. C'était un peu zinzin, mais tu ne peux pas comprendre…

— Mais si. Justement ! Je te comprends !

Je m'efforce de me mettre sur mes coudes. Mon Dieu. Voilà, tout me revient ! Il faut que je lui dise !

— Jess, je te comprends. J'ai vu tes minéraux. Ils sont fabuleux ! Magnifiques !

— Allons, reste sur le dos ! Vas-y mollo !

— Pas question ! Écoute Jess, nous sommes sœurs ! À cent pour cent ! C'est pour ça que j'ai escaladé la montagne : pour te l'annoncer.

Jess me dévisage, incrédule.

— Becky, tu as une bosse sur la tête… tu es couverte de plaies…

— Ce n'est pas le problème !

Plus je m'échauffe, plus j'ai mal à la tête, mais je ne peux pas me taire.

— Je sais que nous avons le même sang ! Je le sais ! Je suis allée chez toi.

— Comment ? Qui t'a laissée entrer ?

— J'ai vu ton placard avec tes minéraux. J'ai le même à Londres. Absolument identique. La lumière… les étagères… tout, quoi !

Pour la première fois depuis que je la connais, Jess semble perdre de sa froideur.

— Et alors ?

— On est faites pareil ! dis-je en m'asseyant sans tenir compte du tournis qui m'envahit. Jess, tu sais, quand tu réagis devant un minéral vraiment exceptionnel, eh bien, je ressens la même chose pour une paire de chaussures. Ou une robe. Il me la faut coûte que coûte. Rien d'autre n'a d'importance. Et je sais que tu fonctionnes de la même manière.

— Mais non, me répond Jess en se détournant.

— Ne fais pas semblant. Je te connais ! Tu as les mêmes pulsions que moi. Mais tu caches mieux ton jeu. Aïe ! Ma tête !

Je m'effondre, la tête comme un tambour.

— Je vais te donner un calmant, dit Jess machinalement.

Mais elle ne bouge pas. Elle est assise, et tient toujours la bande Velpeau.

J'ai enfin percé sa carapace.

Le silence n'est brisé que par le martèlement de la pluie sur la tente. Je n'ose ni parler ni bouger.

En réalité, je ne sais pas si je peux bouger.

— Tu as escaladé cette montagne par ce temps atroce juste pour me dire ça ?

— Oui !

Maintenant, elle me fait face, pâle et perplexe, comme si quelqu'un voulait lui jouer un mauvais tour.

— Mais pourquoi ? Pour quelle raison ?

— Parce que… c'est important. C'est essentiel, à mes yeux.

— Personne n'a jamais rien fait de semblable pour moi.

Elle tripote sa boîte métallique et change de sujet.

— Il faut désinfecter tes plaies.

Ce qu'elle entreprend tandis que je grimace de douleur.

— Alors… tu me crois ? Tu crois enfin que nous sommes sœurs ?

Jess ne répond pas tout de suite : elle fixe ses pieds enfermés dans de grosses chaussettes et des chaussures de marche marron. Puis elle m'examine. D'abord mes sandales turquoise à talons, crottées de boue et en lambeaux. Ensuite ma jupe Marc Jacobs. Mon tee-shirt brillant totalement fichu. Enfin, mon visage écorché, meurtri. Alors nos regards se croisent.

— Oui, déclare-t-elle enfin, je te crois.

Après avoir avalé trois analgésiques, je me sens nettement mieux. En fait, je suis devenue un moulin à paroles.

— Je savais que nous étions sœurs ! Je dois être un peu médium. J'ai *senti* ta présence dans la montagne.

Jess lève les yeux au ciel.

— Autre chose : je te ressemble de plus en plus. Tiens, d'ailleurs, je pensais me couper les cheveux en brosse. Ça m'irait très bien. Et m'intéresser aux minéraux…

— Mais, Becky, on n'a pas besoin d'être des clones.

— Comment ? Qu'est-ce que tu veux dire ?

— On est peut-être sœurs, mais ça ne veut pas dire qu'on doit avoir la même coiffure. Ou aimer toutes les deux la géologie.

Elle m'applique un autre sparadrap sur la jambe.

— Ou les pommes de terre.

— Ou les pommes de terre. Ou… les rouges à lèvres de grande marque qui sont démodés en trois semaines.

Une lueur malicieuse est apparue dans ses yeux. Jess serait-elle en train de se moquer de moi, par hasard ?

— Tu as certainement raison. Notre lien biologique ne nous oblige pas à faire des haltères avec des bouillottes.

— Exactement. Ou à lire des magazines idiots pleins de publicités ridicules.

— Ou à boire du café dans une vieille thermos rouillée.

— Ou à se faire arnaquer en commandant des cappuccinos hors de prix, suggère Jess, les lèvres pincées.

Un grondement de tonnerre nous fait sursauter. La pluie redouble de vigueur. Jess me pose un dernier sparadrap.

— Tu n'as rien apporté qui se mange, j'imagine ?

— Euh… non.

— J'ai un petit quelque chose, mais ce n'est pas énorme. Surtout si on est coincées ici pendant des heures. Même si l'orage se termine, on ne pourra pas bouger.

— Tu ne pourrais pas ramasser des racines ou des baies à flanc de montagne ?

— Tu me prends pour Tarzan ? Non, il n'y a qu'à attendre !

— Euh… tu n'emportes pas un portable quand tu fais de l'ascension ?

— Je n'en ai pas. Généralement, je n'en ai pas besoin.

— Et généralement tu ne t'encombres pas d'une sœur stupide et estropiée.

— Normalement, non.

Elle farfouille derrière elle.

— J'ai ramassé quelques-unes de tes affaires qui se sont éparpillées pendant ta chute.

— Merci.

Jess me tend une petite bombe de laque, mon nécessaire à ongles et un poudrier.

— Mais je n'ai pas trouvé ton sac. Dieu sait où il a atterri.

Mon cœur cesse de battre.

Mon sac Angel.

Mon sac de star à deux mille euros. Le sac pour lequel le monde entier fait un battage insensé.

Dire qu'après tout ce tintouin il a disparu. Perdu dans la montagne, au milieu de nulle part.

— Tant pis, dis-je en m'efforçant de sourire. C'est le genre de chose qui arrive.

Du bout de mes doigts raides et douloureux, j'ouvre mon poudrier. Surprise ! Le miroir est intact. Je me regarde avec précaution. Horreur de chez horreur ! Je ressemble à un épouvantail : les cheveux en bataille, les joues pleines d'écorchures, avec en plus une énorme bosse sur le front.

— Alors, qu'est-ce qu'on fait ?

— Rien tant que l'orage n'est pas passé.

— Je veux dire : qu'est-ce qu'on fait en attendant sous la tente ?

Jess me dévisage sans tiquer.

— On pourrait regarder *Quand Harry rencontre Sally* en mangeant du pop-corn.

Je ne peux m'empêcher de glousser. Jess a donc un certain sens de l'humour. Bien dissimulé.

— Je pourrais te faire les ongles ? J'ai tout ce qu'il faut.

— Me faire une manucure ? Mais Becky, tu te rends compte qu'on est à flanc de montagne ?

— Mais oui ! C'est tout l'intérêt ! J'ai un vernis supersolide qui est censé tenir des siècles. Regarde ! Sur l'étiquette, le mannequin fait de l'escalade !

— Incroyable ! s'exclame Jess en me prenant le flacon des mains. Les gens sont de vrais gogos.

— Allez, laisse-toi faire. À moins que tu aies une meilleure idée. Comme examiner nos comptes en banque ?

Jess me lance des éclairs.

— Bon ! Tu a gagné. Fais-moi les ongles.

Tandis que la tempête fait rage, nous nous peignons les ongles en rose vif. Tandis que Jess termine ma main gauche, je ne peux pas m'empêcher de m'exclamer :

— Parfait ! Tu fais ça comme une vraie pro.

— Merci du compliment ! Tu me flattes.

J'admire mes ongles à la lumière de la torche, puis j'ouvre mon poudrier.

— Il faut que tu apprennes à poser un doigt sur tes lèvres, dis-je en joignant le geste à la parole, pour mettre tes ongles en valeur. Pareil si tu as une nouvelle bague ou un nouveau bracelet.

Je lui tends mon miroir mais elle détourne la tête, d'un air boudeur.

Je range mon compact et je réfléchis. J'aimerais lui demander pourquoi elle déteste les miroirs, mais je dois le faire avec tact.

— Jess…

— Oui ?

— Pourquoi tu détestes les miroirs ?

Dans le silence, on n'entend que les sifflements du vent.

— Je ne sais pas, lâche-t-elle finalement. Dans mon enfance, chaque fois que je me regardais dans la glace, mon père disait que j'étais vaniteuse.

— Quoi ? À chaque fois ?

— En tout cas, la plupart du temps.

Elle hausse les épaules et voit la tête que je fais.

— Et toi ? Que te disaient tes parents ?

— Oh… ils me disaient que j'étais le plus bel ange qui soit tombé du paradis.

— Évidemment !

Je contemple un moment mes ongles.

— Mais tu as raison ! J'ai été trop gâtée. Mes parents m'ont donné tout ce que je voulais. Je n'ai jamais eu à me battre. Jamais. J'ai toujours pu compter sur quelqu'un : papa, maman… puis Suze… puis Luke.

— Moi, dès que je suis venue au monde, j'ai été obligée de me débrouiller toute seule.

Comme Jess se tient dans l'ombre de la torche, je ne peux voir son visage.

— Un homme coriace, ton père, non ?

— Papa n'a jamais montré la moindre émotion. Il ne m'a jamais dit qu'il était fier de moi. Je suis certaine qu'il le pensait. Mais dans ma famille on ne jacasse pas à tout bout de champ comme dans la tienne.

Un coup de vent soulève un coin de la tente, laissant pénétrer une rafale de pluie. Jess réussit à rabattre le coin et le fixe au sol avec une sardine.

— Je suis comme papa, dit-elle en enfonçant le piton à l'aide d'une grosse pierre. Ce n'est pas parce que je me tais que je ne ressens rien. Becky, quand je suis venue chez toi, je ne voulais pas me montrer distante… ou froide.

— Je n'aurais jamais dû te traiter de tous les noms. Je suis vraiment désolée…

— Non, c'est moi qui suis désolée. J'aurais pu faire plus d'efforts. Participer plus. Pour tout t'avouer, tu me déconcertais.

— Luke trouvait que j'en faisais dix fois trop.

— Je pensais que tu étais dingue, sourit-elle. Sérieusement ! J'ai cru que tes parents t'avaient sortie d'un hôpital psychiatrique.

— Oh, fais-je, vexée.

Je me masse la tête, qui me fait à nouveau souffrir.

— Tu devrais dormir, suggère Jess. C'est le meilleur remède. Et la meilleure drogue. Voici une couverture.

Elle me passe un truc qui ressemble à une feuille métallique.

— Tu crois ? Je vais essayer.

Je m'étends là où le sol est le moins inconfortable et ferme les yeux.

Mais impossible de dormir. Je ressasse notre conversation, avec pour fond sonore le martèlement de la pluie.

Je suis pourrie.

Je suis une enfant gâtée.

Pas étonnant que Luke en ait eu marre. Que notre mariage parte à vau-l'eau. C'est ma faute.

Mon Dieu. Les larmes me montent aux yeux, ce qui décuple mes douleurs dans la tête. J'ai un torticolis… et une pierre me perce le dos…

— Becky, ça ne va pas ?

— Pas vraiment, dis-je en chevrotant. Je n'arrive pas à dormir.

Comme Jess se tait, j'imagine qu'elle ne m'a pas entendue ou qu'elle n'a rien à me répondre. Mais, un instant plus tard, je me retourne et elle s'est approchée de moi pour me tendre une tablette blanche :

— Ce n'est pas un chocolat à la menthe.

— C'est quoi, alors ?

— Un biscuit Kendal à la menthe. Le saint-bernard des grimpeurs.

— Merci.

C'est vaguement sucré, pas terrible, mais je prends une seconde bouchée pour témoigner de ma bonne volonté. À ma grande honte, mes sanglots reprennent de plus belle.

Jess pousse un soupir et croque dans son biscuit.

— Qu'est-ce qui ne va pas ?

— Luke ne m'aimera plus jamais.

— Tu te trompes !

— Mais c'est vrai ! Depuis notre retour à Londres, c'est le désastre. J'en suis responsable, j'ai tout gâché…

— Tout n'est pas de ta faute…

— Quoi ?

— Tu n'es pas entièrement coupable. Dans une crise, il y a deux responsables. En parlant d'obsession, regarde Luke ! Il s'est complètement polarisé sur son travail.

— Je le sais. Je croyais qu'il avait changé. Pendant notre voyage de noces, il était tellement décontracté, c'était le paradis. J'étais si heureuse…

J'ai mal en me rappelant ces temps bénis : Luke et moi bronzés et relax, nous tenant par la main, faisant du yoga ensemble, assis sur la terrasse au Sri Lanka, planifiant notre retour-surprise.

Tous les espoirs étaient permis. Mais rien n'a marché comme je le souhaitais.

— Tu ne peux pas passer ta vie en voyage de noces, souligne Jess. Il faut bien redescendre sur terre.

— Mais j'attendais tellement de mon mariage. Je m'étais fait tout un cinéma. Moi, Luke, Suze… Tarquin… tous assis autour de la grande table en bois, éclairée aux bougies, tout le monde riant…

— Et alors ? Qu'est-ce qui se passe avec Suze ? Ta mère m'a dit qu'elle était ta meilleure amie.

— Elle l'était. Mais pendant mon absence… elle m'a remplacée.

Rien que d'y penser j'ai la gorge nouée.

— Tout le monde a de nouveaux amis, de nouveaux boulots, et personne ne s'intéresse à moi… Je n'ai plus d'amies.

Jess range les biscuits dans son sac à dos avant de le refermer avec soin.

— Tu m'as, maintenant.

— Sauf que tu ne m'aimes pas.

— Mais tu es ma sœur. Je suis bien obligée de te supporter.

À cet instant, les yeux de Jess brillent d'une lueur d'humour. Et de tendresse. Une grande première.

— Tu sais, Luke voudrait que je te ressemble, dis-je après un moment de silence.

— Tu parles !

— C'est vrai ! Il aimerait que je devienne économe et raisonnable.

Je planque ce qui reste de ma tablette de Kendal derrière une grosse pierre en espérant que Jess ne m'a pas vue.

— Tu m'apprendras ?

— Quoi donc ? À être raisonnable ?

— Oh, s'il te plaît !

— Alors, commence par ne pas gâcher cet excellent morceau de biscuit.

— D'accord, dis-je, un peu honteuse.

Je le ramasse et en mange un morceau.

— Oh ! Quel délice !

Le vent forcit encore, la tente tremble furieusement. Je m'enveloppe dans la couverture métallique tout en regrettant pour la millionième fois de ne pas avoir apporté un pull. Ou un passe-montagne. Soudain, je me rappelle un truc. Je fouille dans la poche de ma jupe et… miracle ! Le petit sachet est encore là.

— Jess… c'est pour toi. C'est pour te le donner que je suis allée chez toi.

Je lui tends le sac turquoise. Elle l'ouvre lentement et fait glisser la breloque Tiffany en argent au creux de sa main.

— C'est un collier. Regarde, j'ai le même !

— Becky, c'est… vraiment…

Pendant une seconde, j'ai peur qu'elle ne dise « bizarre » ou « déplacé ».

— Fabuleux ! C'est divin. Merci !

Elle attache la chaîne autour de son cou et je suis ravie du résultat. Ça lui va à merveille ! Étrangement, son visage s'est transformé. Sa forme s'est modifiée. Comme si…

— Mon Dieu ! Tu souris !

— Pas vrai ! fait-elle en s'efforçant de reprendre son sérieux, mais elle n'y parvient pas.

Son sourire s'élargit même et elle porte sa main à son cou.

— Mais si ! dis-je en gloussant. J'ai trouvé ton point faible. Au fond de toi, tu es une accro de Tiffany.

— Pas du tout !

— Mais si ! Je le savais ! Jess…

Ce que je voulais dire est noyé sous une bourrasque de vent qui arrache un côté de la tente. Une tonne de pluie se déverse sur moi.

— Mon Dieu ! Jess, rattrape la tente ! Vite !

— Oh, merde ! s'exclame-t-elle, incapable de retenir la tente qui s'échappe de ses mains.

Elle se gonfle comme la voile d'un vaisseau et disparaît.

Je regarde Jess à travers les trombes d'eau et hurle pour me faire entendre :

— Qu'allons-nous faire ? je hurle.

— Quelle vacherie ! Il faut chercher un abri. Tu peux te lever ?

Elle m'aide à me soulever, mais je ne peux m'empêcher de crier. Ma cheville me fait souffrir le martyre.

— Il faut qu'on arrive jusqu'à ces rochers. Appuie-toi sur moi.

Nous formons un étrange couple, l'une boitant, l'autre traînant la patte. Nous grimpons péniblement dans la boue, trouvant finalement un certain rythme. Je me mords les lèvres pour ne pas hurler de douleur.

— Personne ne va venir à notre secours ?

— Probablement pas. On n'a pas disparu depuis assez longtemps. Bon. Il faut maintenant que tu escalades cette pente. Accroche-toi !

Jess a une telle poigne que je réussis mon exploit. Quelle forme physique elle tient ! Je ne peux pas m'empêcher de penser que sans moi elle serait facilement redescendue chez elle et qu'elle serait actuellement au chaud.

— Merci de me soutenir, et merci de rester avec moi.

— Pas de quoi !

Nous reprenons notre ascension. La pluie est si forte que je peux à peine respirer. Ma tête me fait à nouveau souffrir et ma cheville me torture. Mais je dois continuer. Je ne peux pas décevoir Jess.

Soudain, j'entends quelque chose. Ce ne peut être que mon imagination. Ou le vent.

— Attends ! fait Jess. C'était quoi ?

Nous tendons l'oreille. Le bruit est bien réel.

C'est le bruit d'un hélicoptère !

Je lève la tête : des phares s'approchent à travers le rideau de pluie.

Je me mets à crier en agitant les bras :

— Au secours ! Par ici !

— Ici, hurle Jess en pointant sa torche vers le ciel, par ici !

L'hélicoptère s'immobilise un instant au-dessus de nos têtes. Puis il disparaît.

— Il ne nous a pas vues ?

— Je ne sais pas, avoue Jess, aussi angoissée et tendue que moi. Difficile à dire. Atterrir ici est compliqué. Il va se poser sur la crête. Ils descendront ensuite à pied.

Nous demeurons immobiles un moment, mais l'hélicoptère ne revient pas.

— Bon, continuons. Les rochers nous abriteront de la pluie.

On reprend notre marche comme avant, mais le cœur n'y est plus. Je suis crevée, trempée jusqu'aux os, et j'ai épuisé ma réserve d'énergie. Nous avançons de quelques centimètres à la fois, tête collée, enlacées l'une à l'autre, toutes les deux haletantes et suffocantes sous la pluie.

— Ne bouge pas ! dis-je en m'arrêtant. J'entends quelque chose.

Je me cramponne à Jess et tends le cou.

— Quoi ?

Une faible lumière perce la pluie. Le faisceau lointain d'une lampe torche. J'entends du bruit au-dessus de nos têtes.

Mon Dieu ! Des gens ! Enfin !

— C'est une équipe de secours ! Par ici ! Au secours !

— Ohé, fait Jess en agitant sa torche.

La lumière disparaît puis revient.

— Au secours ! crie Jess. On est ici !

Pas de réponse. Où sont-ils ? Ils nous ont ratées ? Je suis désespérée.

— Au secours ! À l'aide ! Par ici ! Vous nous entendez ?

— Bex ?

Une voix aiguë et familière me parvient faiblement. Je me fige.

Comment ?

Aurais-je des hallucinations ?

J'aurais juré que c'était…

— Bex ? Bex, où es-tu ?

— *Suze ?*

Je lève la tête au moment où une femme vêtue d'un vieux caban apparaît au bord de la crête. Ses cheveux sont plaqués par la pluie. Elle tient une torche et fronce les sourcils pour mieux voir.

— Bex ? Bex, où es-tu ?

Ce doit être une hallucination, un mirage ! Ce n'est qu'un arbre que le vent agite…

— Bex ? – elle vient de nous repérer – mon Dieu ! Bex ! Je l'ai trouvée ! Par ici ! crie-t-elle par-dessus son épaule.

Elle fonce dans notre direction sans se soucier des éboulis.

— Tu la connais ? demande Jess, ahurie.

— C'est Suze. Ma meilleure amie.

J'ai la gorge nouée. Suze est venue à ma recherche. Elle a fait tout ce chemin pour me retrouver !

— Bex ! Enfin !

Suze s'arrête devant moi dans un nuage de pierres et de terre et me dévisage. Elle-même est couverte de boue et ses yeux bleus trahissent son émotion.

— Mon Dieu ! Tu es blessée. Je savais que…

— Non, ça va, à part ma cheville.

— Elle est là mais elle est blessée, hurle-t-elle dans son portable.

Puis elle écoute son interlocuteur.

— Tarquin arrive avec un brancard.

— Tarquin ? Tarquin est venu ?

Ma tête me fait trop souffrir pour tout assimiler.

— Oui, avec son copain de la RAF. L'équipe de secours de la montagne voulait attendre avant de commencer des recherches. Mais je savais que tu avais des problèmes. J'étais si inquiète.

Son visage se plisse, mais elle continue :

— Personne ne savait où tu étais, ni quoi penser... on a essayé de te situer grâce à ton portable, mais il n'y avait pas de réseau... et soudain c'est revenu... et te voici enfin... toute mal fichue.

Elle m'enlace fermement. Pendant quelques instant nous restons ainsi, agrippées l'une à l'autre, sous la pluie battante.

— Je vais bien, dis-je finalement. Je suis tombée de la montagne. Mais j'étais avec ma sœur. Elle s'est occupée de moi.

— Ta sœur ?

Suze me lâche et se tourne lentement vers Jess, qui se tient un peu à l'écart, les mains dans les poches.

— Je te présente Jess. Jess, voici Suze.

Elles se dévisagent. À cause de la pluie, difficile de voir l'expression de leurs visages.

— Salut, la sœur de Becky, dit enfin Suze en tendant la main.

— Salut, la meilleure amie de Becky, dit Jess en lui prenant la main.

On entend un grand bruit de dégringolade. Nous levons toutes les trois la tête pour voir Tarquin descendre la pente dans un incroyable uniforme de l'armée, avec un casque surmonté d'une lampe.

— Salut, Tarquin, dis-je.

— Jeremy arrive avec le brancard, fait-il gaiement. Tu nous as foutu une sacrée trouille. Luke, dit-il dans son portable, on l'a retrouvée.

Mon cœur cesse de battre.

Luke ?

— Comment...

J'ai tellement la tremblote que je ne peux rien articuler. J'insiste pourtant :

— Comment Luke…

— Il est bloqué à Chypre, précise Suze, à cause du mauvais temps. Mais il est resté tout le temps en contact avec nous. Il n'en menait pas large.

— Tiens, Becky, parle-lui, dit Tarquin en me donnant son portable.

J'hésite à le prendre, tant j'ai les nerfs en pelote.

— Il est toujours fâché contre moi ?

Suze me dévisage en silence.

— Bex, crois-moi, il n'est absolument pas fâché.

Je colle le portable contre mon oreille. Tant pis si l'appareil appuie sur ma peau à vif.

— Luke ?

— Becky, enfin. Merci mon Dieu !

La communication est si mauvaise que je l'entends à peine. Mais dès que je reconnais sa voix, l'enfer de ces derniers jours prend fin. Quelque chose jaillit en moi. J'en ai le souffle coupé.

Je le veux. Je veux Luke et je veux rentrer à la maison.

— Tu es sauve, souffle-t-il d'une voix angoissée que je ne lui connais pas. J'en avais perdu la boule…

— Je sais. Je suis désolée. Luke, je regrette tout…

Je sanglote.

— Ne t'excuse pas. Je suis navré. J'ai cru…

Il se tait et ne me parvient plus que sa respiration haletante.

— Ne t'avise plus de partir, hein ?

— Promis ! réponds-je en m'essuyant les yeux du revers de la main. Oh, j'aimerais tant que tu sois là.

— Je vais arriver. Dès que la tempête se sera calmée. Nathan m'a proposé de me prêter son avion privé. Il a été formidable.

Sa voix est noyée sous les bourdonnements.

— Luke ?

— … hôtel…

La communication devient inaudible.

— Je t'aime, dis-je alors, mais il n'y a plus personne à l'autre bout.

Pendant ma conversation, les autres se sont gentiment tus. Maintenant, Tarquin me tapote l'épaule.

— Allez, Becky, il faut monter dans l'hélico.

23

Je ne garde qu'une vague impression de mes premières heures à l'hôpital. Il y a eu du bruit et de la lumière, des questions auxquelles il m'a fallu répondre, des allers et retours en lit roulant et, finalement, comme j'ai une double fracture de la cheville, on m'a plâtrée. Il y a eu aussi des points de suture et des examens pour vérifier que je n'avais pas le tétanos ni la maladie de la vache folle.

Pendant tout ce cirque, on m'a fait une piqûre qui m'a mise K-O. Maintenant, enfin, on me fiche la paix et j'enfonce ma tête dans un oreiller. Je me sens éreintée. Mais qu'il est bon d'être dans un endroit propre, chaud et blanc !

Au loin, j'entends qu'on rassure Jess : elle n'a rien fait de mal en me bougeant. Et on répète à Suze qu'il est inutile de me faire un scanner total et que personne ne plaisante avec ma santé. Oui, je suis soignée par la meilleure équipe du pays.

— Becky ?

Tarquin s'approche de mon lit et me tend son portable.

— Luke en ligne.

— Luke ? Devine ce qui m'arrive ? J'ai une cheville cassée !

J'admire ma jambe et son plâtre, le tout soutenu par un support. J'ai toujours rêvé d'avoir un plâtre.

— Je le sais, ma pauvre chérie. On s'occupe bien de toi ? Tu ne manques de rien ?

— Euh… non. Tu sais…

Soudain, je bâille à m'en décrocher la mâchoire.

— En fait, je suis assez fatiguée. Je vais bientôt dormir.

— J'aimerais vraiment être avec toi. Mais, dis-moi une chose : pourquoi tu t'es enfuie dans le Nord sans prévenir personne ?

Comment ? Il n'a pas compris ?

— Parce que j'avais besoin d'aide, évidemment ! Notre mariage était en loques. Et Jess était la seule personne vers qui je pouvais me tourner.

Silence à l'autre bout.

— Notre mariage était en quoi ?

— En loques ! Et tu le sais bien ! C'était atroce ! Tu es même parti sans m'embrasser !

— Chérie, j'étais furax ! On s'était engueulés ! Ça ne voulait pas dire que notre mariage était en loques.

— Oh ! eh bien, c'est l'impression que j'ai eue, en tout cas. J'ai cru que c'était fini, et que mon sort était le cadet de tes soucis.

— Oh, Becky !

La voix de Luke devient bizarre, comme s'il s'efforçait de ne pas rire.

— Tu as une idée de ce que j'ai vécu ?

— Non, admets-je en me mordant les lèvres de honte, je suis désolée. Je… ne pensais pas…

— En tout cas, me coupe-t-il, tu es sauvée. C'est tout ce qui compte.

Je me sens tellement coupable. Et il se montre si gentil. Je lui ai donc fait vivre un tel enfer ? Et dire qu'il est bloqué à Chypre…

— Luke, reviens vite ! Je sais combien tu détestes être parti. Je sais que tu es malheureux. Tout est de ma faute. Laisse tomber ce crétin de Nathan Temple et son horrible hôtel. Tu trouveras bien une excuse. Dis-lui que c'est de ma faute.

Long silence.

— Luke, tu es là ?

— Oui… mais j'ai un truc à te dire à ce sujet. Je crois que…

— Quoi ?

— Tu avais raison. Et j'avais tort.

Je regarde le téléphone avec des yeux ronds. J'ai bien entendu ?

— J'avais un a priori. Mais maintenant que je connais mieux Nathan, je découvre un type brillant, avec un grand sens des affaires. On s'entend à merveille.

— Vraiment ? Mais… tu disais que c'était un truand, une brute !

— Ah, oui…, fait Luke d'une voix penaude. Nathan m'a tout expliqué. En fait il a pris la défense d'un employé de son motel qui était attaqué par un client ivre. Et il y est allé un peu fort. C'était une erreur. Je le crois.

Ma tête m'élance. Je ne peux pas tout assimiler.

— Dans bien des domaines, ce type a du cœur, continue Luke. Il m'a raconté l'autre soir pourquoi il avait créé cette chaîne de motels : un soir, on lui a refusé l'entrée d'un hôtel chic parce qu'il n'avait pas de cravate. Du coup, il est entré dans un bar et a jeté sur le papier les plans de ses Value Motels. En un an, il en a ouvert une vingtaine. On ne peut qu'admirer une telle énergie.

— Je n'arrive pas à le croire. Il te plaît !

— Oui ! Et il a été formidable, ces derniers jours. On ne peut pas trouver plus gentil. Il est resté debout toute la nuit avec moi à attendre de tes nouvelles.

Je grimace de honte en les imaginant tous les deux, en robe de chambre, patientant à côté du téléphone. Promis, juré, je ne disparaîtrai plus jamais.

Non pas que je l'aie fait exprès. Enfin…

— Et l'hôtel ? Il n'est pas trop craignos ?

— Il est supercraignos, avoue Luke d'une voix gaie. Mais tu avais raison. C'est du craignos de luxe.

J'émets une sorte de gloussement qui se transforme en bâillement. La piqûre fait son effet.

— Alors… j'avais raison ! Vive les relations mondaines !

— Absolument ! Becky, je suis navré.

Soudain, Luke devient sérieux.

— Excuse-moi aussi pour des tas de choses. Tu n'as pas eu la partie facile ces dernières semaines. J'étais obsédé par l'affaire Arcodas. Je ne me suis pas occupé de toi. Et je ne me suis pas rendu compte à quel point notre retour en Angleterre t'a bouleversée.

En écoutant Luke, j'ai l'impression d'avoir déjà entendu ça quelque part.

A-t-il parlé à Jess ?

Jess m'aurait-elle soutenue ?

Mais Luke continue à me parler.

— Autre chose : j'ai enfin parcouru ton dossier rose. Dans l'avion. Tu as eu une bonne idée. On va prendre contact avec David Neville et voir s'il veut vendre.

— Tu trouves vraiment que c'est une bonne idée ?

— Tout à fait. Mais je ne sais pas où tu l'as pêchée.

— Chez Barneys ! Je te l'avais dit. Je suis sûre que David Neville est vendeur. Je sais qu'il regrette d'avoir monté sa propre affaire. Et ils veulent un autre enfant… Et Judy raconte qu'elle aimerait bien qu'il ait un salaire fixe…

Je trébuche sur les mots.

— Chérie, on en reparlera. Pour le moment, repose-toi.

— D'accord.

J'ai les paupières lourdes et je n'arrive plus à garder les yeux ouverts.

— Recommençons à zéro, dit encore Luke. Quand je reviens, fini les loques ! Compris ?

— C'est quoi ce cirque ?

Une infirmière horrifiée fonce vers moi.

— Les portables sont interdits dans les chambres collectives. Et vous avez besoin de dormir, chère madame.

— Bon.

L'infirmière m'enlève le téléphone des mains et je ferme les yeux.

Quand je les rouvre, tout a changé. Il fait sombre. Personne ne parle. Ça doit être la nuit.

Je meurs de soif et mes lèvres sont desséchées. Je me rappelle que j'ai une carafe d'eau sur ma table de nuit : j'essaie de m'asseoir pour l'atteindre quand je fais tomber quelque chose. Le bruit est effrayant.

— Bex ? Ça va ?

Suze est assise sur une chaise à côté de mon lit. Elle se frotte les yeux et bondit sur ses pieds.

— Tu as besoin de quelque chose ?

— De l'eau, s'il y en a.

— Voilà.

Elle m'en verse un verre, que j'avale goulûment.

— Comment te sens-tu ? me demande-t-elle.

— Très… bien, maintenant que j'ai bu.

Je pose mon verre et jette un coup d'œil dans le box où je suis couchée.

— Où sont les autres ? Où est Jess ?

— Elle va bien. Les médecins l'ont auscultée et Tarkie l'a raccompagnée chez elle. Mais ils ont voulu te garder en observation.

— Bien.

Je tâte mon visage et regrette de ne pas avoir mon brumisateur pour m'hydrater. Soudain, je lis l'heure sur la montre de Suze.

— Comment ? Il est deux heures ! Suze, qu'est-ce que tu fais ici ? Tu devrais être dans ton lit !

— Je ne voulais pas te laisser.

— Chut ! grogne quelqu'un de l'autre côté du rideau. Moins fort !

Suze et moi nous regardons, et l'envie de pouffer de rire me prend. Suze tire la langue en direction du rideau, et je renifle bruyamment.

— Reprends de l'eau, chuchote Suze. C'est bon pour ta peau.

Puis elle grimpe sur mon lit. Nous nous taisons un moment. J'avale quelques gorgées d'eau, mais elle est tiède et a le goût de plastique.

— Ça me rappelle la naissance d'Ernie. Tu t'en souviens ? Tu étais restée avec moi toute la nuit.

— Oh que oui !

Je me rappelle un tout petit Ernie, tout rose et enveloppé dans une couverture, niché dans les bras de Suze.

— Quelle nuit !

Nous nous sourions.

— Tu sais, quand j'ai accouché des jumeaux… je n'étais pas aussi heureuse, parce que tu n'étais pas là. Bien sûr, c'est bête de dire ça.

— Pas du tout !

Je regarde mon drap d'hôpital, que je froisse entre mes doigts.

— Tu m'as manqué, Suze.

— Toi aussi. Et… je dois te dire quelque chose. Je veux m'excuser pour ma conduite quand tu es rentrée.

— Non, ne sois pas idiote. C'est moi qui ai mal réagi. Il est normal que tu te sois fait de nouvelles amies quand je n'étais pas là. C'est moi qui étais bête.

— Pas du tout. C'est moi. J'étais jalouse.

— *Jalouse ?*

Suze évite de croiser mon regard.

— Oui, tu es arrivée toute bronzée, toute chic avec ton sac Angel. Et moi, j'étais coincée à la campagne avec mes trois marmots. Tu étais l'héroïne de merveilleuses aventures autour du monde, et j'ai eu l'impression de ne plus exister.

— Impossible que ça t'arrive, même en un million d'années.

— Tu sais ce qui me plairait quand tu seras rétablie ? Un week-end à Milan. Juste toutes les deux. Qu'est-ce que tu en penses ?

— Et tes enfants ?

— Pas de problème : Tarkie s'en occupera. Ce sera mon cadeau d'anniversaire un peu tardif.

— Et ton séjour dans le spa ? C'était pas un cadeau ?

Suze ne répond pas tout de suite.

— C'était pas mal. Mais tu m'as manqué. Tu es irremplaçable, Bex.

Pleine d'espoir, je demande :

— Alors, tu détestes Lulu ?

— Mais non ! s'esclaffe-t-elle. Mais… je te préfère.

Ne sachant quoi répondre, je prends mon verre d'eau sur la table de chevet et découvre un petit paquet.

— Jess l'a laissé pour toi. Elle m'a dit que tu aimerais peut-être en manger.

Je souris. C'est une tablette Kendal !

— Oh, c'est une blague entre nous. Elle sait que je ne risque pas d'en manger.

Silence, interrompu par le bruit d'un chariot qu'on pousse dans un couloir et d'une double porte qu'on ouvre.

— Ainsi… tu as vraiment une sœur, dit enfin Suze.

Et je perçois un peu de nostalgie dans sa voix. Je scrute son visage toujours aussi ravissant et j'y vois un peu d'angoisse.

— Suze… tu seras toujours ma sœur.

Et je la serre très fort dans mes bras.

24

Bon. C'est stupéfiant ! Incroyable, même. Des tas de choses que je croyais détester… voici que je les aime tout à coup.

Par exemple :

1. Jess.

2. Le boudin noir (si on le noie dans du ketchup, ça peut être délicieux).

3. Être pingre.

Je vous le jure. Sérieux ! Être économe, quel pied ! Je ne m'étais jamais rendu compte que ça pouvait être gratifiant. Non, je ne m'en étais jamais aperçue !

Ainsi, hier j'ai envoyé une carte postale à Janice et à Martin pour les remercier de leur joli bouquet. Eh bien, au lieu d'acheter une carte, j'en ai découpé une dans une boîte de céréales, avec la marque Kelloggs juste au centre. Cool, non ?

C'est Jess qui m'a filé le tuyau. Elle m'apprend beaucoup. J'habite chez elle depuis que je suis sortie de l'hôpital et elle est formidable. Elle m'a laissé sa chambre pour m'éviter d'avoir trop de marches à monter, elle m'aide à entrer et à sortir de la baignoire à cause de mon plâtre et elle fait chaque jour de la soupe de légumes. Elle m'a promis de m'apprendre la recette.

Parce que si on la fait avec des lentilles et… je ne sais plus trop quoi, c'est un repas équilibré pour toute la journée et qui ne coûte que trente pence la portion.

Avec l'argent économisé, on peut s'offrir les délicieuses tartes aux fruits d'Elizabeth ! (C'est le conseil que je lui ai donné. Vous voyez, on s'entraide.)

Je boitille jusqu'à la cuisine pour faire du café. Je dois d'abord vider dans l'évier la moitié du café qui a déjà servi, verser dans le filtre un peu de café moulu tout neuf et brancher la cafetière. Réutiliser le café est une des règles de base de la maison et, comme le dit Jess, c'est très malin. Bon, c'est vrai, il devient un peu imbuvable, mais quelle économie !

C'est incroyable ce que j'ai changé. Je suis devenue une femme totalement raisonnable et sensée. Luke n'en croira pas ses yeux quand il me verra.

Jess hache des oignons et je la seconde en m'apprêtant à jeter le filet dans la poubelle.

— Non ! Il peut encore servir !

— Ce filet à oignons ?

Waouh ! J'apprends tout le temps de nouveaux trucs.

— À quoi ça peut servir, un filet à oignons ?

— À fabriquer un tampon à récurer.

— Évidemment !

J'approuve d'un signe de tête, même si je ne vois pas très bien de quoi elle veut parler.

— Tu sais, récurer, c'est un peu comme exfolier, mais pour la cuisine.

— Ah, oui ! Formidable !

Je sors mon carnet des Trucs de la Ménagère économe et y inscris ce dernier tuyau. J'apprends tellement. Par exemple, savez-vous qu'un vieux carton de lait peut faire un pommeau d'arrosage ?

Ce n'est pas que j'aie besoin d'un pommeau d'arrosage, mais on ne sait jamais !

Une béquille dans une main, la cafetière dans l'autre, j'entre dans le salon.

— Salut.

Suze, assise par terre, lève la tête.

— Qu'en penses-tu ? me demande-t-elle en me montrant la banderole qu'elle vient de peindre et qui proclame : NE TOUCHEZ PAS À NOTRE CAMPAGNE en lettres fluo rouges et bleues. Le slogan est entouré d'une large frise représentant des feuilles et des herbes.

— Bravo, Suze, tu es fantastique ! Dis donc, tu es une artiste extraordinaire !

Une flopée de banderoles occupent le canapé : Suze les a peintes en quelques jours.

— L'association a de la chance de t'avoir !

La présence de Suze est une bénédiction. On se croirait au bon vieux temps. Elle habite la maison d'hôtes d'Edie pendant que Tarquin s'occupe des bébés. Suze s'est sentie coupable de les abandonner – jusqu'à ce que sa mère lui remonte le moral en lui racontant qu'elle-même avait laissé Suze pendant tout un mois pour aller explorer les sommets du Népal et que Suze ne s'en était pas plus mal portée.

Le paradis ! On passe plein de temps ensemble à se relaxer, à grignoter et à parler de tout et de n'importe quoi. Parfois en tête à tête, parfois avec Jess. Hier soir, toutes les trois, on a préparé des margaritas et regardé *Footloose*. Je crois que Jess… a aimé. Bien qu'elle ne connaisse pas les chansons par cœur, contrairement à nous.

Un soir où Suze est allée rendre visite à de la famille qui habite à une trentaine de kilomètres, Jess et moi avons passé la soirée ensemble. Elle m'a montré ses roches et m'a tout expliqué. En échange, je lui ai parlé de mes chaussures, et j'en ai même dessiné certaines. Je crois qu'on apprend beaucoup l'une de l'autre.

— L'association a vraiment de la chance de t'avoir *toi*, réplique Suze. Soyons lucides. Sans toi, la manifestation ne réunirait que quatre pelés et un tondu.

— Oh, tu crois ?

J'essaie de faire la modeste, mais dans le fond je suis ravie de la façon dont les choses ont tourné. Depuis ma sortie de l'hôpital, je suis responsable de la campagne de presse et nous avons obtenu des quantités de retombées médiatiques. La marche a lieu cet après-midi, et quatre stations de radio l'ont annoncée ce matin. L'information est parue dans toute la presse locale et on espère que la télévision va se déplacer.

Il faut dire que la chance nous a souri. D'abord, du temps où je travaillais comme journaliste financière à Londres, je connaissais Guy Worxley, le patron de Radio Cumbria. Il m'a donné les coordonnées des gens qui pourraient nous aider et, hier, il a fait une grande émission sur Cumbria Watch.

Mais le clou, c'est l'angle humain qu'on a exploité. Dès que j'ai pris le contrôle des opérations, j'ai réuni les membres du groupe écologiste. Chacun a dû me raconter ce qu'il savait sur l'emplacement de l'éventuel centre commercial, même si ce n'était pas important. Comme par un fait exprès, c'est dans le champ qui pourrait être massacré que Jim a demandé Elizabeth en mariage, vingt ans auparavant.

On a organisé une séance de photos dans le champ. Avec Jim à genoux, comme dans le temps (il m'a assuré qu'il ne s'était jamais agenouillé mais je lui ai dit de la boucler), offrant au photographe le spectacle d'une mine désespérée.

Le cliché est paru hier à la une du *Scully and Coggenthwaite Herald*, sous le titre « Massacre de nos chers souvenirs ». Depuis, le numéro d'appel de la manifestation (le portable de Robin) ne cesse de sonner.

— Il nous reste combien de temps ? demande Suze.

— Trois heures. Tiens, voici ton café.

— Merci ! grimace-t-elle. C'est du café économique ?

— Absolument, réponds-je, vexée. Ça ne te va pas ? Il est délicieux !

On sonne à la porte et Jess va ouvrir.

— Encore des fleurs ? demande Suze en ricanant. De la part de ton admirateur ?

J'ai été bombardée de bouquets depuis mon accident, et la moitié provenaient de Nathan Temple. Ils étaient accompagnés de mots du genre « Avec toute ma reconnaissance » ou « En remerciement de votre soutien ».

Il a raison d'être reconnaissant. Luke était prêt à rentrer à la maison, mais c'est *moi* qui lui ai dit que je serais ravie d'aller quelques jours chez Jess et qu'il pouvait rester à Chypre pour finir son boulot. Ce qu'il a fait. Il revient aujourd'hui. Son avion doit atterrir d'un instant à l'autre.

Je sais que les choses vont s'arranger avec lui. On a eu des hauts et des bas… des tempêtes… mais à présent ce sera un long fleuve tranquille. Et d'abord, j'ai changé. J'ai mûri, je me suis calmée. Je vais avoir une relation adulte avec Luke. Je discuterai de tout avec lui sans rien lui cacher. Fini les situations stupides qui se terminent en scène de ménage. Nous allons faire équipe !

— Luke ne va pas me reconnaître, dis-je, pensive.

— Oh, je crois que si, répond Suze après m'avoir bien regardée. Tu n'es pas si mal en point. Bien sûr, les points de suture sont affreux à voir, mais ton énorme bleu s'améliore…

— Je ne parlais pas de mon physique, mais de mon caractère ! Je suis complètement transformée.

— Vraiment ?

Mon Dieu, les gens sont donc aveugles ?

— Oui, regarde-moi ! Je prépare du café économique, j'organise des défilés de protestation… je mange de la soupe… et j'en passe !

Je n'ai même pas dit à Luke que j'organisais une manifestation. Il va en être baba, quand il saura que sa femme milite.

— Becky ?

Jess nous interrompt depuis la porte. Elle a un air bizarre.

— J'ai quelque chose pour toi. Des promeneurs viennent de revenir de Scully Pike. Et ils ont trouvé ça.

Je n'en crois pas mes yeux quand elle sort de derrière son dos un sac en veau, peint à la main et orné de strass.

Mon sac Angel.

Moi qui croyais ne jamais le revoir !

— Mon Dieu ! s'exclame Suze.

Je demeure bouche bée. Il a perdu un peu de son éclat, il est légèrement éraflé près de la poignée, mais autrement c'est le même : même ange, même DANTE en brillants.

— Il est en bon état, observe Jess. Il a été mouillé et malmené, mais rien d'épouvantable. Tiens, le voilà !

Mais je ne bouge pas. Je n'en veux pas.

— Becky ? Prends-le !

Elle a l'air étonnée et me fourre presque le sac dans les mains, mais je recule.

— Je n'en veux plus. Ce sac a failli détruire mon mariage. Dès l'instant où je l'ai acheté, tout est allé de travers. Il est maudit !

— Maudit ? répète Jess.

— Bex, tu te fais des idées, dit Suze patiemment. C'est un sac génial. Il fait l'unanimité.

— Pas pour moi. C'est fini. Il ne m'a apporté que des emmerdes.

Je me sens très vertueuse, tout à coup.

— Ces derniers jours m'ont beaucoup appris. Je vois les choses sous leur vrai jour. Et si j'ai à choisir entre mon mariage et un sac génial… eh bien, je prends le mariage.

— Dis donc ! fait Suze. C'est vrai que tu as changé.

En voyant ma tête, elle ajoute vite :

— Mille excuses !

Vraiment, mais qu'est-ce qu'elle croit ? Même avant j'aurais choisi le mariage.

Enfin, j'en suis presque sûre.

— Alors, qu'est-ce que tu vas en faire ? demande Jess. Le vendre ?

— Le donner à un musée ? suggère Suze tout excitée. On écrirait : « Sac Angel, collection Rebecca Brandon. »

— J'ai une meilleure idée : ce sera le premier prix de la tombola de cet après-midi. Et on va truquer le tirage pour que Kelly le gagne.

Vers treize heures, la maison est pleine. Les militants se sont réunis pour entendre un discours d'encouragement. L'ambiance est survoltée. Jess et moi distribuons des bols de soupe de légumes, et Suze montre à Robin ses banderoles. Tout le monde bavarde ou rit.

Bon sang, pourquoi n'ai-je jamais participé à une manif ? C'est le superpied !

— Plutôt excitant, non ? s'exclame Kelly, un bol de soupe à la main.

Elle porte un pantalon de camouflage et un tee-shirt où elle a écrit au marqueur PAS TOUCHE À NOTRE TERRE.

— Formidable ! Au fait… tu as acheté un billet de tombola ?

— Oui, et comment. Même dix !

— Tiens, en voici un de plus, dis-je en lui tendant innocemment le numéro 501. C'est le ticket de la chance.

— Ah bon, merci !

Et Kelly le glisse dans une de ses poches.

— Au fait, comment est le magasin ?

— Super ! On a mis des ballons partout, des rubans, du vin pétillant et des tas de cadeaux…

Jess s'approche de nous avec la marmite de soupe.

— Ça va être grandiose. Tu ne crois pas, Jess ? La fête dans le magasin, je veux dire.

— Sans doute, me répond-elle en haussant les épaules, pour montrer que le cœur n'y est pas.

Elle remplit le bol de Kelly.

Elle croit peut-être me mener en bateau ! Mais elle oublie que je suis sa sœur…

— Kelly, tu ne trouves pas extraordinaire qu'on ait reçu une telle donation pour financer la fête ? fais-je d'un air innocent.

— Oui, mille livres arrivées de nulle part. Incroyable !

— Étonnant, déclare Jess en fronçant les sourcils.

— Le plus étrange, dis-je, toujours l'air de rien, c'est que le donateur veuille garder l'anonymat. Robin m'a dit qu'on avait insisté sur ce point.

Jess rougit légèrement.

— Oui, j'ai entendu ça aussi.

— À sa place, s'enthousiasme Kelly, j'aurais préféré que tout le monde soit au courant de ma générosité.

— Je suis bien d'accord avec toi. Et toi, Jess, qu'est-ce que tu en penses ?

— Oh, je n'ai pas d'avis sur la question.

— Ah, d'accord, réponds-je en riant sous cape. Quelle bonne soupe !

— Silence, s'il vous plaît ! (Jim tape sur une table et tout le monde se tait.) Je vous rappelle que la fête du magasin du village commencera à dix-sept heures, juste après la manifestation. Vous y êtes tous les bienvenus, et j'espère que vous dépenserez le plus possible. Edie, ça te concerne aussi.

Il désigne Edie du doigt, et tout le monde éclate de rire.

— Pour tout achat de plus de vingt livres, vous recevrez un cadeau. Et le premier verre est gratuit.

— Voilà qui est parler ! s'exclame l'homme aux cheveux blancs.

Et tout le monde pouffe à nouveau.

— Bex ? me murmure Suze à l'oreille, on te demande au téléphone. C'est Luke.

Je fonce à la cuisine, un grand sourire aux lèvres, et je prends le combiné.

— Luke ! Bonjour ! Où es-tu ? À l'aéroport ?

— Non, déjà dans la voiture.

— Super ! Tu penses arriver quand ? Il se passe des tas de choses. Je t'explique comment nous rejoindre…

— Becky… il y a un pépin… Je ne sais pas comment te le dire… mais je ne serai là que bien plus tard.

— Comment ? Mais pourquoi ? Tu as été absent toute la semaine ! Je ne t'ai pas encore vu !

— Je sais. Je suis fou de rage. Mais je n'y peux rien : il y a truc qui cloche avec le groupe Arcodas. Normalement, j'aurais laissé Gary et l'équipe s'en occuper, mais c'est un nouveau client. Et comme c'est notre premier problème avec eux, c'est moi qui dois intervenir.

— Vu, dis-je, le moral à zéro. Je comprends.

— Mais j'ai une idée… Viens donc me retrouver.

— Quoi ?

— Viens tout de suite. Je vais envoyer une voiture te chercher. Tu m'as tellement manqué.

— Moi aussi, tu m'as terriblement manqué !

— Mais il y a autre chose. J'en ai parlé à Gary… et il est d'accord. On aimerait te mettre à contribution. On a besoin d'idées brillantes. Qu'en penses-tu ?

— Vous voulez que je vous aide ? Vraiment ?

J'ai la gorge nouée.

— Oui, j'adorerais que tu m'aides. Si tu es d'accord.

Je fixe le téléphone, folle de joie. C'est exactement ce que je désirais. Mari et femme travaillant main dans la main. Échangeant des idées. Formant une équipe soudée.

Mon Dieu ! Je brûle d'envie d'y aller.

Mais je ne peux pas laisser tomber Jess. Pas maintenant.

— Luke, je ne peux pas venir tout de suite. J'aimerais tant travailler avec toi, faire partie de ton équipe. Mais j'ai des projets pour aujourd'hui. J'ai promis à Jess. Et… à d'autres personnes. Je ne peux pas les abandonner. Désolée.

— Tant pis. J'aurais dû t'engager quand j'en avais l'occasion. Bon, je te vois ce soir, soupire-t-il. Je ne sais pas encore à quelle heure j'aurai fini, mais je t'appelle pour te le dire.

— Haut les cœurs, Luke ! J'espère que ça s'arrangera. Tu seras où ?

— Oh, quelque part dans le Nord. Pas loin de toi, en fait.

— Ah bon…, fais-je, soudain intéressée. Quel genre de problème ? Encore un homme d'affaires qui a falsifié ses comptes ?

— Bien plus embêtant ! Un putain de groupe d'écolos sortis de nulle part.

— Un groupe d'écolos ? Tu plaisantes ? C'est une telle coïncidence que…

Je ne peux pas continuer. J'en ai des sueurs froides.

Impossible que…

Non. Ce serait ridicule. Il doit y avoir des milliers de manifestations chaque jour dans le pays…

— La personne responsable s'y connaît en médias. Il y a une manif cet après-midi, ils ont toute la presse avec eux, les journaux télévisés sont sur le coup…

Il ricane.

— Becky, écoute ! Ils râlent à cause d'un centre commercial.

J'ai le vertige. J'essaie d'avaler ma salive plusieurs fois de suite pour retrouver mon calme.

C'est trop gros !

Notre comité ne manifeste pas contre le groupe Arcodas, je le sais. Mais contre les centres commerciaux Maybell.

— Chérie, je dois te laisser. Gary est sur l'autre ligne, il attend pour me mettre au courant. À plus tard. Oh ! amuse-toi bien avec Jess !

— Je… vais essayer.

En retournant au salon, j'ai le cœur qui bat fort. Toute l'assistance est assise en demi-cercle autour de Robin, qui brandit un grand panneau intitulé « Résistance en cas d'arrestation », où sont dessinées deux silhouettes.

— … l'estomac est particulièrement utile dans ce cas, dit-il quand j'entre. Tout va bien, Becky ?

— Tout à fait. J'ai juste une petite question à te poser. Nous manifestons contre les centres Maybell, n'est-ce pas ?

— Absolument.

— Cela n'a rien à voir avec le groupe Arcodas ?

— Mais si ! s'exclame-t-il, surpris. Maybell appartient à Arcodas. Tu l'ignorais ?

J'ouvre la bouche, mais rien ne sort.

J'ai peur de tomber dans les pommes.

Je viens d'organiser une énorme campagne de presse contre le client le plus important de Luke. Moi. Sa femme.

— Les fils de pute ! reprend Robin. Vous savez ce que j'ai appris, aujourd'hui ? Ils ont engagé une agence de relations publiques pour « s'occuper de nous ». Une grosse boîte de Londres. Et ils ont fait revenir par avion le grand chef qui a interrompu ses vacances pour nous !

Mon Dieu ! Je n'en peux plus !

Que faire ?

Il faut que je démissionne. Oui. Je dois leur dire que j'abandonne, que je ne veux plus rien avoir à faire dans cette histoire.

— Ils nous prennent pour de la merde ! s'excite Robin. Ils croient qu'on a les mains vides. Mais nous avons notre passion, nos convictions. Surtout… et il se tourne vers moi, nous avons Becky.

— Quoi ?

Je sursaute d'effroi au moment où tous se tournent vers moi et se mettent à m'applaudir.

— Mais non ! Vraiment ! Je… n'y suis pour rien !

— Ne sois pas modeste ! s'exclame Robin. Tu as transformé notre mouvement. Sans toi, rien de tout ça n'aurait lieu !

— Tu te trompes ! Je veux passer la main. D'ailleurs… j'ai quelque chose à dire…

Allez ! Dis-leur.

Je croise le regard chaleureux de Jim et détourne les yeux. Dieu que c'est difficile.

— Attends ! dit Jess en s'avançant vers moi. Avant de te laisser la parole, j'ai quelque chose à dire.

S'attendant à un drame, la salle se tait. Jess fait crânement face à l'assistance :

— L'autre soir, la plupart d'entre vous m'ont entendue déclarer que Becky n'était pas ma sœur… et que je la reniais. Eh bien, c'est faux, nous sommes sœurs.

Elle marque une pause et ses joues virent au rose.

— Même si ce n'était pas le cas…, poursuit-elle en regardant la salle d'un œil féroce, je serais fière d'avoir Becky pour amie.

— Bravo ! Bravo ! crie Jim.

— Et participer à cette marche… avec vous tous… et ma sœur…, dit-elle en m'enlaçant… est un des jours les plus importants de ma vie.

Dans la salle, on entendrait une mouche voler.

— Désolée, Becky, que voulais-tu dire ?

— Euh… On aura leur peau !

WEST CUMBRIA BANK
45 Sterndale Street
Coggenthwaite
Cumbria

Mlle Jessica Bertram
12 Hill Rise
Scully
Cumbria

Le 12 juin 2003

Chère Mademoiselle,

J'ai été surpris de constater que la somme de mille livres a été débitée de votre compte.
Un tel mouvement est si rare que je me permets de vous écrire afin de vérifier qu'il n'y a pas eu d'erreur.

Bien sincèrement.

Howard Shawcross
Responsable de la clientèle privée

25

— Touchez pas à notre terre ! hurle Robin dans son haut-parleur.

— Dehors ! Dehors ! crions-nous en chœur.

Folle de joie, je souris à Jess. Si j'ai eu des moments de doute, ils ont disparu, et je suis maintenant persuadée d'agir au mieux.

Il suffit de regarder autour de soi pour voir ce qui risque de disparaître. Nous nous tenons sur Piper's Hill, et le panorama est l'un des plus beaux que j'aie vus de ma vie. Le sommet est couvert de forêts, des fleurs sauvages poussent dans les prés et j'ai déjà repéré six papillons. Je me fiche que le groupe Arcodas soit un client de Luke. Comment pourrait-on laisser un centre commercial s'installer dans un site pareil ? Surtout un centre nul, qui n'a même pas un Space NK.

— Laissez la région tranquille !

— Dehors ! Dehors ! surenchéris-je en hurlant de toutes mes forces.

Je n'ai jamais fait un truc aussi cool ! Manifester, c'est le pied ! Je suis en haut de la colline en compagnie de Robin, de Jim et de Jess, et ce qui se passe est extraordinaire. Près de trois cents personnes ont répondu présent. Elles montent le sentier qui mène au futur site en agitant des pancartes, en donnant des coups de sifflet et en tapant sur des tambours. Deux équipes de la télévision locale et une meute de journalistes les suivent.

Je ne cesse de regarder autour de moi, mais aucun signe du groupe Arcodas. Ou de Luke. Ce qui me rassure un peu.

Ce n'est pas que j'aie honte d'être ici. Au contraire ! Je suis prête à me battre pour mes idées et à défendre les opprimés, quoi qu'en pensent les autres.

Cela dit, si Luke se pointe, je songe à enfiler une cagoule et à me planquer derrière quelqu'un. Mais il ne me repérera jamais dans la foule. Tout baigne.

— Touchez pas à notre nature !

— Dehors ! Dehors !

Jess agite énergiquement son panneau NATURE ! ASSASSINS ! en soufflant dans son sifflet. Edie et Lorna portent des perruques rose fluo et tiennent à bout de bras une banderole TUER NOTRE SOL, C'EST TUER NOTRE VILLAGE. Suze a enfilé un tee-shirt blanc et un pantalon de l'armée qu'elle a piqué à Tarquin. Elle exhibe une de ses créations. Le soleil brille et le moral des troupes est à son zénith.

— Touchez pas à notre nature !

— Dehors ! Dehors !

La foule s'épaissit et, à mon instigation, Robin pose sa pancarte et monte au sommet de l'échelle double que nous avons installée. Il se penche vers le micro. Sa silhouette se détache sur un fond de ciel bleu et de terres sauvages. Le photographe que j'ai engagé s'agenouille et commence à prendre des clichés, bientôt rejoint par des cameramen de la télé et par des reporters.

La foule fait peu à peu silence et se prépare à écouter Robin.

— Amis, supporters, amoureux de la nature, je vous demande de vous recueillir un instant pour admirer ce qui nous entoure. Nous avons la beauté. Nous avons une nature vierge. Nous possédons tout ce dont nous avons besoin.

Il marque une pause, comme je le lui ai appris, et sonde la foule du regard. Le vent ébouriffe ses cheveux et la fougue l'anime.

— Avons-nous besoin d'un centre commercial ?

— Non ! Non ! crions-nous de toutes nos forces.

— Avons-nous besoin de pollution ?

— Non ! Non !

— Avons-nous besoin de tout ce fatras mercantile ? Besoin de plus de… *coussins*, ajoute-t-il en ricanant.

— Non ! fais-je en même temps que les autres.

En fait, je serais ravie de trouver de jolis coussins pour notre chambre. Pas plus tard qu'hier, j'en ai repéré un en cachemire dans un magazine.

Mais… pas de quoi fouetter un chat. Tout le monde sait que les militants peuvent diverger sur des points mineurs. Et je suis d'accord avec tout ce que Robin a dit. Sauf pour les coussins.

— Désirons-nous qu'on nous construise une horreur au milieu de notre paysage ?

— Non ! Non !

Je crie et je souris à Jess. Elle souffle dans son sifflet et je l'envie. À ma prochaine manif, j'apporterai un sifflet, absolument.

— Et maintenant, je donne la parole à d'autres militants, crie Robin. Becky, monte ici !

Je sursaute.

Ce n'était pas prévu au programme.

— Voici celle qui a mis au point cette campagne ! Celle qui a conçu et animé notre mouvement. Becky, viens au micro !

Des regards admiratifs se tournent vers moi. Robin se met à applaudir, et bientôt la foule entière l'imite.

— Vas-y, Becky, m'encourage Jess. Ils te veulent !

Je scrute les environs : aucune trace de Luke.

Alors je ne résiste pas.

Je traverse la foule en boitillant et grimpe sur l'échelle avec l'aide de Robin.

— Salut, Piper's Hill ! fais-je dans le micro, et une foule de hourras me répondent, accompagnés de coups de sifflet et de roulements de tambour.

Le pied ! C'est génial ! J'ai l'impression d'être une star de rock !

— C'est notre pays ! dis-je en faisant un grand geste vers les prairies avoisinantes. C'est notre terre ! Nous ne la laisserons pas tomber !

Nouvelle vague d'acclamations.

— Et à ceux qui veulent nous faire plier…. À ceux qui veulent nous la prendre… je dis… abandonnez tout espoir !

Troisième salve de hourras et je leur souris. Je les ai vraiment remontés ! Je devrais peut-être faire de la politique !

— Je leur dis, laissez tomber ! Car nous allons nous battre ! Sur les plages ! Et sur les…

Oh, merde, je leur cite Churchill ! D'ailleurs, je me tais car il y a du remue-ménage dans la foule.

— Ils arrivent ! crie-t-on en bas.

— Hou ! Hou !

La foule siffle et conspue, mais je vois mal ce qui se passe.

— C'est eux ! crie Robin. Les salauds ! On va leur faire leur fête !

Et soudain je me glace. Cinq hommes en complet sombre fendent la foule.

Il se trouve que l'un d'eux est Luke.

Bon, il faut que je redescende de mon échelle. Tout de suite.

Sauf que ce n'est pas si facile que ça, avec une jambe dans le plâtre. J'arrive à peine à bouger.

— Euh… Robin, j'aimerais que tu m'aides à descendre.

— Non, ne bouge pas ! Reprends ton discours ! T'es géniale !

J'agrippe ma béquille et j'essaie de manœuvrer quand Luke regarde en l'air et me voit.

C'est comme si le ciel lui tombait dessus. Je ne l'ai jamais vu aussi stupéfait. Je pique un fard et mes jambes ont la tremblote.

— Ne te laisse pas intimider, crie Robin. Ignore-les ! Continue à parler ! Vas-y !

Je suis coincée. Je ne peux rien faire. Je m'éclaircis la gorge, en évitant de regarder Luke.

— Oui… nous allons nous battre ! Alors, je vous le dis… Rentrez chez vous !

Les cinq hommes sont maintenant alignés au premier rang, les bras croisés, le visage tourné vers moi. En plus de Luke et de Gary, il y a trois inconnus.

L'astuce, c'est de ne pas faire attention à eux.

— Gardons notre terre ! Nous ne voulons pas d'une jungle en béton.

Une vague de bravos accueille mes propos, et je lance un regard triomphant en direction de Luke. Je n'arrive pas à deviner ce qu'il pense. Il fronce les sourcils et semble furieux. Mais en même temps il pince les lèvres, comme s'il réfrénait une envie de rire.

Il croise mon regard et je crains d'être prise d'un énorme fou rire.

— Laissez tomber ! Vous serez battus !

— Je vais aller parler à la meneuse, dit Luke d'un ton grave en s'adressant à l'un des hommes en costume. Je vais voir ce que je peux faire.

Il s'avance calmement jusqu'à l'échelle et monte quelques échelons pour être à ma hauteur. Pendant un instant nous nous dévisageons en silence. Mon cœur bat comme un piston de locomotive.

— Bonjour, lâche-t-il enfin.

— Bonjour ! dis-je d'un ton aussi décontracté que possible. Comment vas-tu ?

— T'en as du monde ! C'est de ton fait ?

— Euh… on m'a aidée. Tu sais comment ça se passe.

Je baisse les yeux et sous sa manchette j'aperçois un bracelet tissé.

Je détourne vite le regard. On est dans des camps opposés.

— Tu te rends compte que tu manifestes *contre* un centre commercial ?

— Avec des boutiques de merde !

— Ne négocie pas ! crie Robin.

— Crache-lui dessus ! hurle Edie, le poing serré.

— Tu sais que le groupe Arcodas est mon plus gros client ? Tu y as réfléchi ?

— Tu voulais que je ressemble à Jess. C'est bien ce que tu m'as dit, non ? Sois comme ta sœur ! Eh bien, voilà le résultat !

Je me penche vers le micro.

— Retournez à Londres, vous et vos idées de luxe ! Fichez-nous la paix !

Nouvelle vague d'applaudissements.

— Et tes idées de luxe à toi ? me demande Luke.

— Je n'en ai plus. J'ai changé, si tu veux tout savoir. Je suis devenue économe. Je me préoccupe de la nature. Et je hais les affreux promoteurs qui viennent saccager la beauté de sites comme celui-ci.

Luke se rapproche de moi et me murmure à l'oreille :

— En fait, ils n'ont pas l'intention de construire un centre commercial sur cet emplacement.

— Quoi ? Bien sûr que si !

— Mais non ! Ils ont changé d'avis il y a des semaines. Ils ont choisi un autre terrain, constructible, celui-là.

Je l'observe, méfiante. Mais il n'a pas l'air de raconter des bobards.

— Mais… les plans. On a les plans !

— Périmés. Quelqu'un s'est mal renseigné.

Il me désigne Robin :

— Sans doute ce type, là, en bas ?

Mon Dieu ! Ça sonne vrai.

J'ai la tête qui tourne. J'ai du mal à digérer la nouvelle.

On est tous réunis ici, à manifester et à hurler… pour rien ? !

— Donc, reprend Luke en croisant les bras, malgré ta campagne de presse extrêmement convaincante, le groupe Arcodas n'est pas coupable. Il n'a rien fait de mal.

— Je vois, dis-je en jetant un coup d'œil à la mine renfrognée des trois hommes d'Arcodas. Je suppose qu'ils ne sont pas… ravis-ravis ?

— Tu peux le dire !

— Euh… j'en suis navrée. Bon, alors tu veux que je leur apprenne la vérité ? C'est ça ?

Luke cligne des yeux comme chaque fois qu'il a une idée derrière la tête.

— Oui, en fait j'ai une meilleure solution. Puisque tu as si gentiment réuni les médias…

Il s'empare du micro, et tapote dessus pour attirer l'attention de la foule. Un concert de huées lui répond. Même Suze agite sa banderole sous son nez.

— Mesdames et messieurs, lance-t-il de sa voix grave et assurée, représentants des médias, j'ai une déclaration à vous faire de la part du groupe Arcodas.

Il attend patiemment que la foule se calme et poursuit :

— Le groupe Arcodas est un ardent défenseur des valeurs humaines. Il est à l'écoute des gens et tient compte de ce qu'il entend. J'ai parlé à votre représentante – il me désigne du doigt –, et j'ai pris en compte ses arguments.

L'assistance est en émoi. Tous les regards sont braqués sur lui.

— En conséquence… je peux vous annoncer que le groupe Arcodas a réexaminé l'utilisation de ce site – Luke sourit –, on ne construira donc pas de centre commercial ici.

Un instant de silence, puis une explosion de joie. Tout le monde se félicite, s'embrasse, les coups de sifflet et les roulements de tambour font un bruit d'enfer.

— On a réussi ! s'exclame Jess à tue-tête.

— On leur a montré ! crie Kelly.

— J'aimerais également attirer votre attention sur le grand nombre d'actions en faveur de l'environnement entreprises par le groupe Arcodas, reprend Luke. Des brochures vont vous être distribuées. Ainsi que des dossiers de presse. Profitez-en.

Mais… qu'il arrête son char ! Il est en train de transformer notre manif en une opération de relations publiques en sa faveur. C'est du vol !

— Espèce de faux jeton ! dis-je, furax, en couvrant le micro de ma main. Tu les as menés en bateau !

— Le site est sauvé ! C'est le principal, non ?

— Non mais…

— Si tes gens s'étaient mieux documentés, on ne serait pas ici et je n'aurais pas eu à sauver les meubles.

Il se penche et appelle Gary, qui distribue des brochures.

— Sois gentil, raccompagne ces messieurs d'Arcodas à leur voiture. Dis-leur que je reste ici pour d'ultimes négociations.

Gary me fait un petit bonjour de la main, mais je préfère l'ignorer. Je suis verte de rage contre eux deux.

— Alors… où allez-vous construire votre centre commercial ?

Keily et Jess s'embrassent, Jim donne de grandes tapes dans le dos de Robin, Edie et Lorna agitent leurs perruques roses à bout de bras.

— Pourquoi ?

— Je ne sais pas. Au cas où l'envie me prendrait d'organiser une manif là-bas. Ou de suivre le groupe Arcodas et de foutre le bordel. Pour éviter que tu t'endormes.

— Quelle brillante idée ! Mais écoute, je suis désolé, je ne faisais que mon boulot.

— Je sais. Mais… j'ai cru que je servais à quelque chose. Que j'avais réussi ce que j'avais entrepris.

Et j'ajoute en soupirant :

— Mais tout ça pour rien.

— Pour rien ? s'étonne Luke. Regarde tout ce que tu as fait. Regarde tous ces gens. J'ai entendu dire que tu avais transformé le mouvement. Sans parler du village… et de la fête que tu organises. Tu peux être fière de toi. Becky l'ouragan, c'est ton surnom ici.

— Tu veux dire que je ne laisse que des ruines derrière moi.

Luke change soudain d'expression. Il est devenu grave, son regard est sombre et chaleureux.

— Tu fais la conquête de tous les gens que tu rencontres.

Il me prend la main et la contemple.

— Ne cherche pas imiter Jess. Sois toi-même.

— Mais tu as dit…

— Quoi ?

Mon Dieu. Je m'étais juré de me conduire en adulte, d'être digne et de me taire. Mais c'est plus fort que tout.

— J'ai surpris ta conversation avec Jess. Quand elle a passé le week-end à la maison. Tu lui disais que… c'était difficile de vivre avec moi.

— C'est absolument vrai.

J'ai du mal à respirer.

— Mais c'est aussi très enrichissant. Très excitant. Très amusant. C'est la seule façon dont j'aie envie de vivre. Si c'était facile, ce serait d'un ennui mortel. La vie avec toi, Becky, est un roman d'aventures.

— Becky ? s'écrie Suze, la fête commence. Salut, Luke !

Luke m'embrasse.

— Viens, on va te descendre de là.

Il me serre la main et je lui rends son étreinte.

— Au fait, que voulais-tu dire tout à l'heure quand tu m'as déclaré que tu étais devenue « économe » ? C'était une plaisanterie ?

Il m'aide à descendre barreau par barreau.

— Pas du tout ! Jess m'a donné des leçons. C'est mon gourou, maintenant.

— Et qu'est-ce qu'elle t'a appris ?

— À transformer un carton de lait en pommeau d'arrosoir. À faire des emballages cadeaux avec de vieux sacs en plastique. À écrire au crayon les cartes d'anniversaire pour que les destinataires puissent les réutiliser. C'est fou les économies qu'on peut faire !

Luke me contemple en silence.

— Il faut que je te ramène à Londres, dit-il enfin. À propos, Danny a appelé.

— Ah bon ?

Je suis folle de joie. Et je manque le dernier barreau. En atterrissant sur le sol, j'ai la tête qui tourne.

— Oh, dis-je en m'agrippant à Luke, j'ai le vertige !

— Ça va ? C'est la commotion ? Tu n'aurais pas dû grimper à l'échelle…

— Je m'en remettrai. Laisse-moi m'asseoir.

— Mon Dieu, j'étais comme ça, dit Suze en passant. Quand j'étais enceinte.

J'ai comme un vide dans la tête.

Je regarde Luke : il est aussi secoué que moi.

Non. Pas possible… Je ne peux…

Alors je me lance dans des tas de calculs. Je n'y avais pas pensé… Mais la dernière fois que… ce devait être… Ce qui fait au moins…

Incroyable !

— Becky ? m'interroge Luke d'une drôle de voix.

— Euh… Luke…

J'essaie de garder mon calme.

Bon. Pas de panique. Becky, ne panique pas…

WEST CUMBRIA BANK
45 Sterndale Street
Coggenthwaite
Cumbria

Mlle Jessica Bertram
12 Hill Rise
Scully
Cumbria

Le 22 juin 2003

Chère Mademoiselle,

Le ton de votre dernière lettre m'a surpris et peiné.
Je vous prie de croire que « j'ai une vie », comme vous le dites.

Bien sincèrement,

Howard Shawcross
Responsable de la clientèle privée

REBECCA BRANDON
37 Maida Vale Mansions
Maida Vale
Londres NW6 OYF

M. le directeur
Harvey Nichols
109-125 Knightsbridge
Londres SW1X 7RJ

Le 25 juin 2003

Cher Monsieur,

Je me livre actuellement à des recherches théoriques. Est-il exact que si l'on accouche dans votre magasin (par accident bien sûr), on peut être habillée gratuitement pour la vie ?
Je vous remercie de bien vouloir me répondre.
Il s'agit bien sûr d'une enquête purement hypothétique.

Bien sincèrement,

Rebecca Brandon (née Bloomwood)

REBECCA BRANDON
37 Maida Vale Mansions
Maida Vale
Londres NW6 OYF

M. le directeur
Harrods Food Hall
Brompton Road
Londres SW1X 7XL

Le 25 juin 2003

Cher Monsieur,

Je me livre actuellement à des recherches théoriques. Est-il exact que si l'on accouche au rayon alimentation de votre magasin (par accident bien sûr), on peut être nourrie gratuitement pour la vie ?
Peut-on avoir des avantages supplémentaires, comme des vêtements ?
Je vous remercie de bien vouloir me répondre.

Bien sincèrement,

Rebecca Brandon (née Bloomwood)

REBECCA BRANDON
37 Maida Vale Mansions
Maida Vale
Londres NW6 OYF

MM. Dolce e Gabbana
Via Spiga
Milano

Le 25 juin 2003

Chers Signores,

Je sono una dama qui adore votre moda.
C'est una petite questione hypothetica : si j'avais uno bambino dans votre magasino (por error claro), puis-je avoir des vestidos gratos por tutta la vita ? Et por le bambino aussi ?
Grazie mille por la reponsa.
Con mi meilleures amitiés,

Rebecca Brandon (née Bloomwood)

Remerciements

Mes remerciements vont à Linda Evans, Patrick Plonkington-Smythe, Larry Finlay, Laura Sherlock et tous les gens formidables de Transworld pour leur soutien de tous les instants. Merci aussi à l'extraordinaire Araminta Whitley et à Nicki Kennedy, Celia Hayley, Lucinda Cook et Sam Edenborough. Des remerciements particuliers vont à Joy Terekiev et à Chiara Scaglioni pour leur accueil chaleureux à Milan.

Comme toujours, merci à toute la bande. À Henry pour tout. À Freddy et à Hugo pour m'avoir suggéré d'écrire plutôt sur les pirates (peut-être la prochaine fois).

Et un grand merci à mes parents, qui m'ont enlevée des rues pour me permettre d'écrire ce livre…

POCKET N° 16224

« *Un trip hilarant où coups bas et autres vacheries disputent la place aux bons sentiments.* »

Valérie Ganz,
Madame Figaro

Sophie KINSELLA
NUIT DE NOCES À IKONOS

Après une rupture difficile, certaines détruisent le mobilier, redécorent leur appartement, ou changent de coiffure... D'autres sautent sur le premier flirt de vacances recroisé par hasard, pour convoler en justes noces quelque part sur une île paradisiaque en Grèce... C'est la voie qu'a choisie Lottie, au grand dam de sa sœur Fliss. Une chose est sûre : ce n'est pas dans les vieux pots qu'on fait les meilleures moussakas. Fliss est bien décidée à renvoyer cette union absurde aux calendes grecques, et elle a plus d'un tour machiavélique dans son sac !

POCKET – 12, avenue d'Italie – 75627 Paris Cedex 13

Date initiale de dépôt légal : juin 2007
Dépôt légal de la nouvelle édition : novembre 2016
S27441/61